宿神論——日本芸能民信仰の研究

宿神論
——日本芸能民信仰の研究

服部幸雄著

岩波書店

目　次

第一章　後戸の神

第一節　「後戸」の芸能始源説話

世阿弥の『風姿花伝』の「第四神儀」、すなわち猿楽の起源伝説を記す中に、次の一文があることはよく知られていると思う。

仏在所には、須達長者、祇園精舎を建てゝ、供養の時、釈迦如来御説法ありしに、提婆一万人の外道を伴ひ、木の枝・篠の葉に幣を付(け)て、踊り叫めば、御供養述べ難かりしに、仏、舎利弗に御目を加へ給へば、仏力を受け、御後戸にて、鼓・唱歌をとゝのへ、阿難の才覚、舎利弗の智恵、富楼那の弁説にて、六十六番の物まねをし給へば、外道、笛・鼓の音を聞きて、後戸に集り、是を見て静まりぬ。其隙に、如来供養を述べ給へり。それより、天竺に此道は始まるなり。

（日本古典文学大系本による）

「神儀」は、これにつづけて、壺に入って泊瀬の河を下り、三輪明神の鳥居のほとりに流れ着いた幼童、のちの秦河勝の不思議の出現を物語ったのち、聖徳太子が彼に命じて「神代・仏在所の吉例に任(せ)て、六十六番の物まねを」橘の内裏紫宸殿で勤めさせたとする。そして、これをもってわが国における猿楽の実質上の始源であると説いている。

ところで、右の伝説のうち、釈迦が祇園精舎で説法をしたとき、外道がさまざまに妨害を企てたという説話は、『衆許摩訶帝経』に原拠があることが、金井清光氏によって指摘されている。(1) ただし、その妨害の方法のうちに、「神儀」に見えるごとき、「木の枝・篠の葉に幣を付けて踊り叫ぶ」ことをしたとの説は原典に出ていない。

さて、舎利弗が釈尊から仏力を感受し、後戸で鼓・唱歌を用いて阿難、富楼那とともに六十六番の物真似を勤めたところ、外道が笛・鼓の音を聞きつけて後戸に集まり、この芸を見て静まったとする説話の後半に関しては、その原拠を見出すことができない。金井氏は、「花伝神儀に書いてあるような六十六番の物まねを演じて外道を静かにさせたという話は三蔵(経・律・論)にはまったく見当らないから、これは猿楽者の間に行われていた架空の伝承か、または世阿弥の創作であろう」と推測された。(2) 一方、禅竹の伝書に見える伝承を検討することから『風姿花伝』(神儀)の述べるところを詳細に吟味考察せられた伊藤正義氏の「円満井座伝承考」(3) は、禅竹の『明宿集』(4) に「仏ザイセニヲキテワ、ギヲンシヤウジヤノクヤウノトキ、テンマノサワリヲシヅメントテ、ウシロドニテ、アナン・シヤリホツトウ、コノカグラヲマフ。コレマタ、イマノサルガクナリ」と同類の説話を収めていることを見ても、これが円満井座の伝承に属するものであることは確実であるが、それが「いかなる典拠に基づくのかは、いまだに明らかでない」としておられる。同じく伊藤氏は宜竹の「観世小次郎画像讃」(5) を引き、宜竹もやはり「神儀」のこの説話の典拠を求め得なかった点を指摘されている。

結局、現段階においては、仏教説話と関係を持たせ、猿楽が外道鎮撫の業としての起源を持つとする、『風姿花伝』『明宿集』に載せる伝説は、日本で創り出され、円満井座の猿楽者たちの間で語り伝えられたものと考えざるを得ない。

右の伝説・伝承は架空のものであり、事実でないのは当然としても、それがある発想に基づいて生み出され、永く語り伝えられることになる背景には、それを伝承者たちが納得するに足るだけの、なにがしかの要素が反映しているものと見なされる。

いま私が問題にしたいのは、この点である。これを具体的にいうなら、仏在所における仏弟子たちは、この芸能を勤めるに際して、なぜ後戸に赴かねばならなかったのか、という問題である。釈尊の目くばせを受けて仏力を感応した舎利弗が後戸に廻ったのは、外道をそちらに引きつけておき、「其隙に」堂供養の儀式を執り行なうためだったと、説話の表面にはいう。だが、はたしてそれだけのこととして単純に受け取って済ませてよいであろうか。

さきに掲げた『明宿集』の記事では、なぜ後戸に廻って芸能を行なったのか、その理由づけがまったく欠落しているのに注意したい。つまり、この起源伝説にとって、外道を「他のある場所」へ引きつけておき、そのすきに供養を行なったのだという体の説話上の理由づけは実はその本質ではないのであって、他の場所ではない、「後戸」で猿楽の芸が行なわれたという一点こそが重要だったと考えられるのである。鍵は、「後戸」にあったのだと思う。

従来この問題について何らかの考えを述べた文章を見ていない。つまり、「後戸」ということに特別な意味を認めようとする考えは皆無であったように思う。

『風姿花伝』の研究や註釈には夥しい学問上の成果が積み重ねられているが、こうした一見些細に見える点に、意外な問題点が残されているように思われる。

こころみに、いくつかの代表的な註釈書から「後戸」の註解を引いてみよう。

○御後戸《おなんど》――納所《なんど》は元来は衣服器具等を納めておく室をいふ語であるが、ここでは、精舎の後方の室といふほ

どの意に用ひたものであらう。(6)

（能勢朝次『世阿弥十六部集評釈』）

〇後戸――後方の室。

（金井清光『花伝書新解』）

〇「後戸」は仏殿の須弥壇の後方の戸。ここは説法の室の後方の出入口の意であろう。

（西尾実『能楽論集』日本古典文学大系）

こうした「後戸」の理解は、「神儀」の当該本文の表面的な意味を把握するためにはいちおうの役に立つとしても、いま「後戸」だけが持っていたはずの特殊な意義およびなぜ猿楽者たちの伝承が「後戸」に固執したかの理由を問うためにはあまり役に立たないのである。(7)

第二節　後戸の猿楽

地方に伝承されて、社寺の祭礼・法会に際して行なわれる「翁」の中には、猿楽縁起を語るもののあることが、新居恒易氏によって報告されている。(8)

それらのうち、兵庫県加東郡社町大字上鴨川の住吉神社に伝わる翁の語りには、興味深い一節がある。

んにゃ、それ猿楽と申ししも、おもしろき事にても候らはず《わ》、貴《たんと》き事にても候へて、お祝《いわい》ひ申すばかりなり。んにゃ、それ猿楽と申ししも、昔《むかしわ》は六十六番な猿楽《さるがく》とぞ《ざ》。今は三十三番に略《りや》しおかれ候へて、とりんちゆりん、さいりんとて、三番にまかり納《おさ》まるこのかた。

んにや、それ猿楽《さるがく》の最初第一番《さいしよおだい》なひよひやくおば、げに〳〵とおんぼへ候へて、応和《ほわ》元年庚申《かのへさる》のおん年に、村上《うらかみ》の人皇《にぬお》の御仁《ごじん》なおん時に、延勝寺《へんじよじ》、最勝寺《さいしよじ》、法勝寺《ほしようじ》、法成寺《ほをじよじ》、谷の堂、峰の堂、六勝寺《ろくしようじん》の後戸《うしろ堂》に、楽頭《がくと》集り、方《ほを》固《かため》候へて、このや翁《おきな》も身にはうちかけ、上には鳥甲《とりかむと》を戴《いただ》き、顔《かお》には耆闍《ぎしやく》崛山とい《云》へる面《おもて》をひきあて、君《きみわ》は万歳《まんざい》おは《わ》しませと、お祝《いわ》い申すばかりなり。云々

新居氏によれば、右の詞章が文字に記録されたのは新しく、おそらく明治以後のことだとされており、この種の民俗伝承をそのまま信ずることの危険は勿論であるが、そこに語られている内容からいっても、近世以降の捏造とは考えられず、相当に古い伝承を伝えていると見てよいと思う。もっとも、六十六番の猿楽を三十三番に略し、さらに三番に納まったとすることや、村上天皇の時世に関連を持たせることなどは、『風姿花伝』(神儀)に載せるところと共通している。鴨川の翁の語る縁起では、『風姿花伝』をはじめ大和猿楽の座の伝承にとってもっとも重要な役割をになっている秦氏にかかわることがらを語らない。その代りに、古く六勝寺の後戸で行なった芸能をもって猿楽の始源とする伝承を伝えている。

その違いは、ひとつには伊藤氏が指摘されたとおり、猿楽始源伝説の中には翁そのものが語る縁起と、それを業とする芸能の座として語り伝えた縁起とが別に存在したことにもよろうし、さらにいうなら、鴨川の翁の伝承が、大和猿楽以外の座の系統を引いていると考えられるゆえであろう。いずれにもせよ南北朝以前の古猿楽が約束として持っていた翁の語る縁起において、六勝寺の後戸で行なった芸能を掲げるもののあったことを認めておこうと思う(9)。

さて、その「六勝寺の後戸に、楽頭集り、方固候へて、このや翁も身にはうちかけ、上には鳥甲を戴き、顔には耆闍崛山といへる面をひきあて、君は万歳おはしませと、お祝い申すばかり」であったと唱えるその芸が、特殊な扮装

や方固めの芸から推して、記録によって知られる咒師のそれであることは疑問の余地がない。そのことは、すでに新居氏も指摘されているとおりである。

そして、京都の六勝寺以下の修正会や摂津住吉社の御田植神事に際して、咒師として奉仕したのが丹波猿楽の前身である丹波咒師であり、それは猿楽に転身してのちも奉仕を続けたものであることは、早く森末義彰氏によって明らかにされている。(10)

森末氏によれば、咒師の芸は、法勝寺以下の六勝寺をはじめ法成寺あるいは蓮華王院等の修正会、宇佐八幡の神宮寺である弥勒寺の修正会、薬師寺の修二会、石清水八幡宮の護国寺の修正会、醍醐寺の修二会など、諸寺院の修正会・修二会に際して行なわれたもので、いずれもその目的は「宗教的な鎮魔除魔的意義を持ったものであることは、なんの躊躇もなくこれを認めることができる」(注(10)前掲書、九頁)とされている。世阿弥が『風姿花伝』(神儀)に、「法勝寺御修正参勤申楽三座(11)」として丹波猿楽に属した「新座《えなみ》・本座《やた》・法成寺《しゅく》」の三座を掲げ、「此三座、同加茂・住吉御神事にも相随」と記したのは、右の丹波咒師の猿楽に転身してのちの姿を示している。

咒師の芸の実態および猿楽との関係については、前記森末氏の論文および能勢朝次氏の『能楽源流考』に詳しい。(12)

ところで、その咒師の芸能が、寺院のどの場所で行なわれたかを明示する史料は意外に少ない。というよりほとんど無いに等しい。

その点からいうと、前に掲げた鴨川住吉神社に伝える翁の縁起が、はっきりと「六勝寺の後戸」に集まって演じたことを語り伝えているのがひとつの示唆を与えるように思う。

これも森末・能勢両先学が引いておられる資料のひとつであるが、『弁内侍日記』(建長三年正月十二日ノ条)の記事が参考になる。

『群書類従』(十八輯)本によると、その記事は次のとおりである。

建長三年正月十二日。法勝寺の修正の御幸。院の御方のいたしくるまにまいりたりしかは。月あかくていとおもしろきに。うしろとのさるかう。けう有てそみえ侍し。すゝのすかた。すのこゑ。すこく聞ゆるも。おりからおもしろくて。弁内侍。

しらかはの三代の御寺の跡なれや昔ふりせぬすゝのこゑ哉

右の記事は重要な部分に文字の誤脱があるようで、「すゝのすかた。すのこゑ」は、森末・能勢両氏ともに「すし《呪師》のすがた、すゞ《鈴》のこゑ」として引用しておられる。

ついでに触れておくと、森末氏はこの資料にいう鈴の芸を修正会の最後、すなわち結願日に登場する悪魔払い(追儺会)の子鬼のものと想定されたが、能勢氏は結願日のそれではなく、普通の日の呪師そのものの姿であるとし、『公教卿記』(保延七年正月十一日ノ条)に見えるやはり法勝寺修正会の史料を傍証として、「当時の呪師は鼓を伴奏楽器として用ひてゐたこと、又鈴を持つて舞ふ伎も存したことが判明する」と述べられた。

『弁内侍日記』は、いわば公式の記録ではなく、宮廷女房による私的な日記であるためであろうか、これだけにははっきりと「うしろとのさるかう」と、その場所が明示せられているのを貴重とする。これをもってしても、鴨川の翁の語る縁起の「後戸に集まった」とする伝承が、まったくの捏造ではないことが証せられると思う。

『群書類従』(二十八輯)に収める『鶴岡放生会職人歌合』は、「猿楽」と「田楽」とを合わせて、次の一首を載せている。

十　番

左　　　　猿　楽

今宵さへ月の前には出て見んうしろとゝこそいひなさる共

（傍点筆者）

これもまた、古い時代の猿楽が、寺院の「後戸」で演じられることのあったことを物語る資料としてよかろう。(13)

ところで、これらの資料によって窺われるごとく、諸寺院の後戸が「うしろどのさるがう」と称されるように、降魔除魔のための秘密の行事を執行する場所と規定されたのはなぜであったろうか。

『検非違使補任』(第十)を検すると、記録の残る宝治二年(一二四八)の条に、惟宗朝臣盛長が「法勝寺後戸」の警備に任ぜられているのをはじめとして、文永三年(一二六六)までの間に、中原章職・中原範景・中原行実・惟宗行隆・中原章時・中原章種・藤原広能が、それぞれ法勝寺あるいは法成寺の後戸奉行として補任されていることがわかる。

これによって見ると、少なくとも法勝寺および法成寺の「後戸」は、検非違使によって護られねばならない重要な場所であったことは確かであろう。(14)

『明月記』(建仁二年正月十三日ノ条)の記事に、「今朝猿楽面長、給㆓検非違使季国㆒、夜前不㆓入興㆒、不㆓叫喚㆒、奇怪之由、有㆓仰事㆒云々」とあるのが注目される。この記事は、面長と称した当時名を得た猿楽者が、その前夜法勝寺の修正会に際して禄物を賜わったが、その後に抃躍叫喚しなかったため御不興を蒙り、検非違使にその身柄を預けられたというのである。(15)この記事にとくに断りはないが、この検非違使の季国が当年の法勝寺後戸奉行に任ぜられた者であったろうことは、想像できるところである。

六勝寺以下の国家的な寺院における修正会・修二会に際して、その後戸で咒師およびそのもどきであった原始猿楽が演じられたことは確実として、さらに具体的に、それは寺院内のどの堂宇の後戸であったかを考えてみる必要がある。

辻善之助氏が『日本仏教史』に引いておられる『年中行事秘抄』によって見ると、法成寺の阿弥陀堂・薬師堂・金堂、法勝寺の阿弥陀堂・金堂、尊勝寺の阿弥陀堂・金堂などが修正会の場所として掲げられ、また修二会では法勝寺の常行堂などの名があげられている。単に後戸というとき、それは阿弥陀堂・金堂・常行堂などの背後を指していると見ていいと思われる。

ここまで述べて来たところによって、これら天台系の諸寺院に関していうところの後戸が、単に「後方の室」「後方の出入口」といった文字の表面にある意味を超える存在であることは疑いのないところであろう。後戸には何か神秘な神、秘すべきであるがゆえに、その強力な霊の発動を懼れなければならないと観念される秘仏が祀られていたのではなかったであろうか。そう考えなければ、寺院最大の行事である修正会・修二会に際して、この咒師(および猿楽)の神秘の芸をことさらに後戸に廻って奉仕することの意義が説明できないことになるのではないか。

このように考えてくると、本章の冒頭に引いた『風姿花伝』(神儀)の仏在所(印度)における猿楽起源と称する説話が、実は日本で創作されたものであり、猿楽芸能者たちが信奉して持ち伝えたことの意味が理解できるように思う。あの説話の本質は、実は権威ある寺院の後戸で演じた古猿楽の実相の伝承を、祇園精舎に仮託して創作したものに違いない。したがって仏書に典拠がないのである。

第三節　秘神摩多羅神

それでは、後戸に深く秘して祀られていたと考えられる秘仏はいったい何だったのであろうか。この点に至ると、その本体である秘仏の性格からいって、その解明は至難である。当時ですら後戸の神の実体はおそらく誰にも知らされてはいなかったのであろうし、いわんや記録・史料に書き留められて残されるはずもなかった。東大寺二月堂で行なわれる修二会に当たって、二月七日の日没の勤行終了後初夜の勤行との間に、特殊な次第に従って、本尊の背面すなわち後堂から、前面の須弥壇上に移し、後七日の本尊とする小観音(小厨子に納める)が、秘仏中の秘仏とされて、こんにちもなお誰ひとりその本体を見たものがないのは、その僅かな一例であろう。

いまひとつ、六勝寺以下における常行堂の後戸に安置されていたに違いない秘仏の本体として、後述するさまざまの傍証から推して、まず間違いはないと想定し得る神の存在を指摘することができる。

それは摩多羅神《まだらじん》である。

摩多羅神と名づける極めて不思議な性格の、そして歴史的にも実にさまざまの変容を経て、複雑な信仰のされ方をしてきた神について、こんにちもなおその本質が全面的に解明されたとはいい得ない。本節では、先学の業績に導かれつつ、この神の属性のうち極めて重要なひとつであったと思われる芸能神としての性格について考察してみようと思う。(16)

摩多羅神という神名によって、現代に誰しも想起するのは、かの京都太秦の広隆寺にある大避神社の祭礼に伝える異様な姿の行列、俗にいう牛祭の姿であろう。毎年十月十二日の祭の夜に、四天王と名づける白衣・白袴の赤鬼・青鬼を先に立て、後に、白衣の装束、紙を垂らした冠を着、特異な面をつけた摩多羅神が牛に乗って現われて練り歩く行事である。

この祭にはいくつかの伝説が伝えられているが、一説には恵心僧都が夢の告げによって広隆寺絵堂に詣で、安養界の無量寿仏を見た喜びのままに弥陀三尊を彫刻し、それ以後三日間にわたって声名念仏を修して摩多羅神を勧請したのにはじまるといい、また慈覚大師が摩多羅神を中国から将来して叡山・赤山・太秦の三地に祀ったのが始めであるとも伝えている。[17]

右の祭の意義について、現代ではその根源的な意味が喪われて変化していると見られ、その行事の「内容からいえば、土地の精霊が寺社を祝福にやってくる形を基にした祭とみられる」(『年中行事辞典』)と理解されているけれども、摩多羅神は本来土地の精霊ではなかったはずである。

広隆寺の『常行堂来由記』によれば、「摩多羅神像、為二念仏守護神一安二置于後戸一也」と見えている。摩多羅神は、古く中国から渡来した護法神の一種で、主として天台系の諸寺院の常行三昧堂の後戸に祀られていた神であった。この点に関しては、景山春樹氏の「摩多羅神信仰とその遺宝」[18]ほかの論文に詳細な研究がある。

これをもってすれば、さきの始源伝説の一に、恵心僧都が声名念仏会を修すに当たってこの神を勧請したとするもののあるのは理由のないところではない。

わが国における常行三昧堂の建立は、はじめ最澄によってその志が示され、その遺志を継いだ円仁の入唐求法を経たのちに実現されたものであった。円仁は五台山竹林院において念仏三昧の法を見聞し、帰朝ののちこれを叡山の東塔に建立した常行堂に伝えた。これが仁寿元年(八五一)のこととされる。その円仁帰朝に当たって、摩多羅神が示顕したと伝えられている。喜田貞吉氏[19]および景山氏が引かれた資料、叡山の学僧光宗が記した『渓嵐拾葉集』に、「覚

大師〇慈覚大師円仁自㆓大唐㆒引声念仏御相伝。帰朝之時、於㆓船中㆒有㆓虚空声㆒。告曰、我名㆓摩多羅神㆒、即障礙神也。我ヲ不㆓崇敬㆒者、不㆑可㆑遂㆓往生之素懐㆒云。仍常行堂ニ被㆓勧請㆒云々」と見えている。

この伝説は、摩多羅神が引声念仏の渡来に相伴って中国から渡り来った外来神であること、またその神は「障礙神」であって、人が懼れ敬うことをしなければ祟りを齎す神でもあったことを物語っている。また、こうした示顕の在り方は、この種の神々に関する伝承に共通するもので、新羅明神や赤山明神にもこれとよく似た伝承が語られていた。(20) さきに述べた東大寺二月堂の秘仏小観音に関して、難波の海に折敷に乗って漂着せられた観音像であるという、あたかも少名毘古那神の神話を想わせるがごとき伝承を持っているのも興味深い。

かくして、日本に渡来した摩多羅神は、叡山の三塔をはじめ、東塔の常行堂本尊を移建したと伝える真如堂、円城寺、元慶寺、伊豆走湯山、多武峰、法住寺、解脱寺、善法寺、法性寺、法成寺、円宗寺、法勝寺など常行堂の建立せられたすべての寺院(21)において祀られたことはまず間違いないところであろうと思われる。(22) 景山氏はこのことにつき、叡山の三塔に昔在った各常行念仏堂に祀られていたことは勿論のこと、「平安時代に各地に盛んに建立せられた彼の阿弥陀堂には、恐らくこの神が守護神として、必ず奉祀されていたのではなかったかと私は想像している」と述べられた。そして、摩多羅神がその本来の念仏守護神としての使命を現代に生かしつづけている唯一の例として、京都の真如堂を挙げておられる。それによれば、この引声念仏の伝統を伝える道場では、毎年十月の引声念仏会に際して、ふだんは宝蔵に納めてある摩多羅神の木像を必ず脇壇に奉祀することになっているとのことである。(23)

第四節　摩多羅神の属性と祭祀

さて、この念仏守護の神である摩多羅神を、常行三昧堂なりその発展としての阿弥陀堂なりのどこに安置したのかについて、叡山関係の資料に明記したものは見出せない。しかし、さきの太秦広隆寺の『常行堂来由記』には、「念仏の守護神のために後戸に安置するなり」と明記されていた。これが他ならぬ「後戸」に祀られていたというのは、はたして広隆寺だけのことであっただろうか。

喜田氏によると、東寺講堂の裏にある夜叉神も摩多羅神であったとされる[24]。摩多羅神がその一面において忿怒神・夜叉神・行疫神として懼れられる存在であったことは、伝承上に生じたさまざまの混淆や付会の齎したところのあることは認めるとしても、本来的な性格の中にその要素をになっていたことは、かの渡来伝説からも窺い知ることができる[25]。そうした、ややもすれば強力な霊の発現を生ぜぬにはいない、懼れ敬すべき存在と観念された秘仏は、本尊の背後に祀られ、とかく気味の悪い存在と考えられていた例がある。

これは後世の風習であって、摩多羅神と直接の関係を持つことがらではないかも知れないが、大阪今宮の戎神社における十日戎に、木槌をもって蛭子尊を祀る祠の背後を拍ち叩き、「戎さんへ参りました〳〵」と唱えて福徳を授かろうとする風俗が伝えられている。摩多羅神が後代に至って、一に福徳の神として「摩多羅と大黒一体なる事しるし[26]」と語られたことのあるのをとりあえず考慮の外に置くとしても、この風習が、ある神秘にして強力な霊の発動を誘おうとする意図に基づくものの記憶であるのは、疑いのないところである。それが、ことさらに祠の後戸を叩くという形式であることには意味があったと思うのである。

また、天慶の乱に際して、蜂の姿に化して飛んだという伝説を持つ、東大寺三月堂の執金剛神が想起される。羂索堂の諸仏がすべて南面して安置されているにかかわらず、この神像だけは本尊不空羂索観音の背後にとりつけた厨子の中に安置され、しかも北面して立っている。その理由は、宮城を守るためだと伝えられている。執金剛神もまた護法神の一であり、長く絶対の秘仏として、姿を現わすことはなかった(27)。

陸中平泉毛越寺の鎮守常行堂において、旧正月二十日の夜に行なわれる摩多羅神祭の行事は、現代に伝わるもののうち、もっとも古格に則った形式を示しているものと思われる。この日は、方五間の常行堂の内において、宵のうちから一山の衆徒による常行三昧供および同御本地供が厳修せられる。それは、正月十四日からはじまる常行堂会の結願の勤行であり、それが果ててのち、「仏後の役」と称して有名な法楽延年の舞が演じられるならわしである。毛越寺の延年に関しては、本田安次氏によって詳細な調査と報告が行なわれている(28)。

『能及狂言考』(一四一頁)に、常行堂内部の平面図が載せられているのによって明らかなとおり、内陣の中央に本尊である宝冠の阿弥陀仏を安置し、その後方、すなわち真北に当たる場所に、摩多羅神を祭祀してある。この位置は、とくに名は記されていないが、これこそまさしく「後戸」に相当するものである。摩多羅神の像はこの位置に、北面して安置されていたと想像せられるのであるが、これを確かめることはできなかった。

この図に見える像の位置は、広隆寺の『常行堂来由記』に記す「念仏の守護神のために後戸に安置するなり」の実態だったと考えられる。ただし、景山氏が、毛越寺の摩多羅神について同寺の南洞頼中師に照会されたのによると、「常行堂の摩多羅神は今、堂の正奥、宮殿に安置されてあるが、往古は東北隅に安置されたものだと言いつたえられている」とされている。中国移入の方位説によれば、艮《うしとら》(東北)を鬼門として恐れたのであるから、この位置に守護神を祀ったことは、むろんあり得ないことではない。

これらは数少ない例ではあるけれども、この畏怖すべき秘仏摩多羅神を安置したのが、常行堂あるいは阿弥陀堂の後戸であったと考えることは、おそらく誤っていないと思う。

そして、その後戸において、おそらくは摩多羅神の供養を目的として、古猿楽は行なわれ、中世においては延年の舞も演じられたのだと思う。

二荒山（日光）輪王寺の常行堂にもやはり摩多羅神が祀られていることについては、林羅山の考証にも見えるが[29]、ここでも常行堂の法会に際して延年を行なっていた[30]。また、多武峰（妙楽寺）の常行堂は、叡山の常行三昧堂とその軌則とを移したものと伝え、奥の院である念誦崛にあったらしいと志田延義氏が述べておられるが[31]、この常行堂においても、その正月の神事に際して、摩多羅神をもてなすための延年の芸能が行なわれたことが知られているのである。

このように、摩多羅神の在るところにはきまって猿楽の延年の歌舞があり、とくに摩多羅神のためにそれが行なわれていたということは、この神が一面に夜叉神・忿怒神の荒々しい形相と属性を持っていた反面に、歌舞芸能の神としての性格を持っていたことを考えさせずにはいない。

だが、日本に渡来する以前あるいは渡来の当初から、摩多羅神が歌舞芸能の神としての性格を持っていたとする証拠はない。

おそらくはこの神が、日本において諸寺院に奉祀されてのちに付加されたさまざまの属性のうちで、とりわけて顕著なもののひとつであったのではないかと思う。

この問題を考えるに当たって、天台系の僧たちの間で尊崇された摩多羅神が持っていたいまひとつの姿について考えておかねばならない。摩多羅神が円仁によって日本に持ち帰られ、念仏の守護神として常行堂・阿弥陀堂等の後戸に祀られたことは既に述べた。それは顕教的な面におけるこの神の性格であった。それでは密教的な面では、摩多羅神はどのように考えられていたのであろうか。

こころみに望月信亨氏の『仏教大辞典』の「摩多羅神」の項を見ると、その冒頭に、「常行堂の守護神並に玄旨帰命壇の本尊として祭祀せらるゝ神なり」と出ている。摩多羅神は天台密教においては、中世以後行なわれたといわれている玄旨帰命壇と呼ばれる灌頂の秘儀に当たって、その本尊として祀られていた。

この玄旨帰命壇についての文献は相当量のものが残されており、それらの主なものは、『信仰叢書』および上杉文秀氏の『日本天台史』(別冊)に集録されているので容易に読むことができる。『玄旨壇秘鈔』『天台玄旨灌頂入壇私記』『玄旨灌頂私記』『玄旨壇図』『摩多羅神軌儀』『帰命壇之事』『天台宗玄旨帰命壇伝記』『摩多羅神私考』などがそれである。景山氏がこれらの文献にもとづいて、玄旨壇灌頂の秘儀の往古の様子を復原し、説明を加えておられるので詳しくは同氏の論文[32]に依って御覧いただくこととしたい。いまは、これら台密における玄旨壇灌頂の儀において本尊として立ち現われる摩多羅神が、どのような姿をしていたか、その点について比較的わかりやすい説明をしている一資料を掲げるに止めたいと思う。

『天台玄旨灌頂入壇私記』は、この秘儀の次第・作法を記録したものである。最初に弟子が読みあげる起請文の冒頭から、「夫摩多羅三尊之歌舞者至二果海一三吟之遊宴也、天台宗玄旨之灌頂者最極要之嘉会也」と、本尊が歌舞の神であることを述べることが、まず注目させられる。次第は進行し、本尊の宝前に師資が進み詣でたのち、示して次のようにいう。「「西方ハ本地ノ方ナルニ垂迹ノ神明ヲ奉二安置一事ハ還テ此本尊ノ深義幷一家ノ奥旨ヲ為レ顕也。次ニ本地ノ相貌ハ帰命壇ノ演説也。而ルニ此本尊ハ俗形ニシテ持レ鼓シ玉ヘリ。二童子ハ歌舞ノ形也。左ハ丁礼多童子、仮也、定也。右ハ儞子多童子、空也、恵也。是即一心三観ヲ尊形ニ顕シ玉ヘリ。摩多羅神ノハヤシノ神語ヲ示云、シッシリシニシッシリシ　サヽラサニサヽラサ[33]」又云、「此尊ハ天台仏法擁護ノ霊神也。故ニ根本大師御在唐之時於二天童山ニ一此神明ニ値遇シ給ヘリ」」。

『玄旨灌頂私記』は、この歌舞に関する本尊の説語がさらに具体的である。これによっていささか補足する。「抑中尊ハ六識ノ心王、脇ノ二童子ハ六識麁細ノ心数也。謂ル小鼓ヲ以早《ハヤシ》玉フハ細念ノ貌、袖ヲ翻シテ舞玉フハ麁強ノ念也。（中略）心王ノ大鼓、細念の小鼓ニハヤシ立テラレテ麁強ノ心数ガ十二因縁ノ舞台ニ舞ヒ出シタル貌也。云々」。

ここに見えている教義上の釈義は、本尊たる摩多羅神の像に先行するものではあり得ず、おそらくは付会して創作したものと考えられる。したがって、そのもととなるのは、玄旨壇灌頂などという秘密儀式の生来する以前の段階で、摩多羅神が歌舞芸能の神と認識されるに足るだけの理由が存在していて、それが彫像なり画像なりに形造られていたということがあるとしなければならない。しかも、その歌舞芸能は、右の文にもあり、現在残っている画幅によって確かめられるとおり、狩衣姿、大鼓、小鼓、舞という様式からいって、これが舞楽・古猿楽ないし延年系統の芸能の芸態を背景に置き、ことさらに変容させて創り出したものであることは間違いないところと察せられる。

毛越寺の延年の中に、二人の童子が出て舞う「唐拍子」と呼ぶものが伝えられている。別に「路舞《ろまい》」とも称する。その歌謡[34]に、「摩多羅神ハ三反　時ヤヲ加フ仏カナ　マイレハ願ヒミテ給フ」（一番）とか、「シモソロヤ　ヤラスハ　ソソロロニ　ソソロメニ　心ナシ　ツクシニ　ソヨヤミユ」（二番の一部）などと歌う。この舞の起源に関しては、次のような伝承がある。

慈覚大師（円仁）が入唐の折、清涼山の麓で、二人の童子が現われて舞を舞った。大師が帰朝してのち、当山を草創して常行三昧供修法の折、ふたたび忽然と先の二童子が出現して舞った。その姿を伝えたのがこの舞だというのである[35]。

この伝承は一見してわかるとおり、天台の顕教面に伝える摩多羅神の伝承と、密教の玄旨壇灌頂に祀る本尊の像（二童子を脇に舞わせている）とを混淆させて創り伝えたものと思われる。この例のごとき混淆の様相を見ても、密教の玄旨壇に祀られるに至る以前の時点において、顕教において六勝寺をはじめ諸寺院の常行堂や阿弥陀堂の後戸に祀られていた摩多羅神が、すでにひそかに歌舞芸能の神としての性格を付与されていたに違いないことを、いっそう強く感じるのである。

第五節　摩多羅神の図像

摩多羅神の像として、こんにちに知られているものは五種である。

その一は叡山の真如堂実蔵坊に蔵されるもので、絹本著色、長さ三尺に幅一尺半くらいの軸物である。その写真が『日本天台史』別冊(八三一頁)に掲載してある。その図柄を上杉文秀氏の解説によって記してみよう。「烏帽子狩衣様の服、共に俗士なり。中の上位(摩多羅神)の俗士は口の上下共に髯あり。下の俗士(二童子)向つて右は口の上に髯あり。左手に竹枝をもち、右手に杓を持つ。向つて左は髯なし。左手に鼓を持ち右の手にて打たんとす。而して上段の俗士(摩多羅神)は静止して鼓を打つ。下段の二士は共に舞ふ相なり。下の俗士は童男女にあらず。亦、此画には星の図なし。茗荷なし。又、狩衣の模様はなでしこの絵なり。『塩尻』に出づるものと異なれり」というものである。

第二は、比較的近年に景山氏の調査によってはじめて公けにされた画像で、江戸初期の作と推定されている。これは坂本の中邑祐久氏の蔵にかかるもので、発見以後神道美術関係の書物にも掲載され(36)、先年催された叡山美術展にも出品されたので、一般に知られるようになった作である。その図柄は、右の実蔵坊本とほとんど同じであるが、舞うている両童子が、茗荷と笹の小枝を捧げている点と、画面の上方に北斗七星が描かれている点に特徴がある。

第三は、『塩尻』(巻之三十五)に写し載せているものである。この図柄は、中邑本とほぼ同じであるが、茗荷が模様化されてはっきりそれとわかるように描かれているほか、上方北斗七星の下に、雲気を描き、その下に右に茗荷、左に竹を描いている。また摩多羅神が左手に抱く鼓が極端に大きい。この図を見た天野信景が、「一人上に在て腰をかけ鼓をとりて打様、猿楽の鼓打に一般なり。……二童下にならび立て……其衣は下襲は半臂を着て、我伶人の姿なるに、風折烏帽子をびんつらの上に絵かきたり。諸儀軌の形如之ならんや」と述べている。

第四は、叡山西塔の椿堂(常行堂)脇壇から、やはり景山氏が発見し紹介された、像高六寸余の木彫一軀で、童子像はない。画像の本尊と同じ扮装であるが、両手首を失っているので、鼓を持っていたかどうかは確認できない。

第五は、毛越寺の別当大乗院に伝えられた画像で、本田安次氏の著『延年』に写真が掲げられている。図柄は、叡山真如堂実蔵坊蔵のものによく似ている。

玄旨帰命壇灌頂は、元禄初年沙門霊空が中世の天台を痛烈に批判したことに端を発して、宗内における伝授が停止され、それに関する書物や画像を灰燼に帰せしめたので、摩多羅神の画像もそのほとんどがなくなったのであろうと考えられている。

本節における問題は、幸い現在に残されていた五種の神像および玄旨帰命壇灌頂の場における本尊の釈義によって、摩多羅神がおそらくは中世初期の時点において、ひそかに歌舞芸能の神として認められていたことが確認できればよいのである。なぜ摩多羅神が歌舞の神となったかは、とりあえずは、かの「うしろどのさるがう」とのかかわりにおいて考えざるを得ない。

世阿弥はすでにその真意を解し得なくなっていたと思われるけれども、猿楽の古態が「後戸」の神に対して奉納されたものであったその記憶を、円満井座に伝わる始源伝説の継承という形態の中にかろうじて止めていたというべきであろう。

後戸の神は、いわゆる「今来の神」の一として、その新たにして強力な霊の発動を懼れられる存在であった。そのゆえに、深く秘して祀らねばならぬ秘仏であった。

しかしてその一面に、強烈な個人願望の充足を保障することのできる、その意味で反中央的な性格を持っている摩多羅神は、遊行の部民の手で神いさめされ、彼らだけが持った芸能の職能によって効験を顕わしたと考えられる。その結果、やがて沈落してみずから歌舞芸能の神のにこやかな相貌に変容する一方、絶対の秘仏としていよいよ深く神秘の闇の中に封じこめられていったのである。

編注

以下、各章における注では、論考の初出における注は原則としてそのままとし、〔補注〕および〔追記〕において、その後の研究の展開やその後に気づいた点、考えを改めた点など、各種の補訂をほどこすという方針を著者服部氏はとっている。（川添裕・記）

注

（1）『花伝書新解』一四二頁。

（2）〔補注〕　表章氏は『世阿弥 禅竹』（日本思想大系本、昭和四十九年）所収の『風姿花伝』の頭注として、「典拠不明で、賢愚因縁経須達起精舎品に見える話（太平記、巻二十四に引く）を脚色した説らしい」と記された。これを承け、金井清光氏の『風姿花伝詳解』（明治書院、昭和五十八年）の当該部分の「解説」で、『太平記』巻二十四「依㆓山門嗷訴㆒公卿僉議事」の中に引用されている『賢愚因縁経』の縁起伝承を詳しく紹介し、「このように祇園精舎建立にまつわる須達長者・舎利弗と外道との抗争は仏典に典拠があり、太平記にも引用されているから、中世の知識人にはよく知られていたことであった。しかし神儀に書いてあるような六十六番の物まねを演じて外道を静かにさせたという話は三蔵（経・律・論）には見あたらない」と詳述された。その上で、『明宿集』が同じ伝承を書いて、「コレラノ説ワ、ミナ上宮太子ノ自筆ノ目録ナリト、云々」と付記していることに注目し、これを「神儀」に出ている「上宮太子の御筆の申楽延年の記」のことだろうとして、「当時大和猿楽者に聖徳太子自筆と言われていた同書にこのようなことが書いてあったのだろう」と推測を発展させておられる。

(3)「円満井座伝承考――風姿花伝神儀云私注」(『芸能史研究』二十七号、昭和四十四年七月)。のちに『金春禅竹の研究』(昭和四十五年)に収録された。二七三頁。
(4)〔補注〕『明宿集』本文は、表章・伊藤正義校注『金春古伝書集成』(わんや書店、昭和四十四年)に翻刻がある。当該本文は二八四頁。後に、「日本思想大系」の『世阿弥 禅竹』にも収められた(当該本文は四〇三頁)。
(5)〔補注〕『翰林葫蘆集』十一巻(『五山文学全集』四巻)所収。なお、この抜書が林道春の奥書を付して、観世新九郎家文書(法政大学能楽研究所所蔵)に入っている。寛永十八年書写とされる。
(6)〔補注〕能勢朝次『世阿弥十六部集評釈 上』(岩波書店、昭和十五年)所収の『風姿花伝』の本文とした底本は、吉田東伍氏が翻刻紹介された『世阿弥十六部集』(能楽会、明治四十二年)所収の本文である。凡例によると、その振仮名について、「平仮名を用ひたものは、読者の便を思つて、私見で加へたもの」とされた。したがって「御後戸」に「おなんど」と訓を付けたのは能勢氏の解釈を示していた。能勢氏は、その根拠を示しておられないので、おそらくは氏の直感に基づくのであろうが、語釈に「納所《なんど》は元来は衣服器具等を納めておく室をいふ語であるが云々」と、まったく民間住居の「納戸」と同一視した語釈を行なっておられるのは、もっと注目すべきことがらであった。「後戸」を民間住居の「納戸」との関連において把握し、「後戸の神」と「納戸神」との共通の性格を考えてみようとする研究は、高取正男氏(「後戸の護法神」)、大河直躬氏(「住居におけるオモテとウラ」)、坪井洋文氏(平凡社『大百科事典』「納戸神」)、保立道久氏(「塗籠と女の領域」)、鈴木正崇氏(「祭祀空間の中の性――後戸の神をめぐって」)などによって飛躍的な展開を見せている。
(7)〔補注〕本論文を公表した昭和四十八年(一九七三)の段階の学界における「後戸」の理解はこの程度を出るものではなかった。これ以後の四半世紀の間に、実に多くの知見を得るに至ったことについては、付章に詳述している。なお、金井清光氏は『風姿花伝詳解』(昭和五十八年)の「後戸」の項に、にわかに進展した研究の成果をふまえてくわしい解説を施されたことを付記しておく。
(8)『能の研究――古猿楽の翁と能の伝承』。
(9)〔補注〕上鴨川住吉神社の神事および、翁舞に関しては、桐山宗吉氏の『鴨川住吉の神事』(昭和四十六年)がある。ただしこの書は昭和三十四年に出版された『鴨川住吉の祭』を改題・改稿されたものである。その後、昭和五十年(一九七五)、上鴨川住吉神社神事舞調査団(代表山路興造氏)による詳細な調査報告書『上鴨川住吉神社の神事舞』(兵庫県加東郡教育委員会)が出版された。植木行宣「上鴨川住吉神社の芸能」、中村保雄「上鴨川住吉神社の仮面」、山路興造「これまでの研究と参考文献」他が収められている。他に、本田安次氏の『延年』(昭和四十四年)に、「上鴨川住吉神社の翁」の一章があり、本文および採集記録が収められている。山路興造氏の『翁の座――芸能民たちの中世』(平凡社、平成二年)所収の諸論文にも言及がある。

(10) 森末義彰「咒師と丹波猿楽」(『中世芸能史論考』)。

(11) 森末氏は、「法勝寺」とあるのを疑問とし、「法成寺すなわち宿を意味するものではあるまいか」とされた。その理由の一として、法勝寺の咒師は鎌倉末期にあっても、なお咒師の座として存在していたことを挙げておられる。

(12)〔補注〕修正会・修二会に際して行なわれた咒師の芸、猿楽の芸については、その後に非常に研究が進んだ。小田雄三「中世の猿楽について――国家と芸能の一考察」(『年報中世史研究』十号、昭和六十年)、山路興造「「翁猿楽」考」「常行堂修正会と芸能」(『翁の座――芸能民たちの中世』平成二年)、同「修正会の変容と地方伝播」(『大系仏教と日本人七　芸能と鎮魂』昭和六十三年)、鈴木正崇「修正会」(『岩波講座東洋思想十五　日本思想一』平成元年)など。

(13)〔補注〕この点については小田雄三「後戸考　上」(『名古屋大学教養部紀要A』二十九輯)に訂正説が提出された。しかし、なお疑問の余地を残している。付章参照。

(14)〔補注〕丹生谷哲一『検非違使』(平凡社、昭和六十一年)所収の「修正会と検非違使」により、詳細な検討が加えられた。

(15)〔補注〕二月堂の修二会における小観音の祭祀については、佐藤道子氏の詳細な研究が備わる。山折哲雄氏の「カミ――その変容と展開」(『岩波講座東洋思想十五　日本思想一』平成元年)にも言及するところがある。

(16)〔補注〕摩多羅神に関する研究は、その後さまざまな成果が公にされ進歩がいちじるしい。巻末の主要参考文献目録も参照。

(17) 西角井正慶編『年中行事辞典』によって記した。『日次紀事』に、「九月十二日太秦広隆寺牛祭。於二上宮王院庭一修レ之。寺僧各集会。相伝慈覚大師帰朝日、祈二順風於麻多羅神一。帰山後勧二請於叡山赤山一。太秦亦有二此社一。故寺中今夜神事、亦祭二麻多羅神一者也。寺中行者著二紙衣一、乗レ牛出二上宮王院前一。高声読二誦祭文一。悉懺悔之詞。古寺僧交勤レ之。然其事以二戯謔一近

世使ニ行者一修ム之。法会終後、門前有ニ相撲一。」と記す。

(18)『神道美術の研究』に収載。なお景山氏には「摩多羅神の歌謡」(『芸能史研究』三号、昭和三十八年十月)の論文もある。

(19) 喜田貞吉「日本大黒天神考 中」(『歴史地理』二二二号、大正七年三月)。「大黒天神と摩多羅神」の章。

(20) 新羅明神については、天安元年に円珍が入唐求法を終わって帰朝の船中で、老翁が現われて託宣を与えたという。赤山明神は、摩多羅神の場合も同じく円仁の入唐求法にかかわる伝承を持っている。引声念仏を伝える京都の真如堂の本尊阿弥陀如来の出現に関して伝えるところは、摩多羅神の示顕説話と非常に似ている。これももと一つの説話が別の説話を形成したものかと思われる。真如堂の伝説によると、慈覚大師が求法十年の末、帰朝の船中で、「成就如是功徳荘厳」の一句の曲節を失念したので、西方浄土に向かって祈念すると、西方より紫雲と共に小身の阿弥陀如来が影向あり、その一曲を微妙の音声で授けられたのだという。

(21) 堀一郎『我が国民間信仰史の研究 二』。「常行三昧堂と不断念仏」の章による。

(22) 東叡山(寛永寺)にも、当然のことながら摩多羅神が勧請されていた。『日本天台史』(八九二頁)に引くところの、真如院覚深が認めた『摩多羅神私考』に次の記事がある。

「摩怛羅神、古本ノ行用ノ裏書ニ、摩多羅神ハ常行三昧ヲ守護シ玉フトアリ、当山ノ常行堂ニ摩多羅神ヲ安置スルコト此意ニ依ル也」。この書は元文三年(一七三八)三月十八日の年記を持つ。

(23)〔補注〕 真如堂の摩多羅神については、山田雄司氏の研究がある(「摩多羅神の系譜」『芸能史研究』一一八号、平成四年七月)。筆者もこの神像を拝観することを得た。

(24) 喜田貞吉「摩多羅神考」(『福神研究』)。

(25) 摩多羅神が、その本来の姿として天台系の寺の常行堂に祀られているものの、こんにちなお秘仏中の秘仏とされている実態について、本田安次氏がその著『神楽』の中で述べておられる。これは、出雲の浮浪山鰐淵寺に関するものである。「天台の寺であるだけに、常行堂に摩多羅神をまつつてゐるが、その信仰は今も固く、常行堂は常の日も、総合調査団から希望が出ても、扉を開けることもしない。摩多羅神の名を口にのぼすことさへも恐れられてゐたやうである」。この報告は貴重である。なお、同氏の報告された「鰐淵寺文書」の中には、毎月十一日に「摩多羅神造酒御供献備有顕密之勤修」が執り行なわれること、また「摩多羅神神役之事」と題する文章を掲げているが、これについては「抑於当社神秘雖最多、当山秘中之秘而、一和尚之外不口授相承焉」として、具体的な内容は伏せられている。なお、鰐淵寺については、有知山剋果「摩多羅神考 二」にも触れられている。

『摩多羅神私考』に、「小子謂ラク、摩多羅神ハ行疫神ニシテ、一切ノ人ノ為ニ大疫ヲ作スニ、此ノ神ヲ以三所ノ内ニ勧請シ玉フコト如何ト思フニ、其深秘ハ測リ難ケレドモ、天下泰平子孫繁昌ヲ祈ルニハ此神ニシクハアルヘカラズ。無道ノ人アリテ国家ヲ乱シ、万民ヲ苦ル時ハ、剣戟ヲ以テ之ヲ治メ之ヲ害ス。此神、流行神ト成テ、一念モ逆心起スモノアルトキハ、刄ヲ用ズシテ大疫ヲ以テ是ヲ罰シ、天下泰平ヲ作サシメ玉フ。此レ是ノ神ノ徳ニ非ズヤ。云々」とある。

(26)　天野信景『塩尻』巻四十六。「摩訶伽羅天大黒天神本地大日其妙用一ならず。就中三面六臂の相あり。是陀祇を降伏す。是夜叉の形相を現して一切妖鬼魔類を伏せり。亦摩多羅神と称す。(中略)我国摩多羅の神像幞頭を蒙り鼓を撃容なり。三輪大黒の像も六臂の内其本手は鼓を撃つ有様なり。然れば、摩多羅と大黒一体なることしるし。云々」。右に見えるがごとき、摩多羅神と摩訶迦羅神ないしは大黒天との混淆については、有知山剋果氏の「摩多羅神考」(『東洋哲学』誌の連載論考)にその指摘がある。

(27)(補注)　執金剛神については、小田雄三氏をはじめ多くの論者によって問題にされている。

(補注)　山本ひろ子氏の『異神』(平凡社、平成十年)に、この図像写真が掲載されている。

(28)　本田安次『延年』、『能及狂言考』、『延年資料』ほか。

(29)　『羅山文集』巻三十七。

(30)　本田安次『能及狂言考』のうち、「日光の延年」の章。

(補注)　日光山輪王寺の常行三昧堂修正会の実態について、山路興造氏の手で「常行堂修正故実双紙」ほかの貴重な資料が発見され、『日本庶民文化史料集成二 田楽・猿楽』(三一書房、昭和四十九年)に翻刻・紹介された。同氏の「常行堂修正会と芸能」(『翁の座――芸能民たちの中世』)には、その分析に基づいた論究が収められている。

(31)　『続日本歌謡集成』(巻二・中世編)の解説。

(32)　「摩多羅神信仰とその遺宝」(『神道美術の研究』二三七頁)。

(33) この不思議な歌謡の意味については深秘が隠されていて、師資相承の間でなければ伝授できないものとされているが、景山氏が発見された双巌院本『玄旨重大口決』という秘書に、次のように記されていることが明らかにされた(「摩多羅神の歌謡」)。すなわち、「中ノ神ハ打鼓拍ス苦道即法身ノ舞也。二童ノ歌ヲ歌フ、左ノ童子ノ歌ハシシリシニシリシシト歌フ。大便ノ道、尻ヲ歌ニ歌フ也。右ノ童子ノ歌ハソソロソニソソロソト歌ハ、小便ノ道ノソソヲ歌フ也。男子女子ノ振舞ヲ歌ニ歌フ也。舞ニ舞フ也、殊勝ノ本尊ナリ。(中略)此ノ歌ヲ言世人之ヲ伝来テ、男女持物ノ名ヲ呼也」という。そして、この歌の釈義は、「婬欲熾盛ノ処」であって、「これを秘すべし、口外すべからず、秘々中深秘の口決なり」と繰り返し固く戒めている。「シシ」「ソソ」の音が、俗語にいう男女性器のそれに通ずるところから故事つけた解釈と思われる。このいささか意外な感じのするエロチックな内容の釈義につき、景山氏は立川流などの影響を考えられた。

(34) 本田安次『能及狂言考』(一四八頁)によって記す。

(35) 本田安次『毛越寺の延年の舞』(毛越寺)による。

(36) 『神道美術』(『日本の美術』十八号、至文堂)六六頁。

第二章　宿神論

第一節　秦河勝の将軍神伝説

世阿弥の『世子六十以後申楽談儀』(以下『申楽談儀』と記す)に出る記事(1)によって井阿弥の作かと想定されている「守屋」(廃曲)の能は、芸能神信仰の問題を考えるに当たって、重要な手がかりを与えてくれるように思う。

「守屋」は、いわゆる四番目物の劇能で、シテの秦河勝とワキの物部守屋との闘争の様を描くところに眼目がある。(2)

前ジテは、春日山神の化現としての老翁である。聖徳太子の守屋征誅の合戦で、太子が追いつめられて、あわやという時、御馬は昇天し、太子の姿は樹の中に消えてしまう。守屋は杣の老翁に命じて不審の樹を伐らせようとするが、かえって神木を伐ることの罰の恐ろしさを聞かされて退散する。翁は、太子の「仏法興隆の為」の合戦にわが神力を貸すといい、実は春日山神の化身であることを暗示して、かき消すように失せる。

後ジテは、秦河勝で、守屋の弟勝海連との名乗りの後、太子が四天王に祈誓をかけて放った矢に斃れた守屋の首を打ち落とす。謡曲の本文には、「秦の河勝。頸を打たんと太刀振り上ぐれば、守屋下より「如我昔諸願。今在満足」と。法花経の一の巻を。息の下にて誦しければ。「気一切衆生皆令入仏道」と。次の句を唱へて。守屋が頸を打落とす」と作ってある。(3)

右が謡曲「守屋」の梗概で、その曲名はむしろ「河勝」とする方がふさわしいと思われるような内容になっている。(4)

本曲で注目されるのは、秦河勝の、太子を護る勇猛な武人としての形象化である。そして、前ジテと後ジテとの関係である。劇能にあって、前ジテと後ジテとが無関係である例は珍しくないが、本曲の場合は無関係のごとくに見えながら、実は構造的に重なり合っている。太子の身辺に影のごとく添っていて、仏法のために危急を救い、かつ法敵征誅に力を尽す、守護者であり猛き軍《いくさ》人である秦河勝は、本曲では春日山神の人格化であると見なしてもよい。このことについては、後に詳述することになるが、とりあえずは、本曲の河勝像に、仏法の守護神であり、同時に猛き軍《いくさ》神《がみ》である一神格のイメージがオーバー・ラップされていることを記憶しておこうと思う。

秦河勝を史上実在の人物とすることは、いちおう認めてよいと思われる。『日本書紀』には、河勝に関する記事が三箇所に出る。蜂岡寺(のちの広隆寺)を造立したこと(推古天皇十一年十一月)、新羅・任那の使入京に当たり、新羅の導《みち》者《びき》を勤めたこと(推古天皇十八年十月九日)、世人が巫覡に惑わされ、「常世の神」と称して虫を祭っているのを止めさせたこと(皇極天皇三年七月)がそれである。(5) 河勝が太子に重用されたことは確かであろうが、『日本書紀』による限り、彼が武人として太子の守屋征誅に功があったという話は発見できない。武将としての河勝を想わせるに足る記述は皆無なのである。(6)

しかるに、平安時代に至って聖徳太子の神格化が進み、さまざまの信仰伝説が生み出されてくる過程で、猛き武人としての河勝像が大きく立ち現われてくるのは注目に価することである。

成立年代不明であるが、平安中期以前に著わされたと思われる『上宮聖徳太子伝補闕記』(7)、延喜十七年(九一七)成立の『聖徳太子伝暦』(8)、ほぼ一世紀遅れるころの編纂と考えられる『今昔物語集』(巻十一・聖徳太子この朝に於いて始めて仏法を弘むるものがたり)などには、十六歳の太子を守護して守屋を誅した「軍《いくさ》のまつり人」秦河勝の活躍ぶりが描かれるようになる。『上宮聖徳太子伝補闕記』の表現を借りれば、「軍政(人)秦川勝、率レ軍奉レ護ニ太子ニ」とある。これらの追補された聖徳太子伝説が、謡曲「守屋」の本説であるのは、いうまでもない。ただし、これらの中に、守屋が最期の際に法華経の一節を唱え、河勝がこれに続けたとする件は見当たらない。(9)

一方、同じ話柄でありながら河勝を登場させず、毘沙門天の神威に帰した伝説も行なわれていたらしい。『太平記』(巻二十九・将軍親子御退失事付井原石窟ノ事)に、「聖徳太子毘沙門ノ像ヲ刻テ、甲ノ真甲ニ戴テ、守屋ノ逆臣ヲ誅セラル」とあるのが、その例である。つまり、平安から中世前半の時代に、守屋征誅に際して若年の聖徳太子を助けたのは、一に秦河勝とし、また一に毘沙門天の神威とする、二様の伝説が語られていたことがわかる。後述する猿楽者たちの伝承では、この二つの伝説を習合させ、河勝を神に祀った大荒《おおさけ》大明神の本地は毗沙門天であると称している(世阿弥『風姿花伝』第四神儀)。

おそらくは平安時代に入って以後に、河勝が猛き武人であり、巨大なる法敵守屋を討ったとする伝説が創作されたとすれば、それを生み出した母胎、またその発想はどこにあったのだろうか。

それが、河勝の没後、彼を神に祀って一族の守護神と崇めた秦氏の後裔たちの業であることはおそらく間違いのないところであろう。そして、河勝の神格化が、他ならぬ将軍神として、表現を換えていえば一の御霊神に似た神として果たされていたことが、右の河勝伝説を生み出す発想であったと考えられる。

だが、河勝はなぜ御霊神になり得たのであろうか。なぜ、毘沙門天にもなぞらえられる猛き将軍神たり得たのであろうか。(10)先に掲げたとおり、正史に登場する河勝像には、その種となる何の記事も見当たらないにも拘らず、である。

この疑問について考えるためには、猿楽者たちのもち伝えた伝承について検討しなければならない。

第二節　大避大明神とその祭神

兵庫県赤穂市坂越《さこし》に、大避《おおさけ》神社と名づける神社がある。祭神は、天照皇太神・春日大明神・大避大明神の三柱であり、大避大明神は秦河勝であるという。しかし、天照皇太神・春日大明神の二柱は社の権威のために併祀したもので、実質上の祭神が大避大明神すなわち秦河勝であることは、社名からしても当然であろう。もっとも、この社に右の二柱が選ばれて祀られたことについては理由がある。

大避神社創建の確かな年代や事情は詳かとせず、もっぱら秦河勝にかかわる伝説によって語り伝えるばかりである。社伝は、この名称の由来を説明して次のようにいっている。渡来人の秦氏が赤穂地方を領有していたことから、河勝がこの地で没して後、その霊を祀り、併せて秦氏の祖とする酒公《さけのきみ》をも祀ったことから、大荒《おおさけ》または大酒と称したが、治暦四年(一〇六八)大避の文字に改めた――と。この文字を改めたことについては、別に、山背大兄王と親しかった河勝が、蘇我入鹿の嫉みを受けて身に難の及ぶのを恐れ、ひそかにこの領地に難を避けたことから、かく改めたとする一説が伝えられている。(11)

右の社名由来の説が、いかにも無理な付会であることは、誰の目にも明らかであろう。

京都太秦の広隆寺は、秦河勝が聖徳太子から授けられた新羅渡来の仏像を安置するために造立したとされるが、(12)この中にもかの摩多羅神の牛祭で知られる大避神社がある。その祭神はむろん大避大明神すなわち河勝である。要するに、酒公を併祀したとか、難を避けたとかの付会以前において、河勝をオオサケ大明神の神名において奉祀するための意志が、祀る人たちの中に存在したと考えるべきであろう。

秦氏の後裔を自称する[13]大和猿楽の芸能者たちが伝承する河勝伝説が、この点を明白に語っている。『風姿花伝』(第四神儀)によって、河勝伝説を記してみよう。

一、日本国に於いては、欽明天皇の御宇に、大和国泊瀬の河に洪水の折節、河上より、一の壺流れ下る。三輪の杉の鳥居のほとりにて、雲客此壺を取る。中にみどり子あり。かたち柔和にして、玉の如し。是降人《ふりびと》なるが故に、内裏に奏聞す。其夜、御門の御夢に、みどり子の云(はく)、「我はこれ、大国秦始皇の再誕なり。日域に機縁ありて、今現在《げんざい》す」と云(ふ)。御門奇特に思し召し、殿上に召さる。成人に従ひて、才智人に〔越(え)〕、年十五にて、大臣の位に上り、秦《しん》の性を下さるゝ。秦といふ文字、秦《はだ》なるが故に、秦河勝《はだのかうかつ》是也。

上宮太子、天下少し障りありし時、神代・仏在所の吉例に任(せ)て、六十六番の物まねを、彼河勝に仰(せ)て、同(じく)六十六番の面を御作にて、則、河勝に与へ給ふ。橘の内裏紫震殿にて、これを懃ず。天〔下〕治まり、国静かなり。(中略)

彼河勝、欽明・敏達・用明・崇峻・推古・上宮太子に仕へ奉る。此芸をば子孫に伝へ〔化人《けにん》〕跡を留めぬによりて、摂津国難波の浦より、うつほ舟に乗りて、風に任せて西海に出づ。播磨の国坂越《しやくし》の浦に着く。浦人舟を上げて見れば、形人間に変〔れ〕り。諸人に憑き祟りて、奇瑞をなす。則、神と崇めて、国豊也。大きに荒るゝと書きて、大荒大明神と名付く。今の代に、霊験あらた也[14]。本地毘沙門天王にてまします。上宮太子、守屋〔の〕逆臣を平らげ給(ひ)し時も、かの河勝が神通方便の手に掛りて、守屋は失せぬと、云々。

(日本古典文学大系本による。傍点筆者)

河勝を神に祀るために十分な、みごとな伝説化である。確認しておくが、この伝承は太秦広隆寺・播磨国坂越の大避大明神の縁起ではなく、大和猿楽の徒が語り伝えたものである。(15) かりに、これがそれらの社寺の縁起と直接的にかかわり合ったとしても、いまそれを問う必要はない。河勝が神格化されるに至った、その理由は、彼が「大きに荒る〻神」であり、「諸人に憑き祟りて奇瑞をなす」強力で、神秘な障礙神であると認識されたことが前提であると確かめられればよい。大避大明神の本義が大荒《おおさけ》大明神であったのはいうまでもない。なお、日本古典文学大系本『風姿花伝』の底本となった金春大夫家旧蔵・宝山寺現蔵の写本に、「大荒大明神」の訓は見えていないが、大系本の校異に従えば、吉田本は「大荒」に「オホサケ」の傍訓、宗節本は「荒」に「ソウ」と傍訓、そして四巻本は「大さけ大明神」と表記してある由である(「大荒」の表記と「オオサケ」の訓との関係については、後述する)。

一方、世阿弥の女婿金春禅竹の著わした『明宿集』に載せる河勝伝説の中に、河勝の御墓所の一説として広隆寺の大避神社の縁起を紹介している。

当寺(太秦寺《ウヅマサデラ》)ヨリチト西ニ離レテ霊場アリ。桂宮院《ケイキウ》ト号ス。古今ニ桂《カツラ》ノ宮トアルワコレナルトカヤ。ソノ所ニ、河勝ノ御垂迹、大避《サケ》大明神マシマス。コレスナワチ桂《カツラ》宮ナルベシ。社《ヤシロ》ノ前ニ一宇ノ小堂アリ。太子手ヅカラ槌ヲ上ゲ、材木ヲ取テ、造リ現ワシ給エル御堂ナリ。入堂結縁スレバソラ恐ロシク、行道スレバ足裏《アナウラ》ノ置キ所ヲ覚エズ。御本尊ヲ拝シタテマツレバ、同御作ノ二臂《ヒ》ノ如意輪観自在尊、御面貌マコトニ衆生ノ苦ヲ嘆キ給ヘル御ヨソヲイ、感涙押エガタシ。云々。

(日本思想大系本による)

いささか叙述の比重を誤った観があるが、要するに河勝を神と祀る大避《おおさけ》大明神は、太子みずから建立し自作の如意輪観音像を本尊とする堂宇の背後に位置し、これを守護する性格の神であったことを述べているのである。

『明宿集』一篇は、猿楽芸能者が最も神聖なるものとして敬う翁および翁の面について、その神聖にして深秘なる由来を説く伝書であるが、その根底とした観念は、「宿神」であった。「翁ヲ宿神ト申タテマツルコト」「宿神ト号シタテマツル翁ノ威徳、仰ギテモナヲ余リアル」ことを、禅竹の神道および密教の知識を動員して、さまざまに説いたものである。

その禅竹は、「カノ秦ノ河勝ハ、翁ノ化現疑ヒナシ」と述べる。そして、『風姿花伝』にほぼ等しい河勝伝説を載せているが、両書の記事に微妙な違いのある点に注意したい。『明宿集』に、次のようにいう。

(河勝ハ)業ヲ子孫ニ譲リテ、世ヲ背キ、空舟《ウツホブネ》ニ乗リ、西海ニ浮カビ給イシガ、播磨《ハリマ》ノ国南波尺師ノ浦ニ寄ル。蜑《アマ》人舟ヲ上ゲテ見ルニ、化シテ神トナリ給フ。当所近離《キンリ》ニ憑キ祟リ給シカバ、大キニ荒《ア》ル、神ト申ス。スナワチ大荒神ニテマシマス也。(中略)ソノ後、坂越《シャクシ》ノ浦ニ崇メ、宮造リス。次ニ、同国山ノ里ニ移シタテマツテ、宮造《ミヤツク》リヲビタヽシクシテ、西海道ヲ守リ給フ。所ノ人、猿楽ノ宮トモ、宿神トモ、コレヲ申タテマツルナリ。

(同前書による)

『明宿集』は、坂越に祀られた河勝の神名を大避大明神と明記せず、代りに、「猿楽ノ宮」「宿神」と名づける宮を掲げて、これがこの地方に格別に立派に祭祀せられている事実を挙げて証拠とした。

だいたい、史実の秦河勝には、御霊神として祀られるにふさわしい晩年の記録がなかった。たとえば、北野天神に祀られた菅原道真のように、怨みを抱いて不遇の生を終わり、死して後怨霊が雷神となって祟りを齎したなどの事蹟は存在しなかった。したがって、河勝の御霊としての神格化は苦しく、そこに無理のあることを否めない。ここに掲げた河勝伝説の中で、彼がなぜ摂津国難波の浦から空舟《うつぼぶね》に乗って西海に流れなければならなかったのか、その理由を見出すことはできない。壺に入って泊瀬川を下って出現した「小さ子」としての示現譚と同じパターン(16)で、「空舟」に入って坂越の浦に漂着したのである。その理由を、一は「化人跡を留めぬにより」といい、一は「世ヲ背キ」と説明するが、何の説得性も持ち得ていない。そんな形で示顕した神が、なぜ御霊神となって、諸人に憑き祟りをなしたのであろう。また、それを宮に祀った時、なぜ強力な守護神たり得たのだろうか。

こう考える時、この神、すなわち河勝を神格化した大避大明神は、常識的にいうところの御霊神とは異質の神であることを認めなければならない。河勝は、「秦河勝」の名において、すでに生身の人ではなく一の神格となっていた。その点、菅原道真のように死後その怨霊が祟りをなし、現人神となって祀られたのとは質を異にしていたということができる。

河勝示現の説話は、閼伽折敷に乗って難波の海岸に漂着せられたという、かの東大寺二月堂の秘仏小観音の場合と、あまりにもよく似た示現のしかたではなかったか。後述する翁面漂着説話も想起される(17)。河勝すなわち大避大明神は今来神——寄り来る神——の一だったのである。

大避大明神は外来神であり、しかも障礙神であったのはもはや疑いを容れない。そして、それが、『明宿集』の仰ぐ「宿神」の実体と合致するはずである。

翻って、河勝すなわち大避大明神が漂着し給うた土地なりとして、なぜ播磨国坂越の浦が選ばれたのかを考えてみたい。

この地名は現在も残り、坂越《さこし》と発音されているが、本来は「シャクシ」といわれていた形跡がある。大系本によれば、『風姿花伝』のこの部分は、室町中期の写本とされる金春本に「坂越《しゃくし》」とあり、同じ頃の写本である宗節本には「越坂(右に「シャクシ」、左に「サコシ」と傍訓)」とある。「越坂」は勿論誤写であろう。また、『明宿集』は「尺師」「坂越《シャクシ》」と書き、『円満井座系図』は「釈師」と表記していた。

これについては、『播州名所巡覧図絵』(巻五)の坂越《さこし》の浦、鍋が島の条に、細川幽斎の狂歌「塩は早よき程なれや鍋が島　杓子の内へ入れてみつれば」を引いて、「土人坂越をしやくしと訛るによれり」としている。だが、『明宿集』の「尺師」、『円満井座系図』の「釈師」等の宛字表記を見て明らかなように、確かに当時「シャクシ」と発音されていた地名であり、しかもそれは、土地の人が「坂越をしやくしと訛るによれり」といったものではなかったように思われる。そのことは、すでに柳田国男氏が『石神問答』において掲げておられるように[18]、シャクシ・シャグジ・サク・ソクジ・スクジなど同類と思われる地名が他の地方にもいくつか存在することによって明らかであろう。

つまり、この土地は古くは「シャクシ」と呼ばれていた所で、むしろ坂越の文字は後に宛てたものであったのではないだろうか。

とすれば、この土地に、荒神――荒ぶる神として顕現した神――大避大明神が祭祀されたのに何の不思議はない。事実はその逆で、古くからこの土地に大避大明神(シャグジ＝後述)が祭祀されていたから[19]、シャクシという地名が残ったと考えるべきであろう。

さきに、疑問のまま残しておいたオオサケ大明神という神名の由来についても、これによって理解が可能になる。

柳田氏は、サカ・サキ・サク・サケ・セキ・ソキ・ソク・ソコなどは、いずれも同根の語と思われ、「遠ざくる」――隔絶の義があることを豊富な例証に基づいて指摘し[20]、それらは他の地区と一線を画すべき境、辺境を意味すると述べられた。さらに、ソク(ソクの社・ソク神)から転じたソウ・ゾウも右と同類であるとする考えを述べておられる[21]。

ここで、私は、かの『風姿花伝』(神儀)に出る「大荒大明神」につき、「大荒《オホサケ》」(吉田本)・「大さけ」(四巻本)の訓とともに、室町中期の写本宗節本が、「ソウ」と傍訓したことを想起せずにはいられない。

古代より播磨地方に住み着いた秦人の後裔たちは、この土地において辺境を守護する「荒ぶる神」を一族の守護神として奉斎していたのであろう。それが『明宿集』の「西海道ヲ守リ給フ。所ノ人、猿楽ノ宮トモ、宿神トモ、コレヲ申タリ」と伝えた「宿神」であったことは、もはやいうまでもあるまい。ただし、禅竹のいう円満井座の伝承が、これを別に「猿楽ノ宮トモ」称したとしている点は、ひとつの意味を持っていると思われるので、記憶しておきたい。

そこで、それならば、「宿神」の実体は何であったか、という問題が続くのであるが、これに迫るためには、いま少し河勝伝説に即して検討しておかねばならない点がある。

それは、播磨国シャクシに在った宿神《しゅくしん》に、なぜ河勝が習合させられたのであろうか、という疑問である。

第三節　翁面と鬼面の信仰

前述したように、史実の人としての秦河勝から、武人としての面影、死して後祟りを齎す障礙神となるような事蹟は、まったく存在していなかった。一方、宿神(シュクジン・シュグジン・シャグジ等々)の属性については後に詳述するが、この神は神秘にして強力な霊を発動させる神で、将軍神(ショウグンジン)とも宛てられ、また夜叉神ともみなされた神であった。そのゆえに懼れ敬ってこれを祀る時は強力な守護神たり得る神であった。

その要素のまったく見当たらない河勝を、誰が、なぜそのような怖るべき神に習合せしめたのであろうか。本章の冒頭に述べた、守屋征誅にかかわりを持つ新・河勝伝説は、この習合を前提とするのでなければ生まれて来なかったのではないか。

ここで、私は、秦河勝を祖と仰ぎ、河勝を神に祀りたいという意志を強く持ったのが、他でもなく古代以来の芸能民たちであったという事実を想起しなければならない。

秦氏の民は、主に養蚕・機織の業に従っていたとするのが通説である。(22) だが、中世末期に至るも秦氏の後裔であるとすることに誇りを持ち、河勝を祖と仰ぐ伝承を守り通したのが、芸能民であったことは、何を意味しているのであろうか。

またしても、ひとつの重大な疑問に逢着する。正史に登場する秦河勝は、芸能・音楽に関連のある何らの事蹟をも残してはいないのである。とすれば、たとえば『風姿花伝』(神儀)に、「上宮太子、天下少し障りありし時、神代・仏在所の吉例に任せて、六十六番の物まねを、彼河勝に仰せて、同じく六十六番の面を御作にて、則、河勝に与へ給ふ。橘の内裏紫震殿にて、これを勤ず。天下治まり、国静かなり」「此芸をば子孫に伝へ」たという円満井座の伝承は、猿楽芸能民による創作ということになるのであろうか。とすれば、彼らは、どこからこの伝説創作の発想を得てきたのであろうか。

推古天皇二十年に、百済から味摩之が渡来して伎《くれ》の楽儛《うたまい》(伎楽)を伝え、聖徳太子が桜井に少年を集めて学習させたという有名な話は、『日本書紀』に出、十世紀のころに形成されたと思われる『聖徳太子伝暦』にもやや詳しくなって出ている。だが、ここにも河勝(川勝)が関係した形跡はない。武人としての新伝説が付加された時点でもなお、河勝が芸能に関係したとする、いまひとつの伝説は混入していなかった。(23)

この伝説創作の謎を解くためのひとつの鍵は、河勝が聖徳太子から太子御作の面を拝領して伝承したとする点にあるように思う。『風姿花伝』では当初「六十六番の面」を貰ったとしているが、やがてこの中の一面(鬼面)だけが円満井座に伝えられて、重宝となることを記し、『申楽談儀』にも「竹田は、〈河勝よりの〉根本の面など、重代有」と述べて、この面の重要性を強調している。

聖徳太子が河勝に渡来の仏像を賜わったことは正史にあっても、御作の面を賜わったことは見えない。しかるに、いつの頃からか、そういう伝説が作られていたのである。

これに、暗示を与えるものとして、天福元年（一二三三）に成った『教訓抄』（巻四）にある次の記事は注目に価しよう。

古記曰、聖徳太子我朝生来シ給テ後、自二百済国一渡二舞師一味摩子、妓楽ヲ写シ留テ、大和国橘寺一具、山城国太秦寺一具、摂津国天王寺一具、所二寄置一也。

（日本思想大系『古代中世芸術論』による）

つまり、味摩之によって伝来した伎楽を、太子は、奈良の橘寺・京都の太秦寺・難波の天王寺の三所に置いて教習・伝承させたという記事である。林屋辰三郎氏は、この記事の「寄置」に当たっては「その楽を永業として習伝せしむるものに対して課役を免ずるという配慮が加えられたものであろう」とし、ここに「楽戸」の創設を考えられた[24]。四天王寺の伎楽は早く絶え、広隆寺に伎楽の存在したことを確かめる史料を欠いているが、右の記事はいちおう信用してもよいように思う。四天王寺の楽人は、やはり秦氏の後裔であることを自称した（『教訓抄』『地下家伝』ほか）が、彼らと太秦広隆寺の秦氏とは、伎楽渡来の時点において何らかの関係をもっていたらしい。

さて、聖徳太子御作で、秦河勝に賜わり、さらに猿楽の芸を伝承した秦氏安を経て、営々と大和猿楽の円満井座（金春家）に伝来したと称する面とは、いったいどのような面だったのであろうか。

『風姿花伝』は、氏安より相伝の宝物三種（面・春日の御神影・仏舎利）を挙げて、「聖徳太子の御作の鬼面」とのみいった。それは『中楽談儀』のいう「河勝よりの根本の面」に相当するものであるが、これによる限り面は「鬼面」一面であると見ていいだろう。

しかるに、金春禅竹の『明宿集』によると、どうも実際には宝物の面は二面あるようなのである。すなわち、翁面と鬼面の二面で、これが一対のものらしい。禅竹は、願を興して月々三宝の供養を怠るな、と戒める中に、「毎月一日、朔日ヲ以テ、翁ノ面ヲ拝シ、同ジク御影ヲ掛ケタテマツテ、敬礼、供養ジタテマツルベシ」とし、「十五日ニワ、御舎利ヲ供養ジ」「廿八日ワ、鬼面ヲ供養ジタテマツレ。コレスナワチ、荒神ノ御縁日ニテ、事理相応ノ儀アリ」という。翁面を拝する日と、鬼面を供養する日を別にしているからには、別の面があったと見るべきであろう。だが、禅竹も、河勝直伝の面は鬼面一面であることをいっている。ただし、それは翁に対するものだという。「翁ニ対シタテマツテ、鬼面ヲ当座ニ安置〔シ〕タテマツルコト、コレワ聖徳太子御作ノ面也。秦河勝ニ猿楽ノ業ヲ被二仰付一シ時、河勝ニ給イケル也」。これに続けて重要なことを述べている。すなわち、「是則、翁一体ノ御面ナリ。諸天・善神、仏・菩薩《ボサツ》ト初《ハジ》メタテマツリ、人間ニ至《イタ》ルマデ、柔和《ニウワ》・憤怒《フンヌ》ノ二ノ形《カタチ》アリ。コレ、善悪ノ二相一如ノ形ナルベシ。サルホドニ、降伏《ガウブク》ノ姿《スガタ》、怒《イカ》ル時《トキ》ニハ、夜叉・鬼神ノ形《カタチ》ト現《アラ》ワレ、柔和《ニウワ》・忍辱《ニンニク》・慈悲《ジヒ》ノ姿ヲ現《アラ》ワス時、面貌端厳《メンミヤウタンゴン》ニシテ、本有如来ノ妙体也。然者一体異《イ》名ナリ」というのである。鬼の面は翁の面に対してあるのだけれども、実は尊崇すべき神（『明宿集』では宿神）の二つの示顕のしかたを表象するものであるから、両面は「一体異名」だと唱える。

毎月一日の供養には、宿神の御影を掛けるのに添えて翁の面を拝するとしていることから見ても、この翁面が宿神の一表象とみなされているのは勿論である。[25] それでは、この翁面には、どのような由来があったのであろうか。この点になると、禅竹は「面ノ謂レ、秘々注ノ大事、別ニ口伝アルベシ」として堅く口を閉す。そして、「浅略ノ儀ヲ少シ申述ブ」と前書して、翁面崇拝の根本義は、もっぱら形而上の観念に存在することを述べている。すなわち、翁の由来やその意義に関しては、伝説化することさえも不可能な、宇宙的な根本原理そのものであるとした。いやがうえにも神秘化し、闇の中に置こうとした吉田神道にもとづく一の意図があって、極めて不可解な文章となっているのであるが、繰り返し読んでいると、その底に在る観念が、おぼろげに見えてくるようである。

どうやら、それは不死身の観念をいおうとしているかのごとくである。翁および翁面に表象せられているものは、永遠に死ぬことのない、人間の霊魂そのものの形であるというように理解される。「意根」とは換言すれば霊魂である。同じく禅竹の伝書にある『円満井座系図』に、「日本秦氏、多ハ秦ノ始皇ノ不死薬求ケル三千ノ童男寛《マヽ》女ノ子孫ト云ヘリ」とも、また秦河勝に注して「不生不死之人也」とも記して、不死身を強調するところの見えるのは、それが猿楽の根本義であるとする信仰と信念を体現していたからであろうと思う。

翁面(白色尉)と、その類面である三番叟面(黒色尉)および各種のいわゆる尉面は、切顎・眼の抉り方・耳の有無などに様式上の違いを生じているけれども、呪言や祝詞の語りを述べることを最大の役目とする翁の面が切顎である点を除けば、翁系の面と尉面とは、同一の想念の具象化であると考えてさしつかえない。その尉面に関して、戸井田道三氏が、若く死んだはずの義経が「八島」の前ジテでは尉面で立ち現われることを例として、「死んでもなお年をとっていく」姿の形象とされた(26)結論は正しいだろう。翁面の神秘化は、そこに、人間の生死を超越したいという永遠の願望が托されているために他ならない。その不可能を可能にする信仰が、眼前の現世利益にのみ片寄っていこうとする過渡的な時代に、『明宿集』の著者はいたのであった。

さて、そのように神秘にして重要な翁面は、人が打ち「つくり出す」ものであってはならない。すでに「そこにあった」ものとしなければならぬ。それはたとえば、アフリカ黒人・エスキモー・アメリカインディアン・メラネシアなど、諸民族の伝える仮面始源伝承にも共通する仮面信仰の常識であろう(27)。

『明宿集』は翁面について遂にその由来伝説を語らなかった。語らずに「秘々注ノ大事、別ニ口伝アルベシ」として、一層その神秘感を深めようとした。たとえば近江猿楽の座が、山科明神に参籠の時、烏が社壇の上から翁面を落としたとする(『申楽談儀』の記事による)ように、伝説による神聖化・神秘化を行なうのは容易であったと思われるが、円満井座にはそれがなく、河勝伝来と称する鬼面にその役割を持たせ、翁面はより深い神秘の中に置いていたのである。しかし、この翁面も、やはり天降面の伝承を生じたらしいのは、後に金春家の書き出した面に注を付して、「尼《(天)》の面」としていることによって想像される。もっとも、その書上げでは、伝承が混乱して、河勝伝来を翁面とし、「尼の面」を「おそろし殿」(鬼面)にしてしまっているのであるが。

円満井座に直接関係のあるらしい天降面伝説としては、奈良県磯城郡川西村結崎に、昔天から能面が降り、観世流元祖結崎清次が、その面を着て御前演奏に出て面目をほどこした(『大和の伝説』)というものと、西竹田の金春屋敷址の近く十六面《じゅうろくせん》に仮面が天降った伝説地がある(『能楽風土記』に引く田村吉永氏の談による)というのと、二つがある。なお、金春弥次郎禅珍は、伝来の面(おそらく鬼面であろう)を指して、「岩戸の神面」と呼んでいる(文明六年二月の奥書に関しては、表章・伊藤正義両氏によって疑義のあることが明らかにされている。『金春古伝書集成』四八三頁)。『風姿花伝』(神儀)以来、高く唱え上げられてきた、神道思想と密教思想とを混然一体化させようとする吉田神道の色彩を帯びた意図が顕著に表われている。

ついでに、この機会に述べておきたいことがある。それは、全国各地に夥しく残されている、天から降ってきた仮面、海上から取り揚げた仮面に関する伝説の伝承は、誰が発想し、誰が伝播したのだろうかという疑問である。私は、それを隷属的な地位に置かれる一方に、舞楽・猿楽などの芸能奉仕の呪術的職掌を受け持っていた秦人の後裔たちのわざであろうと思う。

この点について、さきに後藤淑氏に着目がある。氏は、次のように述べておられる。

「海部と密接な関係にあるという賀茂社と大和猿楽と関係のある秦氏とはまた深い関係にあった(服部注―『本朝月令』の引く「秦氏本系帳」に載せる賀茂社縁起異伝の存在を指すか)。住吉社が海部と関係のあったことはいうまでもない。住吉社と関係のある天王寺に舞楽があり、それは秦氏を名乗るものによって行なわれていた。その令人(楽人)の流れが大和猿楽であり近江猿楽であるという伝承がある。天と海とは相通じたものがあり、海中より出現したという仮面にまつわる伝説の背景には、このような海人を媒介とした事実があったのではなかろうか。それはまた、秦氏を媒介とした猿楽者・舞楽者の間に伝承されて来た伝説が背景になっていたのではなかろうか(28)」。

まさしくその通りであると思うが、その根本にあるところのものを、秦氏そのものに求めて、いまひとつ直截的に考えてみてはどうだろうか。

秦氏のハタという姓が、応神朝に朝鮮半島南部から渡来した渡来人の一族に与えられた(あるいは自から称した)ものであることは、あらためていうまでもないが、その「ハタ」なる訓の語源ないし由来に関しては古来諸説があって、いまだに定説を得ない。

『古語拾遺』は秦氏の「貢る所の絹・綿、肌膚に軟かし。故に秦の字を訓みてこれを波陀と謂ふ」(吉田本、原本漢文)としたが、新井白石・本居宣長はこれを否定して「韓国の語」と考えた(『古事記伝』三十三)。また、チベット語で「辺境」を意味するハタから出たとする田辺尚雄氏の考え(日本文化史大系『奈良文化』音楽・舞踊)、梵語の絹布を指すpata, patta から来たとする高楠順次郎氏の説(『日本外来語辞典』)、朝鮮語のpoit'il と同源で機織のハタにあたるという説(日本古典文学大系本『日本書紀』補注)などが出されている。

これについて、上田正昭氏が提出された、ハタは新羅語の「海」を指すとの説は説得力を持つように思う。この考えは、以前より金沢庄三郎『国語の研究』ほかに指摘されていたが、上田氏の考えは、これを発展させられたものであった。氏は、『帰化人』において、次のように述べておられる。「新羅語のハタは海を意味し、朝鮮からの海人＝外来人を意味していたものが、やがて後には氏族名として特定の氏族を指すようになったものとするのが妥当であろう。「応神天皇紀」には、木工や造船にたずさわったという伝承をもつ猪名部《いなべ》の始祖を新羅王から貢献された「能匠」とする記載がみえるが、この猪名部と秦氏とは密接なつながりがあり、秦氏と新羅との関係には軽視できないものがある」[29]と。

秦の姓が海に由来するものであり、しかも木工・造船の技術を持った猪名部と浅からぬ関係を持っていたのが事実であるとすれば、天降面・海上面の打ち手および伝説の創始・伝播者の謎は、他ならぬ秦氏の民とその後裔を軸として解けてくるもののように思われるのである。もっとも、この点については、さらに慎重な検討を必要とするであろう。

禅竹の叙述によってわかるとおり、河勝伝来のものは、やはり鬼面一面であった。ただし、この鬼面あるところ、常に一体であるべき翁面が添っていなければならぬ。したがって、この重代の面は、一にして二、二にして一、すなわち現実の形としては二面であるが、一面と観念せられねばならぬという構造の面であったことになる。

先に述べた坂越の大避神社に、古い面が伝えられていることを、中村保雄氏が報告されている[30]。それによると、仮面は能面ではなく、舞楽面の「蘭陵王」と覚しい怪奇な相貌の面である。

これについて『播磨鑑』に「其舞面一ツ、猿田彦の面一ツ、社内に蔵し、神威を畏れて拝見する人なし。元禄の時、住僧観了法印拝見す。翁の面也。頗る毀敗に及ぶと云」と見える。この河勝由縁の宿神の社にも、深く秘して面が斎かれていた。それが、怪異の面（猿田彦と称したが、おそらくはこの蘭陵王の仮面を指したもので、一種の鬼面であろう）と翁面との二面であったというのは、まさしく『明宿集』の記事と符合している。これまた、二にして一の神格を表象しているのは、いうまでもなかろう。(31)

中村氏が引かれた、享保六年（一七二一）、金春家が幕府に提出した書上に、次の記事がある。(32)

金春太夫書上
尼（天）の面
　世間にておそろし殿と申面也能に懸け申面にては無御座候
翁　面　聖徳太子御作
　秦川勝に翁相伝の時被下候也則此面に付昔より度々奇特成義御座候面にて御座候
三番三面　聖徳太子御作
　右同断

江戸時代になって、早くも伝承が混乱しているのを知るのは興味深いが、ここで「天《あま》の面」と呼ばれている鬼面と翁面との先述の関係からみて、この混乱は当然起こり得たことであろうし、また混乱しても一向支障はなかったはずである。

中村氏は、「この中、尼（天）の面が世間では「おそろし殿」といって能にかけないというところから、やはり能には使わない舞楽面系の面で、『風姿花伝』や大僻神社などの記録から、恐らく「陵王」か、現在観世家に伝わる追儺

面のように鬼面であったのではなかろうか」と想像しておられる。妥当な説であろう。(33)

いまひとつの例は、奈良市奈良坂町にある奈良豆比古神社である。この社は、延喜式神名帳にも見える古い神社で、やはり宿神を奉祀していたらしい注目すべき神社であるが、ここにもまた猿楽始源にかかわる縁起を伝えていた。(34)そして、やはり「往古より散楽の面」を伝えて「今に存する」といい、観世又三郎が始めて勧進能を催した折、当社に翁の面・装束を借用に来たとも述べている。この社の持つ意義については、後に述べるが、とりあえずは、ここに「散楽の面」が伝えられていたとの伝承を確かめるに止めておく。これも中村保雄氏の調査によれば、現存のそれは狂言の鬼面として著名な「武悪」の古面であると報告されている。これもまた、一の鬼面だったのである。そして、縁起のいうように、観世から「翁の面」を借用に来たという伝承を認めるとすれば、やはり本来は翁面と鬼面とが一対にして一体のものとして旧蔵されていたものとみなしてよいように思う。

平安時代、天台系の寺院で行なわれた重要な行事の修正会・修二会に際し、いわゆる咒師猿楽が常行堂の「後戸」において行なわれたことについては、前章に述べたところである。

その修正会・修二会の結願の夜に当たって、竜天・毘沙門・鬼の登場する芸能が行なわれたことは、よく知られていると思う。能勢朝次・森末義彰の両先学が夙く指摘されたとおり、(35)これは芸能というよりも宗教的行事の極めて重要なものとして行なわれた追儺式であった。しかも、咒師・追儺式の呪法の形態が大陸から渡来したと考えられることは、森末氏が示唆され、浜一衛氏が『日本芸能の源流——散楽考』において発展させられたところである。(36)

野間清六氏が舞楽「蘭陵王」の性格に関する諸説を挙げられた中に、大槻如電氏(『舞楽図説』)、高楠順次郎氏(『林邑八楽の研究』)等の説を享けて、「蘭陵王」の面は竜王を形容するものであることを述べておられる。(37)これをもってすれば、これが修二会の追儺式における「竜天」の仮面として利用されたのは当然のことであったと思う。

この考えを発展させるとすれば、修正会・修二会の芸能奉仕に関与した猿楽者たちが伝承した神秘の「おそろし殿」の面には、蘭陵王や散手など舞楽系の、とくに大陸系統の奇異な相貌の面が選ばれていたことは、確実としていいだろう。そして、それが修正会・修二会に伴う芸能と密接に関係することを注意しておこうと思う。

河勝よりの伝来と称した重代の面は、実は翁面と一体と観念される鬼面であった。この点に、正史にない河勝の二つの性格、すなわち「軍のまつり人」と「芸能——とくに六十六番の物まね——を伝えた人」という二つの面を付加して伝説化を行なったことの意味を解く鍵があった。

この新・河勝伝説を生み出したのは、他ならぬ芸能民たちであった。そして、彼らの崇拝した河勝は、夜叉神にして芸能神でもあったある神格を代行する存在であったといえる。その神格こそ、かの後戸の神——摩多羅神——であったことが、しだいに明らかになってくる。

河勝を神に祀った大避神社、河勝伝来と称した鬼面の神秘化とそれに対する極端な懼れは、実に摩多羅神に対する神秘化と懼れを現在化したものに他ならなかったのである(38)。

第四節　渡来人秦氏と芸能民

正史に登場する秦河勝の事蹟には、彼が歌舞・芸能とかかわりを持ったことを示唆するものは何ひとつ存在していない。にも拘らず、中世の猿楽芸能民は、彼河勝を「六十六番の物まね」の創演者——それはとりも直さず猿楽の創始者を意味していた——に擬して、これを崇拝した。そして、河勝を神格化して祀った大避大明神をもって、彼らの守護神と仰いでいた。その大避大明神を指して、『明宿集』は、これを「宿神トモ申シタリ」という。

問題の宿神とは、猿楽芸能者の伝承による限りは秦河勝であったことになる。しかも、その実体は、天台系寺院における常行堂の後戸に、仏法守護神として秘め祀られていた外来の神である摩多羅神であったと考えられる。後戸の神（摩多羅神）と猿楽芸能民との深い関係は、修正会・修二会に行なわれた咒師猿楽を媒介とすることによって理解が可能であるとしても、平安朝以降における芸能民と秦氏との特別なかかわりについては、日本芸能史の問題としていま少し視野を拡げて考えておかねばならない点があるように思う。

私は、秦河勝の後裔なりと自称した人たちが、大和興福寺に属した猿楽芸能民とともに、摂津四天王寺の楽人たちであったことを手がかりとして考察を進めてみたい。

四天王寺に引声堂があり、かつてその背後の後戸には、摩多羅神が祀ってあったのではないかと想像される。そのことを考えさせるのは、中世の語り物である説経節の「しんとく丸」である。

周知のとおり、盲目にして癩に冒され、卑賤の乞丐人に落ちたしんとく丸は、四天王寺において生命の浄化《きよまり》と更新を得て、蘇生を果たす。その浄化・蘇生の場所が、他ならぬ引声堂の背後である後戸の縁の下においてであったことを軽く見過すことはできない(39)。

（前略）天わうしゐもとり《戻》、人のしよくぢ《食事》おたまはるとも、はつたとたつ《断》て、ひじにゝ《干死》せんとおほしめし、こきの《近木》しやう《庄》より、ひんもどり、天わうしぢせんたう《〔引声堂〕》に、ゑん《縁》のしたへとりいりて、ひしにゝせんとおほしめし《〔マヽ〕》、しんとく丸の心のうち、あはれともなか〱、なにゝたとゑんかたもなし(40)。

右では、「ぢせんたう」（後に「いせんたう」と出て、これが引声《いんぜい》堂を指していることは疑いない）の縁の下と見られる語りになっている[41]が、乙姫が探し求めた末に遂に発見する件りによって、実はその背面後戸の縁の下であったことが、はっきりする。

(前略)まてしはしわか心、たつね《尋》のこい《残》ただう《堂》の有、いせんたう《引声堂》おたつねねん〔マヽ〕と、いせんたうにおまいりあつて、わにくち《鰐口》てうどうちならし、ねかわくはつまのしんとく丸に、たつねあわせてたまはれと、ふかくきせい《祈誓》おなさるれは、うしろたう《後戸カ》より、よわりたるこはねにて、たひのだうしやかじげにんか、花からたべとおこひ《乞》有、おとひめ此由きこしめし、ゑんより下にとんでおり、うしろたう《後戸カ》にまはり、みの《簑》とかさ《笠》おうばい取、さしうつむいてみたまへは、しんとく丸にておわします

岩崎武夫氏の『さんせう太夫考――中世の説経語り』は、中世の天王寺という聖域が、生命の転換と更新を可能ならしめる呪術信仰的な契機を多く持っていた特殊な場の構造と論理を備えていたこと、説経師たちがそれを体験として信じつつ、それを生きたことから、その場の構造と論理を語りの形式として生かすことができたのだという、すぐれた論を展開している[42]。

岩崎氏は、縁の下で、蓑と笠を冠ってうずくまっているしんとく丸の姿を指して、「次に訪れるしんとく丸の蘇生と浄化を意味する光明の世界にとっては、不可欠の、いわば忌み籠りの状態を暗示している」「世間との繋がりを断って、干死(餓死)までを覚悟した絶望的なしんとく丸の闇の世界は、逆に蘇生と復活を待ち受けている忌み籠りを意味しており、それは仮死と苦痛を伴うイニシエーション(成年式)であったといえよう」と解釈された。この解釈はおそらく正当であろう。私は、その「忌み籠り」の場に指定されたのが、他ではなく引声堂の後戸の、縁の下であったと

いうことの意味を付加しておこうと思う。

しんとく丸の浄化と蘇生は、後戸に奉祀された強力な神霊の発動に助けられて、確かに果たされることを得たのである。

なお、これに似た一例として、幸若の「文学(覚)」で、大嶋に流された文覚を追った源頼朝が、観音堂の「うしろだうの縁の板を。たう〱とふみならし」て、源氏守護の神威を身につけたとする説話が思い合わされる。この説話に関連する事実として、頼朝の崇信ただならぬものがあったという静岡県熱海市の伊豆山神社(走湯権現・伊豆権現)に、かつて常行堂があり、かつ修正会に当たって摩多羅神の祭を行なっていたこと、[43]また、二荒山の摩多羅神は、源頼朝が奥州征伐に当たって二荒の神に勝利を祈願し、凱旋の後、一宇の堂(頼朝堂と呼ぶ)を建ててこの神像を祀ったものであることなど、[44]頼朝伝説と後戸(堂)の神――摩多羅神――との関係には注目すべきものがある。

寺社の背面の縁の下は、非人、乞食、身体不具者などの集まる空間であり、一般の人が気味悪がって近付こうとしなかった空間であろうことは、しんとく丸がことさらに人の喜捨を断とうと決意して、この場所を選んだこと、また寺内を隈なく探して、探しあぐねた乙姫が、自害の直前にかろうじてこの場所の存在に気づいたとする物語の設定に、あざやかに反映していた。[45]

四天王寺にも引声堂があり、おそらくはその後戸に摩多羅神が祭祀されていたであろうと想像することは、理由のある仮定といってよいだろう。

当然のことながら、四天王寺でも修正会・修二会をはじめ数多くの宗教的行事が執行されていた。『日次紀事』によれば、一年に二百を越す行事が催されていた。そして、そのつど、これに伴う法楽の舞楽が盛大に演じられていた。[46]それに従ったのが、秦氏の後裔を名乗る天王寺楽人たちであったことは勿論である。

江戸時代になって、地下官人の地位を得たのちの資料であるが、彼らは秦河勝の後裔であることを明示している。『地下家伝』(十二)に、

楽人 天王寺方

東儀 太秦氏後賜安倍姓

太秦兼氏 大連秦河勝之後裔

と出ている。

彼らが、かの後戸の神を、祖先とする秦河勝に仮托して、一族の守護神と仰いだであろうことは十分想像される。しかも、興福寺に所属した円満井座の猿楽芸能民と四天王寺に隷属した楽人たちとの関係は、彼らの置かれた社会的身分において、共通の糸によって結ばれていたのである。

伊藤正義氏の「円満井座伝承考[47]」は、『風姿花伝』(神儀)および『明宿集』における円満井座伝承の意味するところについて解明を試みられた、最初にしてすぐれた業績であった。本稿も、氏の論文に啓発された点が多い。

右の論文の中に、伊藤氏が引かれた『太子伝聖誉鈔[48]』に、「秦川勝先祖系図有二二様一。一ニハ天王寺秦氏舞人根元。二ニハ広隆寺縁起様」(広隆寺条)として、河勝を先祖と仰ぐ後裔に、天王寺舞人の系統と、太秦広隆寺に属する系統と、その二系があったとしているのが注目される。『太子伝聖誉鈔』は、次のようにいう。

秦始皇帝の孫に当たる子嬰帝に一子あって、その名を酒といったが、この人は瓶の中で成人したゆえの名である。秦国を追われて、推古天皇の御宇に、摂津国難波の浦に化来した[49]。推古天皇はこの酒に、秦公の姓を賜わった。この

秦公に、二人の子があった。兄を敏通といい、その人となりは貴であった。[50]東の京（注に今京也）に属したが、これが今の大極殿の地主神である。弟の川勝は、人となり卑しく、舎人となって西の京に属した。これが広隆寺の本願である。——と。

この伝説の語るところは大変に興味深い。

兄の敏通が、大極殿の地主神になったとすることについては、大内裏の土地が遷都以前は秦河勝の居住地であったとする説が語り伝えられていた[51]ことと無縁ではあるまい。紫宸殿前庭の、いわゆる右近の橘についても、これが遷都以前秦保国と称する者の後園にあったものそのままであるという説が語られていた。[52]『風姿花伝』（神儀）ほかの、猿楽者による河勝伝説において、本邦猿楽の起源を語るのに、聖徳太子が河勝に命じて六十六番の物真似をさせ給うた場所として、とくに「橘の内裏紫宸殿」を持ち出して来たことの真意も、実はここに発想の基が在ったのではないだろうか。従来、この「橘の」は、奈良県高市郡高市村にある橘寺のことと理解されて、当然ながら内裏との関係に疑問が残されたままになっていた。たとえば、日本古典文学大系本の頭注では、「聖徳太子誕生の地と伝えられているが、内裏があったという史実はない」とし、日本思想大系本では、「聖徳太子誕生の地と言われる橘寺に内裏があったと誤解した文」と注されている。たしかに、「神儀」に載せる始源伝説は、聖徳太子在世中、平安遷都以前のことに作っているのであるから、この「橘の」が橘寺を指すと見るのは妥当であろう。したがって、猿楽者たちの伝説が、誤解に基づくものと見るのもまた穏当とすべきであろう。だが、彼らが「橘の内裏紫宸殿」を持ち出して、秦河勝の事蹟と付会したことの裡には、前述のごとき秦氏の伝承が働いていたであろうことを指摘しておこうと思う。

また、大極殿の地主神になったとの伝承は、後に述べる宮中賢所の守宮神《しゅぐじん》を暗示するに足ることを記憶に止めておく。

弟の河勝が広隆寺に祀られたとする伝承は、河勝その人とされる大避大明神、すなわち摩多羅神を示していると思われる。いずれにもせよ、広隆寺の縁に繋がる河勝の後裔は、「舎人」として表現された、卑賤の地位に置かれることになるその事実を反映しているようである。

「舎人」というとき、誰しも想起するのは、平安時代に宮中で盛んに催された相撲節会に際して散楽を演じ、また神楽の際に烏滸の業である陪従猿楽を演じるなど、物真似的要素の濃い芸能の奉仕に従った近衛舎人の存在であろう。近衛の官人は、大内の楽所に所属し、主に舞楽を勤める楽人に補任されていたが、その下に、三百人とも四百人とも称された多数の近衛舎人を持っていた。この近衛舎人の芸は、在来の正統な舞楽ではなく、これに散楽の滑稽物真似的な要素が加わって、日本化が行なわれたもの――舞曲化した散楽――と考えられる。

林屋辰三郎氏は、猿楽は散楽の仮字または転訛という旧来の説を否定し、散楽の内容の中に、猿楽という文字を生み出す動機がひそんでいたことを考証せられた(53)。そして、『雑秘別録』(嘉禄三年六月成)に、「劔器褌脱」を指して、「あるものに、このがくをさるがうとかきたる、いかゞあるべからむ」と、その一伝承を載せ、「散楽策問」に「宜クレ学ブ二峡猿之奇態一、莫レレ泥ム二水鳥之陸歩一」と見え、また天王寺楽人に伝えられた「蘇莫者」について、「舞ノ躰、金色ナルサルノカタチナリ、ハチヲヒタリニモチタリ、キナルミノヲキタリ」(『龍鳳抄』)などと出ているのを傍証として、「当初の猿楽は猿の褌脱舞を中心として、滑稽なしぐさを多分にもったもの」であったと述べられた。そして、「元来の散楽の俳優歌舞的要素のうち、特に猿や蛙の物真似が興味をそそって、それを中心とした舞楽がつくられ、それと同時に前身たる散楽の雑芸をも併演したものと考えられる。しかしこのような舞楽は、舞楽としても低級なものと考えられた結果、もっぱら相撲節会において近衛も下級の舎人らに委ねられ、それもまたいつしか本態を失うことになったものと思われる」と考えられた。

注意すべき点は、このような卑しいと見られた芸能に従った近衛舎人の出自である。林屋氏は、この点について、「有力な班田農民が課役忌避の手段として、舎人化する現実が存在した」ことを述べておられる。近衛舎人の中には、楽舞を演じて被物《かずけもの》を要求することが生じ、貞観八年(八六六)正月廿三日付の太政官符では、諸家幷に諸人の祓除神宴の日に、諸衛府舎人および放縦の輩が、酒食を求め被物を求めることを禁止するほどであった。もって、その盛んであったことを推測できよう。

林屋氏の掲げられた史料の一に、「此国(播磨国)百姓過半是六衛府舎人、初府牒出レ国以後、偏称二宿衛一不レ備二課役一」(『類聚三代格』巻二十、断罪贖銅事、昌泰四年閏六月廿五日付官符)という記事を見る。播磨国の農民の大半の者が、課役を免れるために近衛の舎人になっているというのである。すでに述べたとおり、播磨地方一帯は秦氏繁衍の土地であった。

宮中における神楽もまた近衛舎人の奉仕するところであった。『続古事談』(諸道)に「神楽ハ近衛舎人ノシワザナリ」といい、そのうち多氏の伝承するものだけが今に伝わり、「コトモノハ今ハハカ〳〵シクウタフモノナシ」と、その衰退を歎いている。同様に「人長コレモ近衛舎人スル事也」とし、これについて「今ノ世ニハ秦氏兼方ガナガレノミスルコトニナリタリ。ソレダニハカ〳〵シクナラヒタルモノキコエズ」(傍点筆者)と、秦兼方の一流だけがこれを受け持ったこと、芸の質も低下したことを述べている。更に続けて、「近衛舎人ハヨキ人ノチカク召仕モノニテ、事ニフレテナサケアリ。ミメヨク芸能フルマイ人ニコトナルベキモノ也。カ、レバ昔ノモノドモハ、皆サノミコソアリシニ、今ノヨニハミメノワロク、能ノナキノミナラズ、心ギハアサマシキモノドモナリ。ナガクウセニタルモノノナリ」と慨歎する。『続古事談』の成立は鎌倉時代の建保七年(一二一九)四月である。著者は、この時代になって近衛舎人がまったく素人化してしまったことを述べている。このことは、平安朝以来地方の荘園から課税を免れるために農民が舎人化した実情の反映と見られ、かつそうした舎人の中に秦姓を名乗る一派が存在していたことが知られるのが貴重である。

藤原頼長の『台記』から朝廷の公の諸儀式に関する記事を抄出した『宇槐雑抄』(54)によると、駿河舞や求子を舞った舞人や、競馬や騎射を行なっている者の中に、左右近衛府の官人として秦の姓を名乗る者が多数登場していることがわかる。秦公種・兼信・兼弘・兼文・兼行・兼俊・公春・公正・兼則・信方らがそれである。舞人であった者が競馬を兼ねており、そのつど纏頭を賜わっている。この記事は、平安後期(保延二―三年〈一一三六―三七〉前後)のものである。

こうして見ると、平安時代から鎌倉時代にかけて、宮中における神楽・舞楽・散楽・競馬等々さまざまの芸能・雑技の役を勤めた者が近衛官人および舎人たちであり、その中に秦氏由縁の者であることを唱えていた人たちの群があったのは疑いないところといえるであろう。

秦氏こそ芸能者としては、もっとも古くそして由緒正しい家柄であるという考えが、芸能に従う者の中に育っていったであろうことが想像できる。こうした事情を背景において、反中央的な性格の四天王寺の楽人たちが秦姓を名乗り、河勝を祖と仰いだことを理解する必要があろう。

『太子伝聖誉鈔』は、弟河勝の流れを天王寺系の舞人の系譜として示していたが、大和猿楽系も同じく河勝から分立したと称えるようになるのであるから、同様に身分的には卑賤の系譜・異端の系譜に連なるものであることを、みずから称えていたことになろう。

ここで思い合わされるのは、円満井座の伝承が語る伝記不詳の人物秦氏安のことである。『風姿花伝』(神儀)によれば、「村上天皇、申楽をもて天下の御祈禱たるべきとて、その頃、彼河勝、この申楽の芸を伝(ふ)る子孫、秦氏安なり。六十六番申楽を、紫震殿にて仕(る)。その比、紀の権《ご》の守と申(す)人、才智の人なりけり。是はかの氏安が妹聟なり。これをも相伴ひて、申楽をす」といい、六十六番から三番を選んだという式三番の由来伝説を記したのち、「秦氏安より、光太郎・金春まで、廿九代の遠孫なり。これ、大和国円満井の座也」と語り継いでいる。

つまり、円満井座の伝承における秦氏安は、上古の河勝と中世の秦姓の猿楽者たちとの間を繋ぐ橋渡しの役目を担っていることになる。後の金春・観世両家の文書に至るまで、円満井座系統の伝書にはしばしば登場させられている人物である。

その氏安とは、村上天皇の代に京に住み、散楽の名人といわれた近衛官人であったとされてきた。(55) 彼は、『本朝文粋』(巻三)所収の「弁散楽」(村上天皇の散楽についての策問に対して返答したとするもので「散楽対策」ともいう)の作者に擬されている。しかし、表章氏が日本思想大系本『風姿花伝』の頭注に述べられたとおり、この対策は実は藤雅材が、「散楽得業生秦宿禰氏安」の名義によって綴った文章なのであり、氏安という人物が果たして実在かどうかも不明である。(56) 仮にその実在が確かめられず、架空の人名であったとしても、「散楽得業生秦宿禰某」の名義が、当時この「散楽対策」の筆者に擬するにもっともふさわしいと認められるに足る背景が存在していたことの証にはなり、これもまた平安時代の宮中の散楽芸能担当者の中に、おそらくは多数の秦人たちが居たことを物語るであろう。

『風姿花伝』ほかの円満井座伝承が語る秦氏安との縁は、むろん史実として信用できるものではない。すでにこれまでに指摘されているように、「「弁散楽」の存在を背景に、脚色・改変した説らしい」(日本思想大系本頭注)とするのが妥当な見解と思う。

右のごとくであるとすれば、氏安という名の人物は、円満井座が正統にしてもっとも古い猿楽の座であることを証拠立て、権威づけるために利用したに過ぎないということになる。しかし、その利用は、単に秦姓の由縁というに止まるものではなく、猿楽の成立と形成に関わるひとつの暗示を含んだ付会であったといってよいと思う。

河勝以降の分脈に関しては、猿楽者の伝承が、巧みに解決して見せてくれる。

『明宿集』に、次のように述べる。

河勝ノ御子三人、一人ニワ武ヲ伝エ、一人ニワ伶人ヲ伝エ、一人ニワ猿楽ヲ伝フ。武芸ヲ伝エ給フ子孫、今ノ大和ノ長谷川党コレナリ。伶人ヲ伝エ給フ子孫、河内天王寺伶人根本也。コレワ、大子、唐ノ舞楽ヲ仰テナサシメ給フ。仏法最初ノ四天皇寺ニ於キテ、百廿調ノ舞ヲ舞イ初メシナリ。猿楽ノ子孫、当座円満井金春大夫也。秦氏安ヨリ、今ニ於キテ四十余代ニ及べリ。云々。

この伝承を見ても、河勝に表象された神格の二面性(夜叉神・歌舞芸能神)がはっきりと読み取れる。そして、天王寺楽人の秦氏と円満井猿楽の秦氏とは、ともに河勝直流の芸能民であり、両者はあたかも兄弟のような関係にあったことを物語っている。後に述べるが、この『明宿集』いうところの伝承が、三方楽所の形成以前のものであることを、いささか心に留めておこうと思う。(57)

円満井座の秦氏と四天王寺の秦氏とを深く結びつけている糸、その根源に横たわるものについて、示唆を与えてくれる資料がある。それは、「守屋」と同じく観世流の番外曲として伝わった謡曲「上宮太子」である。この曲は、「太子」同様四天王寺関係の説話を取り扱う。「上宮太子」の前ジテは秦河勝の化現大荒の神で、守屋征誅の後に太子が四天王寺を建立されたことを説いたのち、海人の小舟に乗って西海に漂い、播磨国の岸に着くと見えて、かき消すように消える。後ジテは太子で、四天王寺の舞楽の由来を説いて、次のようにいう。「げに伝え聞くこの楽を。……又我が朝に伝へしは。推古天皇の御時。百済国の伶人。来りて舞楽管絃の。秘曲を伝へ尽しければ。其時我も悦ひて。普く四方に弘めけり。四天王寺の楽人も。此時よりぞ始まれり」。この説話が前掲の『教訓抄』に引く「古記」の、伎楽伝来説話の系統を引いている知識であることはむろんであろう。

いずれにもせよ、円満井座の猿楽者の側に、こうした天王寺楽人との結縁観が、根強く存在していたことの一証にはなるであろう。

そして、その結縁観が、単に同じ姓を持つ同族であるということ以上に、「上宮太子」の曲の構想そのものが暗示しているように、両秦氏がともに河勝すなわち大避大明神を守護神として仰いでいた事実を媒介にして、より強固な観念となっていると考えることを許すように思う。

伊藤氏は、猿楽者の側から主張する四天王寺楽人との関係の持つ意味につき、「本来無縁の両秦氏が猿楽の社会的地位が高まった室町末期において、聖徳太子につながる諸寺、とりわけ四天王寺と接近したという事情」を認めつつ、「しかし、すべてがそうなのではなく、断絶のはるか以前に、秦氏としての何らかのつながりの予測を、いまにわかに打ち消し難い」とし、「単に秦氏を名乗る系譜だけの問題でなく、円満井座の家系に、当初からかまたは途中でかはともかく、天王寺秦氏の血が流れ込んで来た事情なども、あるいはあったかも知れない」と述べられた。私は、両秦氏は本来無縁であったわけはなく、猿楽の成立事情にかかわるより根源的な次元において、両者は密接な関係を持っていたのだと思う。

豊臣秀吉のもとにおいて、天正年間に至って楽頭に取り立てられ、漸くにして京方・南都方と対等の身分を保証されるようになる、いわゆる三方楽所形成以前、四天王寺の楽人たちは長く厳しい迫害と差別に耐えねばならなかった。この問題に関しては、林屋辰三郎氏が『中世芸能史の研究』において、詳細に考察しておられる。その結論だけをいえば、平安時代中期以降、四天王寺の楽人は大内の楽人のように官人ではなく、四天王寺の散所に隷属させられることによって「散所楽人」として卑賤視されることになった。大内の楽所に登用される途を閉され、大内の楽人とは同席することさえできなかったといわれる。彼らは寺領である楽人町に住み、課役を免ぜられたことの代償として、「音楽の提供という一種の労役に従う奴隷的境遇にとりのこされ」てしまっていたのである。

同じ楽人でも南都興福寺のそれは散所民ではなく、大内に登用される途も開かれていた。ひとしく興福寺に所属して、芸能の奉仕に従った大和猿楽の芸能民が、興福寺楽人と近づかず、先述のごとく積極的に四天王寺楽人との結縁関係を強調するのは、同じ秦姓を名のる散所民として彼らの置かれた処遇の共通による一族共同体的意識によるところが大きかったといえるだろう。四天王寺舞楽の芸態は、同じ舞楽ではあっても、大内のそれと異なって、庶民的であり、滑稽・物真似的要素を含んだ曲をも含んでいたことが知られている。このことも、彼ら楽人の置かれた社会的地位と無関係ではない。より散楽的な、その意味で猿楽に相通ずる性格を備えていたことは猿楽芸能民の芸とその質を同じくするものであったといえる。

以上考察してきたところにより、平安時代以降に登場した多数の芸能民の中に秦姓を名のる一群があり、いずれも社会的に差別され、卑賤視されながらも、迫害に耐えて芸能を創造し伝承するわざに従っていたことを確かめて来た。秦氏が渡来人の後裔であるという理由によって差別されたのではない。そのことは、秦氏の後裔であると高唱することが、彼ら芸能民たちの誇りとさえなっていたことによっても明らかであろう。こうした差別と卑賤視は、この国の古代以来の芸能観に根ざしていたといってよい。

このような立場に置かれていた人たちによって、河勝＝大避大明神＝摩多羅神＝宿神は篤く崇敬されてきたのである。それは、秦氏の後裔として祖神であり、一族の守護神であるという面と、後戸の神として歌舞芸能を司る神であるという面と、その両面の性格を併せ持つ神として彼らに斎祀されたものであることがはっきりしたと思う。摩多羅神が反中央的な性格を持つ外来神で、五穀豊穣・怨霊調伏・息災延命・寿福増長等々、あらゆる現世利益の授福を約する神威強大な神であったことは、これを斎祀した芸能民自身の「わざ」の担い得た呪術的性格とまさしく合致していたということができよう。

それが、すなわちシュクシンの本質を意味するものであったのである。

第五節　宿神と摩多羅神

円満井座系の猿楽芸能民が守護神と崇めた「宿神」が、実は摩多羅神の又の名であったのは、いまや疑う余地のないところである。

しかるに、彼らは秦河勝といい、大避大明神といい、春日大明神・住吉大明神といい、そして翁だといって、摩多羅神の名をいわなかった。中世の猿楽芸能民は、この事実を知らなかったのだろうか。それとも、知っていながら、ことさらにそれを明かすことを避けようとしていたのであろうか。

だが、古く興福寺西金堂における修二会の行法の外想を咒師に代って勤め(58)、多武の峰の修正会に伴う行事にも加わっていた大和猿楽の徒が、後戸の神の名を知らなかったとは考え難い。おそらく彼らは知っていたのである。しかし、法相宗の興福寺に所属した大和猿楽の芸能民なるがゆえに、元来天台の神である摩多羅神の名を明らかにすることを憚ったのであろう。かてて加えて摩多羅神は、深く秘し、畏怖して祀る神でもあった。

摩多羅神の神秘化と、その神威の強大であることに対する恐怖の念は、こんにちのわれわれの想像を超えるほどに絶対のものであったらしい。その痕跡は現代にもなお残存していることが、いくつかの例によって認められる。

本田安次氏が出雲の鰐淵寺の常行堂背後に祀られている摩多羅神について、「その信仰は今も固く、常行堂は常の日も、総合調査団から希望が出ても、扉を開けることもしない。摩多羅神の名を口にのぼすことさへも恐れられてゐたやうである」と報告し、(59)また奥州平泉の毛越寺における摩多羅神の神像については「昔から秘して拝見を許さず、三十三年目毎に御開帳があるのだが、その折すらも御身代りを御出し申し、御姿は秘されてゐたといふ」(60)と記し、真正の御姿を拝んだものは明治に至るまで一山の中にさえ一人もなかったとの由を報じておられる。

当然ながら、摩多羅神を祭る法会における行事作法の次第も神秘の中に置かれていた。毛越寺において正月十四日から二十日までの七日間行なわれた常行堂大法会の次第については「神秘有れば悉く不記」として書き残されず、なかでも二十日結願の日の修法については「甚深秘法」と認識されていた。その日には常行堂の扉の開閉にも「神秘有」とされて、一老以外にはこれを勤めることができないことになっていた。鰐淵寺の場合も、正月朔日から十一日までの神秘の行事の最終日、十一日の大祭における摩多羅神神役となる者の決定には特別の資格を必要とし、これについては「於当社神秘雖最多、当山秘中之秘面、一和尚之外不口授相承焉」とさえいわれていた。

これらは僅かの例に過ぎず、およそ摩多羅神にかかわる事柄は、いつの時代にも、いずれの寺社にあっても、これを徹底して神秘の闇の中に置いてきたのであった。

中世の猿楽者たちは、この摩多羅神を「宿神」の名によって祀り、その限りにおいて、彼らは特殊な技能を身につけた呪術的祭祀者であり得たのである。

摩多羅神は宿神であり、それはとりも直さず「翁」であるとする彼らの観念によれば、翁の面を着て立ち現われて舞うとき、猿楽芸能者は実は摩多羅神(宿神)そのものであった。『八帖花伝書』に、「翁立《だち》の事条々。これに表はす。

これ、中楽の奥々秘事なり。秘密を、是に極まりたる義也。これは、恐ろしき子細ども多し。神道より出たる儀なれば、これを取沙汰する時は、七日の精進なくば、仮初《かりそめ》に申もいたさず。素人などには、伝ふべからず(61)」と記し、「翁」を演ずるに当たって「恐ろしき子細ども多し」とその恐怖を語っているのが注目される。

猿楽芸能民たちは、数々の作品の中で、さまざまな神となって現われた。だが、それらについては、かほどまでの恐怖は抱かなかった。ただ、咒師芸の神秘な儀礼を護り伝える性格の「翁」だけは、懼れを抱きつつこれを勤めてきたのであった。

「翁をば、昔は宿老次第に舞ひける」(『中楽談儀』)と世阿弥が記したように、一座最長老の者に限ってその資格を与えてきたことも、とくに意味のあることであった。

表章氏が発見し、世に紹介された、「享禄三年二月奥書能伝書(62)」は、宿神の実体が摩多羅神であることを明記しているという点で、現在ただひとつの資料である。

しかも、『明宿集』が、円満井座の多武峰の神事奉仕に関連して、「惣ジテ、カノ寺ニ、昔ノ儀ヲ改メズ、六十六番ノ猿楽ヲ年始ゴトニ行ワル。同ジク翁ノ神変奇特面マシマス。行ヒノ功ヲ経テ、コノ面ヲカケテ後、一臈ノ位ニワナリ給フトカヤ」と述べている神変奇特面の意味・内容に言及している点でも、まことに興味深く、かつ貴重な資料といわねばならぬ。当該の部分に次のようにある。

凡宿神トイツハ、コレフツホウ《仏法》ノシユコシン《守護神》ナリ。カルカユエニエイサン《叡山》・タウノミネ《多武峰》、イツレモ〱コレヲマツシヤ《末社》トアカメタマウ。ナタラ《摩多羅》神トハ此御事ナリ。六十六番トイウ事、イマモタウノミネ《多武峰》ニワヲコナイ《行》タマウ。マイ年一日（ママ）ノ法事ナリ。ソノホンソン《本尊》ハヲキナ《翁》ノメン《面》ナリ。法事スキテノチ大酒アリ。ウミヽ（シカ）ロヨリシヤク《酌》ヲトリテサケ《酒》ヲシイ《強》ル事、ハカリナシ。タウサ《当座》ニ皆々ノミコロ《飲転》フナリ。シタイ《次第》〳〵ニシユト《衆徒》ノエ《酔》イタマウニツケテ、カヽリタマイタルメン《面》ノ色アカ《赤》クナリタマウ。カヤウノキトク《奇特》、マツセ《末世》ト申トモイマタツキ《未尽》ス。此メン《面》ノナ《名》ヲハ、ソメント申也。キンネン《近年》、タウノミネ《多武峰》ラン《乱》ノトキ《時》、此メン《面》、ナニトシケルヤウセ《失》ヌ。トヒ《飛》タマエルトモイエリ。ソノ後、メンウセ《面失》タマウ間、ホンソン《本尊》ニコトヲカキ《欠》タマウトコロ也。ホウシヤウ《宝生》大夫座生一小二郎コンノカミ事也、ヲモテ《面》ヲキシン《寄進》申。コレヲカケ《掛》タマイテ、マタ六十六ハン《番》ヲ、コナイ《行》タマエハ、コレモマタアカ《赤》クナリタマウ。ソノ以後、タウノミネ《多武峰》エンシヤウ《炎上》ノトキ《時》、此メンウセ《面失》ヌ。事ヲカキ《欠》タマイ、十コクノソウ《僧》ノアルニ、サイクニウ《細工打》タセ申、ホンソン《本尊》ニシタマエハ、コレモマタアカクエイ《赤酔》タマウ也。タヽ六十六ハン《番》ト申事、アリカタキ御事ナリ。コレヲツヽメテ、シキ《式》三番ニナ《名》ツク。クリキ《功力》イツレモヲナ《同》シ事也。此メン《面》、サイクウチ《細工打》ニテ、御ヒケ《髭》ヲミシカ《短》クウエ《植》タマエハ、年〳〵ニナカ《長》クナリテ、シキ《式》ノシヤク《尺》ニナリタマエリ。カヤウノアラタラ《（カカ）》ナル事トモケンチウ《厳重》ナリ。ヨク〳〵タシナムヘシ也。

表氏は、この資料を紹介したのちに、これが『明宿集』の影響を受けていると思われるとしながらも、「『明宿集』だけに基づいて右の如く演繹することは不可能であり、別種の伝承が記録されたに相違あるまい」と考えられた。そのとおりであると思う。

右の内容になっている行事は、常行堂における一月の修正会に関連する（おそらくは結願の日の摩多羅神祭）ものと想像され、表氏の考えられたとおり、本文による限りは猿楽芸能者は直接に参加しない、衆徒の手で行なわれた仏事のように理解される。しかし、この行事の際の本尊——すなわち摩多羅神を代行する本尊——を、ソヽメンと称する翁の面としていること、そしてその面が酒に酔う奇特を顕わすと信じられたことなど、原始猿楽と摩多羅神との間の深い関係を伝えているもののように思う。

この伝書は、「凡宿神といっぱ、これ仏法の守護神なり。……摩多羅神とは此御事なり」[63]と、絶対の秘密を大胆に明言した稀有の例というべきである。このことは、むろん多武峰（妙楽寺）が天台系の由緒ある寺であったことを背景として理解する必要があろう。

宿神＝摩多羅神＝翁（翁面）という同体異名の関係は、芸能者の間では暗黙のうちに理解されていたかのように思われる。翁面あるいはそれと同格たるべき鬼面を神体とする信仰が幅広く分布している事実は、その背景として放浪する芸能民が持ち運んだ右の観念が存在していると考えなければ理解できないであろう。

翁面を畏敬すべき神と崇めたのは、必ずしも中世の猿楽芸能民ばかりではなかった。

たとえば、近世中期になって、中国・四国・九州地方を巡業して「川棚芝居」とも「若嶋座」とも呼ばれた放浪の歌舞伎一座があった。この座に関する記録「若嶋座一巻」（宝暦―文化十年）によって見ると、彼らが翁面を座の守護神と斎き祀っていたことがわかる。そして、一座の給与の定めを記した条には、「翁様一人前定め」と記し、翁面が役者一人分に相当する配当金を取るという規定さえ設けていたのである[64]。

長州から北九州にかけて、かつて歌舞伎を生業とする芸能民の集落、いわゆる役者村がいくつか点在していたことが知られている。庵逧巌氏が、「北九州の役者村」の論文[65]で、調査の報告をしておられる。その中で、それら役者村の多くに共通する点のひとつとして、「座本に伝承された翁面一対を「お面様」と称して、神聖なものとして斎き祭っていたこと」を挙げておられるのが注目される。

これらの例によってわかるとおり、翁面を「翁様」と呼び、また「お面様」と唱えて、一の畏怖すべき神格と崇め、共同体の守護神とすることが、近代に至るまで芸能民集団の間で行なわれてきたのであった。中世における円満井の座、その系列を引く金春・観世の座の猿楽芸能民たちが、河勝伝来と称する鬼面を「おそろし殿」と名づけて秘め崇めた事実は、右の歌舞伎集団の場合とどれほどの隔りがあるといえようか。

翁すなわち摩多羅神を一族の守護神として秘め祀った芸能民の集団(放浪の者も定地性を獲得した者も含めて)は、社会的にどのように遇されていたのであったろうか。徳江元正氏がいみじくも指摘されたように、「隠れた神を動かし得るたった一つの血筋の者」であった猿楽芸能民はその呪能のゆえに、「懼れられ」「いとはるる」性格を持っていたのである(66)。前記の庵逧巌氏の報告によれば、豊後高田の「算所歌舞伎」を演じた人たちは、かつて海門山円福寺に隷属し、若宮八幡宮の神事にも奉仕した散所の芸能民であったといわれていたという。彼らの置かれていた社会的地位は、まさしく中世における大和猿楽の芸能民や四天王寺の散所楽人と共通のものであったといわねばならない。翁を崇め、摩多羅神を斎祀した芸能共同体の人々は、長く不当にしいたげられてきた人たちであったということになろう。

第六節　宿神像検討

さて、中世の猿楽芸能民が、翁と摩多羅神を同体異名と認識したことがあるのは間違いないとしても、これを呼ぶに当たって「宿神」という名称を持ち出してきた根拠はいまだ解けていない。

禅竹の『明宿集』は、その書名が物語るとおり、宿神の威徳の明らかなることを述べた一書であった。明らかなる宿は、すなわち星宿に他ならない。『明宿集』は、宿神の由来を星宿信仰との関連によって説こうとし、次のように言っている。

翁ヲ宿神ト申タテマツルコト、カノ住吉ノ御示現ニ符合《フガウ》セリ。日月星宿ノ光下《ヒカリクダ》テ、昼夜《チウヤ》ヲ分《ワ》カチ、物ヲ生ジ、人ニ宿《ヤド》ル。三光スナワチ式三番ニテマシマセバ、日月星宿ノ儀ヲ以《モ》テ宿神ト号シタテマツル。宿ノ字ノ心、星下《ホシクダ》テ人《ヒト》ニ対《タイ》シ、ヨロヅノ業ヲナシ給《タマ》フ心アリ。イヅレノ家ニモ呼《ヨ》バレ給《タマ》フベキ星宿ノ御恵《メグ》ミナレド、分《ワ》キテ宿神ト号《ガウ》シタテマツル翁ノ威徳《イトク》、仰《アウ》ギテモナヲ余《アマ》リアルベシ。

たしかに、摩多羅神の画像には、現代に残っている作の中でも、叡山の中邑祐久氏蔵のもの、『塩尻』(巻之三十五)に写されているものなど、像の上方に北斗七星を描いた作が知られている。[67] このことから、中世以後台密において行なわれたとされる玄旨帰命壇灌頂の秘儀に本尊として祀られるようになった摩多羅神が、星宿信仰と深いかかわりを持ったらしいことが想像される。

しかし、円仁(慈覚)によって将来されたとする摩多羅神が、その渡来当初から星宿信仰と深く結びついていたとは考え難い。周知のごとく、密教における星宿信仰は、北辰すなわち北極星を妙見菩薩の化現として崇拝するのが根本であった。北辰はやがて北斗七星と混同されて信仰されるようになる。摩多羅神と直接的な関係はない。

一方、摩多羅神の渡来説話とまったく共通する伝説を持っている神に、赤山明神がある。景山春樹氏は、「或いはもともと同じ説話が斯く別種の神のこととして、伝えられるに至ったのかも知れない[68]」とさえ考えておられる。中国山東省の赤山法華院に祀られていたという赤山明神は、別名を新羅明神ともいい、「その本質は共に泰山府君神と呼ばれる中国の地方的、土俗的な一護法神だったと見るべきであって、本来同一の神だと言う見解も立て得られる様である」と景山氏は述べられた。むろん日本においては、渡来の方法や奉祀の歴史に異なった経緯があったと思われ、それぞれ別種の神として祀られ、また造形化されている。だが、この赤山明神と泰山府君神とを一体とする考えは、古くから一般的であったらしい。『山王利生記』は、赤山明神の本地を泰山府君とし、『源平盛衰記』(巻十)にも同様の説話を引いている。

その泰山府君を、道教では北極星すなわち太一神と見、人の生命を司る神として崇拝した。泰山府君こそ、文字どおり星宿神そのものであり、わが国では陰陽道を通じて密教に入り、かつ一般に信じられてきた。泰山府君・赤山明神・新羅明神と摩多羅神との関係については、さらに今後の研究に俟たねばならないが[69]、中世に玄旨帰命壇灌頂の本尊となった摩多羅神が星宿信仰と結びついた経過には、延年・延命の神とも、息災招福の神ともされ、また胎蔵界の外金剛部に属する冥府の十王部の司録神ともされてきた泰山府君神との習合・意図的な混淆が行なわれたのではないかと思う[70]。

その結果、台密の玄旨帰命壇灌頂に北斗七星の配置によって、天台の「一心三観」という教学上の命題を解するといったことの行なわれるほどに、摩多羅神は星宿神としての性格を帯びてくるのである。この点については、景山氏の論文に詳しいので参照されたいが、同氏は「玄旨灌頂壇の本尊たる摩多羅神は、星神の一種でもあったと私は了解している」といわれている。

なお、興福寺出身の僧円如が貞観年中(八五九―八七七)に創建したと伝えられる祇園社に祀る牛頭天王は、御霊会の疫神信仰として周知の発展を示すが、この神もまた宿曜道に入って星宿神の一と見なされていた[71]。この外来神が、はじめ播磨国明石浦に漂着影向し給うたとする伝説を持つことも、摩多羅神との何らかの関係を暗示するようである。

さて、画像に北斗七星を描くことは、密教絵画における一パターンである星曼荼羅を基本にして生み出されている。たとえば、八宗輪大日如来像(善集院蔵)・如意輪観音像(三宝院蔵)などの上方にも描かれていて、摩多羅神像に固有のものでないのは勿論である。真鍋俊照氏は「星宿美術――星曼荼羅」の論文で、この摩多羅神像に触れ、「天台系のこのような蕃神像と北斗七星の表現は、画面そのものに伝説を内蔵させてはいるものの、護法鎮守の垂迹のしかたがシンボリックであるだけに史的な説明は意外と謎が多い」と記しておられる。(72)叡山の真如堂実蔵坊蔵の作や、毛越寺の別当大乗院蔵の作(73)のごとく、上方に北斗七星を描いていない画像も存在している。しかし、慈覚系の台密における摩多羅神が星宿神の一とも見られた事実は動かせないところで、『明宿集』の記述が、この知識を利用して成ったことは間違いなかろう。

しかし、猿楽者たちの伝承していた宿神信仰の根源が、本当に禅竹のいうように星宿神としての摩多羅神信仰であったかどうかは、にわかに定め難い。

表章氏が述べられたとおり、『明宿集』執筆の前提は「宿神像」の存在であった。(74)ところが、そうした「宿神」を図像化したものは、どうもわれわれの知っている摩多羅神画像の類型とは趣きを異にするもののごとくである。われわれの知る摩多羅神の類型は、烏帽子・狩衣を着て、腰を掛け、鼓を打ち囃している姿であった。そして、その前には丁礼多・尼子多の二童子がそれぞれ茗荷と笹の小枝を持って舞っているところを描いていた。

しかるに、『明宿集』が説明する宿神の「御影」は、「御立烏帽子ワ、両曜アラタナル日月ヲ現ワシ、御数珠ワ、星宿ヲ連ネ給エル御姿、御檜扇ワ、十二月ヲ表シテ、昼夜ニ捨テズ衆生ニ結縁シ給フ御形、水干ワ、母ノ胎ニシテワ胞《エ》衣《ナ》トイワレシ襌《チハヤ》ノ袖、九条ノ紫ノ御袈裟ワ、忍辱慈悲ノ衣、紫色ワ、コレ赤色ニモアラズ黒色ニモアラズ、スナワチ中道実相ノ御姿ナリ、御履《クツ》ワ地ヲ表セリ」という姿だという。

それぞれに解釈が施してあるが、要するに、立烏帽子・水干の上に紫の袈裟をまとい、履を穿き、手に数珠と檜扇とを持った造形であったのである。

この宿神像は、五山の僧寿桂月舟和尚(一四六〇—一五三三)が、観世大夫元広の描かせた「宿神像」に記した賛によって知られる姿と合致している。この文は、『幻雲文集』[75]に入っている。これによると、「予披而観之。神之為形也。冠于首。朝服于身。如世之優者作老翁面。然而肩上塔一条紫伽梨。不異吾学仏徒。不知入何人室。伝得此伽梨。焉能加法服于朝服之上也哉。云々」と見え、これが朝服に紫袈裟を着けた老翁の姿に描かれていたことを示している。これは、どのような像であったのか、いま少し具体的に知ることはできないだろうか。

ここに、ひとつの彫像がある。それは、伊豆山権現の神像である。この神像は、立烏帽子、水干、履、そして五条の袈裟を着ている老翁の姿で、右にいう「宿神像」のイメージとそのまま合致している。手に数珠・檜扇を持っていないが、握った左手には穴があり、かつては数珠が通されていたかとも想像される。摩多羅神は近世になって福神の大黒天・恵比寿天と混同された例があるが、この像の造形はまさしくそれら福神の像に近似のもので、その神格の近似と併せたとき、混同に無理からぬ点のあることを考えさせるに足る。

『明宿集』は、その冒頭に、宿神が「走湯山ニ示現シテワ勅使ニ対シ」たという形で示現垂迹し給うたことを述べていた。このことは、『伊豆山略縁起』に「二人の勅使、神鏡の前に跪き禱り給へば、欻然として五十有余の容貌端厳の神影を現じ玉ふ。神像秘在神殿」と伝説化するところに対応する叙述であり、この種の神像の姿をもって「宿神」のイメージとしているのは疑いがない。

伊豆山神社に、かつて常行堂があって秘仏摩多羅神を祀り、正月五日に秘祭を行なっていたことが知られている[76]ことからみて、右の神像はもと常行堂に在った摩多羅神像であったものかも知れない。

この推定に誤りがなければ、摩多羅神の姿としては、少なくとも二種類のものが知られることになる。すなわち右の「宿神像」に採られた、神仏習合を集約的・象徴的に形象化したものと、玄旨帰命壇灌頂の本尊となる七星をいただく歌舞の神の姿のものとの二つである。

猿楽者たちがイメージとした「宿神像」は、星宿とは直接につながりを持たない前者の像であった。しかるに、彼らは観念としては星宿神としての属性を持つに至った後者をもって、その説明のために利用したのである。宿神すなわち星宿神の謂とする『明宿集』の説明は、たしかに理由のあるところではあったけれども、これで満足してしまったのでは、まんまと禅竹の術策に陥ってしまう結果になるであろう。

たとえば、『八帖花伝書』は、九曜の星に関係づけた鼓の打ち方を述べているにも拘らず、翁は「守久神《しゅくしん》」で、「若宮を守る御神」だといって、『明宿集』とは別の伝承を記している。『八帖花伝書』は、桃山期、天正年間の成立と考えられ、とかく価値の低い書と見られてきたが、その伝承するところはかえって極めて中世的であり、土俗宗教的色彩が濃厚であって、貴族化されない以前の猿楽伝承を伝えている点で重要な資料とすべき書である。この中には、前述した「享禄三年二月奥書能伝書」にのみ見える記事に共通する文字も含まれており、これが近世初頭の時点における創作捏造ばかりではないことを証拠立てている。(77) その『八帖花伝書』の伝承は、「宿神＝星宿神」については、何ひとつ語らず、シュクシンは守久神であって、若宮の守り神だと説くのである。

「シュクシン」の称の根本義は、星宿信仰に捉われず、もっと幅の広い視野から探ってみるのでなければ解けてこないのではないだろうか。

第七節　宿神とシュグジ・シャグジ

しばらく『明宿集』の語る伝承を離れて「宿神」という名称の由来およびその本質を探ってみようとする試みに当たって、示唆を与えられる文献は、柳田国男氏の「毛坊主考」(78) である。氏は、四国地方の古い資料を引いて、かつてこの地方に「宿神」あるいは「粛慎《しゅくしん》の神」と名づける小祠がいくつか存在していた例を指摘しておられる。『明宿集』の場合と文字も等しい「宿神」だけではなく、他に「粛慎」と表記されている例もあったことから推して、これが究字表記によっているらしいことが考えられる。

宿神は、シュクシンとして、いったんは漢字表記を切り離して考えてみる必要があるように思われる。

こう考えると、この問題については、すでに早くより研究が行なわれていた。柳田国男氏の「毛坊主考」、同『石神問答』(79)、喜田貞吉氏の「宿神考」(80)、堀一郎氏の「夙(宿)と宿神」(81)などがこれである。これら先覚の業績に導かれて、私なりの整理を試み、いささかの考察を付加することにする。

喜田貞吉氏の「宿神考」は、その副題に、「三番叟の翁は宿神＝猿楽と宿との関係」とあるので明らかなように、奈良坂の夙《しゅく》を媒介として、宿神—翁—猿楽芸能民の関係に着目した最初の研究であった。むろん当時はいまだ『明宿集』は発見されていなかったので、喜田氏が基本資料とされたのは、先に引いておいた『幻雲文集』所収、寿桂の「宿神像」画賛であった。氏は、春日の神に擬せられた宿神の祀られていた土地を求めて、古くより宿の者が住んでいた奈良坂を指摘し、ここの「春日社に仕ふる宿の非人等は、これを以て宿(夙)の者の祖先で、兼ねて我が猿楽の祖神であるとし」たと述べられた。

氏が根拠とされた奈良坂の春日社側の資料は、『平城坊目考』(巻之三)に載せている当社の縁起であった。

同(筆者注—縁起)云桓武天皇御宇春日王不慮有レ疾生逆髪白癩病因レ茲密ニ退二出皇都一隠二居於奈良山一ニ謂所当社之地是也爾時有二二男子一兄浄人弟秋王共ニ至孝而慕二来父王之隠室一削二弓箭一及採二四季之花菓一以活テ二市鄽一為二恒産一而後其深孝達二叡聞一賜二弓削氏一焉

亦毎日夙《ツトニ》起テ而来二市中一ニ於レ是市人之ヲ名二弓削夙人《ハヤ》一是今謂夙人之始祖ニシテ亦是之縁焉　亦云浄人為二散楽今云二中楽一
俳優《ワザヲギ》等一祈二於春日神一ニ竟父君之白癩令二平愈一云々是申楽翁三番叟之始ニシテ起二当奈良坂一也　文繁故摘二其要一
古老云観世又三郎初て勧進能の時翁の面装束等借用す是往古より散楽の面于レ今存すか故なりとそ
九月八日祭礼毎年当日式三番叟アリ当郷の者勤

喜田氏は、この資料が後世の牽強付会に成るものであることを認めながらも、奈良坂の「夙の者が古く花売りであったこと、兼ねて又た彼等が猿楽の徒であったことなどを説明」し得ているとされた。そして、「要するに猿楽はもと一の滑稽劇で、夙の徒の行ったものであったから、大和にあっては其の徒の崇敬する春日の神を猿楽の祖神とし、夙の元祖と称する奈良坂宿にこれを祭り、其の徒或は其の像を描かしめて、宿神として崇拝したものであったらしい」と結論づけられた。

近年になって、藪田嘉一郎氏が、「大和国添上郡奈良奈良坂村旧記」と題して、かつてこの土地に住んでいた夙人の謂れを説く四種の資料を翻刻・紹介せられた[82]。これによって、前引の『平城坊目考』引く奈良坂春日社（奈良豆比古神社）の縁起が、これらの旧記を基にして作成されたものであることが明らかとなった。四種のうち、『夙人元来』と題するものの中で、時の帝が浄人王を春日ノ宮の神主に定め、父春日王を養育せよと勅宣を賜わった、その文であると伝説化して載せている各条は、まさしく中世における夙の民の生業そのものを示している点で貴重とすべきである。

その部分だけを引いてみよう。

一、大弓ヲ削《ケヅリ》キ矢《ヤ》弦《ツル》ヲ造《ツクリ》リ可レ為二家調《チョウ》一

附弓作弦掛《ツクリツルカケ》可為二家職一叓

一、初春戸祭門柱《トマツリカドハシラ》松竹及《ヲヨビ》四季ノ草木花菓《コノミ》等ハ伐《キ》二リ採リ南良山中一ニ可レ為二家売《カショウ》一

附建松歯朶諸《タテマツハヲカリシヨ》花可二商売一之事

一、正月元日臨二諸公家門《ノソミテモロモロノクゲノモン》一啓二祝文《ヒラキシユ》一祓《ハライ》二不浄一及俳優哥舞《ヲヨビハイユウカブ》シテ可レ為二家業一ト

一、諸国山里散楽等ハ奈良津彦、神主《カンヌシ》従五位下弓削首夙人王《ヲ、》ノ子孫可レ為二家僕一

附猿楽田楽傀儡師《カイライシ》白拍子《シラビヨシ》為二勧進一之輩ハ可レ為二支配一之事

一、諸祭礼ノ庭《ニハ》諸仏会場《ヱノニハ》為二警固一掌《ツカサドリ》二掃除一ヲ可レ為二家職一

西鶴の『世間胸算用』(巻四の二)、「奈良の庭竈」に、元日の早暁に「都の外の宿の者といふ男ども、大乗院御門跡の家来因幡といへる人の許にて、例にまかせて祝ひはじめ、「冨《とみ》〳〵、冨《とめ》〳〵」といひて町中をかけ廻れば、家ごとに餅に銭そへてとらせる。云々」とあり、これが「毎朝三日が間、福の神を売る」ことを描いている。この業に従った「都の外の宿の者」は、すなわち奈良坂の夙人たちであった。彼らは、弓矢を作り、門松や歯朶、四季の花を売り、寺社の行事に際しては警備と清掃の業に従った。その一方で、彼らは初春を寿ぎ不浄を祓う呪術者(初春のほかい人)であり、また歌舞芸能の業に従う芸能民でもあったのである。

なお、一般に夙の民についての詳しくは、柳田氏・堀氏の前記の論文によって御覧いただくこととしたい。

彼らが、シュクノカミたるシュクシンを一族の守護神として斎き祀っていたであろうこと、そしてそれは翁の面であったろうことはほぼ疑いないところと思う。すでに述べたとおり、この社には現在も宝物として「おそろし殿」に擬されるであろう鬼面(武悪)を伝えていることが知られている。なお、この社では、現在も十一月八日に古風な翁舞

が奉納されている。[83] 翁は三人で舞う珍しい様式のものであるが、最後の万歳楽の前に、「これも当社明神の御威光により、千代なるかな千代なるかな、ときやくすれば、いずれの願も成就せざらん、富貴栄華と守らせ給う、これ喜びの万歳楽」という、五流の翁にはない謡を入れているのが特色である。「ときやくすれば」の意は「斎約すれば」かと思われるが、私は右の唱歌は本来摩多羅神を祀る歌謡ではなかったかと想像している。その理由は、歌の内容が、延命と現世利益を祈願する点で摩多羅神の威徳に共通であるのはむろんであるが、さらに、毛越寺の延年にある「唐拍子」(路舞)の一番の歌謡に「摩多羅神ハ三反時ヤヲ加フ仏カナ　マイレハネカイミテ給フ」と歌うものと彼我共通の発想を窺い知るゆえである。この仮説に妥当性が認められるとすれば、「当社明神の御威光」は、表向き春日明神を指しているものの、実は彼らの守護神であり、他ならぬ翁そのものであった宿神、すなわち摩多羅神を意味していることになるであろう。

彼ら夙の猿楽芸能民と四座に属した中世の大和猿楽の芸能民との直接的な関係は不明とするの他はない。しかし、その境遇においてほとんど共通していたことは疑いを容れまい。

シュクシンが、シュクの神としての名に由来するとの考えは、恐らく誤ってはいないであろう。すでに、喜田貞吉氏は、これを当道における守瞽神(守宮神)とも根源を同じうする点に言及したのち、「観じてこゝに至れば宿神の及ぶ範囲は更に広くなつて、彼の社宮神《しゃぐじん》・社宮司《しゃぐじ》・赤口神《しゃくじん》・石神《しゃくじん》・佐軍神・佐具叡神など称するものとの関係をも認めたくなる。或は陰陽道其他諸道の守護神たる式神に其の根源を求めねばならぬものであるかも知れぬ。或は傀儡師の祭る道祖神と合せて研究せねばならぬものであるのかも知れぬ」と、この問題が頗る多方面に亘る拡がりを持つであろうことを示唆されていた。

柳田国男氏の「夙の者と守宮神との関係(「毛坊主考」の八)」は、シュクの名義の由来は「守戸」であるとする古くからの有力な説を排し、「シュクは元の音《おん》恐くはスクで、ハチと同じく都邑の境《さかひ》又は端《はづ》れを意味した語である」ことを主張された。従って、「シュクの者はシュクに住む者の義」と解されたのである。そこから進んで、宿神はシュクガミで、すなわち境《さかい》守の神であったとの考えを、多くの例を挙げて主張し、国府の地に接近して多く存在する守宮神の例や、諸道の守護神とされた守宮神の場合も、すべてこの考えで説明し得るといわれた。すなわち、柳田氏の結論は「朝廷や国庁に存する守宮神と云ふ神の名は、本来は諸道の家の神の名から出た。諸道の家の神をシュク神と云ふのは、彼等が大和河内の夙の者の如く、シュク即ち邑境に住んだが為だ。境に住んで村の悪魔を払ふのは夙の者のみでは無かつたが、独り近畿の一種類のみが後世シュクの者を以て呼ばれたのである」というにある。

要するに、柳田氏の考えは、シュクシンは宿神・粛慎の神・シュクジの神・姉君司大権現・シクジの仏・護宿神《ごしゅくじん》・護此君神《ごしくんじん》・守宮神《しゅくうじん》・守公《しゅく》神《じん》・守宮司《しゅぐうじ》・守君神《しゅくんじん》・守瞽《しゅこ》神・主空《しゅくう》神・十宮神《じゅうくんじん》などなど、各土地によって発音の訛りと独自の意味づけを含んださまざまな宛字表記を生んでいるけれども、それらに拘りなく根源は一であって、それは「地境鎮護の神」であったとする点に帰する。この考えを支えるものとして、サカ・サコ・サキ・スク・ソキ・ソコ等々の語根の通うことばが、いずれも辺境を意味しているという認識が働いていたことは間違いない。氏は、「単に此語がサカ（坂又は境）、サコ・セコ（迫）、サキ（崎又は尖）、ソキ・ソコ（底又は塞）、ソグ（削）、スグル（過）などゝ語根の通ふと云ふのみで無く、現実に多くのシュクと云ふ地名が境に在る為に言ふのである」と述べておられる。

柳田氏は、「夙の者と守宮神との関係」の論文以前に、『石神問答』を公けにしておられた。この往復書簡の形式による独特な研究成果は、実に豊富な問題を内包しており、後の民俗学研究者に多くの示唆を与えているが、この中で柳田氏が一貫して強い関心を示しつづけておられたのは、全国各地に存在する正体不明の小さき神であったシャグジ・シャゴジ・シャクジン・サグジ・サクジン・スクジなどの本質を究明しようとする点であった。

これもまた、さまざまな奉祀のされ方、信仰のされ方をしており、地域の特異性や歴史の経過の中で、いろいろな属性が付加せられて、複雑な習合の様相を見せている不思議な神であった。シュクジンの場合とまったく同様に、土地の訛りや信仰対象としての意味づけによって、類似の発音ながらいろいろに呼ばれ、かつさまざまな宛字によって表記せられていた。

いま知られている、それら表記の例を列挙してみよう。

左宮司・社宮司・社宮神・左久神・作神・左口・社口大明神・社子ノ社・佐護神・石護神・石神《しゃくじん》・釈護子・遮愚儞・遮軍神・三宮神・三狐神・山護神・山護氏明神・射軍神・釈天神・杓子・オシャモジ(以上、柳田氏が「現在小祠表」の中に掲げられたもの)、狭口神・座護神・尺神・社軍司・佐軍神・おしやも神・お杓子神・おしやくしさん(以上、藤森栄一氏が『銅鐸』の中で、今井野菊氏の調査によるとして掲げられているもののうち、重複する分を除く)等々。

柳田氏は、すでにこの研究(『石神問答』)の中で、サカ・サキ・サク・サイ・スク・ソキ・ソウ・ソク・ソコ等の語が、いずれも「同一語原より色々と分化したるものなるべく、凡て皆隔絶の義あるかと存じ候」といい、「サグジ又はシヤグジも塞神の義」、つまり辺境を守護する神であったのが、その本質であろうと結論しておられた。

右の結論に誤りないとすれば、シャグジ・シャクジン・サクジン・シュクシン・シュグジン・シュグジ等々との間に本質的な違いはなく、いずれも辺境に斎き祀られて、外敵を降伏する地境鎮護の神であったといってよいのであろう。それが、辺境に住まうことの多かった人たち――いわゆるシュク(夙)の人たちや、放浪する人たちによって篤く崇敬されていたであろうことは勿論である。

シャグジ・シュクシンは、当然のことながら、道祖神と習合したものもあり(84)、また御霊信仰・荒神信仰と結合する例も多かった。これらは、それぞれについて詳細な検討が必要であるが、現在の私には研究が行き届いていない。ただ、荒神信仰との関係については、前に述べておいた、播磨国シャクシに「荒ぶる神」として影向し給うた大避大明神に直接的にかかわる問題であり、軽視できるものではない。この点については、琵琶法師や説経師たち——いわゆる放浪芸能民の奉じた芸能神の問題として第四章で扱うこととしたい。彼らもまた、「宿神」を奉祀していたのである(85)。

第八節　シュグジ・シャグジの本質

さて、これらの数多いシャグジ・シャクシ・シュグジ等々のうち、やはり辺境の地に住んだ渡来人秦氏の後裔たちの祀ったものは、彼らが一族の守護神として祀ってきた摩多羅神と習合を果たしたものであったと思う。神威の絶大である懼るべき将軍神《しょうぐんじん》でもあった摩多羅神の属性から見て、この習合はごく自然であったはずである。このことは、たとえば毛越寺の摩多羅神を指して、土地の人が「作神様」と呼んでいる例(86)をもってしても首肯されるところであろう。「作神」とは、まさにシャグジの一の名称以外ではなかった。同時にそれは、宿神でもあったのである。

ここで、いささか考えに容れておきたいことは、シャグジと酒との関係である。第二節に、坂越の大避神社の社伝の一説に、オオサケの名称は秦氏の祖とする酒公《さけのきみ》を併祀したところから出たとするもののあることを述べておいた。『日本書紀』(雄略天皇紀)ほかに登場する秦酒公について、後の伝説は、彼が酒瓶の中で育ったがゆえの名であると語っていた(『太子伝聖誉鈔』)。かの河勝が壺に入って泊瀬の川を流れてきたとする伝説にも、酒公に関する右の伝説が影響していると考えられる。また酒造りの神として著名な京都の松尾神社は、秦忌寸都理によって勧請され、代々秦氏の子孫によって祀られたといい伝える。

秦造《みやつこ》酒という、古代史に登場するこの人物の名が、後代の伝承に影響を与えたのは当然考えられることとしても(87)、「秦ノ始皇ノ不死薬求ケル」者の子孫たる秦氏と、齢を延ぶる仙家の薬とされてきた酒との間には、なお表面に表われない何らかの繋りがあったのかも知れない。酒の醸造技術が古く渡来人によって齎されたのは勿論である。

一方、古代神事において、嚙み酒のことを「みさく」「さくち」と呼んでいたらしいことについて、中山太郎氏が『豊受皇太神宮年中行事今式』(巻五)に載せる神膳の内容を示す図を引いて述べておられる(88)。これには、神酒が、「左口知」「佐久知」と表記されている。仮に、中山氏が考えられたごとくに、諏訪社の御左口神が、シャグジとして、酒神であったとの仮説に正当性があるものとすれば、秦氏の民がシャグジに摩多羅神を重ね、習合させていった媒介のひとつに、酒の縁が想定されるかも知れない。多武峰の常行堂において執行された摩多羅神供が、「法事スキテノチ大酒アリ。ウミヽ《(シカ)》、ロヨリシヤクヲトリテサケヲシイル事、ハカリナシ。タウサニ皆々ノミコロフナリ」という行儀(神事の直会《なおらい》に相当するか)に従ってなされ、これによって摩多羅神の神変奇特面が生命ある者のごとく赤く変って酔いを表わすといった変異を示すと信じられていたことから推しても、酒の霊力と摩多羅神の関係は並々ならぬものがあったと察せられるのである。

この問題については、さらに慎重に検討される必要がある。とりあえず参考に止めておく所以である。

次に、いくつかの文献に出るシュグジンに即して、この神の本質を考察してみよう。

すでに、柳田・堀両氏ともに触れておられるところであるが、従来常識的に「諸道の神」とせられてきた守宮神について、私見を述べる。

当道関係の基本資料とされている『当道要集』の「同系図之事」の中に、

一、守宮神御仕社《ママ》(筆者注―使者)なれば一代猿喰間敷事。

の一条がある。これによって、守宮神の使わしめが、日吉山王信仰同様に猿の姿において認識されていたことがわかり、同時にこのことは、守宮神そのものの本体が猿に似た「小さき神」の姿として考えられていた場合のあることを物語るとも理解される。

『続古事談』(第五・諸道)に、典薬頭雅忠の夢に「七八歳バカリナル小童」が寝殿に走ってきて、二十日ほど後に起こる火災を予告した話を載せている。そして、「昔ハ諸道ニカク守宮神タチソヒケレバ。シルシモ冥加モアリケルニコソ」と付け加えている。これも守宮神が小童の姿で化現することを示す話である。

蹴鞠の名人として、伝説化されている侍従大納言成通には、常に鞠の神が付き添っていたという。『成通卿口伝日記』[89]によると、成通卿の鞠供養の夜、「顔は人にて手足身猿にて。三四歳ばかりの児」が三人現われて、「鞠の精」と名乗り、「御まりこのませおはします世には国さかへ。好人司なり。福あり。寿ながく。病なし。後世までよく候也」と蹴鞠の現世利益に果たす功徳を述べる。そして、「今より後はさる者ありと御心にかけておはしまさば。御まぼりとなりまいらせて。御鞠をもいよ〳〵よくなしまいらせん」と約して、そのまま消えたのだという。この件は、『撰集抄』(八)にも出、五寸ばかりの「小男の。みめことからあてやかなる」者が、うずくまって化現したといい、また『十訓抄』(巻下の十)では「みづらゆひたる小児、年十二三計にて青色の唐装束」であったとしている。

この「鞠の精」は、守宮神であると明らかにしていないが、同じ神と見てよいだろう。『享徳二年晴之御鞠記』を見ると、成通が「鞠の明神」を祀っていたとの説を載せている。「侍従大納言成通ときこえし人。この道の奥義をきはめて、神変不思議のことなどもありき。（中略）まりの明神をあがめ申されて、紀行景《豊イ》といふものを神主にさだめられて、種々の神事など行はれける。其みやしろ今にありとかや」。

右にいう「まりの明神」は、すなわち守宮神であったと思われる。(90)

鞠の道において奥義を極めることは、いかに身軽に動き、自由に蹴ることができるかという点にあったのは当然で、そこにおのずからリズムが要求され、芸能に通うところがあった。『遊庭秘抄』に、やはり鞠の名手であったという順徳院のこととして、「鞠の三拍子に三台皇麞急などの早拍子物をしやうか《唱歌》をせさせ給て、羯鼓拍子に御足ぶみを踏て、大鼓のつぼに御鞠を遊しけん」という。

香西精氏は、「まりの伝書類に目を通していると、世阿弥の能用語と共通するものが注意を引く」として、「手持ち・顔持ち・首持ち・足踏み・身体・体拝」の例を挙げておられる。(91)もっとも、同氏が指摘しておられるとおり、これらは猿楽以前、すでに舞楽において、その術語としていたところであった。

大陸から、おそらくは早く渡来人によって齎されたに違いない蹴鞠の道(92)に、守宮神と目される「小さき神」が守護神とされていたことは、その姿が猿の形で認識されていたらしいことと併せて極めて興味深いことである。

『続古事談』は、「昔ハ諸道ニカク守宮神タチソヒケレバ」と記していたけれども、いまわれわれの知る限りでは、医術と蹴鞠との二道に関するものであり、その道はともにもと外来の道であったことは、やはり意味のあるところであるとしなければならぬと思う。すなわち、守宮神は外来神であったことである。陰陽道の安倍晴明が一条の橋に伏せ置いたという式神・識神（『今昔物語集』『新猿楽記』等）も、その性格からして、シャグジ・シュグジと同類と考えてよいとすれば、この外来の呪道にもまた共通する神が添い、かつ祀られていたことを考えさせる。

次に、先に引いておいた『八帖花伝書』のいう「守久神」の意義づけの拠って来るところについて考察しよう。『八帖花伝書』が最高にして統一的な神であり、すなわち翁なりと設定した守久神が、『明宿集』ほかの猿楽伝承が「宿神」と表記したところと実体を等しくすることは、もはや多言を要すまい。要するに、この守久神は摩多羅神のことであった。

しかし、『八帖花伝書』が、この神に加えている性格づけと解釈とは、決してある時点における一猿楽芸能者の思いつきや捏造によるものではなく、むしろ意外に古くから伝えられ信仰されてきたシュグジンの本質を下敷きにしているように思われる。

『八帖花伝書』の当該部分は、極めて難解である。まず、「大和申楽の次第」として、

一　第二　天照大神　翁舞　連ぬし殿
一　第一　八幡大菩薩　千歳　鈴大夫殿
一　第三　春日大明神　三番　神楽大夫殿

と、室町時代に流行した三社託宣の形式によって記している。この下段にある「連ぬし・鈴大夫・神楽大夫」について、中村保雄氏は、「当時の春日大社の人的構成と翁猿楽の実状から考えると、……それぞれ連主《むらじぬし》・呪師《すし》・神楽男《かぐらお》ではないか。……大和猿楽のもっとも大切な芸能としての翁猿楽に、神主・神人と呪師猿楽とからあてたのではないか」と想像しておられる。[93]

次いで、「頭の連主殿は守久神。本地、釈迦如来なり」と規定する。そして、「申楽は春日明神の御守《もり》」であり、「春日の四所明神に、一人づゝの御守《もり》」をするという。その役は、「一番、大菩薩。二番、天照大神。三番に春日大明

神。又、若宮の守久神の御事也」というが、つまりは、いずれの神々をも守久神が守るというのである。されば、「守久神は、三人の父母の御神也。若宮を守る御神と言へり」といい、また別に「脇能は春日明神の御守の事なり」「其時の守久の神、天照大神宮の御守たり」ともいうのである。文脈はまことに読解し難く乱れているが、言わんとするところは明白である。すなわち、守久神は春日四所明神、なかんずく若宮の守り神であり、それは頭の連主殿に擬される翁として影向し給うというのである。したがって、猿楽は春日明神そのものを守る役目を持つことになる。この「御守《もり》たり」に注して、中村保雄氏が「お慰めの役の者である」とされたのは、おそらく正確な解ではあるまい。たしかに、この「守《もり》」には、幼き者を慰める寓意が強調されて、「三人の父母の御神」というようにもいっているが、つづけて「若宮を守《まぼ》る御神と言へり」としているとおり、文字どおり守護し助ける神の意である。従って、「申楽は春日明神の御守《もり》たり」の表現を底流する思想は、猿楽の芸能の役割は守久神すなわち摩多羅神の強大な神威の発揚を促すことによって、春日明神そのものの霊性発動を守護する点にあるという、猿楽芸能民のみが持ち得た呪性を反映したものであったはずである。それは、彼ら芸能民の信仰に裏づけられた自信の表明でもあった。断じて、お慰めする役の謂に止まるものではなかったことをいっておきたい。

『八帖花伝書』に採用された伝承の底に流れている思想が、いかにも中世的であること、そして、猿楽芸能の担った呪術宗教的性格を確かなるものとして持ちつづけていることが了解されたと思う。なお、実際には、春日神社本社の背後に佐《さ》軍神社《ぐんじんしゃ》と名づける小祠があって、現在は田《た》心姫《ゆりひめ》を祭神と称するが、これが一のシャグンジ(シャグジ)であることは、あらためていうまでもなかろう。

『八帖花伝書』によって明らかとなった守久神の性格は、この神の基本的な神格と見なしてもよいように思える。いまひとつ、平安時代の例を掲げてみたい。

これは、『栄華物語』に出る著名な一文である。巻二の「花山尋ぬる中納言」で、強く落飾を望んだ花山天皇が、寛和二年六月二十二日の夜、秘かに宮中を忍び出で給う条に、その姿を探し求める宮中の人たちの狼狽の様を描く部分がある。その時、「中納言は守宮神・賢所の御前にて伏しまろび給て、「我宝の君はいづくにあからめせさせ給へるぞや」と、伏しまろび泣き給ふ」とある。問題の「守宮神・賢所」の解釈は、古来不明とされており、現在まで明確な考えが示されていなかった。賢所が、内侍所ともいい、天皇の祖神天照大神の御霊代としての神鏡を奉安する場所であることには問題はない。不詳とされてきたのは、いうまでもなく「守宮神」である。守宮神とは何か、またそれと賢所とは別の神であるのか同一の神とすべきであるのか。伊勢貞丈の『安斎随筆』(巻十四)は、「按、守宮神は、みやもりの神とよむべし。賢所をさして云なるべし。たゞに賢所といひてあるべきを、守宮神賢所とつゞけていひたるは、その時宮中を尋ねさがし奉る時なれば、守宮神の三字を賢所の上にかゞふらせしならん。賢所は、広く天下を守り給ふなれば、宮中におはしますからに、宮中を守り給はん事は、いふにや及ぶ。守宮神と賢所を二つになすはよろしからぬ歟」と、両者を同一の神と見るべきことを述べて、まことに要領を得ない、苦しい説明を加えている。それ以後の『栄華物語』注釈研究の過程において、前掲『続古事談』に出る守宮神の例が導入されて、守宮神は独立の神とする説が通説となった。日本古典文学大系本の校注者は、「これはやはりこのまま別々に見てさしつかえあるまい」とされている。これをもって従来の説の到達した点と見て差支えあるまい。だが、この注をもってしても、守宮神は「スクジン。外記庁に祭った神。宮殿・官衙の守護神。また災厄を予言する神でもあるらしい。ここはその意味で祈願したか」とあるばかりで、要領を得ず、かつ右の解釈も正鵠を射ているとは思われない。何よりも、なぜ「守宮神」と「賢所」が、同一とも別とも思われるような形で、結びついてここに登場したのか、その理由がまったく明らかになっていないではないか。

この点は、本章に屡述し来った守宮神の本質を知れば、直ちに理解されるであろう。現在その痕跡は窺えないようであるが、この文例の守宮神は、賢所に添うて建つ小祠の神で、それは賢所を守る性格の神であったと思われる。「守る」ということばの内容を、さらに正確にいっておこう。この守宮神は、賢所に奉安せられたる天照大神の御霊代の鏡に付き添い、これを守護するとともに、その霊威の発動を促す重大な役目を受け持つ神であったはずである。鏡はそれじたい不断の霊光を輝やかせているものではない。天皇家の祖神天照大神の魂は鏡の内奥に鎮まり坐し、強力な神の力に促されることによって、はじめておのずからなる神威を発揚し、輝やかすを得たと考えられていたものであろう。そのつど、新鮮にして強力な活力を注がれることによって、霊の復活・再生が果たされ、より強大な、荒々しい霊感を発揮する。それが呪具としての鏡の特性であった。

したがって、祖先神たる天照大神の神徳に縋って、花山天皇を探し出すためには、何よりもまず秘められた神である守宮神に祈り、その強大な神力の発動を願う必要があったのである。

このようにして、賢所と守宮神とは、本来別々の神でありながら、その実は一体とも見なし得る密接不可分の関係に在ったことがわかる。『栄華物語』の当該本文は、守宮神の本質に基づいて、このように読み取るべきであると、私は思う。従来の注のごとく、この際「災厄を予言する神」に対して祈ったところで、何の利益のあろうわけもないのである。

守宮神は、正統に承認されて正面に立つ神仏の傍らに、影のごとく付き添う一種精霊のような神であった。その地位は、公けの神仏よりも一段低いと考えられ、飽くまでも表に現われることをしない隠れた神とされていたようである。(95)

柳田国男氏は、『石神問答』発表の時点で、「社宮司を神に仕ふる神なりとするは文字に拘泥したる不通の俗説なれども、此神を大社の境内に祀る例多き為唱へ始めしかと思はる」(二四頁)と、この種の伝承を斥けられたけれども、いまシャグジの本質を明らかにしていく過程において、あらためて伝承に一の意義を認めてもよいように思う。シャグジは、たしかに「神に仕ふる神」と見なされがちな、地位低く、表に出ない神だったのである。ただし、見誤ってならないのは、この神の実力は地霊を鎮め、「神を動かす神」としてのそれであったことである。

第七節に述べたシュクの神は、一方において宮中に祀られ、賢所(内侍所)のマスミノカガミを守る神ともなっていた。すでに述べておいたところであるが、『太子伝聖誉鈔』の語る秦河勝伝説で、河勝の子のひとりが宮中に入り、大極殿の地主神となったとしているのとの暗合が感じられる。内侍所の御神楽に奉仕したのが近衛舎人たちであり、その中に秦姓の人たちが多数混っていたことについては、繰り返して述べるまでもあるまい。河勝の子のひとり秦敏通が、人となり「貴」で、大極殿の地主神となったという、一見あまりにも突飛な、荒唐無稽とも牽強付会とも難ぜられるであろう伝承も、それなりに、ひとつの事実を投影していたことを感じないわけにいかないだろう。

かく考察を進めてくると、シャグジ・シュグジ等々の本質が、かの後戸の神とまったく共通のものであることが明白になると思う。

たとえば、後堂の縁板を踏み鳴らして、後堂の神を発動せしむることが、すなわち本尊の威徳を仰ぐことに繋がった(「文学《(覚)》」の頼朝伝説。第四節に引いた)。ただし、右の例の足踏みは意味のないそれではあり得なかった。毛越寺の摩多羅神祭(常行三昧御本地供)の生命ともいうべき深秘の行事が、一老が神前に進んで密奏する祝詞奏上であった。この摩多羅神の御本地を説き、その御利生を顕わし、御願円満・息災延命・千秋万歳を祝う祝詞を奏し終えたあとに、口伝秘書によれば、極秘の足踏みが行なわれる。そして、秘密中の秘密とされているという。本田安次氏は、「その神秘の尊厳さをあくまでも尊重する意味から」と断って、あえて秘書を写さず、その要点を聞書の形で紹介するに止められたほどである。極秘の足踏みについては、次のようにある。(96)

この足踏は、祝詞を伝授されて、勤行七ヶ年の勤功を積まねば許されないといひ、現在踏まないのも、唱者がまだ七ヶ年務めてゐない故といふ。これは世にいふ反閇であつた。祝詞をこんなに重大視してゐるのも、一つにはこの反閇がある故であつたと思ふ。その踏み方は、八文字足を外輪に立直つて、多分その場に、右足より七歩踏むのであるが、口に、「トゥラ〳〵〳〵〳〵〳〵ラツ」と唱へごとをし、先づ「トゥ」で右の爪先を踏みつけ、「ラ」でその踵をつける。次に足を代へて同じく。最後に「ラツ」と、これは右足の平全体を踏みつけ、踏みとめとするのである。

一のヘンバイ(反閇)である深秘の足踏みは、いうまでもなく、摩縁邪鬼悪霊を踏み鎮め、神の示現を仰ぐに当たって行なう重要な呪法である。「うしろだうの縁の板を。だう〳〵とふみならし」た所為が、右の足踏みの呪法であったのは疑う余地はない。

修正会における乱声や、西宮戎社の十日戎に後戸を叩く行事の持つ意味も、これと共通する一の呪法であったのに違いない。

後戸の神(摩多羅神)に対して神いさめし、その顕現を仰ぎ、その神威の発動を促すことは、すなわち主尊(毛越寺の例でいえば、宝冠の阿弥陀仏)の持つ広大円満な光明の新たなる覚醒を願うとともに、この絶対神に対して、平素はなし得ない私的な祈願を籠め、その成就を願う機会に他ならないのであった。そして、そのわざをなすことのできたのが、呪術宗教的芸能民としての猿楽者だったのである。

思えば、猿楽芸能民は、身分低く卑賤視されつづけたが、その持ち得た呪術的職能によって、神を動かすことのできる力を備えていた。彼らは、みずから神と成って舞い出づる資格を持ち、万民の延命息災・福徳成就の悲願を満たすことができたのであった。

こうした猿楽芸能民の本質は、まさに、後戸の神のそれをそのまま移行し、体現しているものといっていいのである。それは、猿の姿にもなぞらえられる神と、その神の子としての一族であったのだ。

シャグジ・シュグジと摩多羅神との習合は、実に両神の根源的属性において、その必然性を有していたことも、併せ明らかにし得たと思う。

本章の冒頭に述べておいた河勝伝説を想い出していただきたい。幼少の聖徳太子の背後に影のごとく付き添って、これに刃向かう法敵を退散せしめ、太子を守った秦河勝の存在のしかたが、主尊に対するシャグジ——後戸の神——の神格に完全に重なるものであることは、いまや誰の目にも明白な事実といえよう。伝説の河勝は、すなわちシャグジだったのである。ゆえにこそ、シャクシの浦に影向したのであった。

従来、現象的諸事実から帰納して、またときとして極めて抽象的な把握に基づいて説かれてきた、日本芸能の特質を規定する「聖」と「俗」、「貴」と「賤」の複合的二重構造は、摩多羅神そのものの神格と、その異様な存在のしかたに起因していることが知られるであろう。それは、とりも直さず、摩多羅神を奉祀しつつ、みずから摩多羅神と成るを得たこの国の芸能民自体の異様な生きざまの反映でもあったのだ。かの伝説が語った賤なる弟は、貴なる兄と同躰だったのである。

右の論理と構造が明らかになったことによって、これまで理解できなかった日本芸能および芸能史上の謎のいくつかを解くための緒口が摑めると思っている。

最後に付け加えておきたい。

宿神(守宮神・守久神)でもあった摩多羅神は、少なくとも二種類の異なった祀られかたをしたと考えられる。一は、それ自体が辺境の守護神であり、秦氏の後裔にとって一族共同体の祖神として奉祀される形で、これが坂越の大避神社および播磨国一帯に分布していたその分祠の場合である。その祭日はいずれも九月十二日と定まっていた。この祭日は、京都太秦広隆寺の大避神社の牛祭の日と合致していることから推して、この日が秦氏の祖神としての摩多羅神の祭日であったと思われる。

いまひとつは、天台系(慈覚系)の寺院の常行堂の後戸に、仏法の守護神として祀られた摩多羅神である。この方の祭日、すなわち摩多羅神祭は、修正会の行事の中で行なわれた。たとえば、毛越寺では正月二十日、多武峰では正月五日、伊豆山権現も同じく五日と定めていた。

延年および原始的な猿楽が直接的に深い関係を持ったのは、後者の摩多羅神であったのは、あらためていうまでもない。

『風姿花伝』(神儀)、『明宿集』他に載せる猿楽始源伝説は、この二種の摩多羅神信仰を結合して生み出されたものに他ならなかった。第二節に引用した際、注意しておいたところであるが、『明宿集』の記事が、坂越の大避大明神を指して、「所ノ人、猿楽ノ宮トモ、宿神トモ、コレヲ申タテマツルナリ」といって、『風姿花伝』と異なった記述をしていた点を想起されたい。播磨国坂越の人たちが、これをシャクシあるいはシャグジ・シャクシンなどと呼んだことは事実であろう。それを禅竹が「宿神」に宛てたのには十分理由があった。だが、土地の人がこれを「猿楽の宮」とも呼んだはずはあり得なかった。これが禅竹の創作であることは、まず間違いないとしてよかろう。

第九節　結　語

以上、中世の猿楽芸能民たちが崇敬し、畏怖した「宿神」の本質と意義をめぐって、円周から次第に円の中心に迫るという方法で検討し、さまざまの角度からの考察を試みた。これによって、日本芸能および芸能史の根幹につながる課題に関して、従来の研究をいささかは進めることができたように思う。

各節の内容を要約して、ここに掲げておく。

一、猿楽芸能民の猿楽始源伝承に登場する秦河勝が太子を守る猛き武将として現われ、軍神《いくさがみ》として伝説化されている理由について。

二、兵庫県坂越の大避神社に奉祀された河勝について。シャグジとの習合、河勝はすなわち宿神であること。

三、宿神と河勝との結合の理由、新・河勝伝説を生み出した人たちについて。伝承の翁面・鬼面一体観、底に隠されている摩多羅神信仰のこと。

四、宿神＝河勝＝摩多羅神を奉祀した中世の芸能民共同体の置かれた社会的地位について。秦氏の後裔と日本芸能史を担った人たちとの関係。近衛舎人・四天王寺舞人・猿楽芸能民のこと。

五、摩多羅神の秘密化と翁の懼れ、すなわち宿神＝摩多羅神＝翁の観念について。翁を斎祀した芸能民の集団。

六、宿神の名称の由来について。星宿信仰と摩多羅神の関係。いわゆる「宿神像」の検討。

七、夙と宿神について。地境鎮護の神としてのシャグジ・シュグジと宿神。

八、宿神の根本的性格について。シャグジ・シュグジのうち、摩多羅神と習合した神のこと。シャグジと酒と秦氏。
諸道の神とされたシュグジ。神霊の発動を促す隠れた神としての本質。日本芸能そのものの特質。

九、結　語

芸能神信仰の根源に在ったところのものは、古代以来の芸能民のしいたげられた社会的地位であり、同時に彼らだけが担い得た強大な呪術的職能の本質でもあった。したがって、芸能神信仰の研究は、すなわち芸能と芸能史と芸能民共同体の本質を究明する課題の別ではないのであった。

摩多羅神が、わが国の芸能の根源にかかわる神であることに着目し、ある示唆を与えられた唯一の先学は、筑土鈴寛氏であったと思う。筑土氏は、昭和十九年十月号の『国語と国文学』に発表された論文「芸能と生命様式[97]」において、日本芸能の担いつづけた暗い面、陰惨な面の中に、この摩多羅神の問題が横たわっているのではないかという卓見を披瀝しておられた。氏は、摩多羅神が大地神であり、同時に人の生命を司る神であるとする見解から、そうした大地と生命との不可分の信仰が働いて、日本の芸能が、歓喜的・光明的なものと、悲劇的・暗黒的なものと、両面をなす感情に色どられているのではないかと述べておられる。私は、筑土氏が、あの暗くいまわしい戦争のさ中に、この論文を示しておられたことに感動する。「芸能について、私は何ら知識を持合せていないのであるが」と謙辞をもって述べられたこの仮説は、具体性に乏しく、観念的・抽象的に過ぎたため、説得力に欠ける憾みのあったのを否めない。しかし、その内容は頗る示唆的であったと思う。戦後、すでに三十年を経たこんにちまで、この先学の示唆をほとんど展開させられなかったわれわれ芸能史学徒の不明を恥じねばならない。筑土氏は、「論文のシテは、まだ無明の中にある。この暗いものが明るく新たな姿をとって生れてくるのも、学問のたまふりによることであろう」と比喩的にこの論文を結んでおられる。本稿が、同氏の期待されたところに、いくらかは応えることができたとすれば、これに過ぐる幸せはない。

注

(1)『世子六十以後申楽談儀』「能を書くに、序破急を書くとて」の段に、「守屋の能に、「守屋の首を斬る」と云所、こゝをば、節《ふし》にて首を斬るべき所也。井阿弥生れ替りても知るまじき也。守屋と論義に云て落しべし。無窮子細に云々て、「首を斬る」と云て、さつとして入べき所也」(日本思想大系本、二八九頁)とある。井阿弥は世阿弥の先輩に当たる作者と覚しいが、伝不明。「守屋」の作者であろう。

(2) これと同じ伝説を扱った曲に、「上宮太子」(前場)がある。これも観世流の番外曲である。

〔補注〕「守屋」「上宮太子」の本説については、阿部泰郎氏の「中世太子伝と能」(『文芸論叢』十三号)および「中世芸能と太子伝」(『観世』昭和五十六年二月)に詳細に論じられた。

(3) 本文は、『謡曲三百五十番集』(日本名著全集)によった。

(4) ここに脚色されている説話は、前場・後場ともに、そのままの形で、大阪府八尾市太子堂にある大聖勝軍寺(ショウグンジ)の寺伝となって伝えられている。この地には太子が隠れ給うたという伝説を持つ椋の大樹があり(俗称を「むくの木寺」という)、「物部守屋大連墳」「守屋池(首洗い池)」「頭塚」「軀塚」など、守屋最期を記念する遺跡と称えるものを備えている。その真偽は問うところではないが、何故この地の将軍寺(造立は極めて古い)がこういった寺伝を持つに至ったのかという点については、検討に価するものがあると思う。

(5) 他に、新羅の使が齎した仏像一具を広隆寺に安置したとする一条(推古天皇卅一年秋七月)があり、その名は出ないが、これに河勝が参与したことは当然であろう。「卅一年秋七月、新羅遣二大使奈末智洗爾一、任那遣二達率奈末智一、並来朝。仍貢二仏像一具、及金塔幷舎利、且大灌頂幡一具、小幡十二条一。即仏像居二於葛野秦寺一以二余舎利金塔灌頂幡等一皆納二于四天王寺一。云々」。

(6)〔補注〕森本美恵「秦氏系楽家「秦河勝楽祖伝承」の成立一考」(『芸能史研究』一三二号、平成八年一月)に、承和三年

(八三六)作成とされる「広隆寺縁起」、寛平年間(八八九—八九八)成「広隆寺資財交替実録帳」の内容を紹介し、森本氏はそのいずれにも広隆寺の創建に関して太子と河勝とが登場すること、両人の関係は『日本書紀』の記述と同様に守屋討伐を媒介にしてはいないことを確かめている。

また、阿部泰郎氏は、能「守屋」の本説に相当する伝承は十四世紀ごろに形成されつつあった中世太子伝(および絵解きによって普及した知識)であることを述べ、「「守屋」という能は、個々の素材においては中世太子伝の諸伝承をかなり自由に取捨変形しつつちりばめて」成ったことを論証された(注(2)〔補注〕)。

(7) 『群書類従』巻六十四所収。

(8) 『続群書類従』巻一八九所収。『補闕記』の影響を受けているが、当時の伝説を集大成したものと見られる。藤原兼輔著。

(9) 後に掲げる『明宿集』の河勝説話にはこれが出、「守屋」との影響関係は別にして、円満井座猿楽者の持った河勝伝説の中には、この一件が存在したと知れる。

(10) 毘沙門天とは、四天王のうち、もっとも霊威強く激しいといわれ、北方の仏法守護に任じた多聞天の別名であることは、改めて述べるまでもないだろう。後述する摩多羅神は、本来四天王とは直接関係のない神で、四天王信仰より遅れて渡来したと思われるが、これが深秘の神であって、その名を顕わすのを憚ったゆえか、とかく四天王の中の一神と習合させられ、その名を借りて表象されている例が多い。もっとも多いのが多聞天—毘沙門天であったのは、その祀られる位置——南面する本尊の背後、すなわち北側であったこと——の類似、また極めて霊威の強いとされるその性格の共通などから、当然であろう。

注(4)に引いた八尾市太子堂の大聖勝軍寺の本堂、すなわち植髪太子堂の本尊である太子立像の前面に、護衛四天王(蘇我馬子・小野妹子・迹見赤檮・秦河勝)と称して四体が並べられている。これらは、本来太子立像の周囲に四天王に見たてて立ち、河勝と称する像は北側に在ったと想像される。今井啓一氏によると、「他の三像が並びに二尺位であるのに、河勝像のみは二尺三寸位、台座ともで二尺五寸位、右手に塔を捧持して恰も多聞天の如く、肉身は桃色、髪・鬚・眼は黒く、鎧は金色で周辺は肉色、口赤く、脚部には桐の模様が描かれ、邪鬼をふんまえている。製作は他の三像にややおくれ、鎌倉時代の後補であろうか」という。その尊容からしても、この像が多聞天像であるのは間違いない。河勝が多聞天、すなわち毘

沙門天に擬されて信仰の対象となったことのあるのを証明していよう。相生市三濃山(旧赤穂郡矢野村大字三濃山)の求福寺は、その観音堂を秦内麿が建立したと伝える秦氏由縁の寺である。その境内にも大避神社があり、秦河勝を奉祀している。その神体は、左手に塔を捧げ、右手に剣を持つ多聞天の形で表わされている由である。なお、河勝を毘沙門になぞらえるようになった媒介として、将軍地蔵の信仰が存在した可能性が考えられる。『元亨釈書』(巻九、延鎮伝)に、坂上田村麻呂が奥州平定の後に延鎮に遇い、法力守護の礼を述べる件りがあり、次のようにいう。「将軍先詣㆑鎮曰。因㆓師護念㆒已誅㆓逆寇㆒。不㆑知師之所㆑修何法哉。鎮曰。我法中有㆓勝軍地蔵。勝敵毗舎門㆒。我造㆓二像㆒供修耳」。右の文において、将軍地蔵と毘沙門とは並記される二神である。清水寺は坂上田村麻呂と関係の深い寺であることが縁起によって知られるが、この寺の本尊は秘仏千手観世音菩薩で、その脇侍は向かって右に毘沙門天、左に勝軍地蔵を安置している。

しかるに、中世に地蔵の本地が毘沙門とされるようになったことについて、説経節「さんせう太夫」に好例が見えている。つし王が姉からもらった地蔵を守りとして太夫の許から逃げる件りで、追われて国分寺に逃げ込む。その寺の本尊を尋ねたとき、「ひしやもん(一本「びしやもん天」、また一本「大日たもん天」とする)」と答えられて、「あらありかたの御事や、それがしがはた《肌》にかけたるも、しんたいはひしやもん也(一本「ぢざうほさつも。いにしへは御一たいと承る」とする)、ちからをそへて給はれ」と頼んでいる。

秦河勝(＝摩多羅神)は、毘沙門天のほか、持国天に擬される例もあったと思われる。大阪市寝屋川市の西島利男氏蔵「秦河勝広隆卿略伝」と称するものに、「持国天の化人云々」の文字が見えるとのことである。筆者未見。今井啓一氏の「秦河勝」による。

(11)　『播磨鑑』(宝暦年間成)。この伝説は、猿楽者たちの伝承にも姿を現わさない。他の伝承によったものらしい。

大化の改新の時、古人皇子事件の関係者の中に、秦造田来津《たくつ》の名が見え、大化五年(六四九)改新政府の右大臣蘇我倉山田石川麻呂が讒言によって中大兄皇子に殺された時、秦吾《あ》寺《てら》がいっしょに斬られたという。右の事件の知識が混淆して、「難を避けた」とする河勝伝説を生み出したのかも知れない。

なお、右の秦田来津は、斉明天皇七年(六六一)の百済遠征に際し、五千余の軍を率いて百済に渡り、奮闘の末討死したと伝える。秦氏一族の者のかかわったとする数少ない著名事件は、いずれも河勝の名において収斂されているかのように思われるので、この田来津の事蹟が、軍のまつり人としての河勝伝説成立に影を落としていることも考えられる。

(12) 河勝が太子から仏像を授けられて蜂岡寺(広隆寺)を造立したこと(推古天皇十一年十一月条)、新羅使奈末智洗爾の齎した仏像一具を「葛野の秦の寺」(蜂岡寺)に安置したこと(推古天皇三十一年秋七月条)が『日本書紀』に出ているが、『聖徳太子伝暦』(下)には、これとは別の年のこととして、一体の渡来の秘仏を、やはり蜂岡寺に祀ったとの伝説を掲げており、注目に価する。(推古廿四年)「秋七月。新羅王遣使。献金仏像高二尺置蜂岡寺。此像放光時々有恠。太子令秦川勝曰。仏像有霊。不輙垢。宜安清浄堂。不得恣拝。俗之癡人若有触犯。彼必被禍。護法之神。毗舎門王不応為善。川勝謹奉記伝後世」。

(13)『世子六十以後申楽談儀』の筆録者の秦元能をはじめ、大和猿楽の者はいずれも秦氏を名のり、署名もしている。『申楽談儀』の中で世阿弥の述べた「大和申楽は、河勝より直《すぐ》に伝はる」——河勝の直系であるという伝承が、彼らに信じられており、これが座の権威のために重要であったことの反映である。

(14)『円満井座系図』(『金春古伝書集成』所収)は、秦河勝に注して、同様の伝説を記して「欽明天皇御宇、大和国泊瀬河、自然涌出之人。後、乗㆓空船㆒出㆓西海㆒、釈師之浦ニ霊神ト顕、号㆓大荒大明神㆒。不生不死之人也」とある。

謡曲「上宮太子」は、この伝説を扱った曲で、その前シテは次のようにいう。「その古は秦の。河勝といはれしが。時代《ときよ》とて今は又。大荒の神は我なり。(中略)暇申して帰るとて。夕波の難波江の。海人の小舟に飛び乗りて。風に任せて西の海。沖に浮ぶと程もなく。播磨の岸に着くと見えて。かき消すやうに失せにけり。〳〵」(本文『謡曲三百五十番集』による)。

(15)「播州赤穂郡坂越浦大避大明神縁起」(天和二年四月、神祇道管領卜部朝臣兼連の年記・署名を持つ。大避神社蔵)は、これとほとんど同じ内容を記しており、この影響を受けていることは間違いないと思われる。

(16)『駿河志料』によると、静岡県富士郡加島村大字蓼原の八面社は、富士川の洪水の時、流れて来た荒神の神像を祀るという。大荒大明神となる河勝示現譚と共通しているのがわかる。

(17) 遥かなる海の彼方から、因縁あって来り寄る異常の物が、必ず「うつぼ舟」(空洞の木・瓢・壺・瓜などを一括してこの名で呼んだ)に乗って漂着したとする説話を形成していることは、柳田国男氏の「うつぼ舟の話」(『妹の力』のうち)に詳しく説かれ、民俗学の常識になっている。当然のことながら、渡来人との関係において語られる説話が多い。『定本柳田国男集』(九巻)。

〔補注〕　三村昌義氏は「芸能神河勝――その侏儒的要素」(『三田国文』四号、昭和六十年四月)において、伝説の秦河勝は壺に入って漂着した小人で、うつほ舟に乗って漂流した常世神でもあったことをふまえて、次のような説を展開された。すなわち、小子部に代表される古代の侏儒と、彼らが養蚕にかかわる職掌をになっていたと考えられること(『雄略紀』六年春三月条)、一方常世神と名づけられた蚕を養い機を織る職掌をもっていたらしい秦氏の信仰(『姓氏録』左京諸蕃、大秦公宿禰の条、『日本書紀』巻二十四、皇極天皇三年秋七月の著名な常世神事件)、酒造の技術を媒介とする河勝と少彦名神との近似性、侏儒と『僻図』に描かれている「入壺舞」との関係などを考え合わせ、伝説の河勝像は「小さいがゆえに霊威のある神」であった。宿神＝摩多羅神もこういう畏怖すべき小サ神であって、この神を操る呪力をもっていたゆえに芸能民は恐れられていたと考えられた。

守宮神の本体が小サ神と観念せられていた場合のあることについては、本章の第八節に述べている。

(18)　柳田国男氏は『石神問答』の冒頭で、シャクシの称を持つ地名に着目し、「若狭三方郡の三方湖の西岸より常神岬の方へ越ゆる峠に「塩坂越」とかきてサコシ、肥前北松浦郡海上の小嶼にシャクシ、壱岐にも杓子松といふ由緒ある古松二所」とともに、いま問題にしている播州のシャクシを掲げている。研究の進むにつれて、同類の地名は続々と発見され、美濃揖斐郡宮地村宮地字杓子、美作久米郡倭文東村福田下字杓子田、越前足羽郡麻生津村徳尾杓子山、磐城西白河郡信夫村増見字尺子内、遠江榛原郡坂部村字前玉坂口《さくち》山の例を追記とされている。

(19)〔補注〕　坂越の大避神社が、旧赤穂郡を中心に、相生市・佐用郡・揖保郡一帯に夥しい分祠を持っていたことについては、小林楓村氏の「千種川流域に於ける秦氏の遺蹟」(『義士魂』三・四・六・七・八・十一号、昭和八年六月―同九年二月、および同じ題の改稿『西播史談会々報』十一・十二号合本、昭和二十四年十二月)、佐方渚果氏の「大避太明神勧請鎮座地について」(『播磨』五十八号、昭和三十九年五月)、赤穂歴史研究会坂越支部発行の『ふるさとの歴史』二号(昭和五十六年十二月)などに詳しい。『ふるさとの歴史』に掲載された「千種川と大避神社」によると、幕末の弘化二年(一八四五)に坂越の大避神社で行なった祭神一二〇〇年祭の記録があるという。これによると、当時赤穂近辺に大避大明神(秦河勝)を祀る社が二十二社あり、それぞれの氏子から神饌料が供えられたと見える由で、二十二社の名が掲げてある。

明治四十年ごろに、坂越の大避神社境内への集祀、あるいは郷社、村社への合祀が行なわれ、大避神社と称する神社はその数を減じたが、なお現在も県内に三十六社が確認されているとのことである。〔補注ここまで〕

秦氏の後裔の繁衍の地であった播磨地方、千種川流域一帯で、彼らの守護神(宿神=摩多羅神)が、大避大明神の名によって祭祀されていた事実がわかり、その中心地が「シャクシ」の地名として残った理由も理解されよう。

〔補注〕 これらおびただしい数にのぼる大避神社も、実はその創建年代は詳かでなく、その多くは中世後期から近世末にかけて坂越の大避神社から祭神大避大明神(秦河勝)を勧請したものと想像される。元来は荒神、稲荷などの名もなき小祠だったのが、養蚕の神または疫病除けの神、疱瘡除けの神など、当地域における河勝伝説のひろがりを背景にして、大避神社の勧請を進めたのではないかと思う。むろんそのことは、河勝伝説を受容し、または再創造したこの地域の特性を語るものといってさしつかえない。

(20) 『石神問答』(『定本柳田国男集』十二巻)三三・八八・一三五頁、他参照。

(21) 同前、七〇頁。七一・八九頁、他参照。

(22) 関晃『帰化人』によると、「不思議なことに、雄略記のいかにも作り話らしいウズマサの語源説話一つを除くと、秦氏が機織とつながりがあることを物語るような史料は全然ない」「機織に関する限りは、わずかの関係を暗示するようなものも見当らない。大化以前だけでなく、大化以後も律令制度の中で機織関係の官司にとくに秦氏の人が結びついているというようなこともないのである。これは確実な史料については勿論、伝説の類についてもそうであって、甚だきれいさっぱりとしている。だから、ウズマサの話一つだけをはずしてしまえば、機織技術の氏だという根拠は、完全になくなってしまうのである」(九五—九六頁)といわれている。関氏は、このことから、かりにハタの姓がハタオリのハタから来たとしても、それは機織の部の管掌者というだけのことであったかも知れず、あるいはその技術がそれほど特殊なものではなかったために、秦部が一般の農民とあまり変りないものになって、早く専門技術から離れてしまったのではないかと推定される。

秦氏の伝承・伝説の類は、かえってもっぱら歌舞芸能の方面に夥しく創られ、語り伝えられてきたことには理由があるとしなくてはならないだろう。それが、下級渡来人である秦人たちの置かれた社会的地位と彼らの重要な職掌であったと考えられる寺社行事に際しての呪的芸能奉仕、そして彼らの祀った守護神によるものであると、私は考えている。

(23)　「又百済人味摩之、帰化けり。曰はく、「呉に学びて、伎楽《くれがく》の儛を得たり」といふ。則ち桜井に安置《はべ》らしめて、少年を集へて、伎楽の儛を習はしむ。是に、真野首弟子・新漢済文、二《ふたり》の人、習ひて其の儛を伝ふ。此今、大市首・辟田首等が祖なり」(『日本書紀』推古天皇二十年条)。伎楽伝習に名を出すこの二氏については不詳で、日本古典文学大系本の頭注は、二氏の記事は後世の衍入かと疑っている。『教訓抄』に載せる「古記」の記事との関連から見ても、右二氏の一件には疑問がある。

〔補注〕　阿部泰郎氏が「中世太子伝の伎楽伝来説話――中世芸能の縁起叙述をめぐりて」(『芸能史研究』七十八号、昭和五十七年七月)の論文に紹介された、鎌倉初期の嘉禄三年(一二二七)に四天王寺の僧によって編纂された『提波羅惹寺麻訶所生秘決』において、はじめて味摩之を媒介として秦氏と芸能とのつながりが現われることが判明した。

(24)　林屋辰三郎『中世芸能史の研究』一九四・二六八頁。

(25)〔補注〕　中世仮面の研究家中村保雄氏は、「翁＝宿神＝星宿神＝摩多羅神」の観念連環として把握し、翁面はすなわち摩多羅神そのものの表象であるとする考えをもっておられた。以下の論文を参照。「神像から仮面へ――翁面と男女の面を中心に」(『芸能史研究』五十一号、昭和五十年十月)、「続・神像から仮面へ――尉の面を中心に」(同・六十二号、昭和五十三年七月)、「芸能史と美術史――中世仮面の場合」(同・七十三号、昭和五十六年四月)、「仮面曼荼羅――『明宿集』を中心に」(同・九十二号、昭和六十一年一月)。また、それらの集大成としての『古面の美――中世仮面の美術史的研究』(駸々堂出版、平成元年六月)がある。翁面に関しては、後藤淑氏の『中世仮面の歴史的・民俗学的研究――能楽師に関連して』(多賀出版、昭和六十二年)ほか多くの論著に言及がある。

(26)　戸井田道三『能――神と乞食の芸術』七八頁。

〔補注〕　拙稿「翁面信仰小論――芸道神秘化に底流する呪術的宗教思想について」㈠㈡(『春秋』一五八・一五九号、昭和四十九年十・十一月号)参照。

(27)　ジャン＝ルイ・ベドゥアン著、斎藤正二訳『仮面の民俗学』二九―三〇・三五―三六・四六―四九・七二頁、他。日本の場合も、天から降ったと伝える面、海から引き揚げたと伝える面の類が数多く伝承されているが、これらについては後藤淑氏の「能登の能面から」(『能の形成と世阿弥』二七五―二九七頁)というすぐれた論文に詳しい。なお、法隆寺追儺会に用いた毘沙門天の仮面、『楽家録』や『教訓抄』に記事の出る左近府生の家宝抜頭面、大神晴遠の重器とした還城楽面、春日神社蔵(元興寺本の模刻)の散手面の基になった「宝冠の面」などの舞楽面が、いずれも天降面の伝承を持っていることについて、野間清六氏の『日本仮面史』(藝文書院、一一八・二四六頁)に記事がある。

これら海上面・天降面が、翁面・尉面・採桑老・胡飲酒(酔胡)のごとき老人の面と、抜頭・毘沙門・還城楽・羅陵王・納蘇利など超人間的な怖し気の強い舞楽面(夜叉あるいは鬼に比定され得る面)との、二類に限られているのは注目すべきことがらであろう。

(28) 後藤淑「能登の能面から」(『能の形成と世阿弥』二九四—二九五頁)。

(29) 上田正昭『帰化人——古代国家の成立をめぐって』(中公新書)七二頁。また同氏の「秦氏の伝承」(『京都千年』)。

(30) 中村保雄「大僻神社の仮面」(『芸能史研究』三号、昭和三十八年十月)。

(31) 大避神社蔵の陵王面(「天の面」に相当する)が、猿田彦ノ面とされていたことは、禅竹の『六輪一露之記』に一条兼良が付した注、それを「一条殿ノ御筆」として引いた『猿楽縁起』(いずれも『金春古伝書集成』収載)などに、猿楽の起源を天岩戸における猿田彦に仮托せしめていることからしても、理由のある付会であったといえる。この点については、『日本書紀』に河勝が新羅使の入京に先導《みちびき》を勤めたとしていること、天孫降臨に際して猿田彦が先導を勤めたと語る神話、法隆寺や四天王寺の聖霊会(奈良時代に創始されたといい、太子像と舎利を奉戴して練り歩く行道や舞楽が行なわれる)の行道に、地鎮を役目として行列の先頭を行く天狗鼻の面である「治道」の姿、衢の神・サエの神である猿田彦の相貌や性格が複雑に習合していると考えられる。

〔補注〕 王朝末期から鎌倉時代にかけて大社寺の祭礼に際して行なわれた「王の舞」は、鼻の高い面をつけることを特徴としている。その仮面は舞楽の陵王や散手の面を原型としたものではないかと考えられている。「王の舞」は中世の田楽と深くかかわって生まれた芸能であり、これを猿楽が取りこんだのには必然性があるだろう。橋本裕之氏の『王の舞の民俗学的研究』(ひつじ書房、平成九年二月)をも参照されたい。

(32) 中村保雄氏より示教を得た「大野出目家伝書」の中に収められている。

(33)〔補注〕 江戸時代初期に成立した『四座役者目録』に、「日本ニテ、聖徳太子面ヲ始テ作リ給フ。大和ノ国ニ、十六面ト云在所有リ。金春ニ、太子之(「御」の誤りカ)作ノ面、今ニ有リ。ヲ、ソ、ロ、シ、ノ、面ト云、鬼ノ面也。秘シ見セヌ也」と書き「ヲソロシノ面」は「鬼面」であることを明言している。また、これとほぼ同じころ成った大蔵虎明の狂言伝書『わらんべ草』は、「金春ノ座ニハ、有《リ》二伝者《ツタワルモノ》一。聖徳太子ノ自《リノ》二天竺一伝授《ジュ》ノ舎利九十粒計アリ。家繁《ハン》昌旼《ノトキ》ハ多ク成《ル》也。又、尼《アマ》《天ノ字カ》ノ面、一面アリ。是ハ自レ天降《フル》ト云説アリ。故ニ天《アマ》ノ面ト名付也」「伝ニ云、今春(ママ)のおそろし殿と云は、守屋が曝《しや》れ首《かうべ》也。惣領一人家督《トク》を請取時、七日精進して、荒薦《あらこも》の上にゐねて、一代に一度拝むといへど、名人八郎殿よりこのかた拝まず。聖徳太子の御作の翁の面。太子七歳の御時より、御たぶさに御もち有し仏舎利有と云々」と同様の伝承を記している。ここではおそろし殿を「守屋の髑髏」と称し、代替りの時だけに拝む定めだったと伝える。やはり実態は鬼面だったのであろう。同じく『わらんべ草』の「昔語」の中には、「惣じて此道の人は、翁の御面一通、守久神とあがめ、余の神を信仰せざりし」と、翁面を守久(別の個所に「宿神」の表記もある)と崇めてひとえに信仰したことを伝えている。

(34)『平城坊目考』(巻之三)、奈良坂町の条による。

(35)　森末義彰「咒師と丹波猿楽」(『中世芸能史論考』)、能勢朝次「咒師考」(『能楽源流考』)に詳しい。金井清光氏の「中世芸能者の名前について」(『鳥取大学学芸学部研究報告』十三巻、昭和三十七年十一月。のち『能の研究』に収められた)に、金春が鬼の物まねの名人を出す一方に、系図に毘沙王を名のった者(毘沙門の申し子ないし取り子)のあったことを関係づけて、修正会の追儺式の問題に触れておられる。

〔補注〕　久下隆史「修正会の芸能——龍天・毘沙門・鬼について」(『御影史学論集』五号、昭和五十四年十月)他を参照。近年研究が進んでいる。

(36)　浜一衛『日本芸能の源流——散楽考』第五章「猿楽」。とくに、二五三頁以降に詳しい。

(37)　野間清六『日本仮面史』一三二頁。

(38)〔補注〕　広隆寺の「牛祭」に登場する摩多羅神は以前は鬼面をつけていたかもしれない(『都名所図会』)。江戸後期の画師浮田一蕙が「太秦牛祭・今宮安楽祭図屏風」(六曲一双)や軸装の「太秦牛祭図」に描いている摩多羅神(現代の牛祭はこれと同様である)のように、柔和でやや滑稽な仮面をつけているとも考えられる。まさしく摩多羅神の属性の両性の表象である。『都名所図会』の挿絵がかりに実際とは違っていたとしても、摩多羅神の鬼としての形象化を自然と考える観念の存在した証である。また茨木県真壁郡大和村の雨引山楽法寺(雨引観音)の摩多羅神祭の主神は鬼面をつけて行道する。一般に「摩多羅鬼神祭」の称がある。摩多羅神の容貌は一般には鬼面によって象徴されていたと思われる。

(39)〔補注〕 初出の際は語りの「うしろたう」を「後堂」と訓み、引声堂の後にある別棟のことかと考えていた。その後、小田雄三氏が「後戸」と「後堂」は同名とされ、また建築史家の黒田龍二氏が発表された「床下参籠・床下祭儀」(『月刊百科』三〇三号、昭和六十三年一月)の中でも、これは別棟ではなく「引声堂の後戸」と解するのが妥当であると指摘された。黒田氏の論文は、中世以降の神社・寺院の背面の床下に忌み籠りして再生を強く祈願する信仰形態があったことを、史料に基づいて明らかにされたものである。両氏の所説に従い、「後戸」と把え直して稿の一部を改めたことをお断りする。
　徳田和夫氏は、黒田氏の論をふまえた上で、八幡神の眷族神である松童神が社殿の床下もしくは縁の下に祭られていたと考えられる事例をあげ、床下に忌み籠る者は復活再生が叶えられるばかりではなく、神の資格をも得る者であることを説き、「床下参籠も床下儀礼も、その発生時や流布浸透時に松童神伝承や、同似な発想とかかわるところがあったに違いない」とされた。そして、松童神の姿態や神威の機能には、つねに主神仏の背後にいて、その霊威をいや増す役目を果たしている「後戸の神」と共通する性格が備っていることを指摘された(「床下神の物語」『国語国文論集』十七号、昭和六十三年三月。のちに加筆して『絵語りと物語り』平凡社、平成二年八月に収録)。

(40) 説経節「しんとく丸」の本文は、伝存する正本中、もっとも古いもので、よく本質を伝えているとされている「天下無双佐渡七太夫正本 せつきやうしんとく丸」(天理図書館蔵)の翻刻によった。横山重校訂『説経正本集』第一に所収。ただし、傍の漢字は筆者が仮に付した。

(41) 岩崎武夫氏の『さんせう太夫考』は、「天王寺持仏堂の縁の下にとり入れて」の本文を用い(一〇四頁)、次に掲げる箇所に出る「いせん堂」に、(持仙堂?)と注記された(一一二頁)が、これは誤解であろう。荒木繁・山本吉左右校注『説経節』(東洋文庫、昭和四十八年)が、当該の両箇所を「引声堂」と理解し、その旨注記(一五八頁)を付したのが妥当である。岩崎氏も、「天王寺西門考」(『文学』昭和四十九年九月)において、これを引声堂のこととして捉え直しておられる。
　〔補注〕 室木弥太郎氏校注の新潮日本古典集成『説経集』(昭和五十二年)も頭注に「引声堂であろう」と記された。

(42) 岩崎武夫『さんせう太夫考――中世の説経語り』(平凡選書、昭和四十八年五月)。「さんせう太夫の構造」の章。

(43)『伊豆山略縁起』ほか。菊地勇次郎氏の示教を得た。
(44)『羅山文集』三十七。『和訓栞』にも、「日光山に頼朝堂あり、此も摩多羅神と称せり」とある。
(45) 狂言には、「田舎者が小堂を建てたが、そこに祀る仏像がなく、都に出て仏師を探す。たまたま心のよくない者(すっぱ)に出逢って、騙される」というひとつの類型がある。「金津」(金津地蔵)・「仏師」・「六地蔵」などがこれに属する。そのうちで、すっぱが贋の仏像(自分または仲間と語らって仏像の真似をするのである)の引き渡しをする場所として、誓願寺・因幡堂などの「後堂」(後戸)をとくに指定するのも、この場所が絶対に人目に付かない格好の場所であったことを背景にしている。
(46) 後戸の縁の下で復活するしんとく丸が、かつて、二月二十二日、天王寺の聖霊会に当たって、蓮池の上にしつらえた石の舞台で、稚児の舞を演じたことが思い合わされる。「さすかちこはひじん《美人》也、あふきのて《扇手》はよし、人間な申におよばず、もろ〳〵のしよぼさつ《諸菩薩》、かうがら《〔かうがのカ〕》うろくづにいたるまでうかみ《浮》出、きせんくんしゆ《貴賤群集》はみち〳〵て、此まいほめ《舞誉》ぬ物はなし」というみごとさで、これが乙姫と相契る契機になった。乙姫が自害せんとする時、この稚児舞の姿を想起したのを媒介にして「後堂」の存在に気づいたと作るのを、果たして偶然といえるだろうか。
なお、しんとく丸は百済王の後裔で、天王寺の楽人だったとの伝説も語られていた。
(47)「円満井座伝承考――風姿花伝神儀云私注」。はじめ『芸能史研究』(二十七号、昭和四十四年七月)に発表されたが、のち金春家旧伝四巻本『風姿花伝』に載せる資料などを補って、『金春禅竹の研究』(赤尾照文堂、昭和四十五年十月)に収載された。
(48)『大日本仏教全書』(旧版・「聖徳太子伝叢書」)所収。
(49) この伝説は、前述した河勝の大避大明神示顕譚と同じパターンである。注(15)・(16)参照。
(50) 秦氏の、古代の歴史上に名を現わす人名は限られており、河勝の他には、秦大津父《おおつち》・椋部《くらべの》秦久麻・秦造田来津《たくつ》・秦造熊・秦造綱手・秦友足《ともたり》・秦吾寺《あてら》らを見出すばかりで、敏通の名は現在まで管見に入らない。平野邦雄氏の労作「秦氏の研究――その文明的特徴をめぐって」(『史学雑誌』昭和三十六年三・四月)には古代史に登場する秦氏の人名が数多く示されているが、これにも、その名は見えない。創作かと思われる。

〔補注〕　阿部泰郎氏が注(23)〔補注〕に掲げた論文で紹介された多くの中世太子伝には共通して、味摩師から伎楽を伝承したのは秦川勝と弟の川満の兄弟の子孫だとしており、『提婆羅惹寺麻訶所生秘決』には、川勝の弟の「宝」という者が「舞人之先祖」であるとする伝承を記している。祖先の一人物から何人かの兄弟を作り出して、分派してそれぞれの技芸の始祖となったとする手法は、この種の系図作成上の常套手段であった。

(51)　『拾芥抄』(宮城ノ部第十九)に、「或記に云ふ、大内裏は秦川勝の宅、橘本大夫ノ宅、南殿の前庭の橘樹は旧跡に依て殖う」とあり、同殿舎ノ事にも、「紫宸殿……天暦御記に云ふ、紫宸殿は秦川勝の宅所云々」とある。

(52)　『江談抄』(第一、公事)、「紫宸殿南庭橘桜両樹事」に、「内裡紫宸殿南庭桜樹橘樹者。旧跡也。件橘樹地者。昔遷都以前橘本太夫宅也。枝条不レ改。及二天徳之末一云々。又秦川勝旧宅者。但是或人説也」といい、『山城名勝志』(巻之一、御階橘ノ条)にもこれと同じ説を載せている。

(53)　林屋辰三郎『中世芸能史の研究』。とくに第二章「中世芸能の成長と芸能者」の第二節「猿楽の成立」および第四節「舎人・法師と傀儡子」。

(54)　『群書類従』(巻四五一)所収。

(55)　能勢朝次『世阿弥十六部集評釈 上』一三五頁。金井清光『花伝書新解』一四八頁。

〔補注〕　金井氏の『風姿花伝詳解』(昭和五十八年)はこの説を改められた(三七五頁)。

(56)　藪田嘉一郎氏は「秦氏安考」(『能楽風土記――能楽の歴史地理的研究』)において、これが実在の名ではないことを説き、氏《し》安《あん》の名は、「細男から人名らしく作り上げたものと解する」(一二二頁)との仮説を述べておられる。猿楽者の始源伝説が、神道面における源流を神楽の細男に付会しようとする意志を持ったことは『風姿花伝』(神儀)等によって窺うことができるにしても、その音をシアン(氏安)に通わせたとするのには無理があり、にわかに首肯し難い。

(57)〔補注〕　阿部泰郎氏の「中世太子伝の伎楽伝来説話――中世芸能の縁起叙述をめぐりて」(『芸能史研究』七十八号、昭和五十七年七月)は、天王寺の僧重懐の『太子伝見聞記』にある次の記事を紹介された。

　或一説云。於秦始皇ノ末流、川勝ハ嫡子ノ流、天王寺ノ伶人ハ第三王子ノ流、長谷川秦党ハ第二王子ノ流云云。

すなわち、秦始皇の三人の王子から、川勝の流、長谷川秦党、天王寺の伶人の三つの流れが生まれたとする伝承である。

そして、同氏は『明宿集』当該の伝承記事とのつながりを指摘しておられる。阿部氏の論文は、伎楽・舞楽・猿楽などの芸能始源伝承が、天王寺の僧の活動や絵解きの展開の過程で拡張した中世の聖徳太子伝の中で発達した部分の多いことを詳細かつ精緻に論じた画期的な論文である。そのすぐれた内容から教えられるところははなはだ大きい。本論はこれによって補足を得る点がある一方、訂正を要するところがあるが、〔補注〕として所説を補うに止めた。

(58)　能勢朝次氏が紹介された『衆徒記鑑古今一濫』に、「四座猿楽　是等者、為二西金堂修二月行法之間ノ寄人一、而従二毎年中春朔日一至二同十四日一所レ遂二行之一也。令下安二泰天下国土一、擁二護仏法一、寺社堅固上之為二規則一。因レ此而練行之衆等、以二咒師十二天大刀一払二悪魔一之為二表示一、以レ此為二外想一、猿楽等表二出外想一而相二勤咒師《シュシ》庭《ハシリ》一也」と出ている。『能楽源流考』の一一九・一二〇頁。

(59)　本田安次『神楽』五六七頁。

(60)　本田安次『延年』二九〇頁。

(61)　『八帖花伝書』の本文は、日本思想大系『古代中世芸術論』所収のものによった。五一六頁。

この観念に基づく翁の神聖視と懼れは、近世の都市芸能として展開した歌舞伎にも確かなものとして伝承せられていた。六世尾上菊五郎が、「門外不出の伝書」「昔ならば勿論一子相伝と云ふ処」と断って、敢て公開した資料の中に、「翁伝書」と題したものがある。その中には「金春流拍子之事」の一条もあって、その規範を仰いだところを窺わせている。その「翁秘事」のうち、さらに「秘事有」と注した部分は、「右翁立之儀は神楽の奥之秘事、秘密、是に極りたる儀也、是はおそろしき仔細多し、神道より出たる儀なれば、是を勤む時は、七日精進なくては、必ず不勤処にて神明御罰」とあって、『八帖花伝書』の影響が明らかである。六代目尾上菊五郎『芸』三二二頁。

(62)　観世新九郎家文書(服部康治氏蔵)のうち。江戸初期転写の横本。表章氏が「百々裏話　五十四」(『銕仙』一五七号、昭和四十三年二月九日)、「多武峰の能――その四」において初めて紹介されたもの。右の論文は、増補・修正を加えて、「多武峰の猿楽」と題し、『能楽研究』(一号、昭和四十九年十月三十一日)に掲載された。能楽史研究のすぐれた成果であった。本資料写真の閲覧については、表章氏の御導きを賜わった。

(63)　原本は「ナタラ神」となっている。伝承の途中での訛りか、聞き誤りか、あるいは転写の際の誤記であろうか。

(64) 飯塚友一郎氏が「歌舞伎史の新課題としての「若嶋座一巻」」の題で、資料の全文を翻刻・紹介されている(『歌舞伎の新研究』昭和二十七年十月)。

(65) 『農村舞台の総合的研究——歌舞伎・人形芝居を中心に』(昭和四十六年五月)七三一・七三九頁。

(66) 徳江元正「貴種流離譚以後——折口学の展開」(『国文学』昭和五十年一月号)。将軍足利義満が美少年の藤若丸を溺愛し、同席させて、「如此散楽者乞食所行也、而賞翫近仕之条、世以傾寄之、云々」(『後愚昧記』永和四年六月七日ノ条)と批難された、あまりにも著名な事件も、このことに関連して理解されるのでなければなるまい。

(67) 第一章「後戸の神」参照。

(68) 「摩多羅神とその遺宝」(『神道美術の研究』二三五頁)。

(69) 景山春樹氏が引かれた一説によると、赤山法華院には多くの新羅人が求法のために止住していたことから、ここを新羅院とも呼び、ここに祀られていたことから赤山明神を一名新羅明神とも呼んだのだという。一方、平野邦雄氏は「秦氏の研究——その文明的特徴をめぐって」において、秦氏が新羅系の渡来人として新羅仏教と密接に結合していたこと、常世国や長命伝説と深い関係を持ったこと、渡来氏族としては不可解なほど神祇的信仰に密着していたことなどを指摘しておられる。赤山明神・新羅明神・摩多羅神と新羅仏教を奉じた秦氏、さらに秦姓を称した芸能民との関係は、こんごの研究によって一層明らかとされねばならない。

〔補注〕 高取正男氏の「後戸の護法神」(『日本人の生活と信仰』昭和五十四年十二月)は、その冒頭に、赤山明神、新羅明神、摩多羅神の三神の祭祀のされ方を記し、これら迎えられる「客神」と土着にして迎える神とのダイナミックな共鳴、相関の関係を論じられた。

(70) 村山修一氏は、『本地垂迹』(三一二頁)に、「冥府信仰における泰山府君は陰陽道と習合して福禄寿星と名づけ星神となり、北斗七星信仰の中で摩多羅神とも習合した」と述べられた。

(71) 村山修一『本地垂迹』九六頁。

(72) 『古美術』三十五号(昭和四十六年十二月)、「星宿美術・特集」。

(73) 本田安次『延年』二九〇頁の次に写真が掲載されている。

(74)　日本思想大系『世阿弥 禅竹』解説、五八一頁。

(75)　『続群書類従』巻三四二所収。

なお、この他に、伊藤正義氏が引いておられる資料、陽明文庫蔵『月草』は、招月庵正徹が禅竹に乞われて宿神像に与えた賛が出ている。「金春太夫、本尊ニ賛所望時、当座詠也。本尊躰翁面」の題に、「千はやふる神は仏の影なれハ、翁すかたえひのころもそ」とある。下の句が字足らずであるが、神変奇特の翁面の「酔ひ」に「緋の衣」を懸けたものと解してよかろうか。いずれにせよ、神仏習合を象徴する姿であったらしいことは間違いない。『金春古伝書集成』解説、八一頁。

(76)　「下常行堂当時退転す。別条下出 ○そのかみ右大将家当山御造営ありしより、世々の武将御崇尊ありて、国家安全の禱祈《とうき》・戦陣死亡の追福、今も猶正月元旦卯貝《うのかい》より一七日の間修正会を行ひ、昇平有年の精祈《せいき》を励し、就《づく》レ中《なかん》三日の夜よりは法楽を始め、五日の夜戌刻には摩多羅神《またらじん》の祭《まつり》あり。其作法希代にして、別当を初め鉦鼓の拍子を打て、一の秘仏即摩多羅神之秘像を押戴き、神秘の和歌を唱詠し、扇を取て舞踏する事故実ありて、外人に見する事を許さず。されども此物の音をたに聞けば、其歳の疫癘災難等を免るゝとて、諸人戸外に群参す。云々」(『伊豆山略縁起』による)。この時に歌う神秘の歌は「マタラ神ノ祭ニヤ、マラニマヒヲ舞ハシテ、ツビニツヾミヲ叩カシテ、囃セヤキンタマ、チンチヤラ、チンチヤラ、チンチヤラ、チヤン」というものであったとある由、伊豆山神社の社司北山和麿氏が古文書を紹介しておられる。「伊豆山神社摩恒羅の秘事」(『民俗芸術』一巻二号、昭和三年二月)。双厳院本「玄旨重大口決」に記す二童子の歌謡、「シシリシニシリシシ」「ソソロソニソソロソ」に共通する鄙猥な意を寓した歌と思われる。

〔補注〕　鈴木正崇氏に、摩多羅神を代表とする「後戸に祭られる神」に稲の豊饒を祈願するための性と生殖の観念の投影があることを考えた論文がある(「祭祀空間の中の性」『文化人類学』四号、昭和六十二年十月)。

(77)　『八帖花伝書』第一巻に見える「楽屋入りをして、物の色めも見えざる所は、人の胎内に宿る形也」「幕を打上げ出づる風情、是、人間の生るゝ形なり」という、甚だ興味深い伝承は、「享禄三年二月奥書能伝書」の次の記述とほぼ同文である。「マツサルカクヲセントテ楽屋入ヲシテ、マクヲヒキマワシ、イマタ物ノ色モミエス、ヨウイスルテイ、コレスナワチ人間ノ生ルハシメナリ。イマタ、イナイニアルフセイナリ。其後、マクヲ上テ、座付ノテイ、コレ生ル処ナリ。云々」。

(78)　『定本柳田国男集』(九巻、三九四頁)。

(79)『定本柳田国男集』(十二巻)。
(80)『民族と歴史』(四巻五号、大正九年十一月一日)。
(81)堀一郎『我が国民間信仰史の研究』(二)、第九編第二章、四八八頁以下。
(82)藪田嘉一郎『能楽風土記——能楽の歴史地理的研究』。
(83)宮尾しげを『能と民俗芸能』(一一〇頁)に、「奈良豆比古神社翁舞」として紹介されている。
〔補注〕天野文雄氏は「奈良豆比古神社の翁舞の詞章」(『翁猿楽研究』和泉書院、平成七年二月)の論文で、奈良豆比古神社の翁舞の詞章を詳細に検討し、この芸能が近世の金春座年預の「翁」の影響を受けていることを明らかにされた。この翁舞がいつから行なわれていたかを探る手だては、寛政三年(一七九一)以前の資料がないため不明とされた。しかし、これを伝えたと思われる年預の活動は中世の世阿弥以前からあったことから、中世の翁座の活動を偲ばせるものと評価された。
(84)摩多羅神が道祖神と習合して、生殖器崇拝・和合神的な愛欲の神としての属性を発揮するようになる経過については、さらに研究を必要とする。橋口長一氏は太秦広隆寺の大避神社における牛祭の祭文に、道祖神のことを述べているのに着目し、「塞神、疫神、生殖器崇拝と習合した道祖神は更に秦の牛祭とも関係を生じたやうである」と述べられた(「塞神の研究」『国学院雑誌』昭和十二年九月号)。氏は、「道祖神の信仰が、京都は非常に盛であつて、其分霊も各地に勧請されたので、何時しか牛祭にも混入するに至つたのであらう」と想像されたが、これが皮相な見方であることは、本稿によって理解していただけると思う。道祖神と摩多羅神との間には、根源的な共通点があり、その習合のしかたは、より複雑にからみあったものであったに違いない。
(85)たとえば、九州の地神盲僧の本寺を伊作ノ庄に建立した宝山撿挍に宛てて、比叡山東谷志野尾の妙音寺から出したと称する文書(正嘉二年〈一二五八〉八月一日付とある年記は信憑性に欠ける。延宝七年ごろ書写されたもの)に、「右三箇国之門徒之秀越者在々所々之門中方々より伊作之宿神を可致宗《マヽ》敬事、前代末代ウタガヒ無故記置候事」云々の文字が見える。つまり、伊作庄の「宿神」を篤く崇敬させることを、とくに指示しているのである。中山太郎『日本盲人史』(一三三頁)。
〔補注〕このことについては、池田政和氏の教示と資料の提供をいただいた。なお、荒木博之氏の「盲僧への一考察」(国立劇場第三回中世芸能公演『荒神琵琶』パンフレット、昭和四十五年四月)にも触れるところがある。

(86)　本田安次『延年』二九一―二九二頁。
「摩多羅神は作神様であるという俗信も行われている。祭礼当夜、その作神様に奉納するのだとて、お堂の格子戸の外に、大麦、小麦、粟、大豆、小豆、麻種等のもみ種を小さな紙袋、若しくは布の袋に入れたものを沢山上げる。この袋の一つを一俵と称し、もとは約一合五勺ほど入れた。これを参拝者の希望の者がお借り申してきて家の種に交ぜて、播き、翌年は二俵にしてお返し申す」。また、「作神様御籤」ということをし、神前に捧げた五穀の種によって、一年の豊凶を占うという行事がある。常行堂の摩多羅神信仰がサノカミと習合して農村の土着的信仰の中に定着した姿と見てよいが、摩多羅神がシャグジンの一種であった痕跡を残すものといってよかろう。
〔補注〕　小田雄三氏は「後戸の神」(『仏教民俗学大系八　俗信と仏教』名著出版、平成四年十一月)において、中世の摂津国勝尾寺で、後戸に納めて置いた米を出挙で貸し付けたが、その遅滞なき返済を願って、摩多羅神の加護を乞うた例があることを述べ、こうした中世的信仰が近代に継承されている一例として、毛越寺常行堂の後戸の摩多羅神からもみ種を貸し翌年二倍にして返す民俗習慣に注目しておられる。〔補注ここまで〕
なお、次の例は摩多羅神との直接的関係は認められないが、中山太郎氏の「御左口神考」(『日本民俗学』神事篇)に、甲斐国八代郡右左口村にある御左《さ》口《ぐち》神社は、その社記によると田の神を祭ったので、「作神」とも書いているとのことが引いてある。毛越寺の場合と同様の経過が想定される。

(87)　『本朝月令』に引く「日本決釈曰」の部分に、次のようにある。「応神天皇之代。百済人須曾己利(人名。酒公。)参来。始習二造酒之事一。以往之世。未レ知二醸酒之道一。但殊有二造酒之法一。上古之代。口中嚼レ米。吐納二木槽一。経レ日酣酸。名レ之為レ醴。故今世謂レ醸レ酒為レ嚼。是其法也。(今南島人所レ為如レ此。)」

(88)　中山太郎「御左口神考」(『日本民俗学』神事篇)一六五頁。

(89)　『群書類従』三五四巻所収。この説話は『古今著聞集』巻十一に収められているものと同一である。『遊庭秘抄』にも出づ。「三四歳ばかりの児の、髪かぶろにて、身・手・足は猿にて侍る」とする。

(90)　宴曲「蹴鞠興」に、「中にも顕徳院。殊に此芸に達し。此道に長じましく〱て。……精霊を滋野井に崇《あがめ》て。松本の明神と号したてまつる。……諸芸道多《おほし》といへども。蹴鞠の徳をば。霊鑒《れいかん》あらはれたまひて。国栄家富《くにさかえいえとみ》。官禄如心《くわんろくによしん》。除病延寿《ぢよびやうえんじゆ》。

後生善処《ごしやうぜんしよ》と。拾遺亜相《しふゐあしやう》に示したまひけんも。たのもしくぞ覚《おぼゆ》る」(本文、吉田東伍編『宴曲全集』による)と見える。「松本の明神」もこれと同じであろう。

〔補注〕長唄「蹴鞠《しゅうぎく》」(安政四年初演)の歌詞の唄い出しに、「そも〳〵しうぎくの道といつぱ、精大明神の守りにて、云々」とあるのは、かすかなる形骸をとどめる近世的受容の姿であった。

(91) 香西精『続世阿弥新考』所収の「つゆはらひ」「身体・体拝」一五三―一六一頁、「二条良基、非道、鞠」三八四頁。「兵法と鞠が能に近く候か」(『禅鳳雑談』)と言われたのは、むろん技巧上の類似を指したのであろうが、兵法も鞠もともに外来の道であった点に、精神的な紐帯を感じさせる。

〔補注〕石井倫子『風流能の時代――金春禅鳳とその周辺』(平成十年)の第五章「能の身体の成立」に詳しい。

(92) 蹴鞠の渡来は古く奈良時代に溯ると思われる。中国から渡来した散楽の中にあった蹴鞠・蹴毬戯に関しては、浜一衛氏の『日本芸能の源流』(二一〇頁以下)に研究が見える。なお、『明宿集』において、猿楽四座が多武峰の法講の神事を奉仕することを述べる条に、「是又、春日ノ御子孫、大職冠ニテマシマセバ、翁一体分明也」と記された大職冠すなわち藤原鎌足が天智天皇と蹴鞠をしたのが、わが国におけるこの道の初めであるとの伝説は周知のものであろう。多武峰は鎌足の墓所であった。

〔補注〕近年の蹴鞠研究はその成果が著しい。渡辺融・桑山浩然『蹴鞠の研究』(東京大学出版会、平成十年)参照。

(93) 日本思想大系『古代中世芸術論』所収の『八帖花伝書』補注。本文は同書所載のものを用いた。

(94) 本文は、日本古典文学大系の松村博司・山中裕校注『栄花物語』を用いた。九九頁。

(95) 道命阿闍梨が和泉式部の許に通って、不浄の身体で読経したとき、「五条西洞院の辺に候ふ翁」と名のって、ひそかに聴聞していた道祖神が、「清くて読み参らせ給時は、梵天、帝釈をはじめ奉りて、聴聞せさせ給へば、翁などは、ちかづき参りて、うけたまはるに及び候はず。こよひは、御行水も候はで読み奉らせ給へば、梵天、帝釈も御聴聞候はぬひまに、翁参りよりて、うけたまはりてさぶらひぬる事の忘がたく候」と言ったという、『宇治拾遺物語』巻頭の説話を思い合わす。道祖神もまた地位の低く、表に立たない神の一であった。シャグジ・シュグジが道祖神に習合したのも故なしとしない。

(96) 本田安次『延年』三八九―三九四頁。

(97) のち『中世芸文の研究』(昭和四十一年十二月)に収録されている。

第三章　『更級日記』の「すくう神」

第一節　問題の提起

『更級日記』の中に、作者が日頃念ずる天照御神について、人に尋ねる部分があるのはよく知られていよう。その本文は次のとおりである。

物はかなき心にも、「常に天照御神を念じ申せ」といふ人あり、いづこにおはします、神仏にかはなど、さはいへど、やう〳〵思ひわかれて、人に問へば、「神におはします。伊勢におはします。紀伊の国に、紀の国造と申すは、この御神也。さては内侍所に、すべら神となむおはします」といふ。「伊勢の国までは思(ひ)かくべきにもあらざなり。内侍所にも、いかでかはまいりおがみ奉らむ。空の光を念じ申すべきにこそは」など、浮きておぼゆ。

（西下経一校注「日本古典文学大系」本の本文を用いた）

右の文は、作者の母親が一尺の鏡を鋳させて初瀬に奉納したことに関連し、使いに立った僧が見た夢の話に続けて記されている。この文にいう「天照御神」が、直接的には伊勢の皇太神宮・紀伊の日前国懸宮・宮中内侍所にそれぞれ祭祀されてあった神鏡を指していることはあらためていうまでもあるまい。

いま問題にするのは、「内侍所に、すべら神となむおはします」の部分である。この文に「すべら神《がみ》」とされているところは、実は「すくう神」すなわち守宮神の誤りではないかと考えられることである。

従来活字化されている『更級日記』のほとんどのものは、これを「すべら神」とし、その注釈として「「すべら」は神や天皇の尊称で、皇の字を使う。「すべ知らす」の意」(日本古典文学大系・頭注)、「すべかみともいふ。神の尊称」(日本古典全書・玉井幸助氏頭注)と理解してきた。したがって古語辞典の類も、『更級日記』当該の部分を「すべらがみ」の文例に採ってきたのであった。

『更級日記』の写本については、周知の『更級日記錯簡考』(大正十四年)の著者玉井幸助氏をはじめ、多くの先覚によって説かれているとおり、藤原定家が晩年に書写し、いま皇室の御物になっている本、いわゆる『御物本更級日記』が現存する最古の写本であり、それ以前の別の古写本から系統を引く異本も存在していないとされている。

玉井氏は「定家は更級日記作者の父から六世の直系にあたる菅原為長とは格別に親しい仲であつたから、或はその家に伝はつた原本か、もしくは原本に近い写しなどを為長から伝得したのであらうか」(日本古典全書本解題)と想定し、御物本の本文が格別に信頼に値するものであることを強調しておられる。

その信頼すべき定家自筆本の当該個所を検すると、そこには明瞭に「すくう神」と書かれているのである。公けになっている玻璃版『御物本更級日記』によって、そのことを確認することができる。同写本の「く」「へ」「う」「ら」等の書体に照らして、少なくとも定家がこれを「すくう神」として書写したのであることは、誰の目にも明らかであるといってよいだろう。

このことから、玉井氏をはじめ近代の『更級日記』研究者たちは、これを定家の誤写であるとする判断から、とくに注記することもなく当該の本文を「すべら神」と改めてきたのだと考えざるを得ない。

管見に入った限り、この点についての例外は、僅かに次の四書であった。

井狩正司氏編の『御物本更級日記』(桜楓社、昭和四十三年)だけが、本文を「すくう神」とし、「諸説「すへら」の誤写とする。「すべら」は神の尊称」と注記している。それ以前、正宗敦夫氏校訂の「日本古典全集」本(昭和二十一年)は、本文中において「すべら(〇原本ハすくうトヤウニ読マル)神となむ云々」と注記を施し、また西下経一氏校注の「日本古典文学大系」本(昭和三十二年)は頭注に「原本「すくう」のごとく見えるが、「すべら」であろう」と記した。同じく西下氏による「岩波文庫」本の改訂版(昭和三十八年)脚注は、大系本とほぼ同様の文字を載せている。

その他の諸書、たとえば『錯簡考』発表以前の佐々木信綱『校註更級日記』(明治二十五年)、大塚彦太郎『更級日記講義』(明治三十二年)等、また『錯簡考』以後に出版された玉井幸助『更級日記新註』(大正十五年)、宮田和一郎『更級日記評釈』(昭和六年)等々、さらに近年に発行された夥しい量の教材用活字本[1]においては、いずれも本文を「すべら神」とし、この点にいささかの疑問の残っていることを注記した書物をも見出すことはできない。

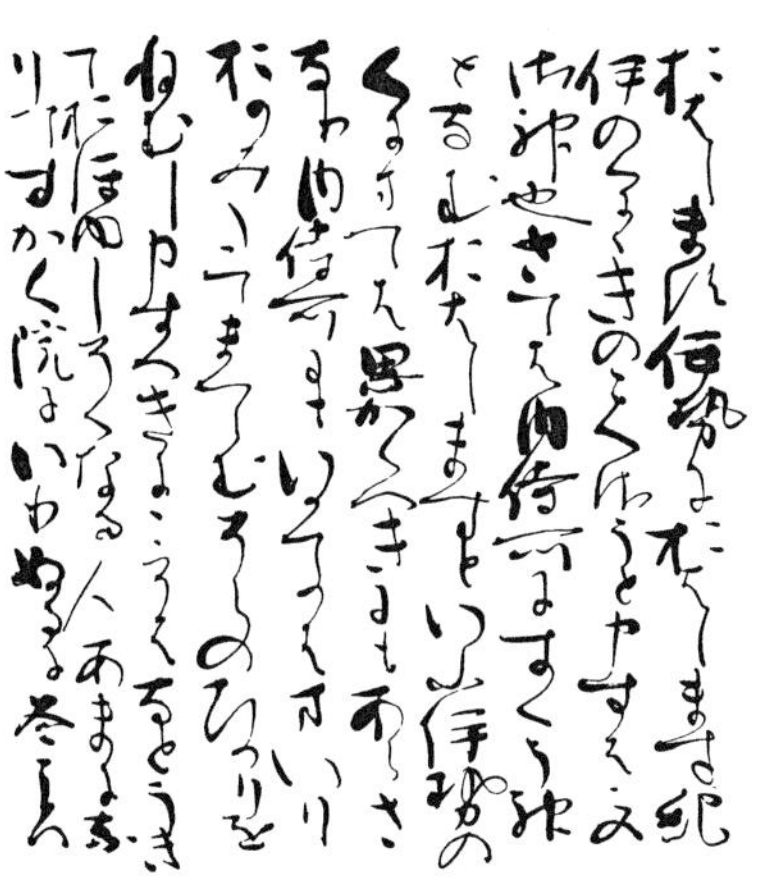

『御物本更級日記』

最も古く、かつ信ずべき唯一の写本と認められる定家書写の本文が、たとえ二文字とはいえ誤写と断定され、何の注記もなく改められて踏襲されているごとく見受けられるのは、いかがなものであろうか。「厳密に底本に従ふ」(日本古典全書本・玉井氏の凡例)ことを建て前とする国文学者の慎重な仕事としては不満が残る。[2]

この本文は、まさしく定家自筆本の表記しているとおり、「すくう神」とするのが正しいと、私は考える。

宮中内侍所の神鏡に関する平安時代の語彙であったはずの「すくう神」につき、これまで他に例となる文献資料が見出せなかったこと、「すくう神」(守宮神)について近代の研究者の知識が十分とはいえなかったこと、加えて別に「すべ」「すめら」「すべら」の語や『夫木和歌集』ほかの「すべらがみ」の用例があって、たまたま当該部分に適合すると判断されたことなどの要因が重なり、このような誤解を生じたものと思うのである。

第二節 「すくう神」の本質

平安時代の文献にあって、同じく内侍所の神鏡に関していう「すくう神」の例は、実は他にもあったのである。不幸なことに、これは漢字表記になっていて、従来正確な訓を得ることができていなかった。それが『栄華物語』にある例である。

私は、前章の「宿神論」において、『栄華物語』の「花山尋ぬる中納言」の部分に、「中納言は守宮神賢所の御前にて伏しまろび給て」と出ている「守宮神」を例に引き、これが内侍所(賢所)の神鏡を守護し、その霊威の覚醒・発動を促す役割をになう小祠の神を指しているとの考えを述べた。当該部分の「守宮神・賢所」について、これを別の神と見るべきか、あるいは同一の神とすべきかについては古来諸説があるが、私見では別の神とする説に立ったのである。(3)

『栄華物語』研究史の上では、この「守宮神」の解釈に困じたと思われ、日本古典文学大系本の補注に引かれている『栄華物語詳解』(明治四十年)に、次のようにあるという。「又按ずるに、守宮神を賢所とならべあげたるは、いとあやしきこゝちすれば、或は、榊原本に、すべ神とあるぞ正しくて、皇祖神を祭れる賢所の御前にての意にはあらじか。さるは、すべのべを縦ざまにかきあやまりて、すく神とよめるを、たま〳〵守宮神といふがあるをもて、其神の事としたるならむか。なほ後の考を俟つになむ」。

つまり、『詳解』は、『更級日記』研究者が行なったのと同じ思考を、『栄華物語』の「守宮神」に関してめぐらしていたことがわかる。だが、この点に関しては校注者の松村博司氏が、その説を批判して、「ことに、すべ神の誤かというのは、富(乙本)も「すへ神」となってはいるが、文字の上からも、意味の上からも不自然と考えられる」と述べられたとおり、「守宮神」で正しいと思われる。『詳解』の推定説は、仮に『栄華物語』のみの用例であれば、いちおうの考慮に値しようが、これと全く書写経路を異にしている『更級日記』の例を併せ見ることによって否定されるであろう。同じく内侍所の神鏡に関して記した二書が、まったく偶然に、ともども常識的な「すべ(ら)神」を、むしろ理解を困難にしたはずの「すく(う)神」と写し誤ったとは考え難い。仮に一歩を譲って、両書はともに写し誤ったと想定したとしても、ともども全く同じく「すく(う)神」と誤ったことになるのであってみれば、やはり神鏡と「すく(う)神」との間に存在した何らかの誤写要因を考えずには済まされないことになるだろう。

ここは、「守宮神」とある本文を信頼するのが、もっとも自然であると考える。ただ、『栄華物語』の室町時代ごろとされる転写本の中に、すでにこれを「すへ神」と書き改めているもののあることから推しても、内侍所の神鏡そのものを「すくう神」であるとした観念が、かなり早い時期にわからなくなっていたことを窺うには足る。その経緯には、この神の名が、卑賤のわざと見なされた猿楽芸能者の祀る神と同じであることを憚る意志が働いたものと推測される。

ところで、この「守宮神」と「賢所」とを別の神であるとした先の私見は、いま新たに『更級日記』の例を得ることによって訂正を要することとなった。

すなわち、少なくとも平安時代後期の時点にあっては、内侍所の神鏡は「神鏡」それ自体が天皇を守護する一種の守護霊――シュグジ(守宮神)であると観念されていたことが明らかになったのである。「内侍所に、すくう神となむおはします」という『更級日記』の本文は、神鏡そのものを指して明確にその本質をいっていると理解されねばなるまいと思う。『栄華物語』の表記した守宮神も、当然「すくう神」と訓まれたはずであった。「宮」を「クウ」と訓む例は決して特殊なことではない。

これによって、平安後期以前にあっては、宮中内侍所に祭祀された神鏡が、原始呪術的信仰に基づく呪物的性格を濃厚に備えていたことがわかる。換言すれば、この神鏡はシュグジとしての根源的性格(この点については前章に縷述した)を当時代まで確実に持ち伝えていたことの確認である。

たしかに、内侍所の神鏡は一般的な意味でいう霊代《たましろ》とは性格を異にしていたと覚しく、護符的な呪物に特有の、各種の神変奇特を顕わしたとする説話がまつわりついていた。

たとえば、『撰集抄』(巻九)に、天徳四年(九六〇)九月、内裏が祝融に見舞われた時、「内侍所」(すなわち神鏡)が温明殿の南殿の桜の梢に飛び去って難を免れたこと、その時清慎公が左の袂を拡げ、「むかし天照大神百王をまぶりたてまつらんと云御誓ひいまそかりける、其御誓ひ、実《まことに》あらたまらずは、実頼が袖にうつらせ給へ」と祈念すると、神鏡は忽ち飛んで袂に入ったとの説話を載せている。[4] 同じ神変について、『愚管抄』が「内侍所ノ温明殿ノ灰ノ中ニ御体神鏡スコシモ損シ給ハデオワシマシケレバ、翌日ノ朝ニ職曹司ニウツシマイラセテ、内蔵寮奉幣アリケリ。或大葉椋《むく》木ニ飛出テカヽリ給フトモ云メリ」[5] と異伝を掲げている。右と同類の説話は、『日本紀略』『江次第』『著聞集』『体源鈔』等にも収められ、かなり広く信じられたものと思われる。

こうした神変奇特は、かの多武峰常行堂に祭祀した宿神たる翁面が、乱を避けて飛び去ったという説話(「享禄三年二月奥書能伝書」）や、玄象と呼んだ琵琶の霊器が火難を避けて椋の大樹の梢にかかって事なきを得たと作る説話（『体源鈔』十二）などとまったく共通する発想の説話であるといえる。これら生命あるもののごとくに奇特を顕わすのは、呪物的性格を備えた一種の呪具と見なしてよいのである。

「すくう神」たる神鏡は、天皇に対して、いわば「後戸の神」同様の地位に在ると観念されていたと見てよいのではあるまいか。それは、いみじくも『撰集抄』に載せた説話が語っていたように、「むかし天照大神百王をまぶりたてまつらんと云御誓ひいまそかりける」こと、すなわち天皇を守護し、同時に天皇の威光の復活・再生を促す役割になっていたはずである。

『八帖花伝書』の伝承が、猿楽芸能者の祭祀した「守久神《しゅくしん》」を指して、若宮を守る神であると述べていたのが参考になろう。ただし、中世のこの伝承の時代になると、守久神の地位は転位して、「天照大神宮の御守たり」ともいわれるようになっていた。

右に述べた内侍所の神鏡の独得な性格の理解に立って、いわゆる内侍所の御神楽の意義についても検討が試みられねばならないと思う。内侍所の御神楽は長保四年（一〇〇二）の十二月に始めて行なわれたとされているが、その動機は内裏のたびたびの火災によって、神鏡が焼け損じたことにあると説くのが通説である。(6) これが創始された動機がそこにあったとしても、この芸能執行の目的や性格については改めて検討してみる必要がある。いまいえることは、この特殊な神事芸能もまた天台系寺院の修正会に「後戸の神」の発動を願って行なった原始猿楽の場合と共通の発想、すなわちシャグジに対する神いさめの意義を託して執行されたものであろうという、その根源的な性格である。内侍所の御神楽に際して、近衛舎人としての秦氏の後裔がこれを奉仕することのあった点については、前章に述べたとおりである。

『栄華物語』の「花山尋ぬる中納言」の本文「守宮神賢所の御前に、云々」は、『更級日記』の「内侍所に守宮神となむおはします」の例文を得て、「守宮神たる賢所の御前に」と解するのでなければならなかった。神鏡の、天皇の生命を護る守宮神としての呪的性格が、その危険に直面してことさらに強く意識せられ、行方のわからなくなった花山天皇を探し求めるこの部分の描写に特筆されたものであろう。

私は先に、右の文例の守宮神と賢所とを別の神格と見、しかして二にして一と見なしてもよい性格のものであると述べたが、この点をここに訂正する。(7)

なお、守宮神と賢所とを一と見る点において、私の考えは伊勢貞丈が『安斎随筆』に論じた結論と同じように見えるかも知れない。しかし、貞丈は守宮神の持った特殊な意義を解し得ぬままに、単に文字の上から「守宮神はみやもりの神とよむべし」とし、漠然と「宮中を守り給ふ」賢所の上に冠らせた語であると考えていたのであるから、私見とは全く別であることを付記しておく。

私の前説は、時代を中世以降に下げた場合には、必ずしも誤っていないように思う。佐野久成『栄花物語標註』(明治二十四年成)が、「守宮神」につき、「久米氏本頭書に、「此頃は賢所の傍に祭られし」と云り。此註極めて古説と聞えたり」と記しているその内容には、かなりの蓋然性があると考えられる。平安朝以前における「天皇—神鏡(守宮神)」の関係は、中世以降においてやがて「神鏡—守宮神」の関係に転じていったのではないかと思われるゆえである。それは、神鏡自体の権威化と「守宮神」の担う呪的信仰形態の変化に見合う形で転位したと想像される。この点については、さらに研究してみたいと思う。

第三節 「すくう神」資料

次に、内侍所の神鏡とは別に、「守宮神」が平安貴族社会において、「すくうじん」あるいは「しゆくうじん」と発音されていたことや、これが芸能神として祀られていたことを物語る二、三の例を補っておきたいと思う。

○貞永二年ノ朝拝ニハ、一者光真依二服気《ブクキ》一、仮《カリ》ノ一者ニテ近房、楽拍子ノ手ヲ舞タリケレバ、楽拍子ノ近房ト異名付タリ。ナラハヌ事ヲオシテスルハ、如レ此ノハヂヲカクナリ。ヨク〳〵師説ヲウクベシ。此道ノスクウ神、イマニステサセ給ハデ、ナラハヌ曲ヲバアラハサセ給ナリ。(『教訓抄』巻一・「万歳楽」の条下)

○承久元年正月十四日、依レ召参二常御所一。左舞人ノ年有二御尋一。光真已下老若狛氏、悉令二申上一了。次可レ聞二食近真之篳篥一之由、(中略)年々モ不レ知古物ニテ、イカニモ不レ叶ヲ、ヤウ〳〵ニコシラヘシメシテ、吹ナラサムトスレバ、スヽトノミナリテ、ウルハシキ音ナシ。仍心中ニ願ヲ立テ、「年来ソコバクノ功ヲイレテ、今日名ヲ失コト心ウキコトナリ。氏御神(注—春日大明神を指す)、楽所ノスクウ神、タスケサセ給ヘ」ト祈念シタリシカバ、スコシ篳篥之音〔ニ〕似タリキ。(下略)(『教訓抄』巻十・「篳篥吹小調子事」)

○凡予《ヨ》者《ハ》、雖レ為二不肖《フセウ》之物《モノト》一、於《テ》二当道一、舞曲吹物打物者、云二公庭一云二私所一、事外之無二失錯僻事一者《ハ》、更非二身之高名一、偏宿運神《シユクウジムノ》令二守護一御故也。可レ貴々々。(『教訓抄』巻十)

○凡管絃ニ秘セム物ハ只名字ヲ秘スヘキナリ。(中略)本師云、秘調ヲ弾ントキ自ラ前ヨリ犬モ度リ鳥モナカハ即チ可止也、是畜類ノ耳ヲハヽカルニアラス、人モ自ラウカヽヒキクニ守公神ノタスケアリテ相示サシムルナリ。

況ヤ人倫ニヲイテヲヤ、豈不疑哉ト云々。(『体源鈔』十ノ下・「秘物事」の条下)

○昔ノ管絃者ハ其曲ヲ秘スルニヨテ必ズ死期ニノソミテ道ヲ後輩ニ伝フ。(中略)厩ノ諸人答テ云ク、昔ヨリ今ニイタルマテ寝殿ニ宿スル人皆悉ク死也。仍宿スルニアラス。琴師云ク、我宣旨ヲイタヽケリ、王事モロイ事ナシ。守宮神アリ、全クヲソルヘカラス。仍厩ノ司等俄ニ寝殿ヲヒラヒテ敷飯ヲハコヒウツシテ琴師ヲ宿セシム。(下略)(『体源鈔』八ノ上・「日本琴絶因縁云」の条)

宮中の舞楽を担当した楽人たちの信仰し、祀った神は、他ならぬ「此道ノスクウ神」、「楽所ノスクウ神」であった。すくう神は、舞の相伝に関わり、楽人の難儀を助け、また彼らの生命をも守護する神と考えられていたことが知られる。したがって、楽人としての成功や栄達は、ひとえに「宿運神《シュクウジム》ノ守護」のおかげであるといった感謝の辞ともなっているのである。

前章に、諸道に立ち添って守護すると考えられていた守宮神の問題に触れ、医術・蹴鞠といういずれももと外来の道の例を掲げておいた。当然、芸能の道におけるこれらの事実を掲ぐべきであったのを逸したので、ここに補記しておく。

楽所のすくう神・しゅくう神は、根源において天皇の祭祀した秘神と共通の神であり、それが一方においては猿楽芸能者たちの奉祀するところでもあったのである。

中世の猿楽芸能民が奉じた「宿神」が、一面において王朝時代の宮廷芸能担当者の祀った「すくう神」「しゅくう神」の伝統を受け継ぎ、また一面において辺境の「シュクノカミ」の信仰を共同体として持ち伝えたものであったこと、その両側面が「宿神」の名によって収斂され、統一的に一神格を形成して、他ならぬ芸能神となっていたことが、より明らかになったと思う。

注

(1) 山岸徳平『明解更級日記』(昭和三十七年)、松村明・松隈義勇『更級日記の解釈と文法』(昭和三十八年)、宮田和一郎編『新選更級日記』(昭和四十二年)、松尾聡『校註更級日記』(昭和四十五年)、阿部秋生『学燈文庫 更級日記』(昭和二十九年)等々。

(2) 西下経一氏が、日本古典文学大系本の解説(四七三頁)に記しておられるように、定家本の本文にもいくつかの疑問の部分があり、はっきりと誤写と認められる文字もある。それらの存在がこの二文字の改竄を容易に許したのであろうか。

(3)〔補注〕この部分に関しては、あえて初出本文に手を加えることをしなかった。思考・考証の過程を明らかにしておきたいと思惟したがゆえの処置である。

(4)『撰集抄』巻九第一、「日本神国事」。岩波文庫本二七四―二七七頁。

(5)『愚管抄』巻二、日本古典文学大系本九一頁。

(6) 本田安次「宮廷御神楽成立の前後」(『芸能史研究』六号)参照。

(7)〔補注〕この関連で、松村博司氏も氏の校注の集大成である『栄花物語全注釈』六巻(角川書店)に補訂を加えられている。

〔追記〕『更級日記』の当該部分の文字を「すくう神」と訓み、天皇の守護霊と解すべきと提案した私説は、その後公刊された諸本文翻刻ならびに注釈書において採用され、さらにこの解に立脚した解釈と研究が推し進められているのは喜ばしい。管見に入ったところを以下に紹介しておく。

関根慶子氏の『更級日記』(講談社学術文庫、昭和五十二年)は本文を「すくう神」と翻字し、語釈に「諸注「すべら神」とするが「すくう神」とよめる。よって服部幸雄氏説に従い「守宮神」(「宿神論〔補訂〕――「更級日記」の「すくう神」をめぐって」昭和五〇・六「文学」)とし、天皇を守護する神霊即神鏡とする」と記された。

犬養廉氏校注になる小学館版「日本古典文学全集十八」の『更級日記』は昭和四十六年(一九七一)初版の旧版は「すべら

神」と訓み、「皇室の祖先神」と頭注があった。しかし、平成六年(一九九四)刊「新編日本古典文学全集二十六」本において訂正され、本文を「すくう神」とし、併せて頭注も訂された。ただし、とくに「すくう神《かみ》」と訓を付されたのは、いかなる資料に拠られてのことかを詳かにしない。私は、本論文中に述べているように、『教訓抄』に「宿運神《シュクウジム》」の訓があり、また他の多くの「シュグジ」との関係も十分に考えられることから、『大鏡』の「守宮神」とともに「すくうじん」もしくは「すくじん」のように「神」の文字を「じん」と訓んだものと考えている。このことは、守宮神なる観念の本質をなすことがらでもあり、軽視できないと思う。

　秋山虔氏校注の新潮日本古典集成『更級日記』(昭和五十五年)は「すくう神」と翻字し、「守《す》宮《くう》神。天皇を守護する神。神鏡のこと」と頭注を施された。同氏は、本文に「すくう神」と一体のように記されている「天照御神《あまてるおほんかみ》」には自然神としての印象が強いとし、「「天照御神」を、皇室の祖神としてよりは自然神(日神)と見る常識的観念があったこと」を指摘された(六五―六六頁)。当該本文を旧説のように「すべら神《がみ》」とせず、いったんは皇祖神から切り離すことが、この発想のために有効だったと思う。秋山氏の考えは、西田友美氏の「鏡の影二面――更級日記の表現と方法」(『日本文学』四十四号、平成七年六月)他に受け継がれて新しい展開を見せている。

第四章　逆髪の宮

第一節　逆髪姫君

江戸の市川団十郎の家に伝承して来た歌舞伎十八番の中に、「毛抜」と名づける狂言があることは周く知られているだろう。

「毛抜」は、寛保二年(一七四二)正月、上坂した二代目団十郎が佐渡嶋長五郎座で上演した狂言「雷神不動北山桜」(津打半十郎・安田蛙文・中田万助作)の一場面として初演されている。現行の「勧進帳」を除くすべての十八番物がそうであるように、「毛抜」も一日の続き狂言の中の一場面として初演されたものを、後代に独立させたのである。[1]

小野春道の息女錦の前は、文屋豊秀と許嫁の仲であった。ところが、姫は病気であるとの理由で輿入れが延引しているので、豊秀の臣粂寺弾正が催促の使者としてやって来る。弾正は、姫の病気というのは髪が逆立つ奇病であると知って驚く。しかし、傍に置いた毛抜が自然と立って踊ることから、弾正は姫の髪が逆立つからくりを見破る。お家横領をたくらむ八剣玄蕃が、姫の縁談を妨害するための陰謀で、天井裏に巨大な磁石を持った忍びの者を上がらせて置き、姫が髪に挿した銀(実は鉄)の櫛笄を吸い付けて、いかにも髪の逆立つ奇病であるかのように見せていたのであった。

推理小説もどきに謎解きをする筋の運びや、江戸時代には珍しかった磁石の吸鉄作用という科学的知識を応用した趣向の奇抜さが、この古劇の生命であった。初演の時も非常な好評で、正月十六日から七月中旬まで打ちつづけたと伝えている。

「毛抜」の主役は、言うまでもなく二代目団十郎の扮した粂寺弾正であったが、この場面の仕組みに当たっての重要なモチーフに、錦の前の髪が逆立つ奇病ということがあったのは確かである。

「うらやましげなるもの」の一として、「髪いとながくうるはしく、さがりばなどめでたき人」を挙げたのは清少納言であった(『枕草子』一五八段)が、緑なす黒髪が豊かに垂れ下がっているのが、古来女性美の象徴とされて来た。その黒髪が、こともあろうに天に向かって逆立つ奇病――こんな大胆で思いがけない発想を、江戸時代の狂言作者はどこから得て来たのであったろうか。これは、磁石の吸鉄作用を視覚的に効果あるものとして利用せんがために、偶然に思い付いたのに過ぎないであろうか。おそらくそうではあるまいと思う。

「毛抜」の趣向が成立するための前提として、「髪の逆立つ女」に関する何らかの知識が、広く当時の庶民大衆の中に存在していたのではないだろうか。

そこで、まず現存の台帳から、錦の前の「逆立つ髪」に対する玄蕃のもっともらしい理由づけを聞いてみることにしよう。

玄蕃は、錦の前の病気は、人間の交わりのできない業病であると言い、こうした業病は「人々に見せて回向を受けるが其身の為」だなどとも言う。このことばの背後には、髪の逆立つ病は前世における悪業の果、すなわち因果によって生じたものとする考えがある。また、これに関連して、髪の逆立つ女は蛇身であるという観念も見えている。

玄蕃　何と御覧なされたか。珍らしひといわふか、恐ろしひといわふか、名の付様のない御病気。誠に蛇身になる女は、こきうのたびごとに髪毛逆立《かみのけさかだつ》。其髪を水にひたせば、水たちまち血汐となると承る。まさしく蛇身の(体)ていそう(相)、人間の交りならぬと申したは爰のこと。

まるで幕末の見世物の口上でも聞くようなせりふである。さらに進めて、次のせりふのやりとりを聞けば、錦の前の逆立つ髪の発想が、決して一狂言作者による偶然の思い付きに出たものではないことがわかる。

錦の前　アヽほんに離別するのかへ、ハアヽヽヽ、ヱヽ浅ましい身の上じやナア。日頃願かけた神や仏はござらんか。豊秀様に添《そは》れいで、わしやどうせうぞ。わしを離別したら、定めて雲のたへまさまが、仲能う御添なさるゝであらふ。夫《それ》を思へば腹が立《たつ》やらかなしいやら、といふて恥かしい此病、むりに女夫《めうと》になれば、人〴〵にも見せ、夫《をつと》にも見せ、とゝさんの恥、家の恥、コリヤマアどうせうぞいの。(ト泣)

玄蕃　其ねたましい心からの業病でござるぞや。(2)

錦の前の業病の原因は、神仏に願をかけて恋慕した男が他の女と添うであろうことを思って燃え上がる激しい嫉妬の情、「其ねたましい心からの業病」だと言っているのである。

つまり、女性の嫉妬心を前提にしたとき、ごく自然に「逆立つ髪の女」が生まれ、これを仕組みの趣向として生かす磁石のからくりとの結合が発想されたのであることがわかる。(3)

こうして見ると、「ねたみ心」の発現は蛇身になぞらえられ、かつ髪の逆立つグロテスクな貌によって象徴せられる認識が、当時の庶民大衆の常識として定着していたと考えられる。そのゆえに、磁石のからくりを使って常識の裏を行ったこの劇の趣向の奇抜さが、現代人の想像以上の効果をもたらしたのであろうと思う。

一歩を進めて、「鳴神」と「毛抜」という、現代ではそれぞれ独立の作品と見なされ、あまり密接な関係があるようにも思われない二つの場面が、「毛抜」初演の「雷神不動北山桜」作劇の時点では、同じ狂言の中で演じられていたことの持つ意味を探ってみよう。

「鳴神」と「毛抜」との間には、何かこれを繋ぐのを不自然としない、隠された糸が存在していたのであろうか。

「あまのはらふみとゞろかしなる神も思ふなかをばさくるものかは」（『古今和歌集』巻十四恋歌四・読人しらず）の和歌は、古代人の雷神に対する恐怖を背景に、その懼怖すべき巨大な破壊力をもってしても、なお裂くことのできない男女の愛のテーマを力強く歌い上げた詠である。当然この歌の主の脳裡には、平安時代の京を恐怖に脅えさせた菅原道真の怨霊伝説や御霊信仰、古代以来雷と結び付いて語られて来た竜蛇神のイメージが在ったのに違いない。

中世に降って、謡曲の「鉄輪」に次のごとき詞章を見出す。貴船の宮へ丑の時詣りをする女が嫉妬の余り鬼形に化する部分である。

いふより早く色かはり。気色変じて今までは。美女の形と見えつる。緑の髪は空さまに。立つや黒雲の。雨降り風と鳴る神も。思ふ中をば避けられし。恨みの鬼となつて。人に思ひ知らせん。

さきの和歌のこころを逆に使って、嫉妬の情の激しさ、物狂おしさを強調した文脈になっている。嫉妬の激情の果てが「緑の髪は空さまに立つ」貌を顕わし、雨を呼び雷鳴をとどろかす自然現象の恐怖と一対化する表現を、ここにはっきりと見ることができる。鳴神―嫉妬―逆立つ髪―竜蛇身というイメージ連関は、かなり古くからあった心意伝承と考えていいように思う。これは、その文芸的表現に他ならないのであろう。謡曲「鉄輪」は、鬼を祈り伏せたいくたの伝説を持つ陰陽師安倍晴明を登場させ、女の生霊を調伏することを作っている。

この謡曲「鉄輪」および道成寺系説話の影響が、近世の鳴神系統の狂言の展開に大きく及んでいる。

たとえば、寛文十三年(一六七三)正月板のある古浄瑠璃「花山院きさき諍」は、直接鳴神との関係はないが、藤壺の嫉妬と安倍晴明の神おろしを扱って、後の女鳴神の花山の尼に影響を与える。元禄九年(一六九六)十一月江戸中村座上演の「子子子子子《ねこのこのこねこのこ》」は「女鳴神」の趣向の嚆矢と目されている作品で、主演は女方の荻野沢之丞、袖岡政之助であったらしい。この作は狂言本が残っていないので内容は不詳であるが、四番続きの小名題に、「第一嫁をねたみて」「第二妾にくみて」「第三鼠見つけて」「第四切国おさまりて」とあること[4]、加えて『南水漫遊続編』(四の巻)の鳴神狂言の由来を記す文中に、「女鳴神とて女形の芸とするは元禄年中市村座(筆者注―中村座の誤りか)にて弘徽殿后諍といふ狂言に袖岡政之助とて名代の女形初めて勤しより云々[5]」とあるのはあるいは右と同一の狂言を指しているのではないかと考えられることなどから推して、これが鳴神と嫉妬とを結びつけた作意だったのは明白である。現在上演される「女鳴神」は、十八番の「鳴神」の構成をそっくり採って男女を置き換えたに過ぎない作品であるから、これから「女鳴神」の古型を窺い知ることはできない。

「子子子子子」につづく元禄十二年(一六九九)六月江戸山村座上演の「一心女雷師」で、中辻大和之介と絶間姫との仲をねたみ、「恨みの瞋恚は鳴神となつて五百生々無量劫一念、懸念の嫉妬の執心、などか晴さで置くべきかと気色変つて髪空様に立上り、彼処に在りし石燈籠、宙に提げ飛びかゝれば、云々[6]」と凄じい荒れの姿になる花山の尼(女鳴神)などの創造によって、「鳴神」と「逆髪」の趣向は密接に結合していたことがわかる。

やはり安倍晴明を登場させる「雷神不動北山桜」は、初代団十郎所演以来の鳴神を受け継ぎつつ、たくみに女鳴神の系統作が持っていた逆髪を想起させ、その常識を逆転して見せたところに、観客の意表を突くおもしろさがあったのである。こうした手法は、能ならば非日常的構造によって作劇する題材を、現実的に醒めた目で把えてパロディ化して描く性格の狂言の手法に通ずるものがあると思う。

「雷神不動北山桜」が「逆髪」の趣向を表面に出していたことは、その芸題の角書に、「際髪賤女 逆髪姫君」と据えたのに照らしてもわかる。[7] 対になっている「際髪賤女」は、「鳴神」における大内第一の官女絶間姫のやつし姿を指したのであろう。

かつて伊原青々園氏は、「「毛抜」の追憶[8]」と題したエッセーで、「姫の毛が逆立つといふのは、同じく能に「逆髪」といふ曲がある。蟬丸が逢坂山へ捨てられて居る処へ出て来る狂女の役であるが、多少それを取つたのかと思はれる」との思い付きを記している。この青々園の感想は、郡司正勝氏によって「直接のつながりはない」と否定されている。[9]

たしかに一見直接の関係はないようであるが、この両者が無関係であるともにわかには言い切れないように思う。[10] 間接的ではあったが、両者は意外に根の深いところで繋がりを持っていたのではなかろうか。

いま一人、髪の逆立つ大病に冒された女性について述べておこう。「毛抜」の錦の前の場合とは異なって、この場合はからくりのない真の病気の姿として形象化されている。

元禄十三年(一七〇〇)三月、江戸山村座で上演した「薄雪今中将姫」における花鳥の前がそれである。

花鳥の前は、姉薄雪の夫薗部衛門を恋慕の余りに、「髪倒様《さかさま》に立ち上り、凄じき顔」の大病に冒される。花鳥の前が逃げようとする衛門に向かってかき口説く部分を、狂言本によって見よう。

成程殿様のうるさう思召すは理り、只あさましいはおれが身ぢや。恥かしながら懺悔しませう。何時の頃よりか衛門様に心をかけ、姉様と夫婦仲のよいのを見るたびに、えゝ羨しや、妬ましや。姉に生れたらば、衛門様をおれが添はうものを口惜しやと、思ひ〳〵て暮しましたれば、ある夜の夢に、さも恐ろしき獄卒来つて、姉の夫に心を懸ける邪淫の罪、等活地獄へ墜すぞと此黒髪を取つて引上げるを、あゝ悲しやと声を立てると思へば、夢覚めて、鏡に向へばあさましや此如くの姿になり、撫づれど梳れど髪はしなはず、詮方なさに此貴船に詣で、病本復の祈誓といふは偽り、命を取つて給はれと立願すれどもつれなき命を死にもやらず、斯様に恥を曝しまする心を推量して下され、と泣き沈めば、云々。(11)

この姫の奇病は、道ならず姉の夫に恋慕し、姉に嫉妬の焔を燃やした果てに、夢の中で地獄の鬼によってもたらされた結果だと言うのである。嫉妬が仏法の戒める邪婬戒に当たるという当時の認識の神話化と見てよかろう。

さらに衛門に裏切られたと知った花鳥の前は、神前に懸かっていた般若の面を着けると、これがぴったりと顔に付いて離れなくなり、「さながら夜叉の姿」となってその跡を慕い追いかけて行く。狂言本は、貴船の神前で、髪は物凄く逆立ち、右手に般若の面を握って差し出す花鳥の前のおどろおどろしい姿を描いた挿絵を載せている。

狂言の筋では、直接的には「鉄輪」の影響を受けて貴船に参詣した場面を設定しているのだけれども、この場面を必然ならしめるに足る観客側の心意の背景があったもののように思われる。逆立つ髪の女――花鳥の前――は、実は怒れる神そのもののイメージと二重構造になり得るものだったのではあるまいか。狂言本の挿絵が、あたかも神がゆるぎ出させ給うたかと思わせる構図になっているのに注目させられる。古来、貴船の祭神は、気性激しく、ねたみ深い祟り神の性格を持つと信じられ、懼れられていた。

第二節　逆髪による復活・再生の劇《ドラマ》

近松門左衛門作の浄瑠璃に、「せみ丸」という曲がある。初演の正確な年代は明らかでないが、元禄初年のころ、遅くとも元禄六年(一六九三)二月以前であることが確かめられている。(12)

この作の影響を受けて、やはり蟬丸を扱った作品に、元禄十一年(一六九八)京布袋屋梅之丞座および大坂岩井半四郎座の両座で上演された歌舞伎狂言「蟬丸二度の出世」がある。(13)

浄瑠璃「せみ丸」、歌舞伎狂言「蟬丸二度の出世」(以下「二度の出世」と略称する)には、ともに「髪の逆立つ」肉体的特徴を持つ人物が登場する。

「せみ丸」において、「髪の逆立つ女」は二人(実は三人)も登場している。

一人は蟬丸の北の方である。蟬丸はふとしたことから直姫と契り、北の方およびその腰元芭蕉から激しい嫉妬の恨みを受ける。(14) この二人の呪咀の結果、蟬丸の両眼がめしい、それが原因となって逢坂山に遺棄される。

嫉妬の情のより激しいのは、当然ながら北の方で、蟬丸と直姫との仲を知って嫉妬の焔を燃やす描写に、次のように言う。

くはつとせき立かんばせにちすぢはしんくのあみをはり、かみさかしまに立のぼり、しんゐの身ぶるひはをならしヱ、たらされし口おしや、うらめしやねたましや思ひしらずや此うらみ、思ひしらせん思ひしれと、天地をにらむ両がんにちのなみだをはら。〳〵はら立やとずん〳〵にくひさきすて、ゑじのたく火はものかはのむねのけふりはくる〳〵。くるひわなゝき出給ふはをそろしくもまた〳〵あはれなり。

（『近松全集』六巻所収の本文による）

浄瑠璃はこのあと北の方が宇治の橋姫神社に丑の時詣りをし、同じ目的で来合わせた芭蕉と出会って、ともに直姫を殺さんと釘を打って呪咀することを描く。[15]

さらに、北の方は宇治川に入水するが、その怨念が蛇身と変じ、「生きかはり死にかはり世々生々にうらみをなさん。あらうらめしや口おし」と叫んで水底に消えるという凄まじさである。

近松は、北の方の嫉妬の状の描写にグロテスクな「逆立つ髪」の姿を写し、さらに宇治の橋姫明神を併せ、結果を蛇身に終わらせるという徹底した描き方を示した。北の方の逆髪は、嫉妬による瞋恚の念の表象として顕われたものになっている。ここには、ねたみの念の果てが髪の逆立つ鬼夜叉の姿と二重構造になるという常識が反映している。逆に言えば、髪の逆立つ女から直ちに嫉妬の属性が引き出されるという関係である。とくにそのことを語ってはいないが、腰元芭蕉も逆髪の女であったのは当然であろう。

「せみ丸」の北の方の原型ともいうべき人物は、加賀掾正本(延宝九年刊)の「つれ〴〵草」における侍従の局と、同じく加賀掾正本(延宝年間か)の「あふひのうへ」における六条御息所の二人である。卜部兼好を恋慕して主人の菅の前に嫉妬する侍従の局、光源氏を恋して葵の上に嫉妬する御息所は、ともに髪を逆立て、生きながら蛇身に化する女であった。[16]「せみ丸」における北の方の形象は、女人の嫉妬をメイン・テーマとする「つれ〴〵草」の侍従の局、「あふひのうへ」の御息所のイメージを受け継ぎ、その激しさをいやがうえにも強調した作為であることがわかる。

さて、近松が、「せみ丸」で登場させたいま一人の「髪の逆立つ女」は、その名も謡曲「蟬丸」の場合と同じ「逆髪」であり、その素姓も延喜帝第三の宮、すなわち蟬丸の姉君に設定されている。ただし、謡曲「蟬丸」における逆髪のように「物狂い」ではない。都一条大宮に隠棲する不思議な人物である。

しかし、浄瑠璃「せみ丸」を通読して痛感させられることは、この逆髪という女性の人間としての存在感が非常に稀薄だということである。にもかかわらず、逆髪は本曲の構想にとって最も重要な役割を負うて登場している。

蟬丸が北の方および芭蕉の嫉妬を蒙り、その呪咀によって盲目の身となった時、父延喜帝は、「誠にちんが第四の宮と生れ。十ぜんの位をもしるべき身が。生れもつかぬまうもくと成し事。よつく前世のあくごうふかきゆへ。五たいふぐにして仏には成がたし。いはんや此世さへくらきにまよふまうもくの。みらいのやみもいたはしやとやゝ御涙にくれ給ふ。よし〳〵此世にて諸人にはぢをさんげして。ごうしやうはたしごせを助くるいとなみ。相坂山に捨置べしと綸言」あり、蟬丸自身も「是こそは親の慈悲」と納得して遺棄される。

しかるに、逆髪はこの蟬丸の盲目を「前世の悪業の果としての不具」とは見ず、女たちの怨念の呪咀による結果、すなわち、「現世のむくひばかり」であると、ことの本質を見抜いており、鎮魂の法によって北の方の亡魂を鎮めることを示唆し、結果として蟬丸の盲目を癒し、その出世を招来する。逆髪は蟬丸の救済者であり、守護者である。

逆髪の登場のしかたと、その託宣を聞いてみよう。

ひやうぎとり〳〵なる所へ姉宮ゆるぎ出給ひ。千手太郎とは御身の事かちうぎかんじ入てこそ候へ。わらはゝさかゞみとて蟬丸のあねなるが。ゐんぐはのかたはにかみさかさまにはへしゆへ父みかどにもきらはれて。かゝるわびしきすまゐながら是はくはこのゐんぐはなればいのるべき力なし。又蟬丸のまうもくはしつとに命をうしなひし。北のかたの一念げんぜのむくひばかり也。ことになを姫くはいにんとや。かのうらみにてむまるゝ子もかたはにならんはひつぢやう。もと北のかたにあたもなければとがもなし。安居院の小ひじりをしやうじ。宇治川にて七々日たましづめのほうじをなし。かのぼうこんをなごめなば蟬丸の目もひらけ。なを姫のへいさんもきしつびれいの男子ならんとく〳〵と宣へば。云々

逆髪は、自分の「髪の逆立つ」姿は「過去(前生)の因果のかたは」であるとし、そのゆえに祈願しても空しいのに比して、蟬丸の盲目は「現世のむくひ」のゆえに聖の祈りによって開眼させ得ると告げるのである。浄瑠璃の「せみ丸」が、原拠である能の「蟬丸」とも違い、また後に生まれた歌舞伎狂言「二度の出世」とも決定的に違っている点は、ここに逆髪という救済者を登場させたことである。近松による「せみ丸」の構想には、最初から救済者としての逆髪の登場が企図されていたと思われる。それは、近松による原拠の「逆髪」の解釈であったと言えなくもない。

それにしても、「髪の逆立つ女」という共通の特徴を持つ二人ながら、北の方のなまなましい人間くさい生き方と、逆髪の宮の悟りすました超人間的な在り方とは対照的であり過ぎる。

逆髪は人間と見えて、人間ではないのではあるまいか。この逆髪の果たしている役割は、先行の説経節において、流離放浪して苦行を重ねる貴種のために、その魂の浄化を果たさせ、復活再生を助ける救済者としての巫女が負うたそれ以外ではない。たとえば、「しんとく丸」における乙姫は、盲目にしていれい(癩病)に冒された貴種しんとく丸を救済し、復活させる。この乙姫のイメージの背後にあるものとして、やはり漂泊の徒であった「あるき巫女」が想定されている。[17]「おぐり」における照手もまた同じ性格の巫女(熊野比丘尼)を背景として形象化されたと考えられる女

性である。

浄瑠璃「せみ丸」における逆髪は、少なくとも近松の構想のかぎりにおいては、乙姫や照手に共通する漂泊の巫女のイメージで把えられており、それがいずかたからか「ゆるぎ出で給う」て神託を告る物狂いの憑依者の性格を兼ね備えているのは確実である。巫女的性格の逆髪は、人であると同時に神でもあるのだ。

元禄十四年五月大坂竹本座は、初代竹本義太夫の筑後少掾受領をことほぐ祝儀曲として、とくにこの曲を選んで再演した。それが音曲道の祖神であり守護神である蟬丸を扱った曲であることが理由であったのは言うまでもあるまいが、私はこの物語の結末が逆髪による復活再生で締めくくられていたことの意味を、とくに重視しておきたいと思う。逆髪は謡曲「蟬丸」の設定と同じく蟬丸の姉宮と設定されているけれども、保護者であり救済者である点において、神話的世界における母神的な性格を担う存在であるとも言い得よう。さらに進めて言えば、しんとく丸に対する乙姫や、小栗判官に対する照手のごとく、蟬丸に対する妻でもあり得た記憶を背後に秘めとどめていると見てもいいのかも知れない。この点については、後にふたたび触れる機会があろう。

一方、この浄瑠璃「せみ丸」から影響を受けた跡の著しい、歌舞伎狂言「二度の出世」ではどうなっているだろうか。

この作品も、蟬丸が直姫と契り、北の方小夜照姫およびその腰元芭蕉から激しい嫉妬を受ける構成は同じである。しかし、とりわけ激しい嫉妬の姿を見せるのは、北の方ではなく芭蕉の方になっている。その改変の不自然は覆えない。(18)

芭蕉は、呪咀によって直姫を失い、かつ女たちに蟬丸を思い切らせるために、蟬丸の両眼をつぶそうとする。狂言本の描写は次のとおりである。

ばせをはさもすさまじき．すがたにて．かなわに火をともし．かしらにいたゞき手にぐもつを持．きんりをしのび出るてい．はやひろ見て「おそろしや」と．梅の木に上りゐる所へ．ばせを梅の木のもとへ供物をそなへ．ふところよりくぎ取出し．「是はせみ丸様のめをつぶしおほくの女に思ひきらせ．わしがとのごにせん物．はやめをつぶし給はれ」と．くぎ丁〳〵とうち．「又此くぎはなほ姫がむないたにうつくぎ也．五たいくだけ」と丁と打．

右の文中には出ていないが、これにつづく早広の「それならは地神へそなへしぐもつをくれ云々」のことばから、芭蕉の祈願が地神に対してのものであることがわかる。

この呪咀の結果蟬丸は盲目となって、逢坂山に棄てられる。芭蕉の嫉妬とそれによる呪咀の行為に関して、狂言本にはとくに「髪の逆立つ」ことを描写していないが、それは当時の読者にとっての常識であったろう。

「二度の出世」では、浄瑠璃「せみ丸」において極めて重要な役割を負うて登場した逆髪は登場しない。芭蕉が、呪咀によって直姫を失おうとし、蟬丸の眼をつぶしたことを懺悔し、進んで兄千手太郎の手にかかって死んで蟬丸の身替りになる——その贖罪の行為によって蟬丸の両眼が開き、ふたたび出世を果たす結末が導かれている。

浄瑠璃「せみ丸」におけるそれのように、神の出現託宣とそれに基づく鎮魂呪術とによらず、なまの人間の贖罪行為によって解決したところに、いささかの近世的色彩を見て取ることもできるだろう。しかし、「二度の出世」が逆髪を登場させなかった本当の理由は、実は逆髪を男に変えるという、いかにも歌舞伎的な趣向のゆえであった。

この作では北の方・芭蕉の他に、もう一人「髪の逆立つ」人物が設定される。それが延喜帝第三皇子、すなわち蟬丸の兄に当たる逆髪王子である。

逆髪王子は、生まれつき髪が逆立つ不具のために弟蟬丸に王位継承権を奪われたことをねたみ、かつ蟬丸の思い者である直姫に横恋慕して蟬丸を憎む対立者として登場する。

逆髪王子は貴船へ参詣して、直姫を得んと祈誓をかけるが、その時の述懐に次のように言う。

我はゑんぎ第三の王子とむまれながら．何たる前世のむくひにや．かみさかさまにはへ上り．ふぐのかたちと成．それ故父みかどの給ふは．五たいふぐにては位はなか〳〵かなふまじと．四の宮せみ丸に位をつがせ．某にはしゆつけせよとの仰ゆへ．大内にもかなはずか様の姿に成ゐる．云々

これによって明らかなように、王子の「髪の逆立つ」特徴は、「前世の因果」による「不具の形」とされている。そして、これが原因となって美男の弟蟬丸をねたむ悪心を起こすのであれば、王子の行為そのものが、「髪の逆立つ」生まれであることによる宿業的なものであることになる。

「一二度の出世」が逆髪を男に改変し、悪逆の逆髪王子として設定したことは、単純に歌舞伎の思い付いた趣向とのみは言い切れない、興味深い問題を提起している。それはこの狂言の作者が、怒れる悪神に転じた忿怒形の普遍的イメージを前提にして「逆立つ髪」を認識している点である。「怒髪天を衝く」と形容された逆立つ髪には、本来この逆髪王子に見られるような懼ろしい怒りの性格が存在していたのである。(19)そして、その性格は性の区別を問わない。

われわれは、浄瑠璃「せみ丸」の逆髪と、歌舞伎狂言「一二度の出世」の逆髪王子との形象において、はからずも

の三つである。

「髪の逆立つ」ことの意味する三つの側面を見出すことができた。それは、巫女的霊性・嫉妬・忿怒の発動する神性、

翻って、近松の浄瑠璃「せみ丸」において、「髪の逆立つ女」が三人までも登場することの意味を、あらためて考えてみたい。嫉妬の焔におのが身を焼き、蛇身となった北の方、同じ思いで丑の時詣りをした芭蕉、そして救済者として立ち現われる逆髪の三人である。

そのことを考えるためには、「せみ丸」と言い、「蟬丸二度の出世」と言い、近世において文芸化される蟬丸が、なぜ共通して多くの女性から嫉妬の刃を向けられる人物として形象化されねばならなかったかという問題と関係しよう。その先蹤は近松の「せみ丸」であろうが、彼らは、蟬丸が美男子で多くの女性から慕われ、嫉妬の怨念を身に受けるという発想をどこから得たのであろうか。「せみ丸」「二度の出世」両作に共通の仕組の軸となっているものは、他ならぬ女人の嫉妬ではなかったか。

歴史上に確たる事蹟を残さず、数々の断片的な蟬丸伝説にも、また直接の原拠となっている謡曲「蟬丸」にも、どこを見ても蟬丸が業平や光源氏のように美男子で色好みだったことを窺わせる点はなく、いわんや女性の嫉妬の恨みを受けねばならなかったと思われるに足る記述などは発見できない。

要するに、謡曲「蟬丸」に登場し、かつ関明神に祀られている逆髪の宮の名と、それに伴っている彼らの知識から、何のためらいもなく女性の嫉妬という構想の軸が浮かび上がってきたと考えられる。「貴種」たる蟬丸は、美男の貴公子であるのは当然だという説経的構造の認識が作者たちにあったことも認めておく必要がある。それは、蟬丸を「神のワカ」として把握する眼である。したがって、蟬丸―逆髪―嫉妬という連想は、彼らにとって常識以前の問題

だったようである。それが、恪気講に象徴されるがごとき近世初頭の都市大衆の喜び迎えるところであったことが、蝉丸劇化の直接的な契機となったものと解される。

右のように考える時、「せみ丸」における北の方は、原拠の逆髪その人の属性を救済者たる逆髪と分かち持つ存在であるし、「二度の出世」における芭蕉の前は北の方の一変形であることがわかる。

近松は、原拠の「蝉丸」に現われていない嫉妬を導き出して構想した結果、二人（実は三人）の「髪の逆立つ女」を同じ舞台に登場させることになったけれども、この二人は実は原拠の逆髪が隠し持つ属性の解釈を二分して分け持つ存在になっているのではないか。近松の意図如何にかかわらず、結果はまさしくそうである。

北の方も、髪が逆立ったその時は、すでに尋常の人間ではない。「外面似菩薩内心如夜叉」の内心の発顕であり、「どう〱〱、とんどろとゞろとふみならし。世を宇治橋の橋姫の。宮ゐをたゝきいのりしは身のけいよだつばかり也」と表現する時、彼女はすでに生きながら「とどろ〱と鳴神も」のイメージを宿す蛇身であり、同時に怒れる神、荒ぶる神に変身していると言ってもよい。これは、「荒れ」の本質をみごとに備えている。「逆立つ髪」は実に非人間の象徴的表現であった。

さきに注意しておいたところであるが、江戸の歌舞伎狂言「薄雪今中将姫」の花鳥の前を描いた狂言本の挿絵が、いかにも荒ぶる神の出現を暗示させるものであったことを、いまあらためて想起したい。怒れる神、荒ぶる神は、鬼であり夜叉でもあった。これが別の姿を採るとき、女鳴神として形象化されたのは、極めて自然の成り行きであったと言えよう。この懼怖すべき神の顕現に対しては、たとえば陰陽師の祈禱による呪術的効果に期待するか、さもなくばより強力な「押戻し」の神に登場してもらう以外に鎮魂の道はなかったのである。

以上の考察によって、少なくとも近世初頭にあっては、女性の「逆立つ髪」は激しい嫉妬の心を象徴的に表現すると一般に認識されていたこと[20]、また「逆立つ髪」は決して単なる乱れ髪・蓬髪を意味する日常次元の姿ではなく、不具・業病または憑依によって荒々しい神に変身した者の超人間的な貌、グロテスクな貌として世間から忌避され、懼怖される存在と考えられていることが明らかになった。

このことを確認しておかねばならない。

そのうえで、こうした観念ははたして近世人が生み出した恣意的解釈に過ぎないのかどうかを問わねばならぬ。この問題の拡がりは、予想以上に大きく、しかも暗く深いもののように思われてならない。

第三節　逆髪の宮登場

現在、滋賀県大津市に属する逢坂山関址の周辺には三つの蟬丸社がある。

下社の社務所で配布している『関蟬丸神社由緒略記』なる刷物によると、片原町にある上社には猿田彦命と蟬丸の霊を、関清水町にある下社には豊玉姫命(あるいは道反大神)と蟬丸の霊を、それぞれ合祀してあると言い、いまひとつ大谷町にある蟬丸社は江戸時代の万治三年(一六六〇)に大谷三ヶ町の氏子の希望によって分祀して氏神としたものだと記してある[21]。

『関蟬丸神社由緒略記』は、この社の起源および蟬丸の霊を合祀するに至る歴史的経過について、次のように説明している。

一　当神社ハ嵯峨天皇御宇弘仁十三年三月近江守小野朝臣岑守逢坂山ノ山上山下ノ二所ニ分祀シテ坂神ト称奉ル

是レ当社御鎮座ノ起原ナリ

一　文徳天皇御宇天安元年四月ニ改メテ逢坂ノ関ヲ開設シ当社ヲ関所ノ鎮護神ト崇敬シ給ヒ坂神ヲ関明神ト称シ奉ル[22]

一　朱雀天皇御宇天慶九年九月詔ヲ奉シ蟬丸霊ヲ二所ニ合祀ス仍テ関大明神蟬丸宮ト称シ奉ル

右の縁起によるかぎりでは、どこを見ても逆髪宮に関する記述を見出すことができない。しかし、その確かなる痕跡はかろうじて窺うことができる。当社の信仰内容を述べる一条に、次のようにあるのが興味を惹く。

一　当神社祭《ママ》（神脱カ）ハ陸海路ヲ守護シ給フトテ旅行ノ安全ヲ祈リ殊ニハ音曲芸道祖神トシテ常ニ一般人士ノ信仰厚ク亦髢ノ祖神ナリトテ人毛製造組合員亦女髪結等ノ信仰多シ

右の表現を見ても、この略縁起のこしらえられたのが、ごく近年に属することは明白である。蟬丸宮が行路の安全を護る神であること、音曲芸道の祖神であり守護神であることについては納得がいくとして、どういうわけで「髢の祖神」などといった奇妙な信仰が付いているのであろうか。この略縁起は現実の信仰の相として記したのであろうが、これでは、その謂われが説明できない。

これが、かつての逆髪宮信仰のかすかな記憶をとどめたものであることは言を俟つまい。もっとも、髢の祖神などと称するのは、逆髪宮の本意が忘れられてしまった後代の、誤解に基づく付会であるが、この点については後に至って明らかとなるだろう。

故意か偶然かは知らず、ともかく現在の縁起は逆髪宮のことをいっさい語らないけれども、実は蝉丸社にはかつて逆髪宮が斎祀されていたのである。

個々の記事の成立年代に問題はあるものの、中世の成立であることに間違いはない園城寺の基本史料『寺門伝記補録』(第五)に、次の記事が出ている(23)。

関明神祠　寺外

近州会坂《アフサカ》山関明神二所。一在二坂頭一。一居二坂脚一。神祠自二往古一而在焉。未レ詳二其始一。相伝曰。二所同祭二道祖神《チガヘシノカミ》一。以為二関所鎮神一。朱雀院御宇　詔崇二祭蝉麻呂霊《セミマロノミタマ》于当社一。土俗今因祠名二蝉麻呂宮一。又下祠前有レ井。名曰二関清水一。仍又号二清水明神一也。祭礼毎年九月二十四日。上下二所同日。

補曰。社記云。関明神者。朱雀院御宇。天慶九年九月二十四日。延喜第四子。蝉丸之霊。並姉宮逆髪之霊《サカガミノ》崇二祭于当社一云云。又或説云。下祠者。祭二蝉丸宮一。上祠者。祭二逆髪宮一。

右の「補曰」によれば、逢坂山の関明神には、延喜帝第四皇子の蝉丸宮の霊と、その姉宮である逆髪宮の霊を併せ祀ったと言い、また一説では下祠に蝉丸宮を、上祠に逆髪宮を祀ったとも言う。これはいったいどんな意味を持つことであろうか。逆髪宮とはそも何者であるのだろう。

『寺門伝記補録』によるかぎりでは、逆髪と名のる女性は延喜帝の皇女であり、蝉丸の姉宮だったことになっている。尊い身分の女性が、わけあって弟宮とともに祭祀されている。縁起の表面からは、それ以上のことを読み取るのは難しい。

それにしても、帝の皇胤にグロテスクなイメージを伴う「逆髪」の名が付けられている由来も解けないし、その霊がなぜ神となって祀られたかを知ることもできぬ。

私は、ことさらに縁起の簡略な記事に即して眺めてみたのだが、ここに言う逆髪宮の素姓が一種の虚構であることは間違いなかろう。だいいち蟬丸自体が伝説的人物であった。蟬丸にまつわる多くの断片的伝説については、夙く吉川理吉氏の「蟬丸説話の源流と平安朝時代の俗楽俚謡に就いて」(24)に詳述せられて後、多くの論文に飽くこともなく繰り返し述べられているので省略に従うこととしたい。(25)単に「会坂目暗」(『江談抄』)、「木幡とかやに、目つふれたる法師の世にあやしけなる」(『世継物語』)とされており、また「敦実ト申ケル式部卿ノ宮ノ雑色」(『今昔物語集』)とされるなど、賤しい素姓の盲目芸能者の一人として語り伝えられて来たものが、おそらくは王朝末期のころに神格化されて神に祀られ、(26)併せて琵琶法師の語り物の中で「延喜帝第四皇子」の身分に昇格させられていった経緯についてはまず動かないところだと思う。ある時には、「セミウタノヲキナ」(『方丈記』)とか、名を「千歳ト云カヤ」(『江談抄』神田喜一郎本)などと記されているのを見ると、老体の芸能者とされたこともあったと覚しい。蟬丸における「賤」から「貴」への変身が、彼を神格化して共同体の祖神と崇めた放浪芸能民の作為であったのは疑う余地がない。

縁起が逆髪宮を延喜帝の皇女とする、その伝承の成立は、こと素姓に関するかぎりは蟬丸の神格化に遅れ、蟬丸の姉君なりとする語り物の設定に導かれて生まれた虚構以外ではなかったはずである。

逆髪という女性は、あまりにも著名な蟬丸伝説、例の博雅三位(その役割を良岑宗貞に負わせる説『無名抄』もある)にかかわる芸道秘曲相承譚(琵琶とも言い琴とも作る)にはいっさい登場することのない人物である。

逆髪は、蟬丸が神として関明神に合祀されたその時、まさにその瞬間以後において蟬丸伝説とのかかわりを持ったのであることを指摘しておく。

それ以後の蟬丸説話の中で、逆髪がどのように蟬丸とかかわる説話を育くんでいたのかは、文献に跡をとどめていないから不明という他はない。しかし、歩き巫女など口承文芸の担い手である放浪芸能民によって、何らかの説話化が行なわれていたと仮定しても、それはいっこう不当とは思われない。文献に残っていないからと言って、それが無かったと言い切ることの方が、この場合現実性を喪うように思われる。

この逆髪が、われわれの前にその奇怪な姿を現わして来るのは、時代がやや降る世阿弥の謡曲「蟬丸」においてである。

それは、どのような姿で、どんな役割を持って登場して来るのであろうか。

〽是は延喜第三の御子、さかがみとは我ことなり。我王子とは生まるれども、いつの因果の故やらん。心寄寄《よりより》狂乱して、〽辺都遠境のきやうじんとなつて、みどりのかみは空さまにおひのぼつて、なづれどもくだらず。いかにあれなるわらむべどもは何を笑ふぞ、何我髪のさかさまなるがをかしいとや、実《げに》さかさまなる事はをかしいよな。〽扨は我かみよりも、汝等が身にてわらふこそさかさまなれ。（中略）〽我は王子なれども疎人に下り、髪は身上《しんしやう》よりおひのぼつてせいさうをいただく。是みな順逆の二つなり、おもしろや。〽柳のかみをも風はけづるに、〽風にもとかれず、〽手にも分けられず、〽かなぐり捨つる御手の袂、〽抜頭《ばとう》の舞かや、浅ましや、（中略）〽逢坂の、関の清水に影見えて、〽今や引くらん望月の、駒の、歩みもちかづくに、水も、走井の影みれば、我ながら浅ましや。髪はおどろをいただき、まゆずみもみだれくろみて、実《げに》さか髪の影うつる。水を、かがみとゆふ浪の、うつつなの我すがたや。

（日本古典全書『謡曲集 下』所収の本文による）

言いようもなくおぞましく、またあわれで悲しい物狂いの舞すがたではないか。暗い過去の因果を負い、逆立つ髪の醜怪な貌を人目に曝しつつ、笹を手にして舞う物狂いの姿からは、遊狂の底にある喩えようのない戦慄を感じないではいられない。逆髪は怖ろしい女である。

延喜の帝の第四皇子で盲目の蝉丸は、父帝の命によって逢坂山に捨てられ、賤しい藁屋の中で琵琶を友として淋しく暮らしていた。

蝉丸の姉宮、すなわち帝の第三皇子を逆髪の宮と言ったが、その名のごとく頭髪が逆さまに生えて撫でても下らない畸形で、さらに「きやうじん」となって都の外をさまよい歩いていた。

その逆髪は、たまたま逢坂山の関に来て、賤の屋のうちから聞こえる琵琶の調べに惹かれてここを訪れ、姉弟は思いがけない邂逅を喜び合う。二人は、たがいに身の不幸を歎き悲しみ合い、慰め合うが、やがて逆髪は別れを告げて、涙ながらに立ち去って行く。

これが謡曲「蝉丸」の梗概である。蝉丸は盲目のゆえに、逆髪は畸形のゆえに、ともに自分の意志とはかかわりなく遺棄せられた放浪の貴種の姉弟なのであった。

逆髪は、この能のシテである。『中楽談儀』に、「逆髪の能に、宮の物に狂はんこと、姿大事也し程に、水衣を彩《だ》みて着し時、世に褒美せし也。云々」(27)と記されている。「逆髪の能」は、「蝉丸」の曲を指したと考えられ、この記事によって「蝉丸」が世阿弥の作と考えてよいこと、また古名を「逆髪」と称していた可能性のあることなどが判明する。(28)

ところで、世阿弥はこれとは別に、もう一曲蝉丸伝説を背景にした曲を作っている。

それは、「逢坂物狂」(廃曲)という曲である。

人商人にさらわれたわが子の行衛を探し求めて三ヶ年、西国から出て東国に下り、ふたたび京に上って帰国しようとする旅人が、いま逢坂の関にさしかかる。この関には、童部を連れ、ささらや羯鼓を持っておもしろく芸能を尽して旅行く人々を慰める男盲者の乞丐人が居ると聞き、男は古《いにしえ》の蟬丸の故事を思い浮かべつつ関に辿り着く。問答を交わした後、盲者は海道下りの曲舞などを舞って見せ、この童部こそ汝の探し求める子であると親子を再会させ、自分は関の明神の化身であると名のって社壇の内に消える。

疑ひもなき親と子の。神の引合に逢坂の。名も有難き誓ひかな。是迄なりとて盲目は。我人間にあらずとて。関の明神の社壇の御戸の。錦をおし開き、入給ふかと見し月の。光りに立紛れつゝ。失給ふこそあらたなれ。失給ふこそあらたなれ。(29)

この曲も、『中楽談儀』および『三道』に、「逢坂」の名で出ており、世阿弥の作と認めてよいと思われる作品である。(30)

この曲は、蟬丸が関の明神に祀られていること(31)を前提とし、とくに鴨長明の『無名抄』の記事などから影響を受けての創作と覚しいが、関の明神（蟬丸宮）の加護利益を現出せしめる本地譚的結構の中で、シテの盲目の乞食芸能者の遊狂を見せることを中心にした作品である。この乞食芸能者の姿に、逢坂に屯ろしてささらや羯鼓を使って芸を行ない、路行く旅人を楽しませた雑芸者や乞丐人の現実の様が反映していることについては、天野文雄氏が「「蟬丸」の誕生」(32)の論文において指摘されたとおりである。天野氏はさらに進んで、「彼ら雑芸者たちは蟬丸を祖神として祀り、かつ蟬丸譚を管理伝承してもいたのであった。この雑芸者が関明神であったという「逢坂物狂」の構成は、彼らが関明神に奉仕する下級の宗教者でもあったことをよく示していよう」とも述べておられる。その結論はおそらく誤っていないと思うが、ここまで一気に飛躍することを避けて、いま少し緻密に、注意深く廻り道をしながら、この大きな命題とかかわり合ってみたらどうであろうか。

世阿弥は、「逢坂物狂」の創作に当たっては、逆髪の存在について何ひとつ触れようとしなかった。少なくとも曲の表面を見るかぎりでは、まったくその存在さえ知らないかのように映る。世阿弥は、この曲では蟬丸の実体である関明神(縁起によれば、坂神・道祖神《ちがえしのかみ》)の加護利益の顕現(逢坂の名に負う親子再会)に焦点を合わせたのであって、決して逆髪の存在を忘れていたわけではない。後に至ってその理由を解明するつもりであるが、逆髪の登場しない「逢坂物狂」において、世阿弥は強烈に逆髪の存在を意識せざるを得なかったと思う。

世阿弥が、実際に逆髪宮を登場させる別曲「蟬丸」(逆髪)を創作したのは、彼の創作意欲からすればあまりにも当然のことであったと言わねばならない。

第四節　謡曲「蟬丸」における逆髪の形象化

謡曲「蟬丸」において、われわれの前に突如として奇怪な姿を現わしてきた逆髪宮について、世阿弥がどこからこの女の発想を得たのだろうかということが、後代の研究者に課せられた一つの謎になったようである。

謡曲の作品研究にあっては、それぞれの作の「本説」すなわち典拠を明らかにすることが、古来重要な基礎作業のひとつであるとされて来た。これは世阿弥が、能を創作するに当たっては、まず「本説の種をよく〳〵案得し」て想を構えることが最も重要であると説き、また「種とは、芸能の本説に、其〔態〕をなす人体〔にして〕、舞歌の為大用なる事を知るべし」と重ねて強調している[(33)]のによって、当然の認識と言うべきであろう。世阿弥はまた本説のない

「作能《つくりのう》」について触れ、「是は極めたる達人の才学の態《わざ》なり」と述べて、凡俗の作者がこれをすることを戒めている。この文が、世阿弥が二男元能（『申楽談儀』の筆録者）に秘し与えた伝書『三道』（『能作書』とも言う）の巻頭に記されていることの意味は重大であろう。

逆髪宮に関しても、「蟬丸」の本説究明の立場から、いくつかの説が提出されている。旧来の通説は、江戸時代の地誌として著名な『近江輿地志略』（寒川辰清著、享保十九年成）巻之七、関明神上社の条下に、「始は此社相坂山の上にあり、手向神是也」と述べるのに補して、次のように記したのに基づく。

土俗云、祭神は延喜帝の皇女にして蟬丸の姉宮逆髪《さかがみ》皇女なり皇女の髪逆に生ふるがゆゑにいふと。此説採用して論弁するに及ばざれ共けしからぬ妄説也。是猿楽者流の謡を信じてかゝる偽説をいひ出せるなるべし。延喜帝に逆髪といへる皇女ましましゝこと〔紹運録〕にもなく、固より正史実録にも記さゞれば偽也。蓋当社をさか神といひ習はすことは、古昔此社関山の坂の上にありしかばしかは呼べり。其上相坂の神といへるを略して坂神とはいふならし。坂神、逆髪、訓同き故に誤を重ぬる者なるべし。歎息にたへたり。云々。[34]

この著者は、同下社が蟬丸の霊を祭神とすることはこれを認め、やはり「土俗蟬丸を以て延喜帝の皇子とすること甚誤れり」と記している。

つまり、①逆髪・蟬丸をともに延喜帝の皇子とすることは、能の謡いから出た作り事であること、②一般に上社の祭神をその逆髪であると言い慣わすのは妄説であること、③逆髪の名は坂神の音通によったものであること、以上の三点を主張しているわけである。

『和漢三才図会』なども右の説を襲い、「坂上社」の表記により、「祭神未レ詳　祭九月二十四日」としたのち、俗説を斥け、「当社以レ在《ルヲ》二坂《ノ》‐上《ニ》一為《シ》二逆‐髪《ノ》之訓《ヲ》一以附‐会《スル》耳《ノミ》」と記した。

逆髪は坂神の音通であり、延喜帝の皇女という素姓は猿楽者の創作であるとの考えは、近代に入って以後も疑われることなく、逆髪の件に関しては本説はないとするのが通説として定着していたように思われる。

これに対して、昭和三十七年に香西精氏が「作者と本説　蟬丸」(35)において述べられたところは、この問題を根本的に考え直すことの必要を提言されたという意味で、実に画期的な文章であった。

その内容は、必ずしも文献的実証の手続きを踏んで導かれた論文の結論ではないのだが、氏の豊かな学問的蓄積と、これに裏付けられた本文の深い読み込みから生まれ出た鋭い洞察の結果であって、とうてい余人の及び難いものであった。

いささか長い引用をお許し願いたい。

逆髪にいたっては、何によったものか、まるで手掛りがない。能作者の仮作と割切るのが通説のようであるが、古典的な蟬丸説話に、木に竹をつぐように、だしぬけに逆髪説話を新作して継ぎたすといった大胆な放れわざは、本説尊重の保守主義者たる能作家のくわだて及ばないところであるとすれば、文献にこそ跡をとどめていないまでも、やはり一応口承文芸のにない手を通して、地ならしができていたものでもあろうか。関明神の上社を蟬丸、下社を逆髪にあて、上社から下社への渡御の儀のある祭礼を、両宮再会の儀と解して、逆髪はすなわち坂神(道祖神)であるとする説も見えるが、「緑の髪は空さまに生ひのぼつて、なづれども下らず」というグロテスクな奇形児のイメイジはどこから来たものだろうか。坂神との音通だけからでは説得しつくせないものがある。そして、逆髪の奇形には、現実味のとぼしい、いわば空想の産物といったにおいの強いこともいなめない事実である。

（傍点筆者）

右の文章からその論点を要約すると、次の三点にまとめることができる。

①逆髪を能作者の創作とする通説には従い難いこと――すなわち、その本説に相当する口承的説話が存在していた可能性があること。

②逆髪のグロテスクな畸形のイメイジの由来は、通説のごとく坂神との音通からと言うだけでは説得性を持たないこと。

③逆髪の造型に、現実味の乏しい、空想的産物のにおいが強いこと。

これ以後の逆髪の本説研究は、多かれ少なかれ香西氏の発言の影響を受けているように思われる。しかし、香西氏の深い考えを正面で受けとめ、その問題提起に応え得た研究は、少なくとも能楽研究の側からはいまだ出ていないように思う。

藪田嘉一郎氏は、香西氏の①を受ける形で逆髪の本説を考え、奈良坂春日社の祭神とする田原太子（春日王）について記す縁起に、「桓武天皇御宇春日王不慮有疾〔生逆髪白癩病〕。因茲密退出皇都。隠居奈良山。所謂当社之地是也。云云」（『平城坊目考』所引、「縁起曰」）とある春日王物語こそ逆髪の本説であろうと推論した(36)。

奈良坂の夙人の起源を物語る縁起の基礎に、逆髪・白癩の姿のいわゆる「流され王」の物語が据えられていたこと自体は甚だ興味のあることであり、別の視点からする検討に価することに違いないが、ここに「逆髪」の文字が出ていることをもって直ちに謡曲「蝉丸」の逆髪の本説と結び付ける、強引で飛躍の著しい操作は、およそ学問的な批判に耐えるものではない(37)。

金井清光氏は、「盲人の能と狂言(38)」の論文で、「なれの果ての芸能」という視座を据えて、古代中世の民間信仰に顕著な苦行滅罪信仰の反映の形を見、能と狂言との扱い方の違いを考察している。

この中で、「蝉丸」の逆髪について触れ、「逆髪はこの坂神から思いついた架空の人物であり、また逆髪の物狂いは坂神に仕える巫女の物狂いが原形になっている」と述べて、従来の説を一歩進めた考えを示した。氏は、「逆髪を登場させることは能作者の単純な思いつきではなく、やはり能作者が自己の創作意識を制約していた中世芸能の約束に従った結果であった」とも記している。つまり、「中世の人々は蝉丸といえばすぐ坂神を連想した」こと、「したがって今昔物語や平家物語などに坂神のことが書いてなくても、本来神事芸能であった猿楽能では逢坂山を舞台にすれば蝉丸よりはむしろ坂神をシテとして登場させねばならない」としたのである。

逆髪は単純な坂神の音通に過ぎないとして来た過去の説を乗り越えて、謡曲「蝉丸」の背後にある中世の「坂神信仰」を指摘されたこと、また逆髪の物狂いの原型として、坂神に仕える巫女の物狂いを示唆されたことの二点は、たしかにこの問題の解明のための一歩の前進であったことを認めたい。

だが、それにしてもなお残された疑問は大きい。坂神は、なぜ逆髪に見るようなおどろおどろしく髪の逆立つ畸形の貌をもって登場しなければならなかったのであろうか。これも盲目の蝉丸と同じく「なれの果て」の約束によって、現実の逆髪の人たち（それが存在したとして）の説話化と見ることは十分に可能である。現実の「盲人を、皇子でありながら盲目の蝉丸という人物に置きかえることにより、皇子といえどもなれの果ての宿命は免れぬことを示し、また蝉丸の現世の境遇が悲惨であればあるほど、その苦しみが滅罪となって来世のより大きな幸福が約束されることを暗示する」と言われた「蟬丸」は、そっくり「逆髪」にも通ずることだからである。

だが、かりにそれが唯一の理由であるのなら、この曲における逆髪の担う役割は必ずしも「髪の逆立つ畸形」でなくてもよかったのではあるまいか。たとえば盲目の女でもよければ、癩者《いれい》であってもよかったことになるまいか。それが、他ならぬ「髪の逆立つ畸形の女」でなければならなかった理由については、結局「坂神(筆者注—サカガミの音)から思いついた架空の人物」という旧来の解釈から一歩も踏み出してはいないことになる。

したがって、金井氏の見解をもってしてもなお、香西氏の提起された、②③の二点について、全面的に応え得るものとは言えないのである。

近年に発表された天野文雄氏の「逆髪の誕生(39)」および前掲「「蟬丸」の誕生」の連作二論文は、この問題におけるかなりまとまった成果を示した。

天野氏は、逆髪が、「蟬丸」において忽然とその姿を現わすことについて、これが能作者の創案であると認めたうえで、その「逆さまの髪」に注目し、「逆さまの髪が中世の文芸作品に形象された姿」を確かめることから出発された。そして、「歌占」「巻絹」などの謡曲に見られる神がかりの姿——「憑霊という興奮状態を逆さまの髪で表現した」例があること、また「山姥」や「鉄輪」において、憑霊現象と同様の表現をとりながら、そこに「鬼のイメージ」があることを指摘し、「逆髪には、神がかりの巫女とともに、こうした女人の嫉妬の姿が二重映しになっている」と述べておられる。

この考えは、従来の研究がまったく注目することのなかった、しかし極めて重要な面にはじめて光を当てたもので、私はこれを高く評価したいと思う。

しかるに、天野氏にとってはこの重大な指摘の持ち得る意義は、さほど自覚されていなかったものと見えて、右の結論以上に論を深め進めることをせず、直ちに眼を転じて中世の「風俗的な位相において逆さまの髪という現象を探索する」方向へと進まれた。そして、ぼろ・乞丐人・有髪の僧(毛坊主)とともに、夙人も逆さまの髪によって印象づけられた人々であったことを、やや強引と思われる操作によって述べ、逆髪創造に当たって能作者がモデルとして思い描いたのは「アルキ巫女」であったかと推論される。さらに進めて「蟬丸・逆髪という「蟬丸」のとりあわせも、案外、逢坂辺に屯ろした盲僧・巫女の舞台化であったかも知れない」と、「蟬丸」のドラマの背景を中世の逢坂周辺に住む下級宗教者たちの現実の反映とする線で押さえようとした。

結局天野論文の主旨は、「その名のサカガミも、坂神から来ていることは疑いないとして、逆さまに生いのぼった髪の女だから逆髪だという理解もやはりあった」、「坂神に惹きつけられるあまり、逆髪を忘れることがあってはならない」と重要な指摘をされたものの、文芸的には神がかりの憑依現象や嫉妬の様に使われたことを指摘し、現実的には夙に住む巫女やぼろの姿の反映であると主張する点にあったようである。

先に述べておいたとおり、逆髪に「坂神に仕える巫女の物狂い」のイメージがあることは、すでに金井清光氏によって指摘されていることであるから、必ずしも目新しい説とは言えないが、ここに「アルキ巫女」の投影を見ようとすることは誤っていまいと思う。

私は、天野氏が、「逆さに立つ髪の女」だから逆髪だという理解のしかたが、中世には十分あり得たと述べたことにつき、そのかぎりにおいてこれを評価しておこうと思う。

だが、考えてみれば、その結論はあまりにも当然のことではなかったろうか。古い説が「逆髪=坂神音通説」のもっともらしさにみずから呪縛されて、至極当然のことに目が曇らされてしまっていたに過ぎないのである。いまひとつもっとも重要なことは、「蟬丸」のドラマが備えている神話的構造について、ほとんどの論者がまったく気付いていなかったということである。その点に関しては、天野氏とても例外ではないのだ。

ただひとりの例外が香西精氏だったのである。

天野氏の論も、香西氏の問題提起に応えることはできていない。すなわち、②逆髪のグロテスクな畸形のイメージの由来、③逆髪に、現実味が乏しく、空想的産物のにおいが強いことの持つ意味、の二点である。

応えることができないどころか、氏は香西氏が、逆髪に「グロテスクな奇形児のイメイジ」を見るとされたのと、梅原猛氏が逆髪を「価値の反逆者」と解釈された(40)のとを不用意にもひとまとめにして、「逆髪には確かにそうした面があることは否定できない。しかし、それはやはり多分に今日的な見方なのだと、かなり荒っぽい論法で否定的口吻を洩らしてさえおられる。

　梅原氏が、「貴族社会と、あるいは人間社会とまったくちがった価値観をもっている人間」として逆髪をとらえ、「表面は非人間、狂気の態をとっていながら、心は清くやさしい逆髪と、表面は天皇として統治していながら、じつはひどく非人間的な行動をとっている醍醐の対立がここにあり、世阿弥は明らかに逆髪や蟬丸の味方である」、「価値の反逆者という人間、マイナスの価値を徹底することによって、かえって現存する価値の最大の批判者であるような人間、こういう不気味な人間が、世阿弥によって、初めて文学の主人公となった」と過大に評価されるとき、それはまさしく謡曲「蟬丸」の現代的解釈に他ならず、世阿弥の意図の外であるのは勿論であろう。(41)

　だが、これと香西氏の説とはまったく違っている。逆髪の姿にグロテスクな畸形のイメージを見ることが、どうして「今日的な見方」なのであろうか。逆髪がグロテスクな畸形でなかったとして、「蟬丸」の曲は成立するのであろうか、理解に苦しむのである。

ことは「蟬丸」の曲の本質にかかわる重大な問題と言わねばならない。

逆髪をシテとし、「逆髪」を古名とするらしいこの曲にとって、その物狂いの舞が重要な場面であるのは言うまでもない。この曲には両ジテになる替之型があるが、その場合もこの舞の重要性にはいささかも変りがない。

延喜帝第三の皇子として「貴」に生まれながら前世の因果によって逆髪の畸形であり、かつ心狂乱して、遺棄せられ、「賤」の身となって辺都遠境を漂泊放浪するのが逆髪である。

この現世では救い難い因果の子が、世阿弥によって謡曲の主人公(シテ)たり得るためには、「物狂い」が遊狂に転ずるためのある種の観念が必要である。哀れな貴種の逆髪が悟りを得て、現実目前の不幸を超越達観するのでなければ、狂乱は救いのない現実の狂人の写実に陥って、遊狂に転じる契機を発見することさえできぬ。

おどろおどろしい姿で、笹を手にして狂い出た逆髪は、無心の村の子どもたちから、逆立つ髪の貌がおかしいと笑い囃される。その本来耐え難い屈辱に対して、逆髪はただ歎き悲しんでいるのではない。かえって、これを逆にとって、「おもしろし〳〵」と観ずる。この態度は、「ふしまろびてぞ泣き給ふ」他のない蟬丸の姿と比べて、いかに対照的であることか。

それが可能であったのは、価値観の逆転・超越という逆髪の思想があるゆえである。

村の賤しい子どもたちから笑い囃されることを契機として、逆髪は「賤」に落魄したおのが身をあらためて考える。これは本来逆である。下るべき長い髪が天に向かって生い上がり、梳れども下らない。これも本来逆である。しかし、何にも増して帝の皇子として「貴」なるべき身が「賤」の果てなる漂泊乞丐の生活を送っていること自体が逆である。すべてが逆である。

逆髪は、これを「人間目前の境界」と見定めたうえ、人間における常識の価値観を疑う。いったい何が「順」であり、何が「逆」であるとするのか、と。「順」と観じているものが実は「逆」であり、「逆」と観じているものこそ「順」なのではあるまいか。その反問から思索を進めて、逆髪は、およそ人間界の実相に絶対不変の真理としての「順逆」などは存在し得ないのではないか、順逆の価値観に拘泥しているところに人の幸不幸があるが、それは見せかけの空しい思い(夢幻＝幻相)に他ならぬと思う。順逆の価値を超越するとき、いかなる人にも安心が得られる。

「夫《それ》花の種は地にうづもれて千林の梢にのぼり、月の影は天にかかつて万水の底にしづむ。是等はみないづれを順と見、逆なりといはん」と問う。「夫花の種は……底にしづむ」の句については、おそらく禅家の句であろうが典拠未詳とされている。その思想の拠って立つところから推しても、これが禅家の作にかかるものであるのは動くまい。寡聞にして、私も現在まで右の句の出典を確かめ得ていないが、おそらくは偈を成すことも可能だったはずの世阿弥の自作の可能性も含めて、さらに調べてみたいと思う。

世阿弥が青年時代から禅的教養に関心深く、晩年には禅に帰依し、禅僧と親しくする中で、当然ながら禅の思想をわがものにしていたことについては、安良岡康作氏・香西精氏・西尾実氏ら先覚の多年にわたる研究の成果がよく明らかにしている。(42) たとえば鈴木大拙氏もその著『続 禅と日本文化』の一章を「禅と能」に宛て、世阿弥と信じてよいと思われる「山姥」を採り上げて考察の対象とし、「恐らくは僧侶が禅を広める為に書いたものであらう」とまで極言しておられるほどのものである。(43) 世阿弥の書き遺した数々の伝書の中に反映している禅的教養の深さについては、こんにちでは誰しも十分に承知していることに属しよう。

禅の心に言う「順逆不二」の悟道こそ、逆髪の発する「おもしろや」の一語に籠められた哲学に他ならぬ。そのことを香西氏は読み切っておられたのである。氏は、次のように述べられた。

因は果を生み、果は更に因となって第二の果を生み――かくて無限に連続する因果のくさりを、人はたち切ることができない。因果に即する限り、戒行をつつしむよりほかに救いはない。蝉丸は、戒行によって救いを得ようとして、涙にぬれながら忍苦の生活を送っている。逆髪は、この無限のくさりの中に「人間目前の境涯」を「順逆」の二相にとらえる。そして「面白し面白し」と観ずる。順逆をこえて、順逆不二の境地に立つとき、ここに救いがある。彼女の物狂いには因果からの解放があり、禅の悟道がある。

正確かつ深い読みであると思う。

世阿弥は、この思想を夢窓国師の著述から学んで来たのである。およそ、夢窓の『夢中問答』を一読したほどの人ならば、この中で重要な意味を持って語られている順逆不二の思想への共鳴が「蝉丸」(逆髪)創造の直接的かつ決定的契機であったことに思い至らぬ者はいないであろう。

境界に二種あり、順と逆となり。我が心にかなへることをば順境界となづく。我が心にそむけることをば逆境界といへり。逆境界をばこれを憎み、順境界をばこれを愛す。愛によりて生をひき、憎みによりて死をうく。然らば則ち順逆の境界は倶に是れ生死輪廻の因縁なり。愚人はこれをしらず、我が心にあはざることをば厭ひ捨て、我が心にかなへる事のみをねがひ求む。娑婆といへるは梵語なり、此には欠減と翻ぜり。此の世界に生ずる人は皆宿善うすき故に、何事も心にかなふて満足することあるまじき謂はれなり。しかるを此の娑婆界にありながら、心にかなふ事を求むるは、火の中に入りて涼しきことを求むるがごとし。何事も心にかなふ事を得んと思はゞ、速に娑婆を出離する計り事をめぐらすべし。此の欠減世界の中にして心にかなふことを求むるほどに、朝夕に身

心を苦労してつひには当来の悪果を感ず。（中略）然らば則ち我をなやます者は外境にあらず、偏に是れ自心のとがなり。(44)

さらに、世阿弥の心を惹きつけたのは、次の語句であった。

> 果報の大小、寿命の長短、財宝の多少、官位の高下、世間の治乱、人倫の怨親、かやうの世事はさまざまなりといへ共、たゞ是れ一念の迷情にうかべる夢幻の相なり。此の幻相の上において、此れを取り彼を捨てんと苦労するいとまにて、此の幻相を分別する自心の計《け》度《たく》を放下すべし。若しこの分別計度を忘れ得たらば、果報の大小、寿命の長短等のみにあらず、浄土穢土、凡夫聖賢のへだても亦あるべからず。何をかなげき、何をかよろこばんや。しかれども若し又自心の計《け》度《たく》を放下する事あたはずして、世間の幻相に心を乱る時は、よく〳〵うちかへし思ふべし。果報も大きに、寿命も長く、財宝も多く、官位も高く、怨敵もなくして、治れる世にありとも、天上の果報には及ぶべからず。たとひ天上の果報にひとしくとも、ながらへはつべきことならねば、これをいみじと思はんや。若し又果報官位等も皆いやしき身となりて、乱れたる世に牢籠すとも、さすが人間なれば、四悪趣の果報には勝れたりと思ひて歎くべからず。いはんや仏法にあへる大慶あり、何ぞ世俗の小利を心にかけんや。(45)

現し世における幸せのあまりにも薄く、世間から差別され卑賤視されるこの境遇から、蟬丸と逆髪とを救済し得る論理は、まさしくこの禅の哲学であった。それは現実には、盲目の蟬丸や畸形の逆髪によって代表されている多くの不幸な夙の民を救う論理でもあったはずである。何よりもまず、世阿弥自身を含む猿楽芸能民たちを救済する哲学であり、かつみずから深く戒むべき教訓でもあり得たのではあるまいか。

時衆の教義が中世における凡の民を救済する力を持っていたことについてはいくたの研究もあり、すでに常識となっていると言ってもいいと思うが、同時にやはり中世の貴賤に流行した禅宗、なかんずく庶民教化に力を注いだ曹洞禅の思想が凡の民の日常の生に与えた影響も看過し難いと思う[46]。

世阿弥が臨済の夢窓疎石の『夢中問答』を読んでおり、その色濃い影響を受けた跡が諸伝書の上に確かめられることについては、夙く昭和二十四年に安良岡康作氏によって指摘されていた[47]。しかるに、それ以後の「蟬丸」論者が誰ひとり右の事実に着目しなかったのは、どうしたわけであろうか。

世阿弥は逆髪の因果を中世的な禅の思想によって救済し、これによって現実の「きやうじん」から「物狂いの遊狂」に転じることを可能にした。かくて、謡曲「蟬丸」(逆髪)は成り立ったのである。逆髪の繰り返す「おもしろや」は、深い宗教的観照を背景としたことばであった。まことに世阿弥は凡庸な作者ではない。

この点にかぎって言うならば、梅原猛氏が、「彼女の語る言葉は、世阿弥の能の、いかなる主人公の語る言葉より、哲学的であるように思われる[48]」と述べられた感想は決して誤った深読みではない。少なくとも、この点に無関心に、呑気に「蟬丸」を論ずる論者と比べれば、はるかに正道であるとせねばならぬ。

世阿弥は、禅の教える世俗の順逆二つの境界の象徴を逆髪の畸形と現在の境遇との中に発見した。これが、この曲の発想の根源である。

その創造に当たって、逆髪の「みどりの髪は空さまに生ひのぼつて、なづれどもくだらず」という、常態の逆を行くおどろおどろしいイメージが、いかに重要であったかは、もはや論を俟つまい。それは、この曲の構想そのものともっとも深いところでかかわっており、それがなければ世阿弥はこの曲創造の意欲を持たなかったのではないかと思われるほど、重みを持つことがらだったはずである。そして、そうした逆髪のおどろおどろしいイメージが、世阿弥の独創だなどと考えることが、いかに的はずれな想像に過ぎないかに思い至るであろう。この曲における世阿弥の独創は、逆髪の苦悩を救い、悲歎を「おもしろし」に転じさせるを得た、まさにその点に存する。

われわれは、多くの断片的な伝説の存在によって親しい蝉丸に惹きつけられて、作者の本意を見誤ってはならない。いまさらしく言うまでもないことであるが、シテ逆髪の解釈は、まず何よりも先に、虚心に「蝉丸」(逆髪)の曲の本文に相対し、創作者の心をわが心とする本文の正しい読みから出発するのでなければならぬ。そのためには何十時間を宛てても足れりというものではない。このことは、あらゆる文芸研究における常識以前に属する問題である。古典の場合、その正しく深い読みを支えるために、あらゆる知識が動員されねばならぬことも また言を俟たぬ。すべての古典作品は、「表現の時代性」を抜きさしならぬ形で具備していること、そのうえに作者の個性的思想と教養とをおのずと反映しているのも当然である。ことに、能や歌舞伎狂言のような芸能作品の場合は、初演当時の観客の共通理解や認識に支えられる好尚を、ごく素朴な形で反映せざるを得ないことなどを十分に配慮して、いやがうえにも慎重を期して読まれるのでなければならない。片言隻句たりとも、粗略に扱うことはできぬ。必ずしも古典作品の現代的解釈を軽んじるものではないが、それは能うるかぎり正確な同時代的解釈および評価が成立して以後のことでなくてはならないだろう。

ここで文芸作品の研究態度を論ずる気はさらさらないが、こんな常識的なことが、芸能史研究の分野では時として軽んじられる傾向のあるを否定できず、こと「蝉丸」に関しては、このことをないがしろにして多く語られ過ぎてきたように見受けられるので、自戒の意をこめてあえて復習しておくのである。

謡曲「蝉丸」の本意を正しく読み取るためには、何を措いても、逆髪の長い髪が空ざまに生い上がっている、その

「グロテスクな奇形児のイメージ」が、具体的な貌としてまざまざと印象的に焼きついている必要がある。そこが、「逆髪」(蝉丸)の論の出発点でなければならない。たとえ、現行の「蝉丸」の演出において、逆髪の鬘が逆立ってはいないにしても。(49)

世阿弥時代の演出にしても、実際に舞台に見る逆髪の髪は、とくに逆立つ即物的表現は採っていなかったかも知れない。おそらく採っていなかったろう。しかし、これを観る者は、その「逆立つ髪」を確かに見なければならないはずである。こんなことは、あまりにも常識的なことであるまいか。

しかるに、たとえば天野氏において、それが見えていたかどうか。もしもそれが見えていたとすれば、香西氏の言われる「グロテスクな奇形児のイメイジ」を、「今日的な見方」と否定はされなかったに違いないし、逆髪の「逆立つ髪」のイメージを、短絡的に巫女の神懸りの乱れ髪や凧の者の現実風俗に見られる蓬髪と同視する誤りは犯されなかったと思うのである。

能楽鑑賞における詞章の重み、ことばの持つ力が、それほどに無力なものとは信じられぬ。逆髪のあまりにも個性的な創造を、一般的な「物狂い」の類型の中に埋没させてしまうのでは、一曲の本意も結構も、その意味を喪ってしまうことになり兼ねないと思う。

ここに、参考までにひとつの図を掲げることにしたい。

この図は、江戸初期の元禄七年(一六九四)に板行されたと思われる『西鶴織留』(巻四の一)の「家主殿の鼻柱」に入る挿画の一葉である。この図は、原本には天地がこれと逆にして印刷されており、「謎絵」(または「逆絵《さかさえ》」)と呼ばれて、これまでに幾人もの研究者によって解釈が試みられてきた、問題の絵である。この絵がなぜ天地を逆にして印刷されているのかを考えることは、それ自体はなはだ興味深いことであり、私なりの解釈を用意しているが、本稿からは逸脱するので別稿に譲る(本章末の編注を参照)。

ただ、宗政五十緒氏が、この絵の解として、「逆髪の女は狂女を示すこと、能楽の「蝉丸」を想起されたい。井戸は名水醒井で場所が醒井町であることを意味していると見てよかろう」「女の背後の波状のものは同人のかけりのさまを表わし、狂女であることを示す」と述べておられることだけを記しておこう[50]。

「蝉丸」における逆髪の姿に見なくてはならないのは、まさにこの絵のごとく、文字どおり長々と逆立つ髪のグロテスクな貌であることを言いたいのである。そして、この理解もまた近世人の恣意的独創ではあり得ないことも、やがてわかろう。

ごく当然のことながら、香西氏には、この天に向かって逆立つ髪の姿が、しかと見えていたのに違いない。だからこそ、②「逆髪のグロテスクな奇形児のイメイジの由来」、③「逆髪の造型に、現実味の乏しい、空想的産物のにおいが強いこと」の二点を、とくに問題にされたのである。その指摘は鋭かったとせねばなるまい。

図1 「家主殿の鼻柱」挿図(『西鶴織留』より). ここではあえて原本の体裁とは異なり, 天地を逆にして入れている.

だが、香西氏があえて指摘されなかった点がひとつだけある。
それは、この逆髪が内面に気性激しくねたみ深い性格を宿命的に負わされた女だったということである。「蝉丸」の曲を見るかぎりでは、そのことはどこからも引き出されて来はしない。世阿弥は、そのことをこの曲に書こうとはしなかったのである。

しかし、中世の人たちは、このことを知っていたに違いない。世阿弥は、そうした一般の常識をあえて背後に退かせておいて、この曲の想を構えたのだと考えられる。

中世の人たちが、「髪の逆立つ女」と言うとき、直観的に連想したのは、神がかりの憑依現象であり、同時に女人の嫉妬の怖しい形であった。そのことは、天野氏も例を挙げて指摘されたとおりである。

意志とはかかわりなく、逆立つ髪の畸形として生まれた因果の子は、生まれながらにして「物狂い」であり「嫉妬の鬼」でもある運命を生きるべく決定されていたと見ねばならぬ。そこに逆髪の底知れぬ苦しみがあった。

こうした謡曲「蟬丸」(逆髪)の奥に隠されている逆髪の本質は、おそらく近世初期の庶民大衆の目には、かなりの鮮度をもって透けて見えていたはずである。

第二節に述べておいた近松の浄瑠璃「せみ丸」以下が、ためらうことなく嫉妬を大きなテーマに設定したのは、決して唐突な近世的発想ではない[51]。中世以来の「髪の逆立つ女」の常識の系譜を正統に受け継ぎ、少なくとも現代人よりはよほど中世人に近いイメージで「蟬丸」の曲に接し、これを解釈していたことの証左と言ってよかろう。現代における この常識の断絶は決定的である。されば、「毛抜」において、錦の前の髪が逆立つとき、玄蕃のこじつけた理由の内容は、現代人にはあまりにも空しい。理由になっていないようにさえ思える。だいいち、それに聞く耳を藉す人は、ほとんど居ないと言ってもいいのではなかろうか。

「蟬丸」における逆髪から嫉妬のイメージが発見されなかったからといって、それを咎め立てするのは当たっていないと言うべきであろう。

第五節　舞楽「抜頭」と逆髪

本節では、ごく一般的に「髪の逆立つ」という、現実にはまず起こり得ない特殊な肉体現象に関して、中世以前の人たちがどのような認識を持っていたのか、その点の検証を試みたいと思う。

そのための入口は、やはり謡曲「蟬丸」である。

文藻に冴えを見せる世阿弥は、逆髪の物狂いの舞を形容して、「柳のかみをも風はけづるに、風にもとかれず、手にも分けられず、かなぐり捨つる御手の袂、抜頭の舞かや、浅ましや」と表現した。「抜頭の舞かや」の一句は、この試みのために重要なキー・ワードたり得るものと思う。

世阿弥は、「蟬丸」(逆髪)の曲の創造に当たり、シテ逆髪の物狂いの舞すがたを思い描いたはずである。そして、この超人間的な女の貌を、いったい何に喩えたらよかろうかと考えたことであろう。直ちに、彼の脳裡に浮かんだのが四天王寺の聖霊会において毎年欠かさず演じられていた舞楽「抜頭」の舞だったのである。(52)

こんにちも宮内庁式部職楽部の舞人によって伝承されている「抜頭」は、近年に再三国立劇場でも演じられた曲であるから、御承知の方が多いと思う。「抜頭」はその特異な扮装において、舞楽の中ではすこぶるユニークな曲であり、誰しも一度これを見れば、その印象は忘れ難いに違いない。

「抜頭」の特色は第一にその長い髪にある。銀色の眼を光らせ、怒りの表情を表わす朱の仮面――その面《おもて》には黒絹糸の縒り紐で作られた髪が植えてある。そしてこの曲だけに使う赤を主体にした装束(紅紗の袍に赤地の裲襠、赤地金襴の牟子を用いる)を着ける。この曲は、周知のとおり「散手」「陵王」「還城楽」「貴徳」「納曾利」とともに「走舞」(走

図２　抜頭(『信西古楽図』より)

物)の一であるから、早いテンポで活潑な舞いぶりを見せる。前半は桴を握って舞台をまるく廻って舞い、後半は桴を置き、拳を振って右に左に、前に後に激しく動き、仰向いたり、両手を開いて上に突き上げるような形をしたりする。この曲だけに独特な指の開き方もある。同じ手振りの繰り返しが多く、動きが活潑なわりには単調な曲のため、至難の曲とされている。

動きが早く激しいから、自然長い髪を振り乱す形になる。現行の演出では、髪は肩に垂れかかる程度の長さで、長髪の芸能を見慣れている観客の眼に、さほど異様な感じを与えないかも知れない。それにしても、数多い舞楽曲の中で、髪を振り乱す珍しい曲としてのこの曲の印象は、かなり鮮烈である。

ここに、著名な『儛図』(通称『信西(入道)古楽図』)に載せる「抜頭」の図を掲出してみよう。この図は宝徳元年(一四四九)の奥書を備えているが、山田孝雄氏は『教訓抄』『続教訓抄』の記事にはすでに廃絶したとしている「柳花苑」「弄槍」を含んでいること、また『源氏物語』に男舞として出ている「柳花苑(薗)」がそれ以前の姿と伝える女舞として描かれていることなどによって考証し、その原図は「少くとも平安朝初期の姿を今日に伝へたるもの」と考えた。[53]

この図に見る長い髪は、必ずしも絵師による印象の誇張ではあるまい。おそらくこれが、中世以前の「抜頭」の実際の扮装だったと見てよいと思う。

この扮装で、激しく活潑な舞を演じ、「髪頭」とも表記した、その特徴である髪を効果的に見せるとすれば、当然長い髪を前後左右に振ったと思われる。後代の石橋系の獅子の舞が、これも周知のしゃぐまを振り立てる「髪洗い」

の激しい演出を持つことを想起してもよい。あれほどの派手な演出とは言わぬまでも、長い髪が逆立つように見える瞬間があったことは、まず疑いないと言っていいだろう。(54)

そのことを証拠づけるのは、王朝時代に、しばしば「抜頭」を観たに違いない清少納言が抱いた感想である。彼女は、『枕草子』の「舞は」(二一六段)に、とくにこの曲の名を挙げて、次のように言った。

抜頭は髪ふりあげたる。まみなどはうとましけれど、楽もなほいとおもしろし。(55)

清少納言は、ことさらに「髪ふりあげたる」姿のおもしろさに、格別の感興を催していたのであることがわかる。これが、「髪いとながくうるはしく、さがりばなどめでたき人」を「うらやましげなるもの」と眺め(一五八段)、長く豊かな髪に格別の関心を寄せていた女性の感想であったことも意味のあることであろう。

清少納言の言った、右の「髪ふりあげたる」が、決して左右に緩やかに振り動かした程度の実態を文芸的誇張によって描いたわけではないことが、次の一段を正しく読み、併せ考えると明らかになる。「抜頭」の舞の実際の芸態の中に、まさしく「逆立つ髪」を観ていなければ、次の表現は生まれて来ないと考えられるからである。

これは、「舞は」のすぐ後の「弾くものは」につづく二一八段に配列されている「笛は」(56)の文で、楽の篳篥の音色を嫌った作者の心情をあらわに表現した、いかにも清少納言らしい、ほほえましい筆致である。

篳篥はいとかしがましく、秋の虫をいはば、轡虫などの心地して、うたてけぢかく聞かまほしからず。ましてわろく吹きたるはいとにくきに、臨時の祭の日、まだ御前には出でで、もののうしろに横笛をいみじう吹きたてたる、あな、おもしろ、と聞くほどに、なからばかりよりうち添へて吹きのぼりたるこそ、ただいみじう、うるはし髪持たらん人も、みな立ちあがりぬべき心地すれ。やうやう琴・笛にあはせてあゆみいでたる、いみじうをかし。

（本文は日本古典文学大系『枕草子』による。傍点筆者）

われわれは、右の文の傍点部分に表現された作者の心情とその推移を、どう読み取るべきであろうか。

一般に、「髪の毛が逆立つ」という比喩的形容は、漢語の「怒髪衝天」の意、すなわち極端に激しい怒り――忿怒の情を表現する時に用いられたものである。その用法は、こんにちに至るも変っていない。いかに大仰に誇張した表現を好む作者とは言え、極めて繊細な美意識を持っていた清少納言が、たかが篳篥の音色が「うたてし」くらいのことで、「うるはし髪持たらん人も、みな立ちあがりぬべき心地す」とはあまりに誇大で、乱暴な表現ではなかったであろうか。従来の解は、その点にいささかの疑いもさしはさんでいないようである。

この表現は、作者がいらだち腹立たしく思う気持ちを「抜頭」の舞の姿に見立てた、機智あふれるユーモラスな形容だったのではなかろうか。当時の宮廷人たちには何の説明も要さず、直ちにそのことが了解でき、清少納言の機智のひらめきに感歎することができたのであろう。この表現から、そのことを読み取るのでなければなるまいと思う。

笛の音色や旋律のおもしろさを中心主題とする本文は、篳篥の音そのものの騒々しさを難じたあと、「ましてわろく吹きたるはいとにくきに」につづいて、「あな、おもしろ」と聞き惚れていた横笛の微妙な音色・旋律を打ち壊すかのように無神経に篳篥を吹きたてたことが作者の癇にさわり、「ただいみじう」思われ、腹立たしくさえ思われた――そのいらだたしい心情を「抜頭」の舞の芸態に見立てて、「うるはし髪持たらん人も、みな立ちあがりぬべき心地す」と表現したのである。この文脈における「いみじ」が不快の意の表現であること論を俟たない。右の表現が、一連の舞楽に関する話題の中で使用されていることも押さえておくべきであろう。

こうして読めば、これはいかにも清少納言らしいユーモラスな比喩表現であったと言えるのではなかろうか。『枕草子』の全体を通して、こうした気の利いた「見立て」の表現法が非常に多く、それが彼女の文学の一特色ともなり得ていることについては、すでに指摘されているところである。(57)

したがって、この部分をかりに正確に口語訳するとなれば、「(あの「抜頭」の舞の髪が逆立って、内心の激しい怒りを表現しているのと同じように)、美しい髪を持っている人の髪もみんな逆立ってしまうくらいに、腹立たしい気分になる」とでもしなくてはならない。もっとも、そう説明的にしてしまった時、清少納言の文学の持っているおもしろ味(文学性)は半減してしまうのであるけれども。

「怒髪天を衝く」怒りの表現は、「総毛立つ」「身の毛がよだつ」「頭《かしら》・身の毛太るやうに思ゆ」などの比喩表現とよく似ているが、その使用できる範囲はまったく違っている。あらためて言うのも気がひけるほどのことであるが、後者は、怖いもの、恐るべきものを眼前にした時、おのずから内心に惹起される身震いするような戦慄、通俗的に「ぞっとする」「寒気が走る」などと言うのと共通する比喩表現である。換言すれば、全身から血の気が引いて冷たくなるほどの神経の脅え・高ぶりを表わす。これに対して、「怒髪天を衝く」の表現は、激しい怒りのために身体が「かっとなる」、全身が燃えるように熱くなるほどの神経の高潮を表わす。ふたつの比喩表現の用法はまったく別になり、混同されることはない。(58)

いずれにもせよ、清少納言の眼に映じ、その率直な感想として記したところによって、中世以前の「抜頭」の曲が、まさしくかの『信西(入道)古楽図』に描かれたように長い髪を持つ面を着て、その髪を逆立てる演技を持っていたのに違いないことが立証できる。世阿弥の見た「抜頭」もこれだったのである。

こうした抜頭の芸態が、印象深く世阿弥の脳裡に存在していて、逆髪の物狂いの舞の形象化に当たって、ひとつのヒントを与えたと想像することは、決して不当ではあるまい。それが、「抜頭の舞かや、浅ましや」の表現を生んだ必然性であったに違いないからである。この一句が世阿弥によってなにげなく発想されたということ自体が、なみなみならぬ意味を持っているのである。これをもってしても、逆髪の長い髪は、あたかも前掲の『西鶴織留』の挿図にあるように、文字どおり天に向かって逆立ち、撫ずれども梳れども下らぬグロテスクな貌のイメージを前提としての、世阿弥の逆髪創造であったのを疑わせるものは、もはや何ひとつ存在しないと言い切って差支えなかろう。

さて、その「抜頭」の舞を観た中世の人たちは、これを何の表現と受け取っていたであろうか。

林邑楽系統の走舞は、いずれも奇怪な面を着け、各曲に固有のいわゆる「別装束」を着用するなど、類型化された他の系統の舞楽曲とは格別に異質な曲である。とくに、「蘭陵王」「抜頭(「鉢頭」「撥頭」「髪頭」)」「胡飲酒」の三曲が中国唐代の散楽を集成した『楽府雑録』(鼓架部)の中に含まれており(「抜頭」は『旧唐書』音楽志にも出ると言われる)、主として古楽(唐楽)の散楽戯を描いた『信西(入道)古楽図』にも載録されているのから推しても、これが何らかの物真似的性格、換言すれば単純ながらも演劇的要素を備えた曲だったのではあるまいかと考えられる。[59] これらの曲が宮中舞楽で廃絶し、四天王寺楽人の手によって、長く秘して伝承された歴史を持っているのも、このことと無関係とは思われない。

先に高楠順次郎氏の提出されたバドゥ王物語説(注(54)参照)を紹介しておいたが、これとは別の説も存在している。野間清六氏が『日本仮面史』において『旧唐書』(音楽志)および『楽府雑録』を引いて紹介し、浜一衛氏がその著『日本芸能の源流――散楽考』に紹介しておられるところによれば、この曲は、ある胡人が猛獣に噛み殺されたため、その子が山へかけつけて父親のなきがらを探して痛恨、慟哭し、その猛獣を殺して父の仇を討つという、復讐の物語を表現したというのである。

私がいま注目したいのは、この極めて象徴的な身振りより示さない「抜頭」についての、起源的説明ないし解釈ではない。この曲が日本に渡来して以後、われわれの祖先がそのユニークな芸態から何を感じ取ったのかという点である。

先に見ておいたごとく、王朝時代の清少納言は、素朴に「髪ふりあげたる」、「まみなどはうとまし」と評し、かの芸態そのものと朱の面の表象している恐ろしい形相との印象から、この曲に「忿怒」の表現を見て取ったようである。その感想は、時代を遠く隔てた現代のわれわれが抱く印象とさほど懸隔したものではない。もっとも、清少納言ひとりの感想をもって、当時の一般的普遍的な受けとめかたと見なすのはむろん早計に過ぎよう。とりわけて、同時代の庶民階層の受け取りかたには、これとは違ったものがあったのではないかとも想像されるが、残念ながら文献による証言を残していない。

それでは、中世の人たちはどうであっただろうか。

そのことを窺うに当たって、一の格好の資料が存在している。

天福元年(一二三三)成立の楽書『教訓抄』(狛近真撰)が古老の伝承として記し、永正八年(一五一一)撰の『体源鈔』がその記述を襲った次の記事に注目したい。『教訓抄』(巻四)によって引用する。

抜頭《ばとう》　小曲　別装束　古楽

又『髪頭《はっとう》』。破、拍子十五。搔拍子物。

此曲天竺ノ楽ナリ。波羅門伝来随一也。舞作者非レ詳之。一説云、沙門仏哲伝レ之、置二唐招提寺一云々。唐后ノ嫉妬㒵云々。未レ詳。古老語云、唐ノ后、物ネタミヲシ給テ、鬼トナレリケルヲ、以二宣旨一楼ニ籠《こめ》ラレタリケルガ、破出給テ舞給姿ヲ模トシテ作二此舞一。而無二作者一。尤不審云々。無二后御名一。[60]

この古老の伝承を、荒唐無稽の説として一蹴することができるだろうか。

一説では印度のバドゥ王物語の白馬の姿になぞらえられ、また一説では胡人の忿怒・復讐の状と見なされていたことを、先に述べておいた。しかるに、その発生の地は天竺にもせよ西域にもせよ、中国を経由してわが国に渡来したこの曲の内容について、日本の中世人はそれらとはまったく異なったものを見ていたことが知られるのは、当然とはいえすこぶる興味深い。

中世人は「抜頭」の舞に、怒れる女神のイメージを見たのだ。『教訓抄』に引く説は、他ならぬ日本人の眼に映った「抜頭」のイメージに基づき、そこから逆に異国渡来の本曲にふさわしい物語を捏造して伝承したものに違いない。「古老の説」と称するものには、おそらく中国における原拠などはないだろう。

唐の后が嫉妬に狂って鬼形に化したため、帝が楼に幽閉したところ、それを破り出て舞う姿を模したのが「抜頭」の曲だと言う。これが「抜頭」の長い髪の逆立つ芸態、人間業とは思われない激しい怒りの発動と見えるその所作を見た中世人の印象に基づいたものと考えるのは、誤りではなかろう。

中世人たちは、「抜頭の逆髪」に疑いなく女人の嫉妬を見たのである。この一例をもっても、逆髪に嫉妬、その怒りの果ての鬼形を見て取ることが、決して近世人の恣意的発想ではあり得なかったことが、重ねて十分に立証せられるであろう。それにしても、帝がその后を幽閉したと称するのもただごととは思われぬ。これにも深い意味が隠されているに違いない。

くどいようだが、いまひとつの例を挙げて考えてみたい。この例は、『教訓抄』の場合とは異なり、資料的価値に疑問があり、確実に中世以来の伝承を書きとめたものとは決し難いが、内容に中世的構造を反映しているという程度には評価できる資料にあるものである。それは、大和国添上郡奈良坂村の奈良豆比古神社に伝わった旧記・縁起の類で、いずれもこの「坂」「関屋」周辺に住んだ夙の民の由来を説いた文書である。[61]

各種文書の伝承内容には小異が認められるが、共通して述べるところは、奈良坂の夙人の祖は皇統の春日王であると高唱する点にある。その春日王を施基《しき》親王に擬するものが基本型であるらしく、他に光仁天皇の弟としたり、桓武天皇の皇子としたりしているものがある。

史上の施基親王は天智天皇の皇子であり、紀橡姫との間に生まれた白壁王(光仁天皇)の父に当たる。施基親王は、志貴・志紀・芝基とも表記される人である。『本朝皇胤紹運録』[62]などによると、平安時代になって後に、弓削道鏡・弓削浄人をこの施基皇子の子であるとする伝説も生まれていたらしい。

縁起では、施基皇子は田原太子とも称したが、宝亀二年正月に田原天皇の追号を献じられ、諱を春日王と言ったとある。

その春日王は白癩・逆髪の病に冒されたため禁裏を退出し、平城山中の奈良坂に隠棲した(追放・幽閉されたことを暗に言う)。皇子に浄人王・安貴(秋)王の二人あり、父王孝養のために猿楽芸を始め、また市中に出て四季の草花を売り歩いたり、弓矢を削ったりして暮らしたと言う。それが、これら縁起の製作された時代における現実の夙人の生業の由来だと説いているのである。彼ら共同体の祖春日王(シキ親王)は、すなわち「シュクの神」であり、同時に「セキの神」「サカの神」でもあったのだ。そして、その姿は、世間の人の忌避した白癩・逆髪のいかにも醜怪なものだったと説き立てているのである。だが、その王の素姓がまさしく「貴種」であり、その流離苦行の姿であると強調することが、この縁起類にとってもっとも重要な一点であったのは言うまでもない。

私がいま、この製作年代も不明で、内容もかなりいかがわしい縁起文書を、あえてここに持ち出したのは、その中に看過し難いひとつの重要な記事が僅かに顔を出していることに因る。それが次の部分である。

延暦三年。春日王□《虫喰》染《ソミ》二白癩《ニ》一「《ハリ紙》依光仁之后井上皇后之祟俄成逆髪」退二出《シテ》長岡宮一。蟄二居《シテ》南良山中《ニ》一、云々。

（平城津彦神霊祠）

爾《シカル》ニ田原太子ハ井ノ上皇后ノ祟ニヤ俄ニ逆髪《カミハサカサマニ》ト成テ白癩《ライビヨウ》ヲ請玉フ矣。

（南良春日宮三社縁記）

右の文は、春日王が奇怪な逆髪の貌に成ったことについて、その理由を述べた条だが、それを「井上皇后の祟り」だとしていることに格別の意味が籠められていると考えられるのである。

周知の史実をあらためて述べるのにいささか躊躇させられるが、ひと通りは述べておかないと先に進むことができないので、お許しを願いたい。

史実の井上内親王は、聖武天皇の皇女、母は県犬養広刀自であるから、光明子（光明皇后）を母として生まれた阿倍内親王（後の孝謙・称徳天皇）とは異母姉妹に当たる人である。伊勢の斎宮から、やがて光仁天皇（白壁王）の皇后となったが、宝亀三年（七七二）、幼年の皇太子の他戸《おさべ》親王と共謀して光仁天皇を呪い殺そうとしたとの理由で巫蠱罪（大逆罪）に問われ、母子ともども大和宇智郡に投獄幽閉され、非運のうちに死んでいる。[63] その後、この廃后（および廃太子）の怨霊の祟りがしきりに噂され、その祟りを怖れて延暦十九年（八〇〇）に至り詔によって皇后位に復位している。[64]

奈良坂の縁起は、この著名な怨霊伝説を取りこんだのである。それにしても、施基親王は光仁天皇の父であり、井上内親王の怨念の祟りを直接身に受けねばならぬ謂われはない。怨念の報いを受けるとすれば、それは当事者である光仁天皇その人でなければならないはずである。ここに、この縁起伝説捏造の無理があるのは否めない。白癩・逆髪の両方を祖神たる春日王に負わせようとしたことから生じた矛盾である。

しかし、私の興味はそれとは別のところにある。すなわち、この縁起を捏造した人(たち)が、井上皇后が夫光仁帝を呪い殺そうとしたことを科として処罰せられ、廃后・幽閉されたという史実の原因を、彼女の嫉妬に起因すると解釈している点に注目すべきものがあると思うのである。

たとえば聖武天皇が皇后である光明皇后の他に、井上皇后の実母である県犬養広刀自を含む四人の后を持っていたことはあまりにも有名である。皇位継承をめぐる政争にあけくれ、権謀術数が渦巻き、相次いで起こった数々の事件とともに残酷な大量殺戮が飽くことなく繰り返されていた異常な時代であった。女帝の可能性も十分にあった。井上皇后が夫光仁帝を呪い殺そうとした理由については種々の解釈が施されているが、その本当の理由をいま知る由もない。しかし、これを遥かに時代を隔てた後代人が嫉妬と解釈したとしても決して怪しむに足りない条件が揃っていたのである。

奈良坂の縁起の表面にはあからさまに「嫉妬」の文字は見えない。しかし、他ならぬ逆髪になったことの理由に付会したのであってみれば、これが「嫉妬の果てに幽閉され忿死した女」の怨霊の祟りと解釈されているのは疑いない。そうでなければ、「井ノ上皇后ノ祟ニヤ俄ニ逆髪ト成テ」と、いかにも当然の因果でもあるかのように記した、その理由が解けないからである。逆の言い方をすれば、この縁起の製作者もまた逆髪―嫉妬の観念連関を常識としていたことの一証であることになる。

すでにお気づきであろうが、この史実における井上皇后の悲運の処遇および怨霊の沙汰は、先述しておいた『教訓抄』の記す「抜頭」解釈と不思議なほど酷似していはしないだろうか。

「唐ノ后、物ネタミヲシ給テ、鬼トナレリケルヲ、以㆓宣旨㆒楼ニ籠《こめ》ラレタリケルガ、破出給テ舞給姿ヲ模トシテ作㆓此舞㆒」。この「后」とは、実は唐の后などではなく、あるいは井上皇后の怨霊伝説を重ねて言ったものではないだろうか。伝承者が「無㆓后御名㆒」と不審を打っているのも、ことさらにこの真意を曖昧にした伝承であるのかも知れない。そのことは、後にふたたび触れることになろう。

いずれにもせよ、『教訓抄』の記事と奈良坂縁起の記事との間に直接の影響関係があったとは思えない。いまは、それぞれが別々に、しかし共通して「逆立つ髪」の貌に女人の嫉妬とその果ての非人間（畏怖すべき神・忿怒の神）のイメージを見ていたことが確認されればいいのである。

そして、奈良坂の奈良豆比古神社の祖神にも、当面の課題である逢坂の関明神社の場合と同様、ひそやかに逆髪宮が斎祀されていたことを、併せて記憶しておこう。縁起の語る「春日王逆髪説話」は、右の事実のあざやかな反映以外の何物でもないのである。

第六節　蝉丸信仰の基本的構造

逆髪・蝉丸という因果の不幸を背負う姉弟は、なぜ他ならぬ「延喜帝の」皇子たちでなければならなかったのであろうか。この説話における彼ら姉弟の素姓の設定は、とくに深い意味などはなく、単なる偶然に過ぎなかったのであろうか。そんなはずはないと、私は思う。

「蟬丸、賤シキ者也」(『今昔物語集』)と伝えていたごく初期の蟬丸説話が、延喜帝とはまったく無関係であったのは言うまでもない。

それが、おそらくは放浪の琵琶法師たちの手によって改変され、一種の飛躍を遂げたとき、彼は「延喜帝の皇子」に生まれ変っていた。実際に逆髪を登場させることのなかった『平家物語』『源平盛衰記』の語り物において、蟬丸を延喜帝第四皇子とする虚構の設定はすでに確立されており、以後の伝承過程にあって、この点に関してはまったく変動がなかった。すなわち、蟬丸の素姓についての異伝・異説と称するものはひとつも見当たらないのである。そうして見ると、蟬丸を「延喜帝の皇子」であると語ることは、この説話の根源的なものと深いかかわりを持つ、極めて重要な設定であったのではないだろうか。

延喜の帝(醍醐天皇)と言えば、歴代の天皇の中でも傑出した聖天子と仰がれた天皇であった。後世に「延喜天暦の治」と呼ばれる公家の理想時代を現出せしめ、よく民意を聞いて、天皇親政による積極的な政治を推し進めたとして称讃された天皇である。

もしも、そうした一般的評価のごとく、一点非の打ちどころのない聖天子と理解されていたとするならば、その皇子たちが因果の業を身に負うて苦しんでいるとするこの蟬丸説話は生まれて来ようはずがない。

しかるに、それが実際に創られて、中世の多くの人たちによって承認されていたという事実は動かない。とすれば、蟬丸説話を創作し語り伝えた人たち、またそれを聴いて納得し、承認した人々の認識に在った「延喜帝」のイメージは、先述した聖天子としてのそれとはよほど懸隔したものであったと考えねばならぬのではなかろうか。それは、どのようなイメージだったのであろうか。

従来の研究は、蟬丸が「第四皇子」と設定せられていることの意味について、その付会の理由や虚構の意味を解釈して来た。それは、それとして十分意義のある試みであったと思う。[65]

しかし、これも香西精氏の文章に示唆が見えているのを唯一の例外として、他に誰ひとり「延喜帝の皇子」と称する点に注目し、この設定が持っていたはずの重要な問題点に言及した論者あるを知らない。[67]

私は本節をこの問題の検討から始めることにしたい。

香西氏の示唆とは、次の文章である。

それにしても、この奇形児と不具者とを子に持った父延喜の帝の悲劇には、ヨブ記に見るような素朴な観念劇的臭気が鼻につき過ぎる。延喜天暦の治といえば、尭舜の聖代にたぐえられて、日本王政の模範とされている。その理想的な聖天子が、どうしてこのような不幸に泣かされるのであろうか。そういえば、『太平記』に二度もくり返されている延喜帝堕獄の話を思い出す。（中略）ここまで来ると、仏法が王法に優先することを強調するために、王法の代表者として延喜の帝を槍玉にあげた底意が見すかされる。そうした意味では、「蟬丸」の悲劇も、相通ずる作意につらぬかれているといえよう。[66]

右の文に明らかなとおり、香西氏は、逆髪・蟬丸姉弟の素姓設定の作為の背景として、「延喜帝堕獄譚」の存在を指摘されたのである。このことは、おそらくは香西氏の当面の意図を超えて、遥かな拡がりを持つ重要な問題の存在を示唆されることになった。

中世の寺社縁起や説話の類に関心を持つ者であれば、この「延喜帝堕獄説話」を知らない人はひとりも居ないと言ってもいいだろう。これは、あまりにも著名な説話である。そして、このいかにも衝撃的な説話の内容が、中世初頭における庶民大衆の間に、かなり普遍的な知識として存在したであろうことを否定する者はあるまいと思う。その広汎な知識を背景にして、他ならぬ「延喜帝の皇子」という逆髪・蟬丸姉弟の素姓が虚構・決定されたのであることを、われわれが軽視していいわけはない。

『太平記』（巻二十六「芳野炎上《ノ》事」）は、高武蔵守師直の率いる三万余騎の軍勢が無法に吉野の皇居を襲い、皇居を初め数々の神社仏閣に火を放ち、すべてを焼いてしまったことを述べている。その時灰燼と化した聖所を列挙する中に、「北野天神示現ノ宮」の名を掲げる。そして、数ある中からとくにこの宮を採り上げ、その創建の縁起として、いわゆる「延喜帝堕獄説話」（『道賢上人冥途記』）の内容を紹介している。この天神社は、金峰山寺蔵王堂に近い吉野山小字西之尾に鎮座する天満神社のことである。

また、同書（巻三十五「北野通夜物語事《ノ》付青砥左衛門《ガ》事」）は、日野僧正頼意が宿願あり、ひそかに吉野を出て京の北野天満宮に参り通夜をした夜、来合わせた一人の男から聞いた話を記している。「年ノ程六十許ナル遁世者」の男は、当代の政道の衰えを慨歎し、上たる者に下万民を思う仁徳の必要なことを縷々話す一例として、同じ説話を引き、「彼帝（筆者注―延喜帝）ハ随分慇レ民治レ世給シダニ地獄ニ落給フ。増テ其程ノ政道モナキ世ナレバ、サコソ地獄ヘ落ル人ノ多カルラメト覚《エ》タリ」と言う。現実の政情に対して、力なき被政者たる庶民大衆の側から発する批判を、為政者の末路の堕地獄に見て積憤を晴らしている点、そこに仏教者の唱導の反映を認めるのは勿論ながら、この考えが庶民大衆の共感を得たに違いないことが知られて、興味深い。

『太平記』に繰り返すこの話が、いずれも北野天神との直接的な関連において物語られているのは当然で、元来「延喜帝堕獄説話」は菅原道真にかかる怨霊伝説、その御霊信仰を説こうとする意図に基づいて創られ、語り伝えられた一説話だったのである。

そのもっとも早いものは、平安末期の成立とされる『扶桑略記』(巻二十五・天慶四年条)に引用されている『道賢上人冥途記』であろう。これによって、その説話の概略を述べておこう。

金峰山の窟で修行をしていた道賢上人は、天慶四年(九四一)八月二日、にわかに息絶えた。幽明の境をさまよううち、禅僧に化した執金剛神が現われて、これに導かれ、釈迦牟尼の化身たる蔵王菩薩に対面、日蔵の名を受ける。さらに、金峰山浄土で日本太政威徳天が荒々しい眷属たちを引き具して来るのに出会う。太政威徳天は次のように告げる。

「自分は本国における菅相府である。怨恨あって、十六万八千の眷属――毒竜・悪鬼・水火雷電・風伯・雨師・毒害邪神たち――を使って日本国にあらゆる大災害をもたらしている。延長八年夏の清涼殿落雷で清貫・希世朝臣らの死んだのも、延喜帝の身肉六腑がことごとく爛壊して死に至ったのも、また諸寺院がすべて焼亡したのも、みな自分が眷属たる火雷天にさせたことである。なおこの上に、疫病を流行させ、また謀叛反乱の心を起こさせるように仕向けているのも自分である。云々」と。

また蔵王菩薩に伴われて地獄を見る時、道賢は鉄窟地獄の茅屋で苦しむ哀れな四人の亡者を見る。その形はまるで灰燼のようであった。衣でわずかに背上を覆っているのが延喜帝、赤裸でうずくまっている三人の者はその臣下であった。延喜帝は道賢を手招きして、涙ながらに次のように言う。

「かの太政天神の怨念が、その根元をなすわが身に報いて、いまこの苦しみを受けている。自分は生前に五つの大罪を犯した。第一に、父法皇に険路を歩かせて心神を困苦せしめた。第二に、自分は高殿に居り、父を下地に坐らせて焦心落涙せしめた。第三に、賢臣を重んぜず、誤って流罪にした。第四に、久しく国位を貪って、怨みを得て法を滅した。第五に、自分の怨敵に他の衆生を害せしめた。以下の罪は数えきれない。この大罪のゆえに日夜絶えざる苦痛を受けているのだ。苦しい哉、悲しい哉。自分のことばをそのまま主上に奏上して、わが身の苦しみを一刻も早く救済してくれ」。

やがて、帰路を教えられた道賢は、八月十三日寅時に蘇生した。息絶えてから「十三个《ママ》日」の冥途の旅であった。

この物語は、『建久本北野天神縁起』・『沙石集』(巻八「死道不知人事」〈慶長古活字本は巻七上〉)・『宝物集』(巻二)・『十訓抄』(巻五「可撰朋友事」)・『元亨釈書』(巻九「感進一、東寺日蔵条」、巻十八「願雑三神仙、北野天満天神条」)などなどに夥しく引かれ、また『平家物語』(灌頂の巻「六道のさたの事」)に触れられたり、『承久本北野天神縁起』に詞章なしに絵だけが載せられていることなどから推して、すでに鎌倉時代初期には語り物や絵巻物の形態で確立を見、幅広い階層の人々に熟知されていた著名な説話であったことがわかる。

それぞれの文献によって見ると、延喜帝が地獄の責苦に遭う姿をより克明に描写したものがあり、また五罪を数え立てずに菅公左遷の罪だけにしぼったものもある。それが、この説話の本質なのであった。

この説話が、天台密教との不可分の関係を示していることについて、村山修一氏が論じている。[68] 村山氏は、貞観五年(八六三)五月廿日に神泉苑で行なわれた大御霊会を勤めたのが僧侶たちであったこと、祟りが神だけでなく仏の咎ということも唱えられてきたこと、西寺御霊堂・上出雲寺御霊堂などが御霊社の先駆として登場してきたことなどを掲げ、天台密教と御霊会信仰の深い結び付きを指摘している。

いずれにせよ、延喜帝の死後の苦患をなまなましく語る、こうした奇異な堕獄説話が創られ、大衆の懼れとともに一種の共感を獲ち得ていたということは、いわゆる「延喜天暦の治」の恩沢に浴することもなく、表向きの徳政の蔭に起こっていた社会矛盾、さらには不穏な政情を肌で感じ取っていた庶民大衆の潜在的心情を刺激したゆえとも解されよう。とりわけて、王権の体制から疎外され、卑賤視された側の人たち、およびこれに共感を抱く人たちの側からする延喜治世の暗黒面に対する弾劾の心情が籠められていたのに違いあるまい。
付言すれば、このような「延喜帝」のイメージが持っていた両義的な性格が、以後の被差別民たちが口々にその祖を延喜帝と唱えたことと深くかかわっていると思う。

かくして、逆髪・蟬丸姉弟の素姓は、菅公の怨霊の祟りによって殺され、死後も日夜地獄の苦患を受けていた「延喜帝の」皇子と設定されたのであることが明らかになった。

このことは、いま少し正確に言っておかねばならない。すでに指摘しておいた(第三節)とおり、逆髪の素姓設定は蟬丸が関明神に祀られて以後のことに属し、蟬丸の姉宮であるとするのに導かれて果たされたものに他ならないのであるから、いまいちおうの解明を見たのは蟬丸一人の素姓設定に関するものである。

蟬丸の受けた「因果」とは、その父延喜帝の犯した罪科の果であった。そして、その因を辿れば、北野の御霊天神の祟りを蒙ったものであったことになる。

ところで、御霊の祟りを蒙って盲目・乞丐の賤なる身となった蟬丸が、一転してみずから神となって祀られることになったのは、どういうわけであろうか。ここに、この説話の持っている複雑な構造がある。

このことは、従来一般にかなりいい加減に考えられ、あるいは誤解されて来たように思われる。賤しい盲目芸能者の一人であった蟬丸が、延喜帝皇子という設定を与えられ、いわゆる「貴種」に昇格させられたことが、同時に神となる資格を得たもののごとくに理解されて来たのではなかったろうか。しかし、その考えは正しくない。

蟬丸神格化の問題は、そうやすやすと解きほぐせるものとは思われないのである。

蟬丸が延喜帝第四皇子という、まがいもない「貴種」に昇格を果たしたからと言って、そのことだけで直ちに神に祀られる理由にはならない。もしも、そんなことになるのであれば、あの史実上無数の親王・内親王がすべて神に変じて、いずこかの宮居に祀られていなくてはならないことになってしまう。その考えはまことに非現実的に過ぎる。最も賤なる者は、それのみが持ち得た呪術的職能によって貴なる者に変身し得るとする古代以来の芸能の本質および芸能民の論理の認識が、蟬丸神格化の作為にとって有効であったのは勿論である。だが、そういった抽象的論理だけでは解決しつくせない問題が、ここにはある。いつの時代にあっても、庶民大衆の知恵は、より具体的なものを追い求め、それを知ることによって初めて納得するのである。

人が神となって斎祀されるということは、いかに宗教的な雰囲気の濃厚な中世とは言え、決して容易なことではなかった。いや、宗教的な時代だからこそ、一層容易ではなかったと言うべきであろう。どんな現人神の場合を見ても、それぞれ十分に当代人を納得させるに足るだけの、神たるにふさわしいと見なす原因がないかぎり、それはまず起こり得ないことであったと言ってよい。

いま、蟬丸が御霊の祟りによって盲目に生まれた「因果の子」であるとすることと、その蟬丸自身の霊が神に祀られることとは、本来次元を異にすることがらであるはずである。この別次元に属する二つの思想を、ひとつのものとして統一する構造を発見しないかぎり、蟬丸の神格化は果たし得ない。

逢坂の関を通りかかった鴨長明は、「逢坂の関の明神と申すは昔の蟬丸なり。彼の藁屋の跡を失はずして、そこに神となりてすみ給ふなるべし」(『無名抄』)と記した。こんにちこれを読むと、蟬丸は極めてやすやすと「神となり」給うたかのごとく錯覚させられる。後人には、説話創始者(たち)の苦心の跡はまったくわからない。説話とは本来そういうものであるのだろう。

盲僧集団が、彼ら共同体の祖神であり、守護神である。霊威のあらたなる神を蟬丸に擬し、これを万人に信じさせて、実際に祭祀することは、彼らにとっての悲願であったかと思われる。彼らは、どのような構造を用意することによって、これを可能にしたのであったろうか。

彼らは蟬丸説話を複式・複々式の習合構造に仕立てること、すなわちいくつもの説話体系を意図的に重層せしめる方法によって、これを可能にしたのである。こうした説話創造の方法はとくに珍しいものではなく、類似の例はいくらも残されている。

この意図された重層構造の秘密を解きほぐしていくためには、まず蟬丸がどういう性格の神として祀られたのであるか、つまり祭祀された時の「神性」の面から検討を加えていくのが、現在われわれの採り得る唯一最良の道である。「蟬丸物語」とでも称すべきまとまった伝記的説話を残していれば別であるが、われわれの知り得るかぎりの断片的な説話は、それ自体何も語らず、ただ神と化した事実だけを教えるに過ぎないのであるから、いま採り得る方法はこれ以外にないのである。

諸国を流浪する放浪芸能民の祖神・守護神であるからには、これに「音曲芸能神」としての側面と、「行路安全の守護神」としての側面とが託されていることは、あらためて言うまでもないだろう。それだけのことであるのなら、誰しも直ちに了解のできることであって、あえて論を構える必要もない。しかし、本当にその両側面だけであったろうか。

ごく一般的に言う音曲芸能神であり、行路安全の守護神であれば、この程度の表面的な理解で足れりとしてもよいかも知れない。だが、芸能神信仰の根源を尋ね、その本質を明らかにしようとする本稿では、これに満足することはできない。ここからが、出発点である。

芸能が呪術的性格そのものであった上代ならばともかくとして、当面の課題である蟬丸の場合のように、王朝末期にあっては、「音曲芸能の祖」たることを唯一の理由として、人を神に祀るなどといったことはもはや出来なかったし、仮に出来たとしても大衆の崇敬を受けることは困難だったと思われる。

蟬丸が「神となり」給うためには、どうしても強力な第三の神格が付与されていたに違いないと考えねばならない。その神格は、実は並列的な第三の神格の位置に止まるものではなく、第一・第二のそれらを統一的に含みこむ、蟬丸信仰の根源的な性格であると、私は考えている。私の試みは、王朝末期において「蟬丸」に仮託された信仰の本質を考えることであり、「蟬丸信仰」の奥に潜む根源的な「神」とその信仰を解明しようとする点にある。

蟬丸を祀る関明神が、元来「坂神」として祀られていた道祖神であったことを疑わせる点は何ひとつ存在していない。中世に成立した『寺門伝記補録』(第五)は、その創建を不詳とし、伝承として、上社・下社ともに「道祖神《チガヘシノカミ》」を祭り、もって「関所鎮神ト為ス」と記していた。近世初期に成った『近江輿地志略』もこの点に異説はなく、祭神は「手向神すなわち道祖神」であることを認めた。さきに紹介した、近年の『関蟬丸神社由緒略記』は、

上社　祭神　猿田彦命　　　　　　　　相殿蟬丸霊
下社　祭神　豊玉姫命 或道反大神ト云フ　相殿蟬丸霊

と記している。猿田彦命と豊玉姫命とを祭神とすることは、いわゆる双体道祖神社におけるもっとも一般的な姿であるから、現代に至るもこの社が基本的に道祖神社として認識されているのは疑いがない。

蟬丸の霊は、古代から存在していた「坂の神」「境の神」である道祖神に「合祀」という形で「習合」を果たすこ

とによって「神」となったのである。

いったい「習合」という現象は、意識的または無意識的に二つないしそれ以上のことがらを混同し、重層せしめ、不可分離の形に作り上げる働きである。その際に、まったく相反する教理を強引に意図的に結合する例も皆無であるとは言い切れないけれども、そのほとんどの場合は、それなりに万人を説得し、納得させ得るだけの共通の下地が存在していた。このことは、たとえば神仏習合思想によって生まれてきた夥しい事例に即いて見れば、誰にも理解されることであろうと思う。

蟬丸を近江の道祖神に習合せしめるための共通の下地とは、どんな性格だったのであろうか。

このことを考えるためには、蟬丸が合祀される以前の逢坂山の関明神、すなわち近江の「坂の神」「関の神」の祀られ方、その信仰形態について、ひととおり知っておかねばならない。著名な北野天満宮の創建に関連して、北野の地は天満天神(菅公の霊)が祭祀される以前から「天神地祇」が祀られていた聖地であり、これが雷神と見なされて公的な祈雨呪術の対象になっていたこと、その下地の上に怨霊神・火雷神と懼怖された天満大自在天神を習合して祀ったのであることは、すでに的確に指摘されているところである。(69)右の例に照らすまでもなく、蟬丸を関明神に合祀するに当たっても、これと同様な「習合の論理」が働いたことは言を俟つまい。

山城と近江との国境に鎮座する関明神は、全国諸辺境の地にあった「境の神」「坂の神」と共通の性格を持っていたのは当然であるが、平安遷都以後にあっては三関の一とされ、「坂の神」は「関の神」の性格を兼ねることとなり、それらよりも一段と格の高い神であると、公的に認められていたことを知っておく必要がある。この土地は、平安京の東方の境に位置し、王城の平安を護るための精神的・宗教的な意味においても、また王城に闖入しようとする外敵を支える要塞としての政治的・軍事的な意味においても、もっとも重んじられねばならない防塞の土地であった。その重要な辺境を守護する神であるからには、関明神が格別に霊威の猛々しい神であると認識され、崇敬される存在でなくてはならなかったのは当然である。(70)

一般的な「坂の神」「境の神」としての道祖神に対する信仰については後述するが、これには疫神を放逐する守護神の性格と、みずから疫神となって祟りを齎す性格とが一体となって付与されていた。そのために、朝廷は御霊の祟りを懼れ、疫癘猖獗の折々には、とくに主として陰陽師と僧侶とによる御霊鎮撫の宗教儀礼を執り行なう必要があった。いわゆる「四境祭」がそれである。

近江の関明神は、他に抜きん出て荒々しい荒ぶる神でなくてはならず、それが御霊信仰の全盛期であった平安末期以後にあって、荒御霊と認識されていたことは間違いないとしてよかろう。

蟬丸は、その威猛々しい御霊神の性格を持つ近江関の道祖神に習合を果たしていくのである。この事実は、重大な意味を持っていると思う。

蟬丸の霊を近江の関の守護神たる道祖神に習合せしめようとする意図を実現するためには、彼らに共通の知識として在り、それに擬するにふさわしい、格好の伝説的人物を持って来る操作を必要とする。

山科四宮の地に隠棲した人康親王の処遇およびその死の実相は不詳であるが、恒貞親王の廃太子事件(71)は、彼らにとって耳に親しいものであったと思われる。帝の詔によって廃され、追放・幽閉された悲劇的な廃太子にまつわる彼らの歴史的知識を辿って遡れば、当然のことのように、平城京時代に属する他戸親王、伊予親王、崇道天皇の追号を贈られた早良親王、そして恒貞親王といった人たちの哀れな末路が想起せられたに違いない。これら廃太子たる親王たちのほとんどは、いずれも若年にして怨念を抱いて悲憤のうちに死に、荒ぶる御霊神と変じて、さまざまな災厄の祟りを現わしたと信じ懼れられた「若《わか》御霊」たちに他ならなかった。とりわけ、かのあまりにも有名な貞観五年(八六三)五月二十日、神泉苑で修せられた大御霊会に際して、早良親王(崇道天皇)・伊予親王という二人の廃太子の霊が含まれていたことは、菅原道真の御霊の祟りとその信仰が喧伝せられた天慶・天暦の時に当たって、印象あたらしく思い起こされ、説き立てられていたであろうことは想像に難くない。

すでに、山上伊豆母氏が指摘されているところであるが(72)、清和天皇の第五皇子貞保親王(延長二年〈九二四〉没)が後代の「琵琶血脈」「和琴血脈」の両者において、ともに「中興之祖」と仰がれた音曲の名手であったこと、また『続日本後紀』(仁明天皇承和九年八月甲戌〈十三日〉条)に見える、廃太子恒貞親王を禁中から淳和院へ送る途上の出来事として、「雨《アメ》爾《ニ》波《ハ》琵《ビ》琶《ハ》乎《ヲ》曾《ソ》打《ウツ》那《ナ》留《ル》、云々」の「童謡《ワザウタ》」が聞こえたことを特記していることなどから見ても、不遇な皇族や貴族と琵琶との結び付きは格別に深いものであったことが察せられる。この事実も、琵琶あるいは琴の名手として伝えて来た伝説の蟬丸を、他ならぬ廃太子に擬することを容易にしたであろうことは無論である。

とくにどの親王とその名を特定することは困難であるし、伝説化された人物のモデルを一人にしぼることは説話創造の実相から見て現実的と言えない。彼らの虚構した蟬丸親王が、当時の普遍的イメージとして存在した「廃太子」に擬定され、その多くが辿ったに違いない悲劇的な運命をモデルとして作り上げられたことが知れればいいのである。

蟬丸が「詔ニヨツテ」関明神社に合祀されたという、その時を、諸書口を揃えて「天慶九年九月」と唱え立てるのは偶然であろうか。

この年月は、あたかも北野天神社の創建にかかわる近江比良の太郎丸(松童)の託宣があったとされる時に重なっている。この事実が偶然であるとはとうてい思われない。蟬丸信仰の背後には、北野天神との浅からざる関係を意識した、御霊信仰盛行の影響を見ないわけにはいかないと思う。

蟬丸の死について、われわれの知る断片的説話はいっさい語るところがない。しかし、その霊が神に祀られたという事実が、「語られざる説話」を何よりも雄弁に物語っていると言ってよいのではあるまいか。

つまり、蝉丸親王は罪なくして追放され、放浪の果てに憤死を遂げ、その霊は祟りを齎す懼怖すべき「忿怒の神」と変じた、その虚構によって神格化を果たしたのであった。

名も無き盲目の一雑芸者に過ぎなかった蝉丸が、一転して延喜帝第四皇子、しかも廃太子の放浪の姿として把え直され、さらにその霊が神格化されて関明神に奉祀されたとき、蝉丸には御霊神――しかもその神威の格別に激しく荒々しいと観念されていた「若御霊」――としての懼怖すべき性格が付与されていたのである。このことは、何にも増して重要な意味を持っていたと考える。そして、この鮮やかな変身・転換をいともやすやすと為し遂げたかに見える説話創造のダイナミズムに、あらためて目を瞠る思いがする。

ここで、いまひとつ注意を喚起しておきたい点がある。それは、王城鎮護の願いをこめて、都の四隅に奉祀した関の神のうち、その東方の守護神たる近江の関明神には、とくに竜蛇神信仰が強く意識されていたことである。平安時代における陰陽師の活発な活躍ぶりについては、ここにあらためて言うを要さないと思う。彼ら陰陽師の信仰の根本に在った中国の民間道教では、自然の運行を司るものとして天文・方位を格別に重んじ、方角を守護する神として、「四神」を設定していた。青竜(東方)・白虎(西方)・玄武(北方)・朱雀(南方)が、それぞれの方角を守護する神であることは周知のことに属しよう。おそらくは陰陽師の卜を用いて決定せられたのであろう王城東方の鎮護神が、竜蛇神としての神格をも備えていたのは当然であったろう。

一方、わが国の御霊信仰もまた夙くから雷神としての竜蛇神信仰と結合していたことが知られている。

そのことは、天下旱魃に当たって御霊会を修し、水を司る神である竜神に祈雨を行なったことによって象徴されよう。仏教における竜神は、その守護神とされて、仏典に七竜王・八大竜王などと称されるが、『大智度論』(巻二十七)

によれば、尾は大海にあり、頭は虚空にあり、震電雷霆して大雨を降らせるとしてある。すなわち、自然現象のすべてを支配する天神(＝農耕神)と見なしており、雷神となって雨を降らせることは、その内のひとつの大きな属性と考えられている。そのことは同時に、旱魃あるいは洪水さらには疫病といった災厄を齎す懼怖すべき性格と一体であったのも無論である。たとえば、北野天神すなわち菅公の御霊が雷神と認識されたとき、御霊神は当然のごとくに竜蛇神とも観念されていたのである。

『北野天神絵巻』において、時平の病が重り、浄蔵貴所が枕頭で祈禱を行なう時、時平の両耳から青竜が頭を出し、浄蔵の父三善清行に向かい、祈禱を止めさせよと命ずるところがある。『絵巻』はその奇異な場面を描いている。菅公の御霊は、ここでは青竜と化していたのである。

さきに述べた井上廃皇后・他戸廃親王の母子は、ともに「現ㇾ神、成ㇾ竜」(『本朝皇胤紹運録』)と伝え、さらに懐妊中であった井上廃皇后が配流幽閉の地で産み落とした若宮は雷神と化し、母井上、兄他戸・早良両親王の怨念を報いんとして数々の災厄の祟りを齎したと説いている(『霊安寺御霊大明神縁起』)。御霊神は、仏教者が「五竜神」と宛字したことに象徴されるとおり、広汎に竜蛇神のイメージによって把握されていたのでもあった。

いまひとつ、その竜神は笛や琴などの楽器の音に感応し給うとする観念があった点にも注意しておきたい。これは必ずしも日本に限ったわけではなく、インドにおけるナーガ、中国古代における夔竜の形象などにも、その意識の反映が窺えるように思われる。

かの貞観五年の大御霊会において、「或は歌ひ且つ舞ふ」とし、「倡優嫚戯、逓ひに相誇り競はしむ」と『三代実録』(巻七)が記したとおり、御霊鎮撫の行事と芸能とは、その初期から密接な関係を持っていた。

こうした御霊信仰の形態の背景として、古代以来の祖霊崇拝や葬送の儀礼などに伴った鎮魂呪術としての芸能の本質が存在したことは否定し難い。しかし、それと同時に、農耕神であった天神信仰——その核に在る竜神信仰——が分かち難く習合しており、芸能をもって御霊神を慰撫する呪術が不可欠の儀礼となっていたことも見逃すことができない。

村山修一氏は、御霊会の盛行は密教僧侶と雑芸者とを結ぶ線上に展開していったことを述べて、この「両者は一見隔絶した無関係のもののように見えても、雑芸・奇術・魔術といったものと、呪術的祈禱的作法には一脈相通ずるところがあった[73]」と記した。当然と言えばあまりにも当然のことながら、御霊の祭祀に関与する呪的奉仕者として、密教僧侶・陰陽師・芸能民集団はそれぞれ独自の職掌を担って活躍したのであった。

①近江逢坂の関の神信仰、②御霊信仰、③竜神信仰、④芸能神信仰、この四つの信仰が、深い基底に存在していた繋がりの糸を手繰って一点に集中してくるところ、まさしくその中核の位置に「蟬丸」の偶像はみごとに嵌めこまれたのである。この習合は、実に巧妙に果たされたと言うべきであろう。かくして、「神」としての蟬丸は、他ならぬ「天神」でもあったことが理解されるであろう[74]。

蟬丸を、「懼れ敬う神」として認識する眼を持たないかぎり、蟬丸信仰の本質は決して明らかになっては来ない。われわれの抱いている蟬丸のイメージには、琵琶を抱き、柔和な貌でひとり風流を楽しむ、あたかも『小倉百人一首』の一枚に描かれているのに見られるような先入観があったのではなかろうか。しかし、実はその一面に、懼怖すべき祟り神の性格を併せ持っていたのであることを記憶しておかねばならぬ。

この蟬丸における両義性は、文神として柔和な相を表わす北野天神が、一面に逆立つ髪の忿怒形の祟り神、また荒々しい火雷神としての性格を秘めているのに共通である[75]。いま一歩を進めて言えば、それは、猿楽芸能民が懼怖して祀った「翁面」——その奥に在る摩多羅神の両義的性格と共通である。翁面の柔和な相貌、鼓を打ち囃す摩多羅神のにこやかな顔こそ、音曲芸能神として祀られた蟬丸の表向きの顔に透き写しのように重なるものである。[76]

蟬丸は荒ぶる若御霊であり、懼怖して祀るべき神なればこそ、放浪芸能民の共同体にとって、彼らの祖神であり、かつその生命と呪的職能を護る強力な守護神と観念されるを得たのである。その意味から言うなら、蟬丸はその本質において、忿怒の逆髪の相貌を秘めていたことになる。

蟬丸は、一面においてまさしく逆髪でもあったのだ。そして、その強力な霊威は、祖神蟬丸の末裔たるを自称する放浪芸能民みずからの血の中にふつふつと滾り、奔湍していることを信じ、これを生きる支えとしたのに違いない。盲目の琵琶法師たちは、蟬丸を生きたのである。

これが蟬丸信仰の基本的構造であった。

第七節　母子御霊の信仰

前節の考察によって、蟬丸神格化に至る道筋と蟬丸信仰の基本構造について、ひととおりの解明を見たと考えるが、逆髪宮信仰に関しては、いまだ明らかになっていない。

「逆髪の宮」と表題に据えた本稿において、蟬丸宮信仰のために縷々筆を費したことをいぶかる向きもあるかも知れない。

愚見によれば、逆髪宮信仰は蟬丸宮信仰とその基盤において緊密な関係があり、二にして一と見なすべき不可分の存在であるため、順序としてこのような論述を要したのである。したがって、蟬丸宮信仰の基本的な構造がほぼ解明を見たいま、逆髪宮信仰そのものについても、その基本となる部分が明らかになったと考えている。

本節では、前節を承ける形で、逆髪宮信仰についての考察を進める。その内容は、前節のそれと対をなすものになるはずである。

前節で私は、廃太子に擬定された蟬丸が近江逢坂の坂神である道祖神に習合したことを述べたが、その際蟬丸が単独でこの習合を果たしたとは考えていない。両性の双体神であることを基本型としていた道祖神に、若御霊である蟬丸ひとりが重ね合わされ得ると考えることは、おそらく軽率な速断に過ぎるだろう。中世人は、そんな稚拙な習合を納得するほど、信仰に疎くはなかったはずである。

蟬丸の神格化をもくろんだ放浪芸能民たち――すなわち蟬丸説話の創造者たちは、どのような構造によってこの問題の解決を計ったのであろうか。

ここで、ふたたび著名な御霊神たちを想起しなければならない。幼年にして太子を廃して追放され、悲憤の果てに死んでいった親王たちを思う。そうすれば、彼らのうちに、ひとりだけでこの悲劇的な運命を辿ったのではなく、保護者たる女性――母親ともどもに悲運に泣いて死んでいった例のあることに気づくに違いない。

奈良豆比古神社の縁起にも反映していた井上皇后と他戸親王母子の場合は、大和宇智郡にあった個人の邸宅に隔離幽閉せられ、およそ一年半の後二人同日に死んだと記録されている(『日本紀略』巻上)。殺害されたのか、あるいは自害したかのいずれかであったろう。また、藤原夫人吉子と伊予親王母子の場合は、川原寺の一室に幽閉され、その翌月母子ともに毒を仰いで自害を遂げたと言う(『日本紀略』巻上)。

『霊安寺御霊大明神略縁起』などによって知られるとおり、御霊の祟りが喧伝されて懼れられた井上皇后・他戸親王母子、貞観五年大御霊会における霊座六前に含まれていた藤吉子(高野御霊)・伊予親王(京極下御霊)母子の例は、王朝末期の京畿の人たちにとって耳に遠い存在ではあり得なかったと思われる。これら母子コンビの悲運の最期について、大衆は同情を寄せ、かつその御霊の祟りの懼れを抱いて記憶していたことであろう。御霊信仰を説いた仏教者の唱導の果たした大きな役割を認めるのもむろんである。

これらの例に見られる母子御霊――男神・女神のコンビによる一対の御霊神の存在を前提とし、これに擬されて、逆髪宮・蟬丸親王のコンビは逢坂山の関の道祖神に習合を果たしたのではないだろうか。表現を換えて言えば、蟬丸の神格化をもくろむ放浪芸能民たちは、母御霊との男女二神同時祭祀の説話の存在を虚構し、これを前提とすることによって、関の道祖神への習合を可能にしたのだということになろう。

彼らにとって、母御霊の存在は表面的には必要でなかったから、彼らの語る蟬丸説話の表側にあからさまに女神が姿を見せることはなかったかと思われる。だが、彼らの観念の裡にあっては、関明神たる蟬丸には、その保護神とも目され、また同躰異名神とも見なされる女神の存在が強く意識されていたであろうことは、ほとんど疑いを容れない。そのことは、蟬丸を他ならぬ道祖神に習合せしめたことから来る必然でもあったと思う。

本稿に引いた『寺門伝記補録』(第五)の「関明神祠」条下「補曰」に、「天慶九年九月二十四日。延喜第四子。蟬丸之霊。竝姉宮坂髪之《サカガミノ》霊崇二祭于当社一云云」と記していたことの意味は、かくして明白になったと言えるだろう。右の記事は、従来漠然と謡曲「蟬丸」の影響によって生み出されたものと解されてきたけれども、その想像が当たっていないことが理解されるであろう。なるほど、逆髪宮を蟬丸の姉宮であると措定する一点において、謡曲「蟬丸」の影響を受けた可能性を否定できぬとしても、二人の御霊を同年同日に併せ祭祀したとする事実――その最も基本的な事実は、謡曲「蟬丸」のどこからも導き出されて来はしない。二人の死およびその死後に関していっさい語るところのない謡曲「蟬丸」から、この伝承が作られたと考えるのは、推論が逆なのではないか。

逆髪・蟬丸の両御霊が同年同日に関明神に祭祀され、以後崇敬されてきたとの伝承は、少なくとも謡曲「蟬丸」の成立以前の時点において信じられていたことであるのは、まず決定的と言ってよいと思う。たとえ『寺門伝記補録』の「補曰」の記述の成立が謡曲「蟬丸」に遅れ、逆髪を蟬丸の姉宮と称する設定においてその影響を蒙っているにもせよ、こうした伝承が中世の関明神祠に関して語り伝えられていたことじたいが、逆髪は能作者の創案ではあり得ないことの一証である。ただし、逆髪という名称およびそのおどろおどろしい形象の由来については、いま少しく考察を深める必要がある。

翻って、音曲芸能祖神として蟬丸宮を斎祀した集団(盲僧・琵琶法師・説経師等)とは別に、逆髪宮を斎祀する放浪民たちが存在していたのではなかったろうか。たとえば、アルキ巫女や遊女たちは、逆髪宮を祖神として懼敬したのではあるまいか。

右のことは、現在実証するに足る資料を欠いている。しかし、そのかすかな反映を窺うことは不可能でない。それは、蟬丸伝説の中に、蟬丸に伴う存在として遊女の影がほの見えている事実である。

江戸時代初期に降って作成され、蟬丸宮支配下の説経芸能者に下付されていた御巻物(77)の類を見ると、蟬丸遺棄に従った人々のうち、そのまま逢坂山に残った保護者として、「古屋ノ美女」の名を記し、この女がのちに遊女になったのだと説いている(『関清水大明神縁起』『関清水大明神之縁記』)。後者は「古屋之美女ハ御梳香御添髪売後ハ藤髪ヲ捻蟬丸宮之養育参ラセ云云」、「古屋之美女ハ於相坂山ニ町家ニ下リ茶屋江奉公致雖給ト高位之内心不失何レ之旅人ニモヲシヤレ〳〵ト云、常ニ緋袴ヲ召給故其跡ヲ学ヒ茶屋之女ハ赤韎韐ヲ掛也、其後岡崎ニテ遊女ト成、其時相坂山ニ住居スル人成トテお山ト云、又ハ高位之人成トテ遊君共仰也、云云」と捏造付会を重ね、蟬丸の「養育」者であった「古屋の美女」を「遊女の祖」であると喧伝している。

中山太郎氏が『日本盲人史』に紹介し、『大津市史』に翻刻が載る、大津柴屋町の遊廓の起源伝説も明らかにこの伝承を享けたものである。「当廓由緒之覚」に、次のように記す。

一、往古婦留屋の美女となんいへる遊君有、みのながれ此廓に住居すとなり。此古屋と云は、延喜第四の皇子蝉丸逢坂の辺に左遷なし玉ふ、是れの君に従ひ来官女なり。天慶九年九月皇子崩御の後遊女と成なり。委しくは三井の鎮守遅《（逆）》髪の宮関の兵侍書物に見えたり。其節は家建もまれまれにて、三つふたつはかりに住家をもとむるとなん。其頃北郡より木柴薪を積登り、此廓の明地に預け置し故号て柴屋町と呼ぶ。（以下略）

右の資料によると、詳しくは「三井の鎮守遅《（逆）》髪の宮関の兵侍書物」に載せると言う。これが、先述の御巻物の類を指しているのはむろんであろうが、一般に「関清水大明神」と言い、「関蝉丸宮」とも呼び慣わしたこの宮を指して、ことさらに「逆髪の宮」と呼んでいる点に注目したい。つまり、柴屋町の遊女たちは逆髪の宮を祖神とすることを標榜しているのである。

御巻物の類は、古屋の美女の後裔が「御梳・香・御添髪売、後ハ藤髲ヲ捻」って生業としたことをも記している。彼女たちもまた逆髪宮信仰を必要とした放浪の女性集団だったと言えるだろう。彼女たちの信仰の残影が、先に引いておいた現在の『関蝉丸神社由緒略記』における「髱ノ祖神ナリトテ云云」の文字に止められていると考えてよい。[78]

九州の高良大社（現久留米市御井町）に伝わる『高良記』[79]には、この社において古くより座頭（盲僧）が従った役割について種々興味深い記述が見られる。それらの中に、次のごとき注目すべき記事を見出す。

一、モヽ《百》タウ《塔》ト名付ル㕝、ヱンキノ御門ノ時、セミマルアフ坂ニ住アキ玉イテ、九州一見ニ下玉フノ時、上宮モトハ世ステ人ナト、宮内ヱトヽムルコトナシ、日書《暮ヵ》テヨリ、上宮ヱセミマル参玉フ、(中略)イナハ堂ノ楽《薬ヵ》師ヲ、我住東ノ方ヱクハンシヤウ申、東ウラト名付玉フ、都ヨリイナハ堂ハ、東タルユヱナリ、女房衆タツネ玉イテ、彼所ニヲワシマス、其後セミマルハ、天下ヨリ御ムカヱニテ、都ノコトク登玉フ、タツネ下玉フ女房衆ハ、セミマル登玉フアトニ、トヽマリヲハシマス、方々ヨリ若女房ハシリ入玉ヒテ、ケイセイヲシ玉フ、其トクフンヲモツ(テ脱ヵ)塔ヲタテ玉フヨリ、モヽノ塔ト書也(下略)

一、御遷宮、又ハ御祭礼ノ時、座頭ノ足ヲケイセヰアラフ㕝ハ、セミマルノ女房衆、ケイセヰヲメサレタルレイナリ

この記事は、九州高良社に属した盲僧集団の間に蟬丸宮信仰が存在していたことを物語る点で甚だ興味深いものがあるが、併せてこれに付随する下級宗教者の面影を残す遊女集団の存在を暗示しているのが示唆を与えている。(80)「フルヤノ美女」(美女は巫女の転化であろうか)の名に関して、現在のところまったく手がかりを持たないが、何らかの背景を持つ名であったろうことは間違いない。あるいは、「フルヤ」と称して神占や神託をして唱導をしたアルキ巫女の集団が想定できるのかも知れない。この点については、いまは想像の域を出ず、他日の考覈に俟ちたいが、この種の集団が逆髪宮を祖神として奉祀したのであろうことは認めてもよいと思う。

ところで、先述の御霊信仰の観念体系に即して見るかぎり、蟬丸と連れ添って祀られることとなった女神は、若御

霊たる蟬丸の母という関係であった。

こうした男女二神の関係については、かつて柳田国男氏が、「母一人子一人」の表現を用いて水の神との縁を指摘され、また「雷神信仰の変遷――母の神と子の神」の題によって、御霊神、雷神信仰との深いかかわりを説かれたところであった。(81)

逢坂山の関明神は、一名を「関清水大明神」と称え、かの御巻物の類は、いずれもこの社名をもって発行せられていた。その社名は、この地(下社)に「関の清水」と呼ぶ井があったのに基づいて命名されたことが『寺門伝記補録』に記されている。この井は、『枕草子』の「井は」(一六八段)の段に、「走り井は逢坂なるがをかしきなり」とあり、また同じく三一七段に、「あふさかは胸のみつねに走り井の見つくる人やあらんと思へば」の詠を載せるほか、『拾遺集』紀貫之・藤原元輔、『後拾遺集』堀川太政大臣、『新続古今和歌集』前大納言公蔭の歌等々、夥しい詠歌を見るところであり、王朝以前より著名な歌枕であった。『太平記』(巻二)の「俊基朝臣再関東下向事」にある日野俊基の道行にも、「憂《ウキ》ヲバ留《トメ》ヌ相坂《アフサカ》ノ関ノ清水ニ袖濡《ヌレ》テ、云々」と引かれている。

逢坂の「関明神」は、水を司る神である「清水明神」でもあったことを見逃してはなるまい。

謡曲「蟬丸」において、逆髪が、おどろおどろしく逆立つ髪を映す水鏡の件りがあったことを想起したい。

〽逢坂の、関の清水に影見えて、〽今や引くらん望月の、駒の、歩みもちかづくに、水も、走井の影みれば、我ながら浅ましや。髪はおどろをいただき、まゆずみもみだれくろみて、実《げに》さか髪の影うつる。水を、かがみとゆふ浪の、うつつなの我すがたや。

右の詞が、『拾遺集』所収の紀貫之の歌、「あふ坂の関の清水にかげ見えていまや引くらむ望月の駒」を踏まえた修辞であるのは言うまでもないが、作者の意識に「逢坂の関―関の清水―走り井―逆髪―蟬丸」というイメージ連関が極めて強烈であったことを証するものと言えよう。

関と清水(聖泉)との関係は、必ずしも逢坂山の場合に限った現象ではなかった。坂・堺・関の神を祀る境界の聖域には、泉や井が伴っている例の多いことが知られている。そして、関・坂の地に湧き出る聖なる水を司ったのが必ず女神であり、これを代行する巫女であったことについて、民俗学はそれを明らかにしている。

逢坂の坂・関にもこれがあり、その井に関連してもともと母子神信仰が纏綿していたことも、蟬丸とその母を擬定する御霊神信仰の習合を容易ならしめる、これまた忘れられぬ一因であったに違いない。しかも、盲人と水の神との浅からぬ関係も、すでに指摘されているところである(82)。水神を祀る巫女の唱導と蟬丸を祀る盲僧の唱導とが混交し、一体化されるに足る条件が、蟬丸説話の習合以前から、この土地に存在していたと考えてよかろう。

さて、蟬丸が保護者たる女神とともに祭祀されたとき、その女神の相貌はどのように考えられていたであろうか。すでに述べたごとく、この女神は瞋恚の鬼と変じて非業に薨じた「御霊の女神」であってみれば、その貌が忿怒形の「逆立つ髪の女」に象徴されたと考えるのは極めて常識的なことに属しよう。すでにそのことだけをもってしても、逆髪の貌には十分すぎるほどの必然性がある。「逆髪」が単なる「坂神」の音通だけで突如として生まれ出たのでないことは、いまや明白なことである。

しかし、はたしてそれだけであったか。いま少し考察を深め、論を進めた後でなければ、にわかには断言はできない。およそ背後に何らかの信仰とかかわりを持っている命題について考えるに当たっては、短絡や速断は最もこれを慎しみ、かつ戒めねばならぬところだからである。
蝉丸と同時併祀の虚構によって、御霊信仰の形態を採った女神が習合してくる以前から、逢坂の地には「逆髪」の女神が坐したのではなかったであろうか。その種の下地があればこそ、御霊の女神がやすやすと習合を果たし得たのではなかろうか。第六節において、蝉丸に関して述べておいたことと同様の「習合の論理」が、逆髪の祭祀に関しても当然働いていたと思われるのである。

第八節　辺境の女神

『梁塵秘抄』巻二に載せる著名な今様に、次の一首がある。

遊女《あそび》の好むもの　雑芸鼓小端舟　簦翳艫取女　男の愛祈る百大夫

右に登場する百大夫は、同書同巻に「京より下りしとけのほる　島江に屋建てて住みしかど　そも知らず　打ち捨てて　いかにいかに祀《まつ》れば百大夫　験なくて　花の都へ帰すらん」とも歌われ、漂泊の遊女が崇敬して祀った神の名であった。そして、この神の実体は、大江匡房が『遊女記』に、「殊事百大夫、道祖神之一名也」と記したように、中世においては道祖神であると認識されていた。(83)

一般に道祖神は、その一属性として男女愛欲の神、性神として受け留められている。しかし、これが百大夫の名において、女性の側からの信仰対象となっている点から見るときは、愛欲の神・性神といったその称から連想されるような、陽気でおおらかな神ではあり得なかった。

今様がいみじくも歌ったように、「男の愛祈る百大夫」なのである。それは、ややもすれば離れていこうとする薄情な男の心をつなぎとめておこうとする女の念いをこめる祈願の対象に他ならない。その激しい情念は、非情にも離れていった男に向けての怨嗟となり、呪詛とも重なり合う。女性の側からする愛は、その情欲が激しければ激しいほど、めらめらと燃える嫉妬の炎を含みこむ。愛と嫉妬とは、二にして一のものと言えよう。この情念を受けとめて、あらたかなる霊威を発揚するのが百大夫神であったのである。愛欲の神は同時に嫉妬の神でもあった。したがって、百大夫に祈る女は、その霊の憑依によって、みずから愛欲の神ともまた嫉妬の鬼とも変ずることを可能にすると信じたに違いない。

遊女の崇敬した百大夫とは別に、古来女性が男の愛を得ることを祈願したことで知られていたのは、洛北の貴船明神であった。

和泉式部が夫の保昌から疎まれ、その愛をふたたび得んとして貴船明神に祈り、巫女を語らって敬愛の祭をさせたとする説話は中世に著名であった。『沙石集』によると、その修法は、「年シタケタルミコ、赤キ幣ドモ立テメグラシテ、ヤウ〳〵ニ作法シテ後、ツヾミヲウチ、マエヲカキアゲテ、タヽキテ三度メグリテ、「コレ体ニセサセ給へ」ト云」うといった、いかにも奇怪な法であった。

和泉式部は、さすがに恥じてそれをすることができず、「チハヤフル神ノミルメモハヅカシヤ　身ヲ思トテ身ヲヤスツベキ」と詠んだ様子を、木蔭から保昌が見て、以後深く式部を愛するようになったという話になっている。この説話は『月刈藻集 下』にも載せている。

やはり和泉式部が夫の愛の疎々しくなったのを嘆いて貴船明神に祈誓をかけ、神前で歌を詠んだところ、「御殿の中より忍びたる御声にて」明神の返歌があったとする説話も語られていた[84]。

いずれの説話も、夥しく語り伝えられた「和泉式部伝説」の中のひとつに過ぎないとしても、これらの話が、男に疎まれた女が貴船明神に愛の回復を祈った習俗を背景にして成ったのであることは疑いを容れない。貴船明神には、これらの説話成立以前から、女が愛を祈る神としての性格があると信じられていたものであろう。

一方、その貴船明神が、女人の嫉妬の願いを聞き入れ、その懼るべき霊威を発動して、憑依する鬼神とも考えられていたことは、当然の帰趨とはいえ注目すべきことである。

謡曲「鉄輪」は、貴船明神信仰の中世的形態をわれわれに教えている。金井清光氏が、「鉄輪」の成立について、「剣の巻と似た詞章があるから、部分的には剣の巻を典拠に作成されたとも考えられるが、全体としては剣の巻を直接の典拠としたのではなく、剣の巻のもとになった貴船信仰にまつわる巷説を素材にして成立したものであろう[85]」と述べられたのは首肯に価する。

「鉄輪」において、嫉妬の炎に身を焼き、「住むかひもなき同じ世の、内に報いを見せ給へ」と貴船明神に祈誓をかけた美女は、明神の夢想を得るや否や、たちまち顔色を変じて生きながら鬼神と現われる。

いふより早く色かはり。いふより早く色かはり。気色変じて今までは。美女の形と見えつる。緑の髪は空さまに。立つや黒髪の。雨降り風と鳴る神も。思ふ中をば避けられし。恨みの鬼となつて。人に思ひ知らせん。憂き人に思ひ知らせん。

憑依の瞬間である。ここに見る逆髪の怪異な貌は、貴船明神の神体そのものと見なすべきであろう。貴船明神の猛々しい霊威の発動は、すなわち逆髪の神としての顕現であった。

貴船明神が、右に述べるごとく、女人が愛を祈る神とも、また嫉妬の呪詛を受け入れる神とも信じられるに至った原因は、どこにあったのだろうか。

貴船の祭神は不詳とされている。その創始も詳かでない。平安時代初期の嵯峨天皇弘仁九年(八一八)七月に、勅使を遣して雨を祈らしめ、同十月には祈雨の験があったとしてこの神に報賽せしめられたと記録に出る(『日本紀略』)。『延喜式』によれば、「祈雨神八十五座」の一に数えられ、また『神社正宗』に「内裏三十番神」に挙げられているのによって見れば、おそらくは平安遷都以前からこの地に祭祀されており、吉野郡丹生の川上社と並ぶ雨師の神として崇敬されていたものと思われる。

賀茂川の水源に当たる北境に坐す貴船の祭神が水を司る神であったのは当然と言えるが、社伝では高龗神《たかおかみのかみ》と伝え、「二十二社註式」他では水神罔象女神《みずはのめのかみ》とも闇龗神《くらおかみのかみ》とも言う。その伝承は、丹生の川上神社の祭神と同じである。そして、高龗神・闇龗神・罔象女神は、いずれも竜蛇神の名である。『神社正宗』は、「貴船大明神、実ハ船玉命ノ化神也、秘説竜神也」と記すという。(86)

平安朝以降にあっては、王城北辺の鎮守神を兼ねることともなり、(87)朝廷の篤崇を得たものであろう。陰陽道の思想による北方の守護神が、水の神である玄武(竜と亀との合体)であることも、公に陰陽師の活躍した平安時代において貴船の竜神信仰をより権威あるものにしたはずである。

貴船明神が広く水を司る神としての竜蛇神と信じられたことが、やがて女人の嫉妬の怨念を代行する神であるという観念を発生させたのは、自然の成りゆきであった。(88)しかも、貴船には水神に奉仕する巫女が居て、呪術を行なっていたことが想像される。

『小右記』の治安四年(一〇二四)四月十二日の条に、次の記事が載っている。

十二日己巳、検非違使顕輔云、貴布禰社司申云、明神正体不御坐之由、被仰雨御禱事之次申、令故雅通奉新造体而已御坐者、計之咒咀於人之悪女取籠歟、

貴船社司のことばとして、「この明神には神体がおわしまさない。かつて雅通が新造の御神体を造り奉ったものばかりであるが、人を呪詛する悪女がこれを持ち帰ってしまったのだろうか」と述べたというのである。近藤喜博氏は、この話を引いて、「おそらく蛇体に通ずるような恐ろしい神体であったと思うが、それを取籠めることによって、自らも蛇体性のものに変化することの可能性を信じたのであろうか。これは大変恐ろしい戦慄すべき咒咀である(89)」と記している。必ずしも外見が「蛇体に通ずるような恐ろしい神体」であったとは考えないが、神体そのものをひそかに持ち帰って祀るごとき熱烈な呪詛がこの明神に対して行なわれていたことは間違いない。

古来竜蛇神の特徴的な働きが「依り憑くこと」すなわち憑依にあったことは、よく知られているだろう(90)。竜蛇神の憑依を表象するものは、おどろおどろしい逆髪の貌であったのに違いない。

貴船明神のこうした性格と、一般の常識を背景として、著名な宇治橋姫の説話が生み出されたのであろう。

あまりにも著名であるために、かえって本文のままで示される機会が少ないので、あらためて『平家物語』(剣巻)の関係部分を掲げてみたい。

嵯峨天皇御時或公卿ノ娘余ニ物ヲ妬ミテ貴船大明神ニ詣テ七日籠テ祈ケルハ願クハ乍生鬼ニ成シ給ヘ妬マシト思ハン女ヲ取害サントソ申ケル示現ニ云ク鬼ニ成リ度ハ姿ヲ作リ替テ宇治ノ河瀬ニ行テ三七日浸《ヒタ》ルヘシサラハ鬼ト成ヘシト示現アリ女房悦テ都ヘ帰ツヽ人モ無所ニ立入テ長ナル髪ヲ五ニ分テ松ヤネヲヌリ巻上テ五ノ角ヲ作ケリ面ニハ朱ヲサシ身ニハ丹ヲヌリ頭ニハ金輪ヲ頂テ続松三把ニ火ヲ付テ中ヲロニクハヘテ夜深人閑テ後大城〈和〉大路ヘ走出テ南ヲ指テ行ケレハ頭ヨリ五ノホムラ燃アカル自ラ是ニ行合タル者ハ肝心ヲ失ヒ倒臥死入ラスト云事ナシカクシテ宇治ノ河瀬ニ行テ三七日浸タリケレハ貴船大明神ノ御計ニテ彼女乍生鬼ト成ヌ又宇治ノ橋姫トモ是ヲ云トソ承ル鬼ト成テ妬ト思フ女ノ其縁ノ者我ヲスサメシ男ノ親類境界上下ヲ不レ撰男女ヲ不レ嫌ラ思様ニ取失フ（以下略）(91)

右の説話は、宇治の橋姫にまつわる説話となっているけれども、それが貴船明神の説話と結びついた形で語られている。この説話が成立してくる背景として、宇治の橋姫信仰の中に、貴船信仰と共通する要素が存在していたと考えるのが自然であろう。

一般的にいう「橋姫」について、すでに先学によって多くのことが語られている。(92)中でも、柳田国男氏の『一目小僧その他』に収める「橋姫」は、すこぶる示唆に富む論文である。(93)

橋姫が橋を守護する神であり、美女が変じて鬼神の形を顕わし祟る説話は、必ずしも宇治の橋姫に限った話ではなく、各地に伝承されていた。著名な一条戻橋の説話をはじめとして、『今昔物語集』(巻二十七第十三)の「近江国安義橋鬼、噉人語」、『月刈藻集 上』(94)に載せる勢多の橋姫などの他、多くの例が知られている。

宇治の橋姫に関する説話には、二つの系統のものがあった。

その一は、『袖中抄』(第八)に、「宇治の橋姫とは姫大明神とて宇治の橋下におはする神を申すにや。其の神のもとへ、離宮と申す神の毎夜に通ひ給ふとて、其の帰り給ふ時、しるしとて、暁毎に宇治川の波の夥しく立つ音のするとぞ申し伝へたる」と記しているものである。夜な夜な通ってくる神は住吉明神であるとの伝承もあり、謡曲(廃曲)「住吉橋姫」(95)はこの説話に基づいて作られている。「橋守の神」たる女神橋姫のもとに通う「夫婦の神」たる住吉明神の取り合わせは、言わば神々の愛の物語であり、橋姫の持った愛の神としての側面を示していよう。これを「水辺の女神」である玉依姫の一形態と見て、類型的な神婚説話のひとつとするのも常識的な解釈であろうと思う。

高崎正秀氏は、『古今和歌集』(巻十四・恋歌四)に載せる「さむしろに衣かたしきこよひもや我を松覧宇治の橋姫」の左註に、「又はうぢのたまひめ」とある点を重く見て、これを水辺の聖女玉依姫・豊玉媛の一人であったとし、「宇治の「橋姫」は、水の精たる魂姫―豊玉姫の一人であり、それが宇治橋の橋詰に祀られた道祖神信仰と習合したものであった」と推論を発展させられた。(96)

道祖神信仰との習合とする仮説をにわかに承認し難いにしても、橋姫信仰の中に「女が愛を祈る」信仰が存在したことだけは間違いない。宇治の橋姫については、当然その近辺に棲んだ遊女の存在も想定されており、(97)かつ遊女が道祖神たる百大夫を祭ったことでもあるので、高崎氏の仮説にいちおうの筋道はついている。

今言えることは、橋姫が橋を守る女神であり、道祖神信仰にも共通する男女愛欲の神としての一面を備えているという点である。

いまひとつは、嫉妬の神としての性格を考えさせる説話である。正和五年(一三一六)書写の奥書を持つ『奥義抄』は、先掲の「さむしろに」の歌に関連して、「橋姫の物語」を引いて、次の話を載せている。

昔めふたりもたりけるをとこ、もとのめのさはりして七いろのめをねがひける。求めにうみべにゆきて竜王にとられてうせにけるを、もとのめ尋ねありきけるほどに、はまべなる庵にやどりたりけるよ、おのづから此をとこにあひにけり。此歌をうたひて海辺よりきたれりけるなり。さてことのありやういひて、あくればうせぬ。このめなく〳〵かへりにけり。今のめのこの事をきゝて、はじめのごとくゆきて此男をまつに、又この歌をうたひてきければ、われをば思ひすてゝもとのめをこふるにこそねたく思ひて、をとこにとりかゝりたりければ、をとこもいへも雪などのきゆるごとくにうせにけり。よのふる物がたりなればくはしくかゝず。

この物語も、「さむしろに」の歌の詠み手を他界から通ってくる男に宛てて作られたものに違いないが、まるで関係のない妬婦の話をからませている点から見ると、愛欲の神たる橋姫には、ごく自然の成り行きとして、嫉妬の怨念の存在があり、もともとそうした説話の成立する条件が備わっていたことを認めねばなるまい。「剣巻」に見える説話は、そうした橋姫説話の存在を前提にして、やすやすと貴船明神説話との合体を果たして生まれたのであろう。謡曲「橋姫」(98)は、これらの橋姫伝説を踏まえて構成されている。この曲では、「橋姫と申すは貴船御一体の御事」と言い、その後シテは嫉妬の形相すさまじい橋姫の怨霊と設定されている。

『曾我物語』(巻八)には、八幡太郎義家が宇治の橋姫に馬から引きおろされ、川の中へ入れられようとした時、腰の太刀が自然に抜け出て、橋姫の弓手の腕を切り落としたので、太刀を「姫切」と名づけた話が出ている。(99)むろん「剣巻」系統の説話の類型である。

右に述べてきた宇治橋姫にかかわる二系統の説話は、一見まったく別々のもののように思われるかも知れない。しかし、この二つは決して無関係のものではなく、基盤において繋がっていた。すなわち、橋を守護する女神橋姫には、本来的に前述のごとき両義的な性格が備わっていたのである。男女愛欲の神は、すなわち嫉妬の神でもあった。逆髪の鬼神と変じる猛々しさがあればこそ、この女神が橋の守護神として祀られ得たのだとも言えよう。

橋姫もまた辺境に坐して、格別に霊威の猛々しい逆髪の神に他ならないのであった。

このように見てくると、辺境の地に祭祀された女神に共通の性格として、逆髪の神が位置づけられるように思う。坂・境と橋とが共通する性格を持つ場所であったことについては、柳田国男氏以来の研究がこれを明らかにしている[100]。現世と幽冥界とを分かつ観念上の境界としても、現実的に疫病や外敵の侵入を拒む防衛上の要害としても、坂・境・関と橋とは共通の性格を持つ聖域でなくてはならなかった。「行き逢い坂」「行き逢い橋」と呼ばれる類型的な男女邂逅の説話が各地に伝承されているのも、坂・境と橋との共通性を物語っている。

この極めて重要な土地に、格別に霊威の猛々しい、懼怖すべき神が祀られていたのは当然である。

柳田国男氏は、古く「ネタム」ということばの用法は、必ずしも男女の情を意味することばに限定されてはおらず、「憤り嫌ひまたは不承知など」を意味していたらしいとして、「男と女と二人並んでゐるところは、最も他人を近寄せたくない処である故に、即ち古い意味に於ける「人ねたき」境である故に、もし其男女が神霊であつたならば、必ず偉い力を以て侵入者を突き飛ばすであらうと信じた。……この思想に基いて、橋にも男女の二神を祭つたのが橋姫の最初[101]」であると述べて、坂や橋に男神・女神の二神を並祀したのが古態であるとの考えを示しておられる。

貴船の明神・宇治の橋姫が、いずれも中世以前において愛欲の神とも嫉妬の神とも信じられていたこと、そしてその女神の貌は瞋恚の逆髪によって認識されていたのであろうことは、疑いがない。それらはともに竜蛇神信仰を背後に負うていたことも注意せられる。

これらとほとんど同一の精神的風土というべき逢坂の関である。この関の明神たる道祖神の女神が、元来威あって猛々しい逆髪の神と観念されていたのは、むしろ当然のことと言うべきであろう。しかも、この王城東方の境界の地には竜蛇神信仰もあり、また関清水明神として水を司る神の信仰も存在していた。逆髪の神が祭祀されるためには、十分過ぎるほどの条件が整っていたのである。

その原初的な逆髪信仰を母胎として、蝉丸とともに御霊の女神が巧みに習合するのである。虚構された女神の名が、直截にその体を表わす「逆髪の宮」であったとしても、まったく怪しむに足らない。その命名を、『近江輿地志略』の著者が想像したように、「相坂の神といへるを略して坂神といふならし。坂神、逆髪、訓同き故に誤を重ぬる者なるべし」、すなわち単純にサカガミの音通から思いついたものとするのは、誤りではないとしても本質的な面を見ていない解釈であった。上述のごとく、逢坂の女神はどうしても逆髪でなくてはならなかった、その必然性をこそ追求すべきだったのである。(102)

蝉丸はその保護者たる女神逆髪宮と一対をなす構造のもとで、蝉丸宮となったのである。それは、蝉丸神格化の虚構が道祖神への合祀（習合）という形を採ったことから来る必然であった。蝉丸と逆髪とは、双体にして一身の神であった。したがって、両者の関係は、意図の在処によって容易に母子とも姉弟ともなり、また夫婦ともなり得た。謡曲「蝉丸」の本説と見なすべき説話が存在したと仮定して、それが「蝉丸」に見るごとく両者を姉弟に設定していたとするならば、その意図は、この不幸な二人をともに延喜帝の因果の子として語る点に在ったとすべきであろう。

いずれにしても、音曲芸能民の奉じた蝉丸信仰は、蝉丸宮じたい懼怖すべき神であるうえに、忿怒の逆髪の宮をかかえこむ重層構造によって成立していたことを知るべきである。

第九節　道祖神信仰と放浪芸能民

中世の琵琶法師、盲僧、説経師など放浪の芸能民たちは、みずからの手で蟬丸を神格化し、これを音曲芸能の祖神と崇め、守護神として斎祀していた。

しかし、「蟬丸」という名の虚構の人物とその御霊を祭祀したのは、それがあらゆる意味で彼らにとって格好の偶像であり得たからであり、実はその表に立てた偶像の奥に、秘して祭った根源の守護神が存在していたと考えねばならぬ。

近世の盲僧集団である当道にあっては、仁明天皇第四皇子人康親王の御霊を天(雨)夜尊と称して崇め、山科四宮村柳谷山に斎祀して、これを祖神と称えている。(103)

このことは、当時説経師の祖神としてあまりにも著名であり、かつ「乞児之祖(104)」とも「鉢叩きの祖(105)」とも称されていた蟬丸をことさらに避け、みずからの筋目の正しさを主張し、集団の権威を確立しようとした作為を感じさせる。それにしても、天夜尊信仰の形成は、構造的に蟬丸神格化と同一であり、これを模倣する形で、巧妙に捏造されていることがわかる。

近世における瞽女の集団は、人王六十代嵯峨天皇第四の宮サガミの姫宮を祖神に擬定し、実は弁才天を守護神としていたことは、よく知られていると思う。(106) 当道の支配下にあった瞽女の集団であるから、彼女らの伝えた「縁起」「式目」の類が、当道のそれを模して創作されたのであろうことは当然であるが、その守護神に関しては、独自の虚構を構えたのである。嵯峨天皇の四宮サガミの姫宮と称えるのは、その名称の類似とはかかわりなく、実体が逆髪の宮であったことは言うまでもあるまい。

祖神を蝉丸といい、天夜尊といい、相模の姫君という。名は異なるが、いずれも天皇の第四の宮であるとする点に共通点がある。これらの偶像によって表象された、その奥にある根源神とは、いったいどんな神だったのであろうか。その神は、蝉丸の誕生以前、すなわち平曲が生まれて琵琶法師の語り物になる以前において、琵琶・琴・笛などの楽器を持って放浪した宗教芸能民であった盲人の守護神だったはずである。そして、その懼怖すべき呪術性を備えた神は、たとえ表に立てる神として蝉丸や天夜尊が仮託されたとしても、常にその背後に在る根源神として記憶されていたのに違いない。

その神が、シャグジ・シュグジ・スクウ神であり、宿神であったのだと思う。

盲人がシュグジ・シュグウジンを守護神として祀ったことについては、柳田国男氏の『石神問答』「毛坊主考」以来、中山太郎氏の『日本盲人史』、堀一郎氏の「夙(宿)と宿神」[107]などなど、すでに多くの研究がこれに触れている。近年にあっては、近藤喜博氏が「平家琵琶以前——盲人史の一節」において、これを採り上げ、加藤康昭氏もその著『日本盲人社会史研究』において、この点に言及されている。[108]

盲人の集団がシュクシンを祀ったことについては、もはや常識に属するかのごとくであるが、私なりにいちおうの検討を加えてみたいと思う。

従来の研究が、いずれもその拠り所としたのは、『当道要集』をはじめとする当道関係資料が、縁起の表に言う祖神天(雨)夜尊とは別に、守宮神・十宮神・守瞽神・主空神・御職神などを祀ると記し、『遠碧軒記』他が盲僧による石塔会の儀式について詳述する中に、守瞽神とも宿神とも表記していることなどであった。「十宮神は元来山王廿一社の中十社を以て当道皆座の守護神と崇め奉るによりてなり」(『当道新式目』)などと、日吉山王社との因縁をもって付会せられているけれども、このように宛字表記がさまざまに異なっていることじたい、彼らの秘かに祭祀した神が、その音であるシュクシン・スクウジン・シュグウジにあったことを物語る。

そのシュクシンの祭祀がいかに秘密めかしたものであったかは、『当道要集』の記事からも窺い知ることができる。

一、守(宮脱カ)神あかめうやまひ信すへし、偽にもかろしむへからす、二季の塔、無懈怠可勤事
一、守宮神御影前にて慎て無音すへし、幷諸礼内物云ふ間敷事
一、守宮神かゝうを給てより、銚子二度相済まてハ、急用有といふとも座を立へからす、二献過て以後自由とゝのふハ、左右ノ隣座へ届断罷立、本座へ□□直に退出すへし、急病ならハ職事を以、惣検校二老三老へ理リ居て可帰宅事、但三献過ハ自由とゝのふへし
一、守宮神かけまきする時節、職火を改身を清むへき事
一、守宮神御仕社なれハ、一代猿喰間敷事
一、守宮神御影前にて、珠数持事、惣検校二老三老に限る事

これとほぼ同じ内容を記載する『座頭条目』では、「守宮神」を「守瞽神」と表記してある。

右の各条目は、それぞれはなはだ興味深い。守宮神の御影(画像の掛軸であろう)を掲げて行なわれるこの祭祀は、終始無言のうちに運ばれ、いかなる場合にも自由に席を立つことを許されないこと、御影を扱う役の者が別火して潔斎すること、御影を前にして酒を汲み交すことなどがわかる。盲僧たちは、懼れを抱いて、この神を祀っているのである。この祭祀の形式から直ちに想起されるのは、中世の猿楽芸能民が行なっていた宿神の御影祭祀である。金春禅竹

の『明宿集』に触れ、また「享禄三年二月奥書能伝書」に具体的に記されている宿神祭祀の姿は、盲僧の守宮神祭祀の形式と重なり合う。[109] 猿楽芸能者の祀った宿神もまた、守久神・守宮神・守君神などとさまざまに宛字表記される秘神であり、その点でも当道の守瞽神・十宮神と共通であった。

こうした御影祭祀の方法は、シャグジ・シュグジ祭祀における一般的な方法であったと考えられ、前述の瞽女の妙音講や、蟬丸の画像を掲げて行なった乞丐人の祭祀(『雍州府志』『日次紀事』)の例にもその思想の基底に相通ずる要素が認められる。

「守宮神御仕社なれハ、一代猿喰間敷事」については、「十一月二番の申日、守宮神御火焼」(『当道要集年中講式』)とその祭日を申の日としたことと併せて、日吉山王社との関係から出ているのは言うを要すまい。ただし、山王社との特別な関係を持つに至ったので、その御使者である猿を大切にせよと戒めるようになったのか、それとも元来猿を重んじる伝統があったのを、彼らの奉じた山王信仰に巧みに習合させたものかは軽々に断じ得ない。

この点については、夙く柳田国男氏が、「後年の結合たる日吉山王の因縁よりも、寧ろ守宮神を小童の形に想像した古意を汲むべきものであらう」(「毛坊主考」)との卓見を述べられたのを承けて、堀一郎氏が守宮神が小童の姿で認識されたことを示すいくつかの例を掲げておられる(「夙(宿)と宿神」)。これについては「宿神論」の章において、私の考えを述べておいた。

だいたい、守宮神祭祀の際の心得や戒めを記す目的の条目の中に、この一条だけはいささか異質すぎないであろうか。このことは、柳田国男氏の説かれたように、守宮神そのものが猿に似た小童の姿(「小さ神」)と認識されることのあった反映と見るのが妥当であろう。いま、彼らの祀った「御影」にはどのような画像が描かれていたのかを窺うことはできない。

サクシ・サグジ・サクジン・シャグジ・シャクジン・シュグジ・シュクシ・シュクシン・シュクウジン・スクシン・スクウジン・シャゴジなどなどさまざまな発音によって呼ばれ、左宮司・左久神・作神・社口・三宮神・佐軍神・斎宮神・三狐神・社宮神・志也具自・佐倶自・社軍司・石神・守宮神・守久神・四宮神・十宮神・射軍神・左口神・社後神・宿神などなど、(110) およそ考え得るところのすべての漢字を使い、それらを組み合わせて表記されるのが、この神の極めて特徴的な性格であった。この神は、それを守護神と仰ぐ共同体が、それぞれにとって固有の神であるとして、他と区別する表現を強いる性格を持っていたように思う。この神の実体が、辺境にあって地境鎮護の猛々しい霊威を持つ神であったと考えるのは、おそらく誤っていないであろう。もっとも、現代までその名を伝えている例について見るときは、その多くの例が猿田彦命を祭神と称え、道祖神信仰との習合の相を示している。(111)

シャグジが元来辺境鎮護の地神であったとするならば、塞の神である道祖神との習合はもっとも容易であったと言ってよいだろう。

盲人が、なぜそうした地境鎮護の神を崇めるようになったのかについて、近藤喜博氏は、第一段階において盲人が音響を用いて雷神を鎮める呪術を行使したことがあり、それが後になって地境に襲い来る悪霊の鎮撫制圧を可能とする観念に移行したのだと考えられた。盲人の「直射してくる稲妻――それは天矢――にも、目に衝撃をうけて再び盲目になる心配のない」という身体上の特性が、彼らをこの呪術に携わらしめたのだとの推論であった。(112)

右の仮説は極めて興味深いものに違いないにしても、いまその当否を定めるに足る傍証を持っていない。ただ、近藤氏が、盲人が雷神の恐怖に対する呪術に関与したと考えられたことについては、別の面(後述)からこれを承認することができる。

現段階で考えられることは、古代における盲人が、境・坂など辺境の地において、楽器を用いて竜蛇神を祀る祈雨・止雨もしくは雷の制圧、また悪鬼や怨霊鎮撫の呪術に携わることがあったのではないかという点である。竜蛇神が、根源的に天神、地神、水神と観念せられていたことについては、すでに説き尽されている。盲人が水の神を祀ったことを示唆された柳田国男氏の見解も、あらためて考え合わせてみたい。

そして、この呪術には、同じく水の神である竜蛇神を祀った巫女が、何らかの関与をしたのではないかということが想像される。盲人と巫女との関係は、中世の『東北院職人歌合』に、左右一対に配されていることからも察せられる。これをもって、当該の時代における両者の社会的地位の共通性に因るものとするのは極めて常識的な解釈であるが、同じ層に属した多彩な人たちの中から、とくにこの両者を選んで対にした意識の裡には、両者の間に特別な繋りのあったことの記憶が働いていたとは言えないであろうか。そう考える時、やはり中世の産物である謡曲「蟬丸」における蟬丸と逆髪の形象が、単に当時逢坂に屯ろした盲人と巫女を取り合わせたというには止まらぬ、両者の深い繋りを反映していることに思い至る。

柳田国男氏は「鹿の耳」(113)他の論文で、盲人と琵琶と竜神・蛇神との関係を説いておられる。

私見では、盲人たちの懼怖して祀った竜蛇神こそ、シャグジ・シュグジの実体であったに違いないと思う。シャグジ信仰の拠点とも考えられる諏訪神社とその周辺の地をめぐり、シャグジの研究は近年多くの成果を挙げているように思う。

宮地直一氏が、『諏訪史』(二巻・前編)において「御左口神」に関して諸説を述べ、「もと〱湛によつて崇拝された精霊が御左口神の発生的起源をなし、湛に祀る神即ち此神の原由と一致すると解したい。それは人間生活と直接の繋がりを保つて、之を祀る者のために守護神としての性能を発揮し、日々夜々にかけて、彼等の生活を保証する恵の本主であると同時に、祟の根源とも信ぜられたのであらう」と記されたのは傾聴すべき見解である。強大な生命の守護神が、同時に「祟る神」でもあった点が、シャグジの本質を突いていると思う。

北村皆雄氏の「「ミシャグジ祭政体」考」(114)は、多くの示唆を含んだ論文であった。氏によると、ミシャグジは、憑依者である幼童(神使《こうどの》)に憑くばかりでなく、神事によっては木・笹・葦などの植物や、剣先版と呼ばれる木の枝に依り憑き、それがミシャグジそのものとなって崇拝の対象となる。また、諏訪神社上社のおびただしい数の祭祀の中で、もっとも重要なものとされるのが、「御室」関係の神事であるとして、詳細に検討を加えられた。御室は、十二月二十二日から翌年三月寅の日まで維持される、地に掘った穴倉であるが、この中に、はじめの四日間はミシャグジと「そそう神」とを交互に入れ、それ以後は、「蛇」と名付ける作り物を入れておくのである。そして、三月寅の日の祭に前宮境内の所末戸社に出現させ、地主神を祀る。復活再生の儀式と言うべきであろう。この「そそう神」につき、宮地氏は、「そそう神と蛇神とは、その起源を一にするといひ難いが、互に相結んで地上に降るそそう神は、蛇形に化現するといふやうな信仰上の発生に導き、延いて小蛇又は蛇形を以て御体とする思想をも起したのであらう」と、慎重な判断を下しておられる。

北村氏は、それらを踏まえたうえで、ミシャグジと「そそう神」は不可分のものとし、かつそれは蛇神と考えられるということを述べられた。

シャグジの本体が蛇神かと思われることは、諏訪以外の資料によっても推測することができる。

次に掲げるのは、伊勢神宮の外宮において行なわれていた霜月神楽の中で用いられた神楽歌に入る歌である。(115)

さんくうしの哥

168 いやにしの京よりこそや　いやふんをとりくたるなるや　いやはねをそろへてや　いやそらとハむとてや
169 いやにしの国なたこく舟のかせはれて　いやよろこひひらけてもとれこのたひ
170 いやさんくうしハけあらき神と申せとも　いやいまハけよくてかへりミをたふ《（玉ふトモ）》
171 いやなとの嶋よしちのミしほまれかほに　いやあとたれたまふこせそかうつち
172 いやかうつちハひるハいわやによるハさわ　いやこのはのうへにまつあそひして
173 かうつちひしり　なつのさんくうし　たしからのさんくうし　こさのさんかう《（くうしイ）》　そらのさんくうし　ちのさんくうし　ミねのさんくうし　しよ〱のさんくうし　かきこしのさんくうし　むらのさんくうしに　千世の御神楽まいらする　ほめきこしめせ玉のほうてん
174 いやさんくうし大ほさつのほんさんハ　いやにしの国とそうけたまハる　いやなとたしからにあとをたれ　いやこさの嶋をハかよひちに

誤写も多く、意味のわからない部分も多いが、「さんくうし」（三宮神カ）がシャグジを指していることはおそらく間違いなく、その神は気性の激しい祟り神であること、また所々に坐す神であることが歌われている。歌中、「かうつち」と「さんくうし」との関係が分明でないが、構造的に一体のものではないかと思う。その「かうつち」は、「昼は岩屋に、夜は沢、木の葉の上に遊びする」という。それは、あるいは小蛇を意味しているのではなかろうか。その推測が誤っていなければ、「かうつち」は「神蛇《こうつち》」であろう。諏訪社における憑依者たる幼童は「神使《こうどの》」と呼ばれ、また蛇を「ツチ」と呼んだらしいことも、すでに別の側面から指摘されているところである。[116]

尾張国惣社として、王朝末期以来熱田神宮と並ぶ格式と勢力を持っていたのが大国霊神社である。この社は、こんにち国府宮と呼ばれ、旧暦正月十三日に行なわれる裸祭りの奇祭によって全国的に著名である。この祭りは一種の儺追神事なのであるが、この夜に至ってさらに奇異な夜儺追の神事が伝えられている。以下を水谷勇夫氏の報告[117]に基づき、私見を加えながら紹介しておきたい。氏は、文政七年の「諸事内記留」(『日本祭礼行事集成』二巻所収)の記事を中心に、「国府宮祭記」他の諸文書を参考に記したとされている。

十二日の夜、政所において供膳の神事がある。この時供膳を行なう祭神は、「一ノ宮御神、二ノ宮御神、三ノ宮熱田大神、国府宮大国玉大神」の四神である。神事が終わると、「元御宮へ為レ移給フ事ヲ申上ル」とあり、四神はそれぞれの社殿に還御になる。その後に残された神は、正面の画像の奇稲田姫ばかりとなり、「稲田姫御神之神事」が行なわれる。その詳細は不明である。

十三日夜、政所神事がはじまる。これに先立ち、末社の司宮神社から「御正印の箱」と称するものを政所へ遷す儀式がある。「司宮神御社より御正印ノ箱政所へ遷宮、正神主家役差合之時権神主勤之、政所戌亥角ニ棚有り、その上ニ勧請する事也」とあって、この行事が極めて重要なものであることがわかる。「御正印ノ箱」が司宮神の神体と観念されているのは無論であろうが、その箱の中には猿田彦の面が入れてあったという。

政所神事の際、大宮本殿で「翁之舞」が奉納され、「大宮畢而政所へ参り、又翁壱番を称《ママ》す」とある。基となったのが幕末の資料であるから、どの程度古態を伝えているかは疑問がある。

この神事の経過は、寺院における修正会・修二会の結願に際して、後戸の秘神を表にまわして、その前で神いさめをする、東大寺二月堂修二会の小観音や毛越寺の摩多羅神祭祀と共通の構造を見て取ることができると思う。

十四日未明、政所で社家による神事が行なわれる。この時、あらかじめ定められた儺負人《なおい》は、髪を蛇の形に結われ、黒々と墨を塗った土餅と、「躰像《たいぞう》」と呼ぶ人形を背負わされる。この人形は、藁と紙で作られ、頭の先に紙燭が付けられている。この時、「御正印の箱」を儺負人の頭上でぐるぐると三転させる。

神事が終わると、人形の頭の先に火が点され、儺負人は走り出す。政所を走り廻った後、やがて外に出て、参道東側の「富士塚」、または正殿の真裏に当たる「うら山」に向かって一目散に駆け出していく。

その間、中繭座頭の長太夫は大鳴鈴を打ち振る。遁走する儺負人を追って、長追いの神官、よぼろ白丁の社人が続く。目的地に着いた儺負人は急いで人形・土餅・白衣を剝ぎ捨て、そのまま闇の中へ逃げ去る。捨てられた物は、後に社司が忌鍬で埋めるのだという。

以上が、この神事の概要である。

この奇怪な夜儺追神事は、当社の主神大国霊神を本殿に還御させた後の、女神奇稲田姫と司宮社(秘面)だけを祭って行なわれるものであり、構造的に司宮神を主神としての祭祀であるのは確実である。

水谷氏は、この逃げまわる儺負人を雷神――堕天神――としての蛇神に見立てたものと想像しておられる。頭髪をことさらに蛇の形に結われるのをその象徴と考えられた。

頭髪が蛇形になった一例として、近世の浄瑠璃「苅萱桑門筑紫轢」を想起する。この作において、繁氏発心の直接的動機になったのは、上べは親しみ睦み合っていた本妻と妾とが眠っている時、互いの内なる嫉妬心が発動し、二人の髪が蛇となって相争う凄絶な有様を垣間見たことであった(その原拠と覚しい説話が『一遍上人絵詞伝道談鈔』〈巻之三〉に出る)。

髪が蛇形に化することは、すなわち逆髪の神への変身を象徴していた。雷神の象形においても、炎髪の逆立つ髪を特徴とすることから言っても、右神事における司宮神の本体が雷神＝蛇神であると考えるのは、おそらく妥当であろう。ただし、この祭祀の持つ特殊な構造の持つ意味については、なお慎重な研究が必要であると思う。

以上の考察により、さまざまの属性を兼ね備え、さまざまな信仰との習合を果たしているために、極めて複雑で理解しにくいシャグジ信仰であるが、その根源は蛇神・竜神の信仰に収斂されていくものと考えることが許されるように思う。

盲人が祭祀した根源の神も、このシャグジ・シュグジだったのである。地神盲僧の集団が奉じた堅牢地神や竈神もやはり大地の神であり、瞽女の祀った弁才天も大地母神であったことが知られている。(118) いずれもその底基に、この蛇神もしくは竜神信仰を深く秘めていたと思われる。

第十節　結　語

以上、中世・近世の放浪芸能民たる琵琶法師・盲僧・説経師・瞽女・アルキ巫女などなどが懼怖をもって祭祀していた守護神をめぐって、さまざまな角度から考察してきた。

その考察に当たって、本章では、彼らの奉じたあらゆる神々において、ときには一躰であり、ときには一対であり、またときにはその神威を発動させる背後神として意識されていたに違いない「逆髪の神」の存在を浮き彫りにすべく努めた。

従来この逆髪の神については、謡曲「蟬丸」に登場する逆髪の形象に縛られ、その枠の中でかろうじて研究の対象となっていたに過ぎなかった。考えてみれば、それも無理からぬところであった。逆髪の神が、そのおどろおどろしく逆立つ髪を持った奇怪な姿をわれわれの前に現わすのは、謡曲「蟬丸」とその影響を受けて成立した近世の文芸作品ばかりだったからである。姿を表面に現わさない「隠れ神」であることが、実は逆髪の神の本質なのであった。

私は、第二章「宿神論」において、中世の猿楽芸能民が宿神として畏怖して祀った翁面とともに、格別の懼れを以って秘していた「おそろし殿」の鬼面が存在していたことを述べた。逆髪の神は、この「おそろし殿」に相当する、威猛々しく祟る神であった。この神は、まさに鬼神・夜叉神でもあったのである。両者の信仰が構造的に相等しいものであることが了解されるであろう。

以下に、各節の内容を要約して掲げておきたい。

一、近世初期の芸能に登場する逆髪の女性たちの形象とその性格について。
二、逆髪による復活・再生の劇《ドラマ》をめぐって。近世演劇における蟬丸と逆髪の扱い方の検討から、逆髪の女の負う神話性を考察する。
三、近江逢坂の関に神として斎祀されていた逆髪の宮について。
四、謡曲「蟬丸」(逆髪)における逆髪の宮の形象化とその役割。
五、髪の逆立つことに対する中世以前の人々の認識の検証。舞楽「抜頭」に対する解釈および御霊信仰との関係について。
六、蟬丸信仰の基本的構造について。道祖神信仰・御霊信仰・竜神信仰・芸能神信仰の複雑な習合の相についての検討。
七、逆髪の宮信仰の構造および蟬丸信仰との不可分の関係について。逆髪の宮を奉じた集団についての仮説。
八、蟬丸・逆髪の合祀という虚構の習合以前に、逢坂に逆髪の神が坐したことについて。辺境の女神に関する問題点の整理。

九、蝉丸・天夜尊・弁才天・堅牢地神など表に立てた守護神・祖神に仮託され、その奥の闇の中に蹲っている「小さ神」――シャグジ・シュグジ――こそ、放浪芸能民たちの根源の神であったこと。さまざまな習合の中核に在ったのは、古代以来の天神・地神・水神であった蛇神信仰であったと考えられること。

十、結　語

本章の内容は、第二章「宿神論」が猿楽芸能民の信仰を扱ったのに続き、琵琶法師や説経師など放浪芸能民の信仰の研究に主眼を置いたものであるが、この中に述べたことがらは遡って「宿神論」の内容と互いに響き合うものとなった。一例を挙げれば、「宿神論」において言及することのできなかった、秦河勝の父が酒瓶の中で育てられたという奇異な伝説の意味するところは、蛇神祭祀に特有の容器とされる壺・瓮・甕・瓶などと、台密・東密において地鎮の法に瓶を用いることを参照して考えれば、容易に理解されるであろう。右の伝説そのものが、秦河勝のシャグジ性を雄弁に語っていたのである。

ここでとくに強調しておきたいことは、芸能民共同体の守護神―芸能神と仰いだ根源の神が、彼らだけがなし得る呪術――すなわち芸能のわざ――によって、強力に、しかも容易に依り憑く神であったことの確認である。あらゆる災厄から護り、延命・福徳増長の現世利益を齎し、怨霊鎮撫に強大な力を持つ大地神は、言わば生命根源の宇宙神であった。しかも一面においてその神は、猛々しい神威の発揚によって、強力な祟りを顕わす懼るべき逆髪の鬼神でもあった。この神が、芸能民に憑依するのである。換言すれば、芸能のわざは、この懼敬すべき「隠れた神」をおのが身に憑依せしめる恐るべき呪能に他ならない。その時、芸能民はみずからシャグジとして立ち現われたのである。

いまひとつは、この神があくまでも表面に出ることのない「隠れ神」「隠され神」であり、時として「追われる神」「虐げられる神」でもあったという事実である。それが、いかなる理由によるかという点は、あまりにも重大な問題であって、容易に解決できるとは思われない。しかし、その事実が、この神を秘して祀る芸能民共同体の負うた宿命として覆い被さっていた長い歴史の重みは消えない。

「逆髪の宮」は、あらゆる意味で、彼ら芸能民自身の姿に他ならないのであった。

注

(1) 「毛抜」は、七代目団十郎が幕末の嘉永三年五月に演じて以後上演が絶えていたが、明治四十二年九月、二代目市川左団次が復活し、こんにちもしばしば上演される。

(2) 本文は初演台帳によるとして『歌舞伎新報』(一五二一—三号)に分載された本文を底本とした日本古典文学大系本『歌舞伎十八番集』によった。この本文が初演台帳のままであるという確証はないが、現在もっとも信頼し得る台帳と考えられる。「稿下本と思惟される台本を基礎とし、『歌舞伎新報』『日本戯曲全集』等の活字本をも参考した」(凡例)とされる『評釈江戸文学叢書 歌舞伎名作集下』(河竹繁俊校訂)所収の本文は、最後の玄蕃のせりふを欠いている。

(3) 磁石のからくりを使う発想は、宝永元年板「金銀ねぢぶくさ」にある、磁石の吸鉄力で五徳を踊らせる話を原拠にしたと思われることが、郡司正勝氏によって指摘されている。前掲『歌舞伎十八番集』の解説。

(4) 元禄十年二月板の役者評判記『役者大鑑』(和泉屋三郎兵衛板、『歌舞伎評判記集成』別巻所収)三丁表の挿絵中の看板による(集成六五頁)。この本は旧板の板木を利用して成ったが、右看板の文字の部分は入木して元禄九年顔見世のものに直してある。同じく看板に、荻野沢之丞・袖岡政之助の両女方の名が見えている。

(5) 『新群書類従』第二所収、六五四頁。この記事には不審があり、『歌舞伎細見』などでは、「子子子子子」と別座別狂言と見ている。なお『歌舞妓年代記』は、元禄九年の項下に、「荻野沢之丞、袖岡政之助、女鳴神大当。是女形にて勤る始め也」と曖昧な記述を載せている。

（6）『元禄歌舞伎傑作集 上』所収の狂言本による。一八〇頁。
（7）『日本文学大辞典』の解説による。
（8）『團十郎の芝居』五六頁。
（9）前掲『歌舞伎十八番集』の解説。
（10）〔補注〕金関丈夫氏の随筆「毛抜・蟬丸・逆髪」（『文芸博物誌』昭和五十三年三月）にも、鳴神と毛抜とを連繫する存在として謡曲「蟬丸」の逆髪が存在するのではないかの仮説が述べられている。
（11）本文は『元禄歌舞伎傑作集 上』によった。三〇〇―三〇一頁。
（12）この作品の初演年代は、従来は元禄十四年（一七〇一）五月、竹本座というのが通説になっていた（『近世邦楽年表 義太夫節之部』『演劇百科大事典』ほか）。しかし、近年の研究によって、これが再演であること、初演はかなり遡ることが明らかとなった。祐田善雄氏は、元禄初年刊の義太夫段物集『日待調法記』にこの曲が入り、かつ元禄六年二月刊の『茶屋諸分調方記』に、当時茶屋で流行した曲の名を掲げる中に「せみ丸」が見えていることなどから、元禄初年の作とされ（『浄瑠璃史論考』所収の「近松年譜」）、義太夫年表刊行会編『興行年表』（昭和五十二年三月）も右を根拠として元禄六年二月以前と定めている。
　引用の本文は、『近松全集』六巻所収のものによった。

〔補注〕「せみ丸」の本文は、岩波書店刊『近松全集』二巻（昭和六十二年三月）および岩波書店刊『近松浄瑠璃集 上』（新日本古典文学大系）に収められている。後者は松崎仁氏により、注が施された。
（13）京都布袋屋座上演の際の狂言本が、古典文庫『上方狂言本 二』に収められている。引用の本文はこれによった。なお、京都布袋屋座と大坂岩井座とにおける上演の内容が、ほとんど同じものであったと考えてよいことを、祐田善雄氏が両座の役名比較などによって述べておられる（同右書解説）。
（14）近松は、この結構を延宝六年刊の加賀掾正本「つれ〴〵草」（近松存疑作）において、吉田兼好に恋慕して争う菅の宮とその腰元侍従の局との激しい嫉妬争いから採ったと思われる。
（15）この部分は、近世初期に流行したと言われる「悋気講」を趣向に採り入れている。西鶴の『好色一代女』（貞享三年板）

巻三「妖孽寛闊女」に、悋気講の様を詳しく描写している。なお、この趣向は延宝期と想定されている加賀掾正本「あふひのうへ」(『近松全集』一巻所収)に、六条御息所の丑の時詣りの場面に使われているものを、そのまま移したのである。

(16)「あふひのうへ」には、「みやす所おきあがり。此身はあだに成とても思ひかけたる一念むなしういかで帰らめや。葵もろともじやだうにおち。うらみのかずは千万むりやうこうをふるともつきすまじ。あらはら立やと夕ぐれなゐの両眼ひかりかゝやきて。かみそらさまに立あがれば、云々」とある。

(17) 岩崎武夫『さんせう太夫考――中世の説経語り』。

(18) 大久間陸子「浄瑠璃「蝉丸」の題材」(『近松論集』五集)は、浄瑠璃「蝉丸」の初演年代をかつての通説によって元禄十四年五月と見て論を組んだために、元禄十一年上演の「蝉丸二度の出世」を先行作と見なすこととなり、影響関係の考察が逆になっている。しかし、「女性の怨念によるせみ丸の盲目を考える時、呪咀する女性はばせをよりも北の方に呪訴の必然性がある」と述べて、「二度の出世」の設定に無理があることを指摘しておられた。

(19) この逆髪王子の形象化は、「蝉丸二度の出世」上演の翌年、元禄十二年(一六九九)初狂言として京早雲長太夫座に上演された「冨貴大王」のにほてるしん王(敵役小野山宇治右衛門役)に、ほとんどそのまま書き替えられている。冨貴大王の皇子にほてる親王は、許嫁のある二葉の前に横恋慕する。狂言本に次のようにある。「我いかなるくはごのがうにや、竹のそのふとは生れたれど、おもてにあくさうあらはれ、さるによつてちゝ大王この所にすて、はぢをさらさしめ給ふ、云々」(近世文芸叢刊『絵入狂言本集 上』による)。挿絵によれば、胸の辺りまで長々と垂れる蓬髪で、おもてに非人間の相を顕わしている。逆立つ髪の特徴こそ喪われているが、過去の因果による宿業と言い、それに基づく遺棄と言い、逆髪王子のそれをそのまま継承していることがわかる。これが、のちの歌舞伎のいわゆる「悪王子」の典型となって展開するのである。悪王子・親王などとも呼ばれる「王子」の鬘は、現在「妹背山婦女庭訓」の入鹿や「菅原伝授手習鑑」(車引)の時平などの公家悪、または「祇園祭礼信仰記」(金閣寺)の松永大膳、「新薄雪物語」の秋月弾正などの国崩しの悪人の役柄に用いられている。

芸能において、「髪」の形の持った性格の重大さを教える一例である。

(20) このことは、江戸時代を通じて幕末に至るまで忘れられなかった。代表的な一例として「摂州合邦辻」(合邦庵室)における玉手の嫉妬を、作者は次のように描いた。「さゝへる姫を踏退蹴退。いかる目元は薄紅梅。逆立髪は青柳の姿も乱るゝ嫉妬の乱行」(日本古典文学大系本『文楽浄瑠璃集』三一九頁)。さらに、「大商蛭子島」の辰姫の嫉妬事、四代目鶴屋南北の「阿国御前化粧鏡」の阿国御前、および「東海道四谷怪談」浪宅のお岩等に現われる髪梳きの局面設定は、元禄以来主として曾我狂言の中で展開した、男女の愛情表現としての髪梳きとは系統を異にしている。このことについては、郡司正勝氏の「髪梳きの系譜」(『かぶき――様式と伝承』)に詳しい。

愚見によれば、女性自身による髪梳きを舞台で演じて見せるのは、嫉妬の念が最高に高まった時におのずと逆立つ髪を櫛けずるのであり、髪を梳くという日常次元の行為を通して、実は「逆立つ髪」という非日常的狂気・変身の恐怖を喚び起こす技巧なのである。嫉妬―逆髪の関係を知悉していた観客は、髪梳きの前提になる逆髪を幻視させられることになる。南北によって、血をしたたらせて抜け落ちる髪の趣向が生み出されたことの戦慄性を認めるのは勿論ながら、いまは「逆立つ髪」を不可分に伴う「嫉妬事」の伝統の中から、髪梳きの舞台的表現の一系統が育ってくる過程に注目しておきたい。

(21)　蟬丸社三社の位置および逢坂山周辺の地理的環境については、長谷章久氏の「逢坂山考」(『国文学――解釈と教材の研究』昭和三十五年五月)に詳しい。

(22)　『三代実録』(貞観十七年十二月五日ノ条)に、近江国正六位上坂神に従五位を授けたとの記事があるのを反映したものかも知れない。年代はこれより十八年を遡らせてある。

(23)　『大日本仏教全書』寺誌部四に所収、一四四頁。『寺門伝記補録』は、いちおう応永年間(一三九四―一四二八)の成立とされ、応永四年以前の事跡史伝を叙述しているが、この中には応永四年以降の記事も含まれていることが指摘されている。『大日本仏教全書』の解説(今枝愛真氏)。

(24)　『京都帝国大学国文学会二十五周年記念論文集』(昭和九年十一月)。

(25)　松田充「世阿弥と蟬丸について」(『謡曲界』昭和十年三月)。
大島守正「蟬丸と逆髪」(『観世』昭和二十九年十二月)。ただし、この文章は、末尾に未完とあり、書き継ぐ構想だったらしいが、以下は掲載されなかった。

藪田嘉一郎「蟬丸」(『能楽風土記――能楽の歴史地理的研究』昭和四十七年六月)。

田代慶一郎「謡曲「蟬丸」について　上・下」(『比較文学研究』二十三・二十四号、昭和四十八年三月・九月)。

天野文雄「「蟬丸」の誕生」(『国学院雑誌』昭和五十二年一月)。
その他、後に掲げる説経関係の論文にも繰り返し述べられている。

(26) そのおおよその年代については、『寺門伝記補録』他が共通して唱えている朱雀院御宇天慶九年(九四六)との説に何らかの反映が窺えるのかも知れないが、実際は今少しく時代を降るもののように推測している。

(27) 日本思想大系『世阿弥 禅竹』所収、二九六頁。

(28) 極めて厳密な方法論により、慎重に世阿弥の作能を吟味考定された表章氏は、「蟬丸(逆髪)」を「世阿弥作の可能性強く、世阿弥作と見て差支えない曲」と認定された。「世阿弥作能考」(『観世』昭和三十五年八月)。

(29) 古典文庫『未刊謡曲集 一』(田中允編、昭和三十八年九月)および田中允「逢坂物狂——附閑吟集と謡曲」(『観世』昭和十七年五月。のちに『国語国文学研究史大成八 謡曲・狂言』に再録)に本文が翻刻されている。この曲は、『禅鳳申楽談儀』には「逢坂盲」とあり、『古今謡曲解題』によると、他に「あふさか」「相坂盲」「藁屋盲」の別名があったとされる。

〔補注〕石井倫子氏は「逢坂物狂」の謡曲としての性格を分析し、世阿弥はこの曲において本来現在能の典型であるはずの物狂能に、神能に代表される夢幻能の要素を取り入れて構成したとする。それを可能にしたのはシテたる蟬丸にまつわる伝承の特殊な様相にあったと考えている。「シテの人体が関の明神(すなわち蟬丸)の化人であることから神能の形式を援用する一方、現実のシテの姿には雑芸者蟬丸の姿を投影させて「遊狂の能」の主人公としての資格を与えることができた」。すなわち、「本説世界と現実世界の二重構造」を本曲の構想の軸ととらえている。そして、この分析を通して、世阿弥がこの曲を『三道』において規範曲の一に掲げたことの意味を考察している(石井倫子「〈逢坂物狂〉についての一考察——『三道』規範曲としての意義をめぐって」『能——研究と評論』十八、平成三年五月)。

(30) 前掲(28)表章氏の考定では、「世阿弥作と信じ得る曲」に入っている。

(31) 縁起類の成立年代は怪しいにしても、鴨長明の『無名抄』(日野にこもってから書き進められ、建暦元年鎌倉に行って帰ってからも筆をつづけたとされる晩年の著作。長明の没年は建保四年〈一二一六〉である)に、「逢坂の関の明神と申すは昔の蟬丸なり。彼の藁屋の跡を失はずして、そこに神と成りてすみ給ふなるべし」とあるをもってすれば、鎌倉時代初期以前に属することであるのは疑いを容れない。

(32)『国学院雑誌』(昭和五十二年一月)。
(33)『三道』による。日本古典文学大系『歌論集 能楽論集』所収、四七〇頁。
〔補注〕世阿弥が『三道』において、「本記」を重んじることの重要性を述べる条に、「逢坂物狂」を規範となる曲の一として掲げたことの意義については、前掲の石井倫子氏の論文がある。
(34)本文は『校定頭註近江輿地志略 全』(小島捨市校注・昭和四十三年)によった。
(35)香西精『能謡新考——世阿弥に照らす』に所収。初出は、『観世』昭和三十七年五月。
(36)『能楽風土記——能楽の歴史地理的研究』(昭和四十七年六月)一五六—一五八頁。
(37)藪田氏は、「この(筆者注—「蟬丸」)本説は大和奈良坂の夙猿楽のもつ春日王の物語で、それを換骨奪胎したものと推察します。すなわち奈良坂の一派が山城の山科四宮の夙に移り、山階座を作りましたが、その故郷から持ってきた春日王物語を、此処に住んだ地神盲僧の奉じる蟬丸の宮の物語と合わせ作ったので、その表現に『平家』などの古典の蟬丸を借りたものと考えます。春日王を逆髪宮という女性にしたのは、ここの宗教的風土に合わせたものでありましょう」と仮想された。
(38)『能と狂言』に所収。本論文は昭和四十七年一月に成稿。
(39)『観世』(昭和五十一年十二月)。
(40)梅原猛『地獄の思想』(中公新書)一五八—一六二頁。
(41)こうした解釈は、篠田浩一郎氏の「天皇制と日本語——能楽「蟬丸」をめぐって」(『構造と言語——書くことの論理』)にも見られる。この論文は、先述した藪田嘉一郎氏の論に導かれたための誤解もあるが、この曲の神話的構造に気づいており、その点にかぎって言えばたしかに諸説を抜いている。
(42)香西精「世阿弥の禅的教養——特にその用語を中心として」(『文学』昭和三十三年十二月。のちに『世阿弥新考』に収録された)。
同「世阿弥と禅」(『国文学——解釈と教材の研究』昭和三十八年一月。のちに『続世阿弥新考』に収録された)。

同「禅と世阿弥」(『ソノシート現代謡曲全集』二十七巻解説。のちに『能謡新考——世阿弥に照らす』に収録された)。

安良岡康作「夢窓と世阿弥」(『国文学・解釈と鑑賞』昭和二十四年四月)。

同「月菴宗光と世阿弥――禅と能との関連」(『観世』昭和三十二年六月)。

同「中世文学史における世阿弥」(『国文学――解釈と教材の研究』昭和三十八年一月)。

西尾実「中世文化に及ぼした禅の影響」(『大法輪』昭和四十年三月)。

その他、参照すべき論文は多い。

(43) 『鈴木大拙全集』十一巻、二三七頁以下。

(44) 本文は岩波文庫本『夢中問答』(佐藤泰舜校訂)による。一〇二―一〇三頁。校訂の方針により、片仮名を平仮名に直し、仮名遣い・送り仮名が取捨されている。

なお、この原拠を知ることにより、謡曲の本文が「境界」の用語を使っていることの意味も納得されよう。「境界」とは「境涯」と似たことばであるが、元来仏語で、因果の理を強く意識する点に後者との明らかな相違がある。

(45) 同前、一〇四―一〇五頁。

(46) かつて林屋辰三郎氏が指摘、論述せられたとおり、中世の築庭には河原者が特別に参加することがあった。彼らの中から、当時「泉石の名手」と言われた河原者善阿弥とその子次郎三郎、孫の又四郎といった名匠も出ている。龍安寺方丈前庭の築庭にも「小太郎、徳二郎」といった河原者の参加があったと言われている。そして、彼らが禅の思想に共感を寄せていたに違いないことは、たとえば又四郎が禅宗の名僧に対して、しばしば理をもって屈せしめたこともあるという逸話からも窺い知れるであろう(林屋辰三郎『中世文化の基調』『歌舞伎以前』等参照)。

近世被差別部落に伝わっている擬文書、いわゆる河原巻物のいくつかを盛田嘉徳氏が紹介されている(『河原巻物』昭和五十三年)。それらのうち、河内国・淡路国・西播州等に残っている同類のものを校合せられた資料の中に、「一、御庭ト中事、夢相《(窓)》国司《(師)》ょり始也」(前掲書、二五頁)の一条が見えている。築庭の業が彼らの職掌であったことを述べているのであるが、その始祖を禅僧の夢窓国師に持っていったのも、彼らにとって意味のあることであったと思われる。

(47) 「夢窓と世阿弥」(注(42))。

(48) 前掲『地獄の思想』一六〇頁。

(49) 現行「蟬丸」の演出は、各流派また時として演者によって著しく違っている。

逆髪の仮髪にしても、多くの場合は後方に垂らした長鬘の鬠をひと握り前に垂らす形のものを使う。これを左側の片方だけにする時と、両肩へ垂らす時とがある。これは、狂女の役に使う形である。また、黒頭を用い、その元結を結んで使うこともある。これらはそれぞれの流派、各家に伝わった型付に拠っているのである。

〔補注〕　大正二年十二月十五日、観世会と海事協会の催能の両会で「蝉丸」が上演された。いずれも両シテの替え型で、逆髪の役は前者が片山九郎右衛門元義、後者が梅若万三郎であった。この時、両方を比較して能評を書いた坂木雪鳥は、逆髪の扮装について次のように記している。「逆髪は片山氏は双方に付髪を垂れて長髢《ながかもじ》の先を手繰って左の袂に入れ、白綾に緋の長袴、笹を持って出たが、万三郎氏は黒頭に縫箔、緋の長袴を穿いた。但し其長袴は片氏のは細い精巧地、万氏のはそれに比して柔らかくて著るしく悄々と見えた」(『坂本雪鳥能評集』)。なお、「蝉丸」の演出の変遷を論じた、小田幸子氏の「「蝉丸」演出の歴史」(『観世』平成四年九月)の論文がある。〔補注ここまで〕

しかし、「蝉丸」の曲は上演用というよりも、むしろ座敷謡にふさわしい曲として伝承され、江戸初期の慶長頃にはほとんど実際には上演されなかった曲であり、現行演出がはたして室町期からの型付を伝えているかどうかは疑わしいと言われている(表章「〝うたい〟(謡)考――その発達史を中心に」『文学』昭和三十二年九月による)。

いずれにせよ、現行演出に見るかぎり、逆髪の髪は実際に逆立っているわけではない。

(50)　宗政五十緒「「世の人心」考」(『国文学論叢』昭和三十七年九月。のち『西鶴の研究』に収録された)。この絵は、女房の口がわざわいとなって家主から追い立てられ、二年の間に転々と九度も住替えをする扇屋の夫婦が、最初移った場所として、本文に次の描写があるのを描いたものと推定される。「五条通醒井町へやどを替しに。南どなりの女房年月乱気して時ならず刃物ぬきて。近所かけまはるにおどろき。云々」。この挿絵が、ある意図によって次に在るべき絵と順序を入れ替えて見開きの体にし、天地を逆にして刷られていたのである。

(51)　京都片山家に伝えられた「蝉丸」の古い演出では、蝉丸の最初の扮装は初冠を着ける型もあったと言う。

片山博通氏によれば、「能(筆者注―「蝉丸」の能)は昔、初冠をつけてかづらをきせて後シテの装束付けのところで初冠をはずしてしまう演出でしたが今は初冠を省略しています」(座談会「「蝉丸」をめぐって」『観世』昭和三十七年五月)とされている。

現行曲で初冠を着けるのは、「融」の後シテ源融の霊、「須磨源氏」の後シテ光源氏の霊、「小塩」「雲林院」の後シテ在原業平の霊、その変型として「井筒」の後シテ紀有常の娘の霊、「杜若」のシテ杜若の精などがある。いずれも気品の高い美男の貴公子の役が用いる約束の演出であり皇胤の蝉丸にふさわしいと考えられたはずである。女性の嫉妬が導き出されたのは、いよいよ偶然ではないことがわかろう。

(52)「抜頭」が「還城楽」とともに、天王寺舞楽の秘曲として伝承されており、当寺最大の年中行事である聖霊会の演目には必ず加えられる伝統があったことについて、江戸後期の「抜頭一件之留」(『四天王寺楽人林家楽書類』のうち)に縷々記述されている(『日本庶民文化史料集成 一』所収)。

なお、現在「抜頭」には、右方・左方の二種が伝えられている。右方が四天王寺楽人林家に伝承した曲であり、左方が南都楽人芝家に伝承したものである。ただし、南都芝家の伝承がどこまで溯れるかは詳かでない。

(53)「日本古典全集本」解題。同氏の『典籍説稿』に収録されている。一四九頁以下。

(54) 高楠順次郎氏は、「抜頭」の曲は印度の梨倶吠陀《リグベーダ》や阿闥婆吠陀《アタルバベーダ》に記されているバドゥ(Pedu)王伝説に基づき、王が神から与えられた白い神馬が、毒蛇と闘って殺す場面を演ずるのに由来すると説かれた(「奈良朝の音楽殊に「臨邑八楽」に就いて」『史学雑誌』明治四十年六・七月)。この説によれば、長い髪は馬の鬣《たてがみ》の象徴的表現ということになる。

(55) 本文は、三巻本系第一類に属する柳原紀光筆本(岩瀬文庫蔵)を底本とした日本古典文学大系『枕草子 紫式部日記』(池田亀鑑・岸上慎二・秋山虔校注)によった。この本文は諸本に異同があり、伝能因所持本一類(甲類)の三条西家旧蔵本(学習院大学蔵)では、二〇〇段に配されて、その本文は「抜頭は、頭髪振りかけたるまみなど、おそろしけれど、楽もいとおそろし」(小学館版日本古典文学全集『枕草子』による。松尾聰・永井和子校注)となっている。訳者は「抜頭は、頭の髪を振りかけている目つきなどが、恐ろしいけれど、楽の音もとても恐ろし」と苦しい解釈を施されている。能因本の本文によるかぎり、この他に解しようがないが、だいたいこの系統の本には誤写や脱字が多いとされており、この部分にかぎって言えば三巻本系の本文が正しいと思う。

(56) 三条西家旧蔵本による小学館版日本古典文学全集『枕草子』では、二〇二段に相当している。

(57) 根来司「枕草子の文体——「見立て」と「をかし」」(『国語と国文学』昭和四十九年四月)。

同「清少納言の「見立てる文」」(『リポート笠間』十三号、昭和五十一年六月)。

(58)　日本古典文学大系本『枕草子』の頭注に、「その中ば頃から篳篥の音が調子を合せて吹きのぼった、それこそただもうすばらしく」「端正な髪を持った人でもその髪が皆立ち上ってしまいそうにぞっとすることだ」とあるのはこの意味で誤読であると思われ、頷けない。

新潮日本古典集成本『枕草子 下』の校注者(萩谷朴氏)は、「いきなり篳篥の強烈でだみた不協和音が加わるので、総毛立つような気持がするわけである。諸注は、篳篥の音色のすばらしさに感動して髪の毛が立つとしているが、調子を合わせている段階で、しかも、ふだんから近くでは聴きたくもない篳篥の音に感動するわけがない。全員合奏の段階になって、交響曲の一構成分子としてのみ、その効果を認めるに過ぎない」(一一二頁)と記された。そして、本文中に配した部分訳には、「そりゃあもうひどいもの、端麗な髪をしてるような人だって、すっかり〔髪が〕逆立ってしまいそうにぞうっとすることだ」と書き入れておられる。日本古典文学大系本のように、「それこそただもうすばらしく」「ぞっとすることだ」と意不通の強引な解釈をせず、途中からいきなり篳篥のいやな音が加わったのを、「そりゃあもうひどいもの」と感じて、「ぞうっとする」とつづけたと解釈されたのは、清少納言の本意に近づいている。それにしても、「髪の立ちあがりぬべき心地す」を「総毛立つような気持」と混同し、「ぞうっとする」と解釈されたのは採らない。

萩谷氏によれば、「諸注は、篳篥の音色のすばらしさに感動して髪の毛が立つとしている」由であるが、いまこの点に限って言えば古来『枕草子』の諸注者はいったいどういう本文の読み方をして来たのであろうか。「抜頭」に見立てた清女の真意に離れること遥かに遠いと言わねばなるまい。

(59)　唐代の散楽の芸態については、浜一衛氏の『日本芸能の源流——散楽考』(昭和四十三年)の第三章「「楽府雑録」の鼓架部、俳優」に詳しい研究がある。

(60)　本文は日本思想大系『古代中世芸術論』所収のものによった。同書七五頁。文中、「舞作者非レ詳之」の部分は、「非レ詳也」または「不レ詳レ之」の誤記か。

(61)　『平城坊目考』(巻之三)奈良坂町の条の引用、および藪田嘉一郎『能楽風土記』に収録された「大和国添上郡奈良奈良坂村旧記」。これら縁起も、性格的にはかの「河原巻物」(注(46)参照)に準ずる擬文書と見て差支えないと思われる。

(62)『群書類従』五輯に所収。

(63) 近江昌司「井上皇后事件と魘魅について」(『天理大学学報』三九輯)。
北山茂夫『日本古代政治史の研究』(昭和三十四年四月)。
林陸朗「県犬養の姉妹をめぐって」(『国学院雑誌』昭和三十六年九月)。

(64) このことについては、史書にも記事が見えるが、『霊安寺御霊大明神縁起』(『続群書類従』三輯上に所収)における神話化にすこぶる示唆される点が見えている。

(65) 蟬丸を第四皇子に設定したことについては、すでに中世初頭における説話化の過程で、山科の四宮《しのみや》河原(現在の京都市東山区山科の近郊)との関係が強く意識されていた。いわゆる蟬丸説話のうち、たとえば『今昔物語集』『江談抄』などでははっきりと「会坂ノ関」とその場所を限定しているのに対し、彼の素姓を延喜帝第四皇子と設定した語り物になると、場所の設定が微妙に揺れて、ここに四宮河原との縁が浮かび上ってくる。『平家物語』(巻十)、『源平盛衰記』(巻三十九・巻四十五)などがこれである。逢坂関と四宮河原とは本来やや離れた別の土地であるが、「四宮《しのみや》河原になりぬれば、こゝはむかし、延喜第四の王子蟬丸の関の嵐に心をすまし、琵琶をひき給ひしに」(『平家物語』巻十)、「昔、蟬丸と云ひし世捨人、山科や音羽里に居をしめ、此関の辺に藁屋の床を結びて常に琵琶を弾じつつ、(中略)蟬丸は延喜第四の宮なれば、此関のあたりをば四宮河原と名けたり」(『源平盛衰記』巻四十五)などと語っているのを見ると、この両地を故意に混じさせて結びつけようとしている作為が感じられる。このことから、蟬丸における「賤」から「貴」への変身・昇格、あわせて神格化は、他ならぬ「四宮河原」の地名の存在をも媒介として果たされたものと考えることを可能にする。
　四宮河原は、他にその例が見られるように、元来は「シク河原」あるいは「シュク(宿)河原」と呼ばれていたと思われるが、仁明天皇の第四皇子で、琵琶の名手であったと言う人康親王が逢坂山麓にあたる山科の安祥寺近くに山荘を構えて隠棲し、風流な生活を送って、この地で薨じたという伝承があったことから、土地の称に「四宮」の文字を宛て、やがて「シノミヤ河原」と転称されるに至ったと言われている。蟬丸神格化の時代にこれが「シノミヤ河原」と呼ばれていた土地であるのは確実で、伝承の仁明第四皇子人康親王に蟬丸伝説を重ねた作為であるとするのには説得力がある。人康親王の薨去を悼んで小野小町が詠んだと伝えられる歌、「四の皇子《みこ》失せ給ふ翌朝《つとめて》風吹くに　今朝よりは悲しの宮の秋風やまた逢坂もあらじと思へば」(『小野小町家集』所載)の存在も、右の作為のために有効であったに違いないと思われる。

近世の盲僧集団当道において、その祖神を右の人康親王に擬し、これを「雨夜尊」と神格化して崇敬している(『当道要集』)のには、それなりの意図あってのことであるが、人康親王と蟬丸とを故意に混同させる作為が、すでに中世の放浪芸能民によって行なわれていたことは疑いないと言ってよかろう。

蟬丸の神格化をもくろむ彼らにとって、蟬丸が他ならぬ皇胤の「四宮(シグウ)」であると称えることは、格別の意味を持つことになったのだと、私は理解している。

(66)　香西精「作者と本説　蟬丸」(前出)。

(67)　篠田浩一郎「天皇制と日本語——能楽「蟬丸」をめぐって」(前出)および山口昌男「天皇制の深層構造」(『知の遠近法』)の二論文は、とくに天皇制との関係を軸にして謡曲「蟬丸」の劇《ドラマ》を検討の対象にしている。その論点にはすこぶる示唆に富むところがあり、後に私の論と交叉する点がある。しかし、両氏の見解は蟬丸が皇胤であること——すなわち伝説化された蟬丸の劇《ドラマ》に「王権の普遍的な原理が投射されている」と見なすことに視座が据えられるのであるから、とくに「延喜帝の皇子」と限定することを要さない論述であった。

(68)　村山修一『神仏習合思潮』五一頁。

(69)　林屋辰三郎「天神信仰の遍歴」(『日本絵巻物全集八　北野天神縁起』)。
笠井昌昭『天神縁起の歴史』(昭和四十八年)九三頁以下。

(70)　『遊囊謄記』(国立国会図書館蔵)の引用する「神社拾要」に、「三関皆天照大神ノ荒魂ヲ祭ル」と記すという。関明神の神格を言い得ていよう。

(71)　恒貞親王は淳和天皇の第二皇子。九歳にして仁明天皇の皇太子となったが、承和九年(八四二)、伴健岑・橘逸勢らが謀叛を企てたとして流罪となった、いわゆる承和の変に連坐し、罪なくして廃太子となった。晩年は出家して、恒寂と称した。
「恒貞親王伝」残闕(『続群書類従』八輯上に所収)参照。

(72)　「「ことのかたりごと」の系譜——琴と琵琶」(『文学』昭和三十七年八月)。

(73)　前掲『神仏習合思潮』五四頁。

(74) 近藤喜博氏は、蟬丸説話において、その「藁屋」は切り離せない関係のものであると説き、そこに蟬丸の農耕神としての一面を見ておられる。私は、この考えににわかに左袒することはできないけれども、蟬丸に天神信仰が存在することについての着目にかぎって言えば誤っていまいと思う(『稲荷信仰』一一六頁以下)。

(75) 大威徳明王像の儀軌、および「北野天神根本縁起絵巻」の清涼殿落雷の場面に描かれている雷神の逆立つ髪に留意されたい。

(76) 翁面および摩多羅神の両義的性格については、「後戸の神」および「宿神論」の両章に詳述している。

(77) 「御巻物」の内容は、左記の論文中に翻刻紹介されている。
笹野堅「駿河説経浄瑠璃資料」(『演劇学』三の二)。

室木弥太郎『語り物(舞・説経・古浄瑠璃)の研究』(昭和四十五年)の「説経の者と蟬丸宮」の章。

山本吉左右「伊那の説教師——幕末説教師の動向」(『文学』昭和四十七年一月)。

土井順一「説経者の蟬丸信仰とその芸能形態とに関する一考察」(『龍谷大学・国文学論叢』二十輯、昭和五十年三月)。

中村幸彦校注「関清水大明神説教讃語資料」(『日本庶民文化史料集成』八巻所収)。

〔補注〕関蟬丸神社の下社が保管している各種の文書が、室木弥太郎・阪口弘之共編『関蟬丸神社文書』(和泉書院、昭和六十二年)に集成収録して刊行された。

(78) 『三十二番職人歌合』は、その五番と二十一番とに、桂女と対にして「髪捻《ひねり》」を掲げている。中世における女性の賤業にこれがあり、とくに逢坂山周辺に住んだ者たちが祖神として逆髪の宮を祀っていたのであろう。

(79) 『高良玉垂宮神秘書・同紙背』(昭和四十七年)に、翻刻されている。引用は、一三〇頁。

(80) 遊女が神事に参加する例は各地に見られた。「長門志料」によれば、下関の赤間宮の先帝祭には、祭神に扈従した女性が生活に窮して遊女になったとの伝承を伝え、その故をもって神事に当たって参拝供奉するという。蟬丸を祭神とし、これに従った女性を遊女の祖とするのと同じパターンである。中山太郎『日本巫女史』(四八四頁以下)参照。
なお、近世の長野地方の被差別部落に伝えられた系図は、延喜帝から説き起こし、「第四之王相坂蟬丸王ト申而相坂御所給御座、其内御美女弐人在、其人々〔今之ィ〕白表《ママ》子傾城之〔也ィ〕」と記している(柴田道子『被差別部落の伝承と生活』三一八・三二〇頁)。

(81) いずれも柳田国男『妹の力』所収。「松王健児の物語」(『定本柳田国男集』九巻、九九頁)。「雷神信仰の変遷」(同前、六三頁)。

(82) 柳田国男氏は、盲人と笛・琵琶などの楽器と蛇との関係を物語る伝説が各地に残っていることを述べて、「今日盲目の輩の祭り仕へて居る弁天様は、御自身も亦琵琶を弾きたまふ美しい女性であるが、琵琶が此国に渡つて来ぬ以前にも、やはり盲といふ不幸な者は我々の間にあり、それが何かの方法で生を営み、もしくは因縁ある守護神に縋つて居たにちがひ無い。だからもし今日の按摩の笛が何の意味も無いたゞの偶然の残存で無いならば、曾ては笛を吹いて水底の神霊に仕へて居た時代が、彼等にはあつたのかも知れぬのである」と記しておられる(『桃太郎の誕生』所収の「米倉法師」。『定本柳田国男集』八巻、三一一頁)。

(83) 百大夫信仰の問題は、実は「百大夫＝道祖神」として単純に解決できるとは思わない。この問題については別に考えてみたい。

(84) 『和泉式部集』、『袋草紙』(巻四)、『沙石集』、『十訓抄』(巻十)、『俊頼口伝』(上)等々に見える。貴船明神にかかわるこれら和泉式部伝説は、もと貴船の祭神たる水の神に仕えた巫女の呪術であったのが、和泉式部の名と結合して歌の徳を物語る説話に成長したものであろう。池田弥三郎氏は、「いずみ」の名が「聖水を管理する信仰上の女性」にふさわしかった点を挙げて、全国各地に流布する和泉式部伝説の基盤と考えられた(「和泉式部の光と影」『池田弥三郎著作集』六巻、二三六―二三七頁)。

(85) 金井清光「鉄輪」(『能と狂言』一五八頁)。

(86) 座田司『賀茂祭神考』の引用による。

(87) 「拾遺往生伝」、「二十二社註式」他に出る鞍馬寺縁起譚。

(88) 蛇体と嫉妬深い女性を結びつける観念は古くから存在していた。『沙石集』(巻七)の「無㆓嫉妬ノ心㆒人ノ事」に、「世間ノ習、多クハ嫉妬ノ心フカクシテ、イカリ腹立テ、推シ疑テ、人ヲ戒ウシナヒ、色ヲ損ジ、顔ヲ赤メ、目ヲ瞋《いから》カシ、詞ヲハゲシクス。斯ルニ付テハ、弥ウトマシク覚テ、鬼神ノ心地コソスレ、争《いかで》カナツカシカラム。或ハ霊ト成リ、或ハ蛇トナル。

云々」と出ている。

(89) 近藤喜博『日本の鬼』二一九頁。

(90) 中山太郎『日本巫女史』(五三七頁以下)、吉野裕子『蛇――日本の蛇信仰』、石塚尊俊『日本の憑きもの』他。

(91) 本文は、佐藤謙三・春田宣校訂『屋代本平家物語』(下巻)によった。

(92) 近藤喜博、前掲書。島津久基『羅生門の鬼』他。

(93) 『定本柳田国男集』五巻、二一四頁以下。

(94) 『続群書類従』(巻九六〇)所収。

(95) 国民文庫本『謡曲全集』(下巻)所収、四七一頁。

(96) 「説話物語序説――その淵叢としての宇治の世界への試論」(『高崎正秀著作集』六巻)。

(97) 島津久基氏は、「さむしろに」の歌について、「無論、鬼などであろうようもない美しい女菩薩であろう。尤も、それは内心如夜叉の、そして余り素性のよくない商売のものかもしれぬ。正体を照魔鏡に映したら、やっぱり悪鬼の姿を現じる同じ仲間の化生であろう。だが、表面は飽くまでも、橋の袂に佇む妖艶な姫御前でなければならぬ」(前掲書、二二頁)と言い、近藤喜博氏は「橋姫は水霊のデモンに対した巫女の神格化である一面、遂に狭筵一枚で用を足している零落した女の姿も、信仰の推移によって出て来る訳のものだった」(前掲書、一八八頁)と述べられた。零落した下級宗教者である漂泊の巫女と遊女は重なり合う。

(98) 国民文庫本『謡曲全集』(下巻)所収、六七八頁。

(99) この説話も、時代の下る謡曲「姫切」(『宴曲十七帖附謡曲末百番』所収)に至ると、さらに変貌を重ねて、もはや太刀の奇特ですらなく、渡辺綱の鬼女退治になってしまっている。

(100) 矢代和夫氏の著『境の神々の物語』は、この問題に関するすぐれた論著であり、示唆されるところが多い。

(101) 『定本柳田国男集』五巻、二二八―二二九頁。

(102) 折口信夫氏は、「これやこの」の語が、古代において、関の神を讃美するものであったかも知れないと述べるのに続いて、いわゆる「坂迎え」の習俗について次のように記された。「阪むかへといふ習慣が昔行はれてゐたが、その人を迎へるところは、きつと阪である事を条件とした。京の都でいへば、逢阪である。もしかうして阪に迎へないと、峠の逆髪《サカガミ》の神に邪魔されて帰れない、といふ信仰があつて、これが邑落生活では、尠くも一度は繰り返されてゐたから、これが物語化し、歴史化されない訣はなかつた。その迎へにゆくものは女であり(昔の、巫子が神を迎へに行くといふ信仰から)、迎へられるものは、男であると考へられる。そこで、この行き逢ひの形の伝説が出来て来る」(「近江歌及びその小説的な素材」『折口信夫全集』十巻、二八九頁)。右にいう「坂迎え」の信仰の解釈は折口氏の仮説に違いないが、氏が「峠の逆髪の神」の存在を確かに把え、その役割を考えておられたことがわかる。

なお、折口氏は、「さかむかえ」を「逆迎え」の意と解する別の解釈も述べられている(「枕草紙解説」『折口信夫全集』十巻、二頁)。

(103)『当道要集』他。天夜尊なる神号については、『当道秘訣』(白井寛蔭著)に、四宮社が元来雨を掌り給う雨夜の神を祭る社であったのに、人康親王の御霊を祭る社と習合させたもので、雨夜尊と同義かとする考えを述べている。これを検討した中山太郎氏は、「天夜は雨夜にして雨神なるべし云々は、余りに詮索に堕した説で採るに足らぬ」と一蹴された(『日本盲人史』四四頁)。しかし、私は『当道秘訣』の著者の説を無批判に否定し去るべきではないと思う。本稿に引いた、廃太子恒貞親王を禁中から淳和院へ送る途上、「天爾《アメニ》波《ハ》琵《ビ》琶《ハ》乎《ヲ》曾《ゾ》打那留《ウツナル》、云々」の童謡《ワザウタ》が聞こえた(『続日本後紀』)との記事から見ても、雨と琵琶との因縁の遠くかつ浅からざることが推測され、天夜尊の伝承にはそれなりの理由があると思われるからである。なお、柴田実氏が上賀茂神社の旧社家に蔵せられていた「当道法師一宗根元記」の内容を紹介されたが、この資料では「雨夜之尊」と表記されている(「盲人法師とその伝承」『中世庶民信仰の研究』)。

近藤喜博氏は、「人康親王の疾患と仏門入りといった史実性を踏まえた当道派の案出と、四宮神社との習合は、蝉丸の醍醐帝皇子説よりは巧妙」であると見て、これを後世の創作とせず、「当道派の四宮としての人康親王説は、平家物語が成立する前後の頃には、当道衆の間には信じられておったことだったか」と考えられた(「平家琵琶以前――盲人史の一節」『文学』昭和三十六年十月)。

(104)『雍州府志』八、「悲田寺」の条に、「又以二蝉丸一為二開祖一、毎年八月二十八日掲二画像一修レ忌、相伝蝉丸在二逢坂関一餬二往来之人一、以レ此為二乞児之祖一者真可レ笑」。

(105)『世諺問答』(十二月)に、鉢叩きについての問に答える中に、「延喜の御門の皇子のかたはにまし〳〵けるが、はちたゝきの先祖となり給ひし。其教〔孝歟〕養のためとかや申」と、ひとつの伝承を記している。著者はこれを蟬丸のこととは考えず、続けて「蟬丸をめくらの先祖とし。延喜の御門の御子と申侍るも。たしかならぬ事なり」と述べているのだが、伝承はおそらく蟬丸を指していたものと思う。

(106)『駿国雑志』(巻七)所収の「瞽女縁起」に、「信心の本尊、如意輪観世音は妙音菩薩にて渡らせ給ふ故によりて、信心の徳妙音弁財天、下加茂明神、つねに祈るべき者なり。世渡守護の神なれば、疎に心得なば立所に御罰あるべきものなり」とある。越後瞽女の伝えた「瞽女式目」「御条目」「御縁起」の類も、これと同類の記事を載せるという(鈴木昭英「越後瞽女」『まつり』二十六号)。瞽女は毎年一回、所定の場所に集まって、弁才天の掛軸を奉掛し、「妙音講」を行なっていた。瞽女の信仰については、三好一成氏の「岐阜県東濃瞽女の生活誌」(『どるめん』二十号)他にもいくらかの報告がある。どの地方の瞽女も弁才天を守護神としていた。

(107)堀一郎『我が国民間信仰史の研究 二』第九編第二章、四八八頁以下。

(108)加藤氏は、当道関係の資料による守瞽神・守護神・守宮神・十宮神などを「宿神」の称で統一的に把え、これを単純に「守護神」の謂と理解されたようである。したがって、日吉山王社、賀茂社等彼らの所属して庇護を受けた神社の祭神が、彼らそれぞれの宿神であったと考えられた(同書、一三四―一三五頁)。

(109)第二章「宿神論」参照。

(110)今井野菊氏の「御社宮司の踏査集成」(『古代諏訪とミシャグジ祭政体の研究』)は、長年月をかけて全国的規模で、この称を持つ小祠を調査された貴重な労作である。同氏の『神々の里――古代諏訪物語』には、三二〇種の宛字表記例を選んで列挙しておられる。多種多彩な宛字は、それぞれにこの不思議な神の性格や属性を漢字の表意性の裡に籠めている点が興味深いが、その中に「沢小路」「邪宮神」「蛇口」「蛇宮」「社後神」などの例があるのは、いかにも示唆的である。

(111)加藤参郎「尾張地方におけるシャグジ信仰」(『日本宗教の歴史と民俗』)参照。これによると、当地方に多いシャグジ社の成立時期の記録に残っているものは、いずれも天正・慶長・寛文といった近世初頭を示しており、道祖神の造立年代のわかっている最古に属するものとほとんど同じころであることが知られる(大護五郎『石神信仰』他)。したがって、これらをもって、中世以前における原始的・根源的なシャグジ信仰の形態を推断することはできない。なお、シャグジの社が猿田彦命を祭神と称する例の多いことは、さらに別の面から検討を要すると考えている。

(112) 近藤喜博「平家琵琶以前――盲人史の一節」。

(113) 『一目小僧その他』に所収。『定本柳田国男集』五巻、一九二頁以下。

(114) 『古代諏訪とミシャグジ祭政体の研究』所載の論文。

(115) 本田安次『霜月神楽之研究』所収の「天文本神楽歌」の本文によった。六一六―六一七頁。

(116) 中山太郎「雷神研究」(『郷土趣味』三の三)。『東アジアの古代文化』(七号、昭和五十年十二月)に再録された。

(117) 水谷勇夫「埋葬される司宮神」(『どるめん』十七号、昭和五十三年五月)。

(118) 筑土鈴寛氏は、「竈神は地の神であり、火の神でもあり、又死に深く関係する神であった」(『芸能と生命様式』『中世芸文の研究』三三七頁)とも、また「弁才天が、大地母神であったことは、金光明最勝王経の説であるが、ゆゑに、密の地鎮法に、これを招請する所以であつたらう。(中略)わけて弁才天の信仰は、竈神の歴史と結ばれる因縁があつた」(『使霊と叙事伝説』『筑土鈴寛著作集』一巻、三三七頁)とも述べられた。

編注

『西鶴織留』の謎絵に類する「さかさま」の図像や歌舞伎における「さかさま」の幽霊・怨霊事・悋気事等をめぐっては、著者服部氏はこの後「さかさまの幽霊」(『文学』昭和六十二年四月)を執筆し、補訂のうえ『さかさまの幽霊――〈視〉の江戸文化論』(平凡社、平成元年十月)に収録された。論述の方向性は異なるものの、形象としての「逆髪」「髪の逆立つ女」に深く連関する重要な仕事なのでここに注記する。なお、『西鶴織留』の謎絵に関しては、信多純一氏の「西鶴謎絵考」(『語文』三十二輯、昭和四十九年九月。のち『にせ物語絵――絵と文・文と絵』平凡社、平成七年に収録)が先行するすぐれた業績である。

(川添裕・記)

付章　後戸の神をめぐる研究の諸領域
——研究史の整理と展望

はじめに

「後戸の神」を論文として公にしたのは昭和四十八年(一九七三)七月のことである。掲載誌は『文学』(四十一巻七号、岩波書店)であった。この論文は、幸いにして諸方面から予想外の評価をいただいた。

雑誌『能楽研究』二号(昭和五十一年)の「研究展望」(昭和四十八・四十九年)において、片桐登氏がこの論文を取り上げ、厚意あふれる紹介をしてくださった。当時の学界の客観的な評価の在処を、いま私自身再確認することの必要を感じるので、片桐氏にお許しを願って、ここに引用する(なお「宿神論」についても同誌三号(昭和五十二年)の「研究展望」に内容の紹介をしてくださっているので、これも併せて掲載した)。

まず服部幸雄氏「後戸の神——芸能神信仰に関する一考察——」(文学、七月)。世阿弥の『風姿花伝』第四神儀の中に見える「後戸」に着目し、そこから芸能全般の問題として考察をすすめ、「後戸」だけが持っていたはずの特殊な意義と、なぜ猿楽者たちの伝承が「後戸」に固執したのか、と問う。そして、諸寺院の「後戸」が「うしろどのさるがう」と称され、降魔除魔の秘密の行事を執行する場所と規定されていたことを確かめ、後戸が単に、後方の出入口といった文字上の意味を超えた存在で、何か神秘な神、秘すべきであるゆえに、その強力な霊の発動を惧れねばならぬと観念される秘仏が祀られていたことを検証し、「花伝神儀」の仏在所における猿楽縁起と称する説話が、実は権威ある寺院の「後戸」で演じた古猿楽の実相の伝承を、祇園精舎に仮託し創作したものに違いない、とする。さらに、「後戸」に秘されていたと考えられる秘仏の本体は、天台系寺院の常行堂守護神として祀られていた摩多羅神であって、日本で諸寺院に奉祀されてのち、比較的早く、舞楽、古猿楽ないし延年系統の芸能の芸態を背景に置き、歌舞芸能の神としての性格を付与されていた。世阿弥はすでに、その真意は解さなかったが、猿楽の古態が「後戸」の神に奉納された記憶を、円満井座に伝わる伝説の中にとどめていた、と結論する。これまで、典拠も不明で創作ではないかと判断され、放置されたままになっていた仏在所猿楽起源伝説の中の、特には意味もないかのような「後戸」の語の背景に、こうした信仰があったことを明らかにした、服部氏の功績は大きい。氏が解明された摩多羅神信仰は、翁猿楽信仰や、金春禅竹の力説する宿神の信仰とも密接に関連するものである。今後、こうした方面の一層の究明を期待したい。

まず、服部幸雄氏の「宿神論――芸能神信仰の根源にあるもの――」(文学、49年十月、50年一・二月)をあげたい。猿楽芸能民の猿楽始源伝承に登場する秦河勝はすなわち宿神であり、かつ摩多羅神でもあったことを明らかにし、その河勝＝宿神＝摩多羅神を奉祀した中世芸能民共同体の置かれた社会的地位や、秦氏の後裔と日本芸能史を担った人々との関係、さらには宿神＝摩多羅神＝翁(翁面)の信仰とその観念・根本的性格、宿神像の検討などを通して、摩多羅神がわが国の芸能の根源にかかわる神であり、その芸能神信仰の根底にあったものは、古代以来の芸能民のしいたげられた社会的地位と彼らだけが担い得た強大な呪術的職能の本質でもあった、とする。氏の前稿「後戸の神」と一対をなすべき論考で、芸能と芸能史と芸能民共同体の本質を究明したすぐれた論文である。猿楽側からの資料である「風姿花伝(神儀)」、「明宿集」などはもとより、既刊・未刊の史資料を博捜され、深い読みに支えられて解明された「宿神論」の功績は大きいと思う。なお、氏には「宿神論【補訂】」(文学、六月)もあって、宿神が、王朝時代の宮廷芸能担当者の祀った「すくう神」の伝統を受け継いできた一面のあることをも論じておられる。

「後戸の神」は、昭和五十六年(一九八一)に編纂された『日本文学研究資料叢書 謡曲・狂言』(有精堂出版)に再録されている。内容については、誤植等の訂正を行ない、図像への言及を一点増やしているが、それ以外は加筆することをせず、初出の本文のままにした。本書の第一章とした本文は右の書に掲載されたものを用いたことを明記しておく。この書物が編纂出版された昭和五十六年、私はすでに「宿神論」「逆髪の宮」の二篇(いずれも雑誌『文学』に連載)を完結させていたので、編者の八嶌正治氏はこれらの論考にも触れて、要領のいい紹介の文章を書いてくださっている。これらの論考はいずれも本書『宿神論』の内容を構成する主要部分となっているので、八嶌氏のお許しを得て、これも引用させていただくことにする。

猿楽座が、田楽の能、延年の能を取り入れつつ、中世最大の芸能になり得た宗教的要因を探り当てたのが、服部幸雄氏「後戸の神——芸能神信仰に関する一考察——」の論考である。天台顕教面に於ける後戸の神として、本尊と一体になり、陰陽の陰の側面を担う今来の神としての性格である。後戸の神は、六勝寺等の大寺の阿弥陀堂・金堂・常行堂等の後戸にまつられる摩多羅神であり、それだけに広く深い信仰を集めていたものと考えられる。

この観点は、より範囲を広めながら「宿神論(上)(中)(下)——芸能神信仰の根源に在るもの——」及びその補訂(『文学』

昭49・10、昭50・1、2、6)へと深められ、その副題にあるように、日本の芸能神信仰の根源に迄探りを入れる事になるのである。この論文に於いては、宿神信仰=摩多羅神信仰は、二種の異った信仰のされ方をしている事が結論として導き出されている。即ち、一つは、戦前から問題にされていた側面で、「それ自体が辺境の守護神であり、秦氏の後裔にとって一族共同体の祖神として奉祀される形」のもの、次いで芸能神としてのそれで、「天台系(慈覚系)の寺院の常行堂の後戸に、仏法の守護神として祀られ」「この方の祭日、すなわち摩多羅神祭は、修正会の行事の中で行なわれた」とされているものである。その、呪師・追儺式の呪法の形態は大陸から渡来したと考えられ、この呪師猿楽を媒介する事によって、後戸の神と猿楽芸能民との深い関係が説明された事になる。ここに、「風姿花伝・神儀篇」「明宿集」「八帖本花伝書」の関連事項が、微妙に照応し合い、中世猿楽芸能民の信仰形態が浮かび上ると共に、林屋辰三郎氏が『中世芸能史の研究』で、能・狂言を扱うに、古代芸能からの流れや、秦を称する楽人達迄も扱わねばならなかったその幅の広さに、又、別の視点からその必然性を与える論拠にもなっているのである。「翁」信仰を雄大な背景を持って捕え、未開拓分野に光を当てた論考で戦後の屈指の視点であろう。この視点はさらに応《ママ》げられて「逆髪の宮――放浪芸能民の芸能神信仰について――(上)(中)(下一)(下二)」(『文学』昭53・4、5、12、昭54・8)に及び、芸能民共同体の本質を見極める姿勢を確立している。

右の八嶌氏の解説の文の中には、摩多羅神祭祀の在りようについての誤解がある。このことは第一章「後戸の神」をお読みいただけば明らかなとおり、もっぱら当時の私論の未熟さに起因するのであり、私は八嶌氏にお詫びしなくてはならない。私の誤解の詳細に関しては後に述べることにする。

「後戸の神」を公にしてから、すでに三十数年の歳月が経過している。この間に積み重ねられた研究の成果にはまことにめざましいものがある。折しも中世の社会史的研究の深化という学界状況を背景にして、私の予想をはるかに超える幅広い諸領域への広がりを見、加えてそれぞれ細分化された分野における研究の進展を得るに至っている。『祭礼文化史の研究』[福原一九九五。当形式での文献への参照は、以下すべて巻末の主要参考文献目録中の当該文献を指す]の中で、福原敏男氏は「一九七三年に発表された服部幸雄「後戸の神——芸能神信仰に関する一考察」は芸能史・国文学・歴史学・宗教学・思想史・民俗学・建築史等の脱領域的分野で展開した後戸論・摩多羅神論の導火線となった」と記された。たしかに、ここに挙げられた広汎な諸領域に亘って研究が推し進められた結果、三十数年以前に私が小論を発表した時点では、まったくわかっていなかった事柄が次々と明らかになり、それによって私の旧説はかなりの部分に修正を必要とする状況となっている。提起した問題の重要性を認めていただいたことが前提であるのはむろんであり、研究者の一人としてこのような嬉しいことはない。一方、こうした文字どおり日進月歩の急速な学問の進展を目の当たりにする時、私の旧説はもはや古色蒼然として光彩を喪った雑文章と化したような気持にもなってくる。

しかし、その後に出版された『中世寺社信仰の場』[黒田一九九九]において、黒田龍二氏が、服部の「後戸の神」「宿神論」は前掲各論によりいくつかの修正を要しつつも、なお光芒を失わぬ」と書いてくださったのに励まされ、根本的な考え方に関しては重大な誤謬のなかったことに安堵を覚え、同時にこの論文の幸せを感じている。「後戸の神」に関する研究は、当時たまたま私のそれがいくらか諸氏に先行していたために、「コロンブスの卵」のような光栄を担う結果になったのであるが、この課題そのものの担う意義の大きさからすれば、遅かれ早かれ誰かの手でなされたに違いないことだから、手放しの自讃に価するなどと思っているわけではない。

本章では、「後戸の神」以後において展開し、以前とは格段の進歩を示すことになった研究史を振り返って、論点の所在を明らかにするとともにその整理を試み、併せて今後の研究上の課題を展望しておきたいと考える。このことは、すでに諸氏の論文中の研究史叙述においてなされているところであるけれども、拙論の発表に端を発したことであり、研究の内容が諸領域に分かれてそれぞれ個別に行なわれた例もあるため、ひとたびは私自身がこの綜合的な作業を行なう責務があると感じての所業に他ならない。

巻末に掲載した「「後戸の神」「宿神論」関係主要参考文献目録」の論文発表年次(一覧して年次がよりわかりやすいよう、文献目録では西暦・和暦の順に記している)に注目していただけばわかるように、この課題をめぐって行なわれてきた活発な研究は、平成五年(一九九三)以後ようやくその数を減じ、明らかに一つの段階を終えたように見受けられる。精力的に論文を発表してこられた研究者たちの多くが、それぞれ当該の論文を収載した学術研究書を相次いで出版された。したがって、現時点は私が研究史の総括を試みるためにもっとも適していると考えるのである。

本章の作業は基本的には、旧稿の内容についての誤謬を訂正ないし補正し、現段階における斯学界の研究水準に照らして誤りなきを期すべく行なうものである。加えて研究史を踏まえ、現在私が考えているところをも明らかにしておこうと思う。なお、以下では敬称と敬語表現を略させていただくことを諒とされたい。

第一節　「後戸」の成立とその概念

服部論文以前

「後戸の神」を公にした時点にあって、「後戸」という言葉について述べられた文章は、管見に入る限りでは一つも存在していなかった。『風姿花伝』の注釈も、丁寧なものは多くなかった。明治四十二年(一九〇九)二月に能楽会から発行された吉田東伍の『世阿弥十六部集』によって本文の全貌が世に知られるようになって以後、野々村戒三の『校註世阿弥十六部集』(春陽堂、大正十五年)、野上豊一郎校註『花伝書』(岩波文庫、昭和二年)、能勢朝次の『世阿弥十六部集評釈　上』(岩波書店、昭和十五年)、西尾実他校註『風姿花伝』(岩波文庫、昭和三十三年)、金井清光校註『花伝書新解』(明治書院、昭和三十三年)、西尾実他校註『歌論集　能楽論集』(日本古典文学大系本、岩波書店、昭和三十六年)、川瀬一馬校註の『花伝書(風姿花伝)』(講談社、昭和四十七年)などの書が出版された。『風姿花伝』の研究は活発で、本文の翻刻紹介とともに注釈の作業もかなり進んでいたにもかかわらず、「第四、神儀云」の章に関する限りは、内容がきわめて特殊であること、成立事情が他の章と異なっていると考えられたことなどの理由から、研究が遅れていたと思う。

これらの書に即いて当該部分を参看するに、「御後戸」「後戸」の語に注釈を付したのは、わずかに能勢、西尾、金井の三人だけであった。しかも、第一章本文中に引用して記したとおり、その解釈は「後方の室」「後方の出入口」というを出なかった。本文に注意しなかったけれども、能勢が底本とした吉田本の「後戸」に「ナンド」の振仮名があったことは、もっと注目すべき事実だったように思う。あらためてこの点に触れておきたい。この振仮名を参考にして、能勢は「御後戸」に「おなんど」の振仮名を振り、「納所《なんど》は元来は衣服器具等を収めておく室をいふ語であるが、ここでは、精舎の後方の室といふほどの意に用ひたものであらう」と注を付したのである。能勢はこの書の本文校訂に当たって、吉田本を底本としたが、振仮名のうち「平仮名を用ひたものは、読者の便を思つて、私見で加へたものである。従つて(中略)平仮名の振仮名はすべて私の責任である」と記している(凡例)。能勢は吉田本にある振仮名に導かれて、「後戸」を住居の「納戸」になぞらえられる室(空間)であると理解したのは疑いない。後戸の空間が納戸と共通する性格を持つ特殊な空間であることは、後に高取正男らによって積極的に論述され、これをめぐっても賛否の論が展開される(次節参照)のでもあるが、吉田本の筆者が、その書写の時点(寛永ごろとされる)において、当該本文の「後戸」を「ナンド」に擬する認識を持っていたらしいことに注目しておこうと思う。

小田論文の成果

服部論文に続き、その六年後にあたる昭和五十四年(一九七九)に発表された高取正男「後戸の護法神」[高取一九七九]において、「後戸」の名称と概念についての新知見はなかった。昭和六十年(一九八五)、中世社会史研究者である小田雄三の発表した「後戸考　上」[小田一九八五]において、この点に関しての飛躍的な進歩が示された。すぐれた成果をあげた論文として高く評価されよう。

小田はこの論文において、中世の史料に散見する「後戸」の語の用例を検討して、これらには寺院の堂の背面中央に設けられた出入口としての(堂の内と外との境界としての)「戸」を意味する用例と、堂内の仏壇の背後の「空間」を意味する用例とが存在することを指摘した。その上で、「後戸」の語は十一世紀後半(院政期)から使用されるようになり、鎌倉期の前半に定着したもの、「後戸はすぐれて中世的な空間」とみてよい、とその成立時期を特定した。そして、この時期になぜ「後戸」という特殊な空間が成立したのかについて、建築史家井上充夫の『日本建築の空間』[井上一九六九]他の業績を踏まえて、寺院に来迎壁(仏後壁)が成立した時期とその事情を論じ、仏堂の正面性の発生およびそれに伴う仏の「うしろ」の空間の成立、加えてその〈場〉には「見てはならない」という禁忌が発生したことについての論述を展開した。

小田が史料に基づいて析出した「戸」としての「後戸」の概念は、①寺院の堂の背面中央に設けられた戸で、堂につねに設けられねばならないものだった、②この戸は、平素は閉ざしてあるべきもので、みだりに開くことは禁忌とされていたことであり、機能面からいうと、③ある種の仏事や法会の儀に際して、脇役の僧あるいは﨟次の低い僧が入出堂する場合に利用する、出入口だったこと、の三点にまとめられる。

次に、特殊な「空間」を意味するとみられる二つの例をあげた。一つは『古今著聞集』巻二—五十八話「蓮華王院後戸辺に功徳水出づる事」であり、一つは『沙石集』巻二—一話「仏舎利感得シタル人ノ事」である。

前者は、早く黒田日出男が「広義の開発史と「黒山」」(『民衆史研究』昭和五十五年五月)に引用し、私も注目していた史料である。

小田はこの文章に登場する「兵士」は「承仕」の誤記と指摘した。このことは「後戸考 下」において、「後戸」と「承仕」(後戸方とも呼ばれたという)との密接な関係の考察へと展開する小田の論にとって重要な一論点になっている。いずれにせよ、この例をもって「後戸」が仏壇の背後の「空間」を指しており、しかもそこは醴泉が湧出する奇瑞を見る〈特殊な場〉であったとすることに問題はない。高取もこの用例を引いて、後戸の神秘性を論じている。

そして、後者はきわめて興味深い説話である。

仏舎利を得たいと念じていた入道が太子廟に参籠して祈誓をかける。ある夜、老僧の夢告によって、傍らに寝ていた「アルキ御子(巫女)」に導かれて浄土堂の「後戸」に赴く。ここで巫女は脇にかけてある守の袋から六、七寸の水精(晶)の塔を取り出す。これによって、常夜燈の光も届かぬ暗闇の後戸の空間がキラキラと輝いて明るくなった。巫女はこの舎利塔の中から十粒ばかりの仏舎利を出し、ここから一粒を選んで取るようにいう。入道は「われに有縁の仏舎利がいらっしゃったら、その相をお示しください」と合掌祈念すると、一粒の舎利がまるで虫のはうようにはい寄った。感涙にむせび、その舎利を頂戴した。廟の御前へ戻り、素姓、住居、名などをたずねたが、巫女は「寂静」とだけ名乗ってそのまま消える。誰もこの巫女のことを知らなかった。

これが全文の概略である。この説話では、後戸の漆黒の闇の空間は仏舎利の秘めやかな授受が行なわれた〈聖なる空間〉〈聖なる場所〉とされているのは明らかである。小田はこの点を指摘して、「後戸が単なる空間ではなく(中略)聖なる空間・場所としての性質を有する」と結論づけた。

小田が指摘したとおり、神聖なる仏舎利の秘儀的といっていい授受は、わざわざ浄土堂の暗黒の「後戸」空間に赴いて行なわれねばならなかった。「後戸」の空間に、そういう〈トポスとしての聖性〉が備わっていたと考えないわけにはいかないだろう。

いま一つ、小田があげた史料に「文永五年八月日実相寺衆徒言上状」がある。このうち、仏物私用の罪について記す条に、各用途料の米は境内堂舎の後戸に納めて置き、その納下については院主と寺僧との合議を経て行なうようにすることが提案されている。つまり、後戸の空間には倉庫的な機能があったのである。しかも、その空間は単なる倉庫ではなかった。仏物が仏物として安定的に保管される場所、それが僧物や人物に私用・互用されることのない場としての倉庫だったとする。そして、その意義として「後戸はその堂舎の本尊(仏)が所有する空間である」ゆえと考えたのであった。この考え方に対して、後述する山岸常人「「中世仏堂」における後戸」[山岸一九八六]は妥当ではないとして、「仏物の誤用が防がれるのは後戸に納め置かれているからではなく、仏堂内であればどこでも仏物を保護することはできたと思われる。仏堂の中で後戸が蔵として使用し得る場合に後戸に納置されたにすぎない」と批判している。後述するように、山岸の当該論文は「後戸」の神秘性や神聖視の強調に対して慎重な立場で論じられているから、あえて小田の採った解釈に否定的な言及をしたのであろう。

以下、小田は「後戸」に祀られた神仏についての考察を展開し、法隆寺金堂後戸の白檀地蔵菩薩、台密系寺院の常行三昧堂の後戸に祀られた摩多羅神、東寺西院御影堂の不動明王像の背面に北向きに安置された太子の等身御影木像の例について検討を加えた。これらの中ではとくに摂津国勝尾寺の常行堂の後戸の摩多羅神に注目し、寺物＝常行堂置米が互用、私用、犯用されることのないように、その監視を摩多羅神に願っていると解される史料(嘉元二年二月日摂津勝尾寺年行事連署置文)のあることを紹介した。勝尾寺の常行堂の後戸に摩多羅神が祭祀された時期は、一二〇〇年前後から一三〇〇年前後までの一〇〇年ほどの間のことと推定し、「摩多羅神は中世が生んだ新たな神であり、この神の出現の前提には、秘めやかな空間としての後戸の成立があった」と論じている。

摂津勝尾寺の常行堂後戸の摩多羅神に監視を乞うた史料が常行堂置米の寺内貸付(出挙)に関わるものだったことは、小田がとくに注目するところであった。小田は「古代・中世の出挙」[小田一九八六]の論文の中にも、実相寺、勝尾寺、東大寺法華堂(二月堂)の後戸の「憑文《たのもし》の庫蔵」の例を引き、「このような聖なる空間＝後戸、あるいは仏教的外被の陰に始源的信仰をうかがわせる後戸の神と、出挙や金融が深く結びついていたことはほぼ間違いなかろう」と興味深い説を主張している。ここでは、平泉毛越寺常行堂の摩多羅神が作神様ともされ、祭礼の日に、大麦、小麦、粟、大豆、小豆、麻種などのもみ種をたくさん奉納しておくと、希望者はこれを借りて帰って家の種に交ぜて蒔き、翌年に二倍にしてお返しするという民俗習慣があること(本田安次『延年』[本田一九六九]の紹介)を援用し、これも中世の出挙とのつながりの上に位置するのではないかと想定している。

なお、この論文で展開された後戸の置米と出挙や金融との関係の課題は、かつて笠松宏至が「仏物・僧物・人物」[笠松一九八〇]で論じた中世法制史上の重要な論点を受け継いでいたといえる。

これらの事例の検討を経て、小田は「後戸に祀られた神仏は本尊の守護神」であること、そしてそのような守護神がとくに「後戸」に祀られたのは「後戸の空間としての成立および空間としての特質による」ことを確認した。

続いて、後戸は中世後期以後、一般に「うしろどう」と呼ばれ、「後堂」と表記されるようになったとし、文献には「裏堂」「後殿」の名称も現われることを指摘している。服部が「宿神論」の中に、説経節の「しんとく丸」の例を引き、四天王寺の引声堂の「うしろどう」を別棟の堂と誤解したこと、また主人公の復活・再生は後堂に祀られた摩多羅神の神威によって果たされたと解したことを批判しつつ、さらに高取の立説をも踏まえ、「仏堂の縁下」という中世に発生した空間の意義を指摘した。仏堂の建築が古代の土間から中世の床張りに変ることにより、来迎壁の成立による内部空間の分裂と同様もう一つの分裂がもたらされたとする。すなわち、「仏の足下に成立した庇護された空間」が成立したと説くのである。この床下空間に遺骨(聖宝としての人骨)を埋納することのあった例をあげ、これも後戸と同様に歴史的に成立する聖性を宿す特殊な空間であったと主張した。小田は「仏のうしろ」と「仏の下」という、いずれも中世に成立してきた仏堂の闇の空間にこそ、特殊な霊力の発動を感じ取った中世人の心性を発見したといっていいように思う。

論文の中で十分に解明されたとはいえなかったとしても、高取の主張を踏まえつつ、床下空間の持つ特殊な意味を考えた小田の志向は高く評価されよう。これ以後、床下空間、床下祭祀の問題はさらに黒田龍二、丹生谷哲一両名の研究に発展的に受け継がれ、大きな実りを得ることとなった。

「後戸考　下」[小田一九八六]では、先の『古今著聞集』の説話を分析することから「承仕」の職掌の追究に進む。承仕とは仏の占有空間だった仏堂に日常的に出入りする者であり、「仏に仕える侍者、仏奴」である。彼は堂内に常灯をともし、仏に仏餉をささげ、鐘を撞き、供花、供水など堂の管理、維持、仏前の荘厳の任務のすべてを担っていた。その承仕が「後戸」とも「後戸方」とも呼ばれ、空間としての後戸と密接な関係をもっていたらしいことに注目した。結論的には、承仕は法会に必要な種々の物を調達し保管すること、すなわち収納空間としての後戸の管理をしたことから、とくに「後戸方」と呼ばれたと推定している。その任務は後世の武家社会における納戸方、納戸奉行、納戸役と呼ばれた人々の職掌と同様だったと考えた。承仕は堂衆、行人、床衆などとも呼ばれ、彼らが裁判および高利貸付(出挙)にかかわる社会活動を行なっていたとみられる資料が存在するという。この点が中世社会史家である小田にとっての最重要の論点であることは、すでに述べた。

小田の「後戸考」は長大なる論文である。問題を中世の寺堂建築の特色である「後戸」にしぼって博捜した史料に基づく緻密な論述であり、いくたの新見に富んでいた。小田には、これとほぼ時を同じくして発表された「中世の猿楽について――国家と芸能の一考察」[小田一九八五]もある。

中世仏堂の成立と後戸空間

建築史家山岸常人の構築した「中世仏堂論」は多くの遺構の調査に基づき、文献史料の博捜とその分析を加えた周到にして緻密な立論であり、間然するところがない。すぐれた成果であったと思う。山岸は『中世寺院社会と仏堂』[山岸一九九〇]他において、仏堂の内部に「空間としての「後戸」」が成立してくる過程と時期について、おおよそ次のように論じた。

古代仏堂の内部はいっさいの間仕切りのない単一の空間だった。その空間は本尊を納める容器のような単純な空間構成から成り立っていた。それは回廊、中門を備える平面的な空間において営まれた祭儀のあり方と深くかかわっている。そのような古代仏堂の形式が崩壊し、祭儀や僧侶の日常的な作務のすべてを仏堂の内部で行なうようになった時、内部がいくつかの空間に区切られた形式の、いわゆる「中世仏堂」(山岸の命名にかかる用語)が成立する。その象徴的な存在の一つが「後戸」空間の成立である。「後戸」という用語が史料上に明確になるのは、十一世紀になって以後のことであり、その初期には仏堂背面の扉口を指していた。そして、扉口周辺の空間は「後戸又庇」「後戸辺」のように記されていた。一定の広がりのある空間を指す用語としての「後戸」概念が確立するのは十二世紀のことであり、このことは「内陣」「礼堂(外陣)」「後戸」「局」「堂蔵」と、その内部がさまざまな性格をもつ空間によって区切られた「中世仏堂」の成立と一体の事柄として把握すべきだとする。

山岸によって、空間としての「後戸」成立の時期が史料的に明確にされ、これが以後に展開する「後戸」研究の基本的な認識となった。山岸によって指摘された「後戸」空間の諸機能については、次節に紹介する。

第二節　「後戸」の観念と機能をめぐって

高取論文の意義

高取正男の「後戸の護法神」[高取一九七九]は、昭和五十四年に発表された。山路興造による一連の研究[山路一九七五、七六、七八]に次ぐ、きわめて早い時期に発表された、卓越した論考であった。高取の立場は宗教史の民俗学的研究、換言すれば「宗教民俗学」の方法で一貫している。高取は後戸および床下の持っている特異な性質と、ここに祀られることになった護法神に対する信仰を「民俗信仰論」の課題として追究した。この論文は服部論文(「後戸の神」および「宿神論」)を踏まえ、これに部分的な修正を加えつつ、独自の後戸論、後戸信仰論を展開している。

高取の論文は、服部が「後戸の神」と「宿神論 中」において、後戸および四天王寺の引声堂の後堂の床下に霊威猛々しい神(摩多羅神)が祭祀されていたと考えて論を展開した内容を受けている。高取は、服部が説経節「しんとく丸」の例をあげて考察した際に、「後堂」を別棟の建物と理解していたことの誤謬を訂し、「後堂」と「後戸」とは同じもので、堂背面の空間とすべきだと述べた。まさにそのとおりであった。私の誤解は、狂言の「金津」「仏師」「六地蔵」などに登場する「後堂」がいずれも内密で物品の受け渡しをするために選ばれた場所であり、別棟の建築物を想像させる表現と現行の演出になっていることから、私がこれらを知っていたがためにかえって生じた誤解だったことを反省する。いま一つは、仏堂の後戸なり、床下なりに、摩多羅神のように霊威の強烈な神が祀られていたとして、それは霊威の猛々しい障礙神だから「後戸」や「床下」に祀られたわけではなく、もともと神聖視されるべき特殊な場所があったところに、そこに祀るのにふさわしい神格を持つ神が勧請されたと考えるべきだという。服部の論文においては確かに考えが未熟だった点についての指摘であり、これによって訂正を迫られることになった。

高取がこの論文で論じようとした主旨は次の二点と思われる。一点は、在来から信仰されてきた土着の神仏がある処へ、新しく渡来した勧請神をあわせて祭祀することがある。その時は、ただ単に霊験あらたかな神が渡って来てそこに祀られたというに止まらず、「迎えられる神(勧請神＝今来の神)」と「迎える神(土着神)」とのダイナミックな相関、共鳴の関係が生じる点を重視しなくてはならないという主張である。迎えられた神は、迎えた側の土着の霊威を重ね合わせることで、その神威を一段と増したと考えるわけである。いま一点は、住居や仏堂の「おく(奥)」「うしろ(後)」にある空間そのものに神聖観や霊能が存在すると観念されていた事実の検証、確認である。後者の立論に当たって、高取は民俗信仰の一つ、民間の住居における「納戸と納戸神」との共通性を中心に据えた。すぐれた視点であり、鋭い考察であった。この二つの論点は決して別々の論ではない。後者は、前者の思考の構図の内にある、一の有力な事例の位置にある。

日本古来の民俗信仰は重層構造を保持してきた。祀られる神に序列と層序があった。高取は今和次郎の説を援用しつつ、日本の民家構造の特質として、中央・地方の有名神社や村の鎮守の祭神を勧請したものと、土間・納戸・便所など隠れた場所に祭られる名もない神があることを述べ、後者――竈神・納戸神・井戸神の類は「土着の神」であり、これらは障礙神で、精霊的な性格をもっていると説く。そして、外からの勧請神は土着神を統摂することで、より強力に繁栄を保証するとする。民俗信仰の重層構造を原基として、土着神と勧請神との相関関係が捉えられている。このように、土着と外来の神仏祭祀の重層構造を重ねる方法で「後戸の神」の本質を解こうとした点に、高取の明確な論旨と目的意識を見ることができる。高取は「後戸の護法神」の信仰を神社や仏堂における「後戸」の神の問題にとどめず、日本古来の民俗的な信仰形態の特徴に重ねてするわけで、この論点はきわめて明解であり、高取以後の論者諸氏とは異なった視点、立脚点を確かに据えていた。このことを正しく理解した上で高取説を評価したり批判したりした論者は、意外に居なかったように思われる。

高取は民家の納戸に祭られる納戸神の性格を、神社・仏堂の後戸に祭祀された「後戸の神」のそれと比定的に見ようとした。まず納戸の出現と成立を述べ、納戸はその家の主婦の管理下にあり、女性の手で祭る例が多いことに注目した。この叙述の内容は、主として石塚尊俊の『日本の憑き物』(未来社、昭和三十四年)、今和次郎の「住居の変遷」(『日本民俗学大系　六』平凡社、昭和三十三年)に導かれた立論である。家の寝室をめぐるさまざまな伝承から、納戸は日本の家屋構造において外部との接触を拒む閉鎖的な〈空間〉であったこと、ここを「かつて聖なる秘所とする感覚は明らかに存在していた」ことを指摘し、井上充夫の空間論を引いて貴族の住居の寝殿造りも同様の構造の空間と見て、寝殿の塗籠の秘所性を示唆した。塗籠は「もっとも聖なる秘所として外界と隔絶された私的な空間」「いちばんたいせつなものを秘匿する不可侵の場所であった」と述べて、内侍所の神鏡に論を導いた。清涼殿の夜御殿、寝殿の塗籠、民家の納戸は同質の空間とみて、座敷ワラシ(その家の守護霊)が住み着く場所である点で、納戸神の信仰と根拠を同じくすると考えた。そして、天皇の守護神として内侍所の女官に奉祭されていた守宮神の問題に展開した。服部が

「宿神論」において論及した内容を踏まえ、『続古事談』の医道の家の守護神である守宮神が典薬頭丹波雅忠の夢に現われて近く起こる火難を予告した話、『栄花物語』(花山尋ぬる中納言)が記す例を引き、内侍所の神鏡に「天皇の身辺や内裏の安全を守る霊威力のこめられた」呪物性を認めている。そして、賢所(内侍所)はそうした守宮神の住みつくにふさわしい〈場所〉の性格を色濃くとどめていた点を重視している。

最後に、この貴族の起居した住居の構造と寺院の主要堂舎の内部構造は原理的に同じだったことを、貴族がしばしば私邸を浄捨して寺院にした例のあることなどを引いて述べている。この点もすでに今和次郎が「住居の変遷」の中に示唆していたところである。

後に、黒田龍二は「後戸の信仰」[黒田一九八七]中の研究史の部分で高取論文を高く評価し、基本的にその論旨に賛意を表しつつも、「住宅と堂舎とを直接に対比しておられる点、また心情的空間意識と現実の空間構成との境界がやや曖昧なまま考察が進められている点で、論旨の不明瞭感は拭えない」と批判している。

高取論文を要約すると、寺院の後戸はそこに摩多羅神、執金剛神、赤山明神といった強力な障礙神が祀ってあるから霊験あらたかな秘所なのではなく、当初からその種の神を祀るにふさわしい場所だからこそ、これらの神が祀られたという主張である。いわば「後戸」という場所、その〈空間〉のもつ特殊な聖性を説き、「後戸は、まさしく後戸であるということで特別に神聖視された」という。

なお、高取論文は、〈場所の聖域性〉を説く部分に、出雲大社の素鵞社における後戸の床下参籠の例を挙げた。このテーマは後の諸論文によって大きな進展を見せ、成果をもたらした。

高取の論はこの段階の研究として非常にすぐれたもので、服部の誤解も訂正された(なお、納戸神と後戸の神との共通性を考える高取の論は宗教民俗学の方法によったもので、以後、石塚尊俊・宮田登・飯島吉晴らによりさらなる展開を見せる)。

高取の第二論文

高取正男は二年後の昭和五十六年に「民俗と芸能――芸能未発の部分」［高取一九八一］を発表する。芸能史研究会編『日本芸能史　一』の巻頭に据えられた文章であった。講座ふうの企画の一章なのでその制約から自由ではなく、全体として啓蒙的な書き方になっている。ただしこの文では、前の論文「後戸の護法神」にはまったく触れられなかった修正会・修二会と翁舞（すなわち芸能史の関係）が取り上げられた。ここでは主として山路興造による先行論文の成果が参照されている。高取は、山路の「翁猿楽異考」［山路一九七六］の所説を援用し、後戸での芸能は仏教とはあまり縁があるとは思えない民俗信仰と深くかかわっていると予測する。つづいて『風姿花伝』（神儀）の説話を引き、服部論文の所説を紹介しながら「後戸」のもつ神聖感について説明する。以下、床下参籠、後戸の霊験などを述べた後、年初予祝の民間行事であるオコナイについて説明する。ここでは、五来重「正月のオコナイ」［五来一九七六］を援用してオコナイと寺院の修正会・修二会との共通する性格が説明される。そして、その際の音響に注目し、「修正会・修二会のオコナイに参詣者が発する音響は、悪魔はらいの呪法に止まらず、もっと積極的に祈願のすじの成就を求め、これを確実にするための呪術だった」とした。このあたりの叙述はすでに民俗学の常識だったと思うが、この講座の読者のために必要だったのであろう。話題を転じて、貴族の住居から寺院の建築への道、庇の間の成立――塗籠や中隔といった密室部分の発生――、納戸神と後戸の神との関係、守宮神の示現、座敷ワラシ、蹴鞠の明神、護法童子、賢所の守宮神、納戸に収納した種籾（納戸神の依代にした例）、ナンドと寝殿の塗籠とは同質の空間であることなど、総体的に前説を読みやすく概説した観がある。音響＝乱声に関する論は、これ以前の昭和五十三年（一九七八）の研究会において発表されたとの断りを添えて、没後の出版である『祭りは神々のパフォーマンス』に掲載の「神霊示現の音と演出」[高取一九八七]に再述される。

結論の部分で、高取は後戸の芸能の呪術性を音声（音響）との関係によって捉え、それが雅楽の乱声、能楽の「真の来序」と同じく発生儀礼に始まったものであり、「必然的にその芸能は、社寺の後戸に住む眷属の諸精霊の霊威を喚起する呪術につながり、年徳神をナンドに迎えてナンド自身の霊威の再生をはかる民俗行事と、発想の根拠は見えない所で通じあってきた」と言って、民俗を通して「芸能未発の部分」をとらえる作業の重要性を強調して、この文を結んでいる。それは原始的な宗教・呪術と未分化だった日本芸能の本質を考えるべきだとする点で、新しい時代の日本芸能史の研究に示唆を提供する文章になっていた。この文章は長大なものだが、内容的には新鮮で目を見張るようなものはない。仏教行事としての修正会・修二会と民間の民俗行事であるオコナイと共通する信仰基盤を説いた点が当時としては新しかった。最後の音響の件は、全体の論旨との間に密接なつながりを欠くように思われる。結論に対しての異論はない。

この論文は啓蒙的な書物に掲載されたために、高取正男の「後戸論」は多くこれによって世間に知られているが、内容的には「後戸の護法神」がすぐれており、刺激的であったと思う。高取の第二論文が、この課題のもつ超分野的な広がりとその重要性を幅広い研究者や一般読者に知らせ、普及した功績の大きさを評価するのは当然である。

「後《うしろ》」への注目

昭和六十一年に発表された渡辺衆介の「「後戸」と「後の方《うしろ》」」[渡辺一九八六]の論文には、興味深い指摘がなされていた。渡辺は『今昔物語集』所収の説話から、「堂の後」「後の方」の表現によって語られている物語の内容を紹介し、中世人が「うしろ」の〈位置〉〈方角〉に対して抱いた感覚——聖性・聖域性——をめぐっての考察を行なっている。

渡辺は『今昔物語集』の巻二十七(第十六)の「正親太夫□若き時鬼にあふものがたり」、巻十一(第十二)の「慈覚殺大師唐にわたり顕密の法を伝へて帰り来るものがたり」、巻十四(第四)の「女法華の力により蛇身を転じて天に生まるるものがたり」を掲げ、これらの説話に認められる共通性から、無住の古い堂や家屋の「後の方」は正体の知れない怪しい女、死霊、鬼など恐ろしいものが住む方角と観念されていたらしいことに注目した。併せて、やはり『今昔物語集』巻十五の第二十七、第二十八、第三十の説話で、俗聖たちの持仏堂がいずれも住家の「後の方」だったとされていること、彼らはその持仏堂の中で往生を遂げていることを参考としている。渡辺は菅野雅雄が「黄泉行神話の一考察――後手劔と死霊追蹤阻止」(『国学院雑誌』昭和四十年十一月号)で、「元来、「後《うしろ》」にまつわる印象は、葬儀の習俗の中に、かなり見出だされる」として民俗の事例を掲げているのに示唆を受け、「「うしろ」は死者の霊の不気味に蟠る方角であり、そこから死者が手を伸ばし、生者を己の空間にとりこもうとする」のだと解釈した。同じく『今昔物語集』巻二十七(第十七)の著名な川原院の怪異の説話で、融の霊が「西の台の塗籠」から出現したことを引き、高取の所説を踏まえて『今昔』の説話の後方の鬼・霊達と後戸の神とは、祖霊・家霊の変形・発展形態として共通する。そして、葬儀の死霊追蹤阻止の呪術における「うしろ」は死霊達の空間である。「うしろ」に対する畏怖感は三者に共通し、その各々が同じ民俗的思惟を基底とすると言えるだろう」と結論づけた。次に「後戸」の表現で語られた資料から、寺院の後戸が天狗・魔物の出入りする場所と観念されていたと考えられる事例を紹介し、さらに戌亥、辰巳がさまざまな神、霊の存在する方角と見なされていることに言及している。最終章では、『源平盛衰記』に源三位頼政の首を隠した場所として「後戸の板敷の下の壁をつき破って隠し入る」と見える(『平家物語』長門本にもこれに似た表現がある)ことに着目し、かつ『台記』(久寿二年十二月十七日の条)に死者を福勝院護摩堂の板敷の下に埋めた記事があるのを傍証として、高取が述べた後戸の床下に祀られた呪詛神に対する信仰を、御霊神とかかわらせて確認した形になっている。

渡辺の論文は、論の展開がやや性急で緻密さを欠くところがあり、にわかに左袒しかねる部分もある。しかし、家屋や古堂の「後」「後の方」の語で表現される場所・空間に、人の生死とかかわりのある霊性が存在するという神秘ないし恐怖の観念を抱くことが、中世人にあって特殊なことではなかった点を論じたところに意義がある。

従来あまり注目されていない論文であるが、中世人が特定の場所・空間・方角に格別の聖域性や神秘性を認めていた事実は軽視していいわけはない。その意味で、評価に価する論文の一つだと思う。

山岸常人による批判と論述

服部の「後戸」の論は芸能文化史学に立脚したものだが、高取は宗教民俗学、小田は中世史学からアプローチした研究であった。これらに対して、建築史――とくに中世仏堂建築史学の分野からのすぐれた研究が登場した。山岸常人、黒田龍二によるものである。

山岸常人の論文「「中世仏堂」における後戸」[山岸一九八六]は昭和六十一年七月の『仏教芸術』誌に発表された。この論文は小田雄三の「後戸考 上」までを見ている。論点がきわめて明確であり、質の高い研究成果の公表であった。

山岸は、最初に「後戸」の論の研究史として、服部、高取、小田による先行論文を紹介し、それらのいずれの論にあっても仏堂の「後戸」を神秘性の強い特殊な空間であるとみる点で共通していると言う。その上で、「後戸に関する史料を渉猟し、それらの史料を虚心に読みかえすならば、仏堂の後戸という空間が神秘的な空間としてのみ存在したのかという疑問に至る」と述べて、立論の目的を明示する。

中世仏堂の研究を専門にする論者は、中世仏堂の構造から「後戸」が礼堂・内陣と並ぶ特徴的な空間であることを立証し、まずその形態を明らかにした。中世仏堂の遺構によって見ると、「後戸」の空間は内陣の背後一間通りが通常の形態で、それよりも広く取ったものと、狭いものが存在したとして、それぞれの具体的な実例を列挙した。その結果として、例外があり一概には言えないが、天台宗は広く、真言宗は狭い例が多いと言う。そして、「後戸」(後堂・後門)を仏堂背面側の一部分と規定、「後戸」と書いて仏堂背面の「扉」を指すこともあるが、それは「限られた場合」のことであり、「鎌倉時代以降はほぼすべて空間をさしている」ゆえに、本稿では空間として扱うとしている。そして、「後戸の性格・機能が、宗教的神秘性を帯びていたのは、一部の場合」であり、「全般的には宗教的神秘性と、その正反対の世俗性、両者を含むさまざまな性格をもち、さまざまな形で使われる空間であった」ことを、文献史料に基づいて明らかにしようとした。その作業の意図は、宗教的神秘性のみに偏っていた従前の理解を修正することであった。

以下、主として文献史料に基づき、後戸の担った諸機能の実態を明らかにしていく。それらを八種に分類し、それぞれについて論述している。

一　仏神祭祀　広隆寺常行三昧堂後戸の摩多羅神、興福寺東金堂の後戸の釈迦三尊、法隆寺金堂後戸の地蔵菩薩、東大寺中門堂後戸の毘沙門天王像、東大寺法華堂仏後の執金剛神などの例、加えて蓮華王院、真如堂などの後戸に霊水が湧出することの例から、「後戸に祀られた仏神像や後戸に湧出する霊水の存在、しかもそれが特別な霊験を示したと信じられていた事実は、これまでの諸説のとおり、四天王寺うしろだうの霊験譚と相まって、後戸の空間の神秘な宗教的性格を首肯せしめる」と述べ、後戸空間に特殊な神秘性があると信じられていたことを認めている。しかし、だからといって後戸に祀られた仏神はすべて特別な霊験を伴うものと考えるのはゆきすぎで、天元三年（九八〇）の某寺質財帳に「後戸（と目される後壇）に古仏がたくさん置いてある」旨が記されているのを例として、「単に古仏を集めてあるだけ」の場合もあり得ると指摘した。

二　**後戸の閼伽棚**　仏堂の背面に突出部分があり、その中に閼伽棚を設けた例が多いこと。その使用法は明らかでないが、たとえば夏安居のような行の場合に供花・勤行などを行なう場所だったのではないかと推測する。

三　**一般の法会における後戸**　『兵範記』『門葉記』の記事から、金剛心院の釈迦堂、法性寺最勝金剛院の修二会、三条白川坊熾盛光堂の修正会、法勝寺大乗会法華五巻日、法勝寺卅講などの重要な法会に当たって、「後戸」の空間がどのように使用されているか、後戸の機能を検証した。結論として、①出仕者の入堂場前の集会所、②法会中の三綱・俗官の座、③主要な出仕者の控え場、④布施や食事などを出仕者に給う場、⑤法会に必要な道具等を準備しまたそれを出仕者へ渡す場等であると整理して示した。⑤には大鼓・鉦鼓などの楽器や灯台などが含まれていた。これらの事象から「法会遂行に欠かせないながら、法会の主要部分ではなく、裏方としての諸機能を、後戸が担っていることを示す」ものとした。そして、「宗教的神秘性より、こうした世俗的実用性が、後戸の主たる機能と考えることができる」と結論している。

この考証の事例とした『兵範記』『門葉記』における用語例から、『兵範記』では「後戸」は背面の戸を指し、広がりをもつ空間を指す時は「後戸庇」「仏後又庇」などの語を使っている。しかるに、実際に後戸で行なわれる行為は戸そのものの一点で行なわれるわけではなく、戸の周辺を指していることが多い。このことから、『兵範記』の時期は空間としての後戸の概念が確立しつつある過渡期であり、『門葉記』の時期にはすべて「後戸」と書いて「仏堂内部の一部」、すなわち仏後の空間を指していて「仏後又庇」の用語は現われない。空間を指す後戸の概念が確立したのは、十二世紀のことであると論じる。

四　入道場時の入口としての後戸　寺院では法会に際して、出仕者の階層に応じて仏堂内に入る経路が定められていた。諸僧は、後戸から入堂するのが基本的な規範であったらしいとする。

五　後戸の猿楽　修正会・修二会に猿楽が伴い、それが「後戸」と密接に結びついたことについては、とくに小田論文「中世の猿楽について」〔小田一九八五〕に重要な指摘があるとした上で、二つの注目すべき事柄を指摘している。一つは『兵範記』保元二年正月八日の条に「散楽雖参候後戸、不勤仕」と見えるように、諒闇のために散楽が行なわれないことがあっても、修正会・修二会の間、後戸へ参候していなくてはならなかったらしいこと。今一つはやはり『兵範記』の仁安四年正月十一日の条に「次導師退出。次可舁却礼盤、而依無咒師散楽不却之」にあることを根拠として、「散楽は礼盤を撤去して仏前で演じられるものであって、『風姿花伝』の如く後戸で演じるものではなかった。仮に後戸の神と猿楽の芸能に密接な関係があったとしても、現実には後戸は単なる楽屋の如き控えの場にすぎなかったと考えられる」とすることである。

「後戸の猿楽」は仏前でのみ演じられたと断ぜられたことについては、なお考うべき問題が多く残っているように服部は考えている。

六　文書発給主体としての後戸　比叡山根本中堂の末寺である但馬国城崎郡進美寺に向けた文書が「延暦寺政所下文」と「中堂後戸下文」の二種が発給された例（安貞二年「守護法橋昌明請文案」の引用）に注目し、比叡山延暦寺根本中堂の「後戸」はその背面部分の施設である「後戸」が、政所に相当する寺院運営のための日常的な事務執行機関である組織の名称にもなっていて、所領末寺に対する文書の発給事務を行なっていたという。その実例は史料的には極めて少ないが、他に後戸が集会所となってここで評定を行なったらしい例もあり、「後戸が寺院運営の極めて実務的な側面を担う場としてあったらしいこと」が想像できるとしている。

七　仏堂内の蔵としての後戸

八幡宇佐神宮宮司が官裁を請うた史料（長保五年「八幡大菩薩宇佐宮司解案」）に「御堂の後門（うしろど）庇内に苅って積んであった修理のために使用する萱の中で、男女が抱き合っている様子を聞いたと、僧が密告してきた」旨の記事がある。これによって、後戸は堂内の収納場——蔵として使用された例とした。後戸の空間に破損した古仏が乱雑に置かれていたことが、消失後しばらく再興されなかった醍醐寺五大堂にもあったとする。文永五年の駿河実相寺の史料（『鎌倉遺文』一〇二九八号）は、仏物が私用化されることを恐れて、諸料を寺務の先例に従って堂舎の後戸に納めて置き、院主と寺僧が協議して下すことにしたいと訴えた文書である。これも後戸が蔵として使用されている例になるとする。

この史料はかつて笠松宏至が「仏物・僧物・人物」［笠松一九八〇］の論文で取り上げ、それを承けて小田雄三が「後戸考　上・下」［小田一九八五・八六］において詳細な検討を加えた重要な史料である。この史料に対する小田の解釈はすでに第一節（「小田論文の成果」）に紹介してある。山岸はこの小田説に対して、批判を加えた。「小田説の如くこの史料をもって後戸が仏堂の本尊の所有する空間として仏物を安定的に保管する場だと解釈するのは妥当でない。仏物の誤用が防がれるのは後戸に納め置かれているからではなく、仏堂内であればどこでも仏物を保護することはできたと思われる。仏堂の中で後戸が蔵として使用しうる場合に後戸に納置されたにすぎない」というのが山岸の主張である。山岸は、重要な品物を「仏物として確保するために仏堂内に納めおく例」として本堂内陣に納置したいくつかの例証を掲げた後に、次のように結論する。「これらの諸例から考えれば、誤用・盗用を防ぐために本尊の威力にたよるのであって、実際には内陣を主として、仏堂内部であれば後戸でなくともよかったと考えられる。仏物として保存されるために特に後戸が選ばれたわけではないことは以上の内陣や内外陣境に納めおく例をもって認められよう」。この同一史料に対する両氏の解釈の決定的な違いは重要な問題だと考えるが、今の段階で早急にいずれかに決定するのは、なお躊躇するところがある。

八　その他の機能

内陣や礼堂が年中・月並など定例の法会における修法・読経・講経などの法要に用いられたのに対して、後戸は日常的・恒常的な勤行の場として使用されたこと。

まとめとして、後戸に祀られた仏神が特殊な霊験譚を伴っていたり、深い由緒をもつ仏神像であることについて、その観念は後発的なものであるとする解釈を述べている。すなわち、後戸に祀られた仏神は本尊にはなり得ない、または本尊の周辺に祀り得ないから後戸へまわされた異質の仏神であった。たまたま後戸へ置かれた仏神をとくに信仰する者が現われたり、仏神を祭祀しないで放置しておくことへの僧団の自責の念が生じたりした結果、後戸の仏神は一転して丁重な扱いを受けるようになる。以後おろそかにされないために特別な由緒を付加することもあり、かくして「霊験あらたかな仏神が成立した」と想定したのである。ただし、このかなり極論とも受け取れる論述に、論者は留保を付けている。「もとよりすべてをこのような現実的な解釈で律するつもりはなく、特に摩多羅神のような場合、常行三昧の法儀との密接な関係からすれば、当初より障礙神として後戸に祀られていたことは認められよう」と。

後戸には実にさまざまな機能がある。山岸は、従来の後戸研究の基調だった「後戸が本来的に宗教的神秘性の強い空間であったと考えることが妥当でないこと」が明らかになったとし、神秘性だけでは説明しきれぬいろいろな使い方があったと論ずる。後戸は多様な性格をもっていたにもかかわらず、とくに神秘性ばかりが強調される仏堂の後戸も存在していたことから「そうした一部の例ばかりが注目されていた」のだと批判した。

最後に、強力な霊験をもった仏神や障礙神が後戸に安置されている場合につき、なぜ後戸に安置され、背面の扉口の方に向かって霊力の存在を主張したのかとの課題を設定し、後戸が仏堂内部(法会空間＝宗教世界)と外部(世俗世界)との接点であると考え、法会を守護する仏神は後戸だけを守っていればよいことになるのだという解釈を提出している。内と外との「境界的性格」を持つ場に、神秘性と特殊な霊力の発現する由因を見出したことは新鮮な視座であった。これも、後戸が本来的に霊力をもっていたからだと考えた高取正男の説に対して、それでは「霊力という言葉に問題点を置き換えただけで事態は解決しない」と批判して導いた見解であった。私がこれに付け加えるとすれば、その境界が他ならぬ「後＝うしろ」における境界であることが重要だと思う。

山岸は、古代的伽藍形態が崩壊し、仏堂で法会を完成させねばならなくなった時、形としては表面にあらわれない法会の補助部分をまかなうための空間が仏堂の中に必要になってきた。その需要に応えるべくして後戸が形成されたと考えている。「中世仏堂」は礼堂・内陣・後戸の三つの部分を一つの建物に納めた仏堂であると定義し、仏堂建築史の上に重要な論証を展開したのだった。山岸のすぐれた研究の成果は、その後『朝日百科　日本の国宝』八〇号［山岸一九九八］に、「中世仏堂はいかに使われたか」(「礼堂・内陣・後戸」「法会の行われる場」「後戸の役割」)、「堂蔵《どうぐら》の霊力」などの文章となって啓蒙的にも新たな展開を示している。

山岸の研究は実証的かつ具体的であり、これによって中世寺堂建築における「後戸」という部分のイメージが明確に把握できるようになり、その使途や機能の実態がわかるようになった。その意味で、当論文は「後戸」研究史にとってきわめて大きな意義をもつ成果だったと言ってよい。

私は山岸論文を如上の点において高く評価するものであるが、後戸の神秘性は一部分のことにすぎないとする冷めた見解に関しては、いささかの異論がないわけではない。このことについては本節の「「後戸論」の二つの立場」で述べる。

黒田龍二による反批判――背面からの参拝

山岸の論述に対する反批判の形で提出されたのが、同じく宗教建築史家の黒田龍二による論文「後戸の信仰」［黒田一九八七］である。黒田は山岸論文に対して「建築史学の側からするきわめて当然の応答であり、かつ優れた後戸の機能論であった」と、その成果を高く評価した上で、「この問題の核心は、やはり後戸の神秘性である」と述べて、山岸の論調とは対立する論を主唱した。

黒田は、古代の仏堂・中世の仏堂において、とくに「後戸」に祀られていた神仏の性格、それらに対する信仰の本質、その形態の特色を明らかにしようとする視点からのアプローチを試みている。山岸が「そうした一部の例ばかりが注目されていた」と述べた「一部の例」の側に問題の核心を見据え、深く検討しようという問題意識に立っている。

最初に東大寺法華堂の後戸に祀られた執金剛神、興福寺東金堂の後戸に祀られた釈迦三尊像、法隆寺金堂の後戸に祀られた三殊勝地蔵の三例につき、それぞれが本尊の後戸に祀られるに至った事情、その信仰にまつわる由緒・伝承を文献によって検討し、これらの仏神に共通する性格を導き出した。それは、客神・客仏であること、古く根源的な由緒をもつ霊像と考えられていたことの二点であった。一般に古代金堂の後戸は、当初は何ら信仰上の意味をもたない空間だった。だからこそ客仏を迎えることができる場でもあった。ところが、その客仏がやがて霊像視されて尊崇されるようになる。後戸に祀られた仏神に共通しているのは、「その時代の人にとって、来歴のほぼ自明な堂舎や諸尊の中で、後戸の仏は何らかのもっと根源的な由緒をもつ霊像とされた点であった」とする。

続いて、中世仏堂の後戸の神仏について検討を加える。建立の当初から後戸に信仰対象があった例として、東大寺中門堂の本尊の背面に祀られていた毘沙門天王像、真正極楽寺本堂真如堂の後戸に「後門ノ本尊」と称して祀られていた当麻曼荼羅を掲げる。そして、中世密教本堂には諸堂舎の衰滅によって行き場をなくした仏像が本堂に集まってくる事態もあったこと、それらの仏のために仏後壁背面に仏壇を構える例があったとして、滋賀県西明寺、金剛輪寺、常楽寺、兵庫県太山寺その他の例を掲げる。もっともこれらの諸例の設置はきわめて新しい。また、不動明王を祀る西明寺の後陣仏壇、東大寺二月堂の背面の外陣中央、法隆寺上宮王院、法隆寺金堂の後戸、平等院本堂の後戸などで、護摩を焚いたり特別の修法を行なう例も知られるが、いずれも「後戸」で行なうことに特に意義を認めていたわけではあるまいと言う。

黒田は、後戸に祀られた仏に対して特別な意味はなかったと冷静な考察を行なった後に、本論文の核ともいうべき「背面からの祈念」「後戸への参拝」の問題を提起している。その例は、和歌山県の道成寺本堂の後戸に祀られた千手観音像、東大寺二月堂の場合であり、日常的な「背面からの参拝」に特別の意義が認められていたと考えられる点であると言う。この指摘は重要だと思う。考うべき一例として黒田が紹介したのは、真言系の三輪流神道の場合である。三輪流神道では「後門《ウシロド》ノ大事」と称して、祈願は後戸に回って堂を三度打ち、密かに行なうことを作法と定めているというのである。服部が「宿神論」[服部一九七四]で取り上げ、高取論文[高取一九八二]が音響の問題として敷衍した、「後戸を叩く」作法と共通しているのがまことに興味深いところである。黒田は、修験の作法に堂の背面をとくに重視する場合があるという五来重、宮家準の所説を引き、「後戸の作法の更なる広がりが察せられる」と述べている。天台系の中世の神社における「後戸の信仰」の例として、北野天満宮の本殿背面に舎利塔が祀られていて、正面からだけでなく背面からの参拝も重視されていたと言う。『渓嵐拾葉集』(巻四)の記事によると、この北面する舎利塔は「天神ノ御体」であり「一切諸神ノ本源」であると観念されていた。黒田はこの例を指して「中世北野天満宮の以上のような祭祀方式は宗教的意味の上でも、空間構成の上でも、実に象徴的な神仏習合のあり方を見せている」と述べた。仏舎利の祭祀は、それが後発的なものであることと、その伝承が根源性に根ざしていることの二点において、前述の後戸に祀られた本尊と共通しており、両者は同類と考えてよいとした。

中世に堂舎の後戸に参拝することは珍しいことではなかった。人々はある種の根源性を期待してとくに後戸の神仏に参拝した。その心情は民俗信仰に内在するものだろうと、論者は考えている。ここで論者は民俗的なアニミズムの信仰を想起、またカミを荒魂、和魂の両義性によってとらえる観念があったことや、長谷寺、石山寺、東大寺二月堂の観音が岩の上に立つことなどをもって、巧まざる神仏習合の姿とする。その上で「後戸の信仰もこのような基層の習合意識のまことに不十分な表出に相違ない」「後戸の信仰は、現代のわれわれからしても、たとえば表と裏とか、宗教的境界の前と後とかのごく基本的な空間認識を踏まえているように見える」との見解を記した。

最後に興福寺の「後門ノ壇ノ下」に根源的な神の一つである宇賀神が祀られていたこと（『興福寺流記』）を指摘し、これも中世後半になって「民俗信仰の識閾下の空間意識が、説明的に分節されて表出した姿と考え得る」と述べて、やがて展開することになる「床下祭祀」という重要な問題を剔出して、この論文を終わっている。「後戸の信仰を、わが国の多重性をもった宗教意識の問題としてとらえた」という言葉が、黒田論文の志向であり、同時に結論でもあった。

私は、黒田論文が山岸論文によっていささか矮小化されたきらいのあった「後戸の神秘性」の重要性を、あらためて史料的に検証し再確認した点において、その成果を評価する。とりわけ、仏堂における本尊の背後空間に特殊な神秘性があり、その〈場〉に祀られた神仏像に霊威の存在が観念せられたばかりではなく、神社の神殿においても同様の背面からの参拝を重視する例が認められることを指摘し、神と仏との区別を超越した「後戸の信仰」があったこと、それは民族の基層に存在した根源的な信仰の表出だったと論ずる主張は重要な意義をもっていると思う。この論は中世神社史の研究にとっても画期的なものと言ってよかろう。しかし、最後の章に至って論がいささか抽象的になり、同時に論述がわかりにくく説得力を欠くように思われるのが惜しまれる。最終章に至るまでに積み重ねられた、緻密な「後戸の信仰」論をもって評価すべき論文だと考えている。

「後戸論」の二つの立場

ここまで叙述した諸論文を見ると、明らかに「二つの「後戸」論」が展開されていることがわかる。服部が提起し、高取・渡辺・黒田らがこれに多くの史料を博捜して加え、具体的かつ詳細な検証を試みて飛躍的に研究を進めたのは、「後戸」のもつ神秘性に関する問題であった。一方、山岸の研究は、それは後戸の機能の中の一部にすぎない、その一部だけが注目されてきたのだと論じた。山岸の批判は当を得たものだと考えるが、なお黒田の反論したように、この問題の核心は後戸の神秘性、後戸に対する信仰のあり方にあるのも間違いのないところである。ここには中世寺院の堂舎の「後戸」に関する二つの方向からの研究的立場が表われているのではなかろうか。

山岸常人は「後戸の性格・機能が、宗教的神秘性を帯びていたのは一部の場合であって、全般的には、後戸は宗教的神秘性と、その正反対の世俗性、両者を含む様々な性格をもち、様々な形で使われる空間であった」とし、「宗教的神秘性のみに偏っていたこれまでの理解に修正を加えたい」(「「中世仏堂」における後戸」〔山岸一九八六〕)との意図から、文献史料に散見する数々の「後戸」関係の記事を抽出して分析を加え、機能別の分類を試みた。その成果によれば、前述したように「後戸」の機能は、実際には物を置いておく倉庫（蔵）だったり、場所のなくなった諸仏像の置き場所だったり、出仕者に布施や食事を賜う場所だったり、供花や灯台を準備・調整する場だったり、集会所になり、写経をしたり文書を発給する場だったりする。つまり、物置・蔵にしたり、仏堂の僧侶たちが世俗的・日常的な目的であらゆる作業を行なう空間でもあったことを、史料に基づいて明らかにしたのである。

私は、山岸の研究成果を高く評価する。だが、この論文の論旨には、従来指摘されていなかった後戸空間の世俗的・実用的機能としての実態を明らかにし、この点を強調するのあまり、ことさらに宗教的・神秘的な意味づけを排除しすぎるきらいがないとは言えない。後戸の仏神の処遇のされ方、霊泉の湧出が後戸の霊験とみられたことの実態についての解釈(閼伽棚の設備、夏安居、供花の調整の作業などを示唆)などには、従来言われている後戸の宗教的神聖視の観念を冷めた観点に立って見直そうとする意図が見える。そのことは、論者の真の意図の如何にかかわらず、一部でしかない宗教的神聖観(すなわち後戸に特別な意味を認める立場)よりも、これほどさまざまな世俗的・日常的な機能――使用のされ方――があることをよほど重く見ようとする立場を表明していることになる。

山岸はしかし、「後戸に安置された仏神」に託された霊威を後発的なものと考えながらも無視したわけではない。くり返しになるが要点をいえば、「強力な霊験を伴った仏神や障礙神をとりあげてみると、その後戸への安置が当初から意図されたものか否かは別として、何故後戸に安置され背面扉口の方へ向かって霊力の存在を主張せねばならなかったのだろうか」と疑問を提起し、これを「高取説の如く後戸が本来霊力をもっていたからだと言ってしまったのでは霊力という言葉に問題点を置き換えただけで事態は解決しない」と批判した上で、結論的に「後戸が仏堂の内部と外部を画する場であること」「後戸は仏堂内部(法会空間＝宗教世界)と外部(世俗世界)との接点」であるところにこそ「後戸」の本質があったゆえだとしたのである。

後戸が仏堂の内部と外部との境界に位置していることが、後戸論にとってきわめて重要な論点であることについて私にはまったく異論がなく、高取説を超える有効な視点であると考える。しかし、だからと言って、高取が感じ取った「後戸の霊力の存在」「その神秘性」を軽く見ていいということにはならない。

それでは、問題はどこにあるのか。私の考えでは、山岸の主張する機能中心の「後戸論」と、文化史的・宗教史的・民俗心意伝承的な「後戸論」とは、本来次元の異なる、本来相容れない二つの論点であることに気づくべきだろうと思う。

僧侶や仏堂の実務に携わる人たちにとっての「後戸」は、倉庫だったり、日常の作業を行なうための空間として機能していた。そのことは山岸の精力的な研究で明らかになったとおりであろう。このことに間違いはない。だが、だからといって、真剣な参詣者であり、もっぱら信仰対象としての仏堂を訪れて仏像に礼拝し、自己の運命にかかわる祈願をこめる大衆にとっての「後戸」は、決して日常的・実務的な機能の空間だったわけではない。そこは常に薄暗い神秘の空間、闇の空間以外ではないのである。その場所にはある種の霊力が備わっていた。そのように観ずることが「後戸」の機能のほんの一部にすぎないとするのは、そこを生活の場としている仏堂内部の側からする発想であり、祈る人間、ひたすら礼拝する人間の精神の側からの発想ではない。

なんの変哲もない日常的な道が、ある時に限ってにわかに非日常的な「まつり」の場(聖空間)に変ずることのあるのに似て、〈トポス〉の論理は人間の文化の問題として考えない限りその本質を理解することはできない。それは合理の範疇を超える論理の働きである。

祈る側の、仏神に縋って救われたい弱い人間たちの所産である「後戸」および「後戸の神」にかかわる文学——説話・伝説・伝承——の類いには、実務的・日常的な集会所や蔵の「後戸」について語るものは一つもない。これまでに指摘され、あるいは引用・援用・説明されてきたそれらの「後戸」のすべてが、神聖かつ神秘的な、畏怖すべき霊力をもつ仏神のいます、その意味できわめて特殊な空間と考える認識の在り処を物語っている。彼らにとって、仏堂内の神秘な場としての「機能」は、決して「一部」ではない。それが後戸の「すべて」なのである。だから、そこでは奇蹟が起こる。この点を見誤ることがあってはならない。

僧、承仕といった日常的なその〈場〉の生活者の目と、祈りのために参詣・参籠し、非日常の奇蹟の示現を信じる者の目との間にある決定的な違いである。

黒田龍二が、山岸の研究を指して「建築史学の側からするきわめて当然の応答であり、かつ優れた後戸の機能論であった」と高く評価しながらも、なお「この問題の核心は、やはり後戸の神秘性である」（「後戸の信仰」［黒田一九八七］）と述べて、「高取氏のそれに最も近い」立場に立つ論考をまとめたのは、山岸と同じく建築史家である黒田が、文化史学の課題としての「後戸論」を展開しようとした時の必然であった。

私は、基本的にこの考え方に共感している。

コク部屋への注目――後戸空間で演じた芸能

中世仏堂における「後戸」空間の広さについて、一定の基準や定則が存在したわけではない。広狭さまざまな建築があった。山岸によれば、概して天台宗系の仏堂の後戸は広く、真言宗系のそれは狭いとのことである。後戸の空間が狭いという先入観から、この狭小な空間ではとても芸能を演ずることはできないので、実際の芸能は仏前に出て行なったのだとする小田の見解［小田一九八五］があるが、その解釈は必ずしも正鵠を射たものと言いがたいのではあるまいか。すくなくとも性急な結論は避けねばなるまいと思う。

新井恒易は『恍惚と笑いの芸術「猿楽」』［新井一九九三］の中で、「後戸さるがくの存在は疑問視されているが、私見としてはせまい後戸でも呪師による簡易な方固めの呪術が行われたかもしれない」と述べて、この問題が解決していないことを示唆し、慎重に結論に留保すべき余地を残した。

福原敏男が「常行堂修正会の後戸」〔福原一九九三〕において注目したのは、天台宗系の多武峰、毛越寺、日光輪王寺の常行堂には、後戸の空間に区切られた部屋があり、それぞれ時部屋、穀部屋、コク部屋と称されていたことであった。そして、修正会に際してその部屋に勧請した摩多羅神の神前で、特殊な儀礼を行なうとともに、ある種の「芸能」を演じていたことを、史料によって明らかにした。すなわち「後戸の芸能」の存在である。後戸の空間に「コク部屋」が存在したこととその機能への注目は瞠目に値する成果であった。

この問題についてはのちにふたたび触れたいが、ここでは、後戸に回って猿楽を演じたと語る『風姿花伝』(神儀)の伝承が何の真実をも反映しない捏造であると結論することには、よほど慎重でなければならぬことだけを記しておく。数多くの堂宇における後戸空間の実態が明らかになってくるにしたがって、その限られた空間を使って修した「芸能」の存在についても、なにがしかの新知見を得る可能性があると思っている。

—未完—

編注

本章は、著者服部氏が平成十一年(一九九九)秋から執筆を始め、平成十九年(二〇〇七)まで断続的に書き継がれた原稿の一部を活字化したものである。第一章から第四章に収めた論考の初出公表から余りに長年月を経たという事情から、本章を核にしてその後の研究の展開をできるだけ幅広く概観し、同時に自説の訂正補足や新たな問題提起をもおこなう、そうした考えのもとに書き下ろされたものであり、副題にもあるように、まさに研究史の整理と展望を意図している。当初は「後戸の神」の章のみを対象にする予定であったが、最終的にはほぼ全章を対象とする構想に変わっていった。但し章題は、未完という事情もあり、初期のままとしている。

いわゆる「素稿」の状態を含めると、次頁の目次に示した第五節の冒頭まで、全体で一三〇枚ほど(四百字詰)の原稿が存在したが、最終的には一定の完成度をもった第二節(より正確には第二節最終見出し「コク部屋への注目」の途上)までの、約八十枚の部分を掲載した。これは服部先生の最期のご意向を踏まえて判断したことであるが、併せて読者の参考に、第三節以降の予定目次(素稿の存在する部分は見出しまでを含めて)を以下に掲げさせていただく。また巻末の「後戸の神」「宿神論」関係主要参考文献目録」に収載の文献は、著者が整理展望の対象としていた明細に当たるものなので、そちらも参照いただければ幸いである。なお、各章の本文や注で文献データを一部略記するものがあるが、研究史上の主要参考文献に関してはこの目録に記しているので、必要な際はご参照願いたい。(川添裕・記)

[以下、予定目次]

第三節　後戸に祭祀された「神」をめぐって

第四節　「床下祭祀」「床下参籠」をめぐって

説経「しんとく丸」床下の意味——岩崎・服部・高取の提起した問題

神社本殿の床下・背面への注目と「宮籠」の実態

床下空間の成立、後戸と共通する聖性について——小田雄三の着目

床下の「宮籠」と散所非人

床下参籠・床下祭儀

「北野社参詣曼荼羅」に見る松童社の床下

後戸の大地の地霊の霊力

第五節　中世寺社の儀礼と芸能——修正会・修二会と「後戸の猿楽」

初期の芸能史研究の中で［素稿はここまで］

第六節　摩多羅神について

第七節　中世仮面（翁面）の信仰的性格をめぐって

第八節　その他の重要な課題

「後戸の神」「宿神論」関係主要参考文献目録

(主要な参考文献を掲げたものであり、これがすべてではない。研究史を確認するために、繁を厭わず重要な論文の初出も掲げた。一覧して年次がよりわかりやすいよう、ここでは西暦・和暦の順に記している。)

一九一一(明治四十四)七　吉田東伍　連事と咒師猿楽並に久世舞(『能楽』九巻七号)

一九一五(大正　四)八　高野辰之　『歌舞音曲考説』(六合館)

一九一七(大正　六)十二　有知山剋果　摩多羅神考(『東洋哲学』二十四篇十一号〜二十六篇十号。一九一九・十一まで)

一九二〇(大正　九)一　喜田貞吉　摩多羅神考(『民族と歴史』三巻一号、日本学術普及会)

＊一九三五・九『福神研究』(日本学術普及会)に収録。さらに一九七六・五『福神』(宝文館出版)に収録された。また、一九七七・一『東アジアの古代文化』十一号(大和書房)にも〔資料発掘〕として掲載されている。一九八〇・十一『喜田貞吉著作集』十一巻(平凡社)に収録。

一九二六(大正　十五)一　高野辰之　『日本歌謡史』(春秋社)

一九二八(昭和　三)六　原田亨一　『近世日本演劇の源流』(至文堂)

一九三一(昭和　六)七　佐成謙太郎　『謡曲大観』首巻(明治書院)

一九三五(昭和　十)五　森末義彰　咒師と丹波猿楽 上・下(『歴史地理』六十五巻五・六号。なお、六十六巻三号に続編)

九　上杉文秀　『日本天台史』別冊(破塵閣書房)

一九三八(昭和　十三)十一　能勢朝次　『能楽源流考』(岩波書店)

一九四〇(昭和　十五)八　能勢朝次　『世阿弥十六部集評釈　上』(岩波書店)

一九四三(昭和　十八)十一　本田安次　『能及狂言考』(丸岡出版社)

＊一九八〇年に再版が出版されている(能楽書林)。

一九四四(昭和十九)八　能勢朝次　『世阿弥十六部集評釈 下』(岩波書店)

十　筑土鈴寛　芸能と生命様式(『国語と国文学』二十一巻十号)

＊一九七六・十『筑土鈴寛著作集』四巻(せりか書房)に収録。

一九五三(昭和二十八)十一　堀一郎　『我が国民間信仰史の研究二 宗教史編』(創元社)

一九五四(昭和二十九)十　景山春樹　摩多羅信仰とその遺宝(叡山文化綜合研究報告書『比叡山』)

＊一九六二・六『神道美術の研究』(山本湖舟写真工芸部)ほかに収録。

一九五五(昭和三十)九　堀一郎　『我が国民間信仰史の研究一 序編・伝承説話編』(創元社)

一九五八(昭和三十三)三　表章　翁猿楽異説(『国語』六巻三・四合併号)

＊一九七九・十一『能楽史新考 一』に収録。

五　金井清光　『花伝書新解』(明治書院)

一九六〇(昭和三十五)六　林屋辰三郎　『中世芸能史の研究』(岩波書店)

七　三谷榮一　『日本文学の民俗学的研究』(有精堂)

＊「日本文学に於ける戌亥の隅の信仰」(納戸の神)所収。

一九六二(昭和三十七)五　香西精　作者と本説 蟬丸(『観世』二十九巻五号)

六　景山春樹　『神道美術の研究』(神道史学会編、山本湖舟写真工芸部)

一九六三(昭和三十八)十　中村保雄　大僻神社の仮面(『芸能史研究』三号)

一九六六(昭和四十一)十　新井恒易　『能の研究——古猿楽の翁と能の伝承』(新読書社)

一九六七(昭和四十二)十　景山春樹　『神道美術』(『日本の美術』十八号、至文堂)

十一　表章　百々裏話五十一～五十八(『銕仙』一五三、一五四、一五六—一六一号)筆名＝おもてあきら

＊この稿は増補・修正を経て「多武峰の猿楽」(『能楽研究』創刊号[一九七四・十]所収)となり、それが二〇〇五・三『大和猿楽史参究』(岩波書店)に収録されている。

一九六九(昭和四十四)五　表章　伊藤正義　『金春古伝書集成』(わんや書店)

*『明宿集』『円満井座系図』『猿楽縁起』他を翻刻し、初めて世に紹介。
五　本田安次　『延年』(『日本の民俗芸能　三』木耳社)
*「平泉毛越寺の延年」他。
六　井上充夫　『日本建築の空間』(鹿島出版会)
七　伊藤正義　円満井座伝承考――風姿花伝神儀云私注(『芸能史研究』二十七号)
*一九七〇・十『金春禅竹の研究』(赤尾照文堂)に収録。

一九七〇(昭和四十五)二　新井恒易　『中世芸能の研究』(新読書社)
三　植木行宣　「能」形成期の芸能市場――神事猿楽をめぐって(『芸能史研究』二十九号)
十　伊藤正義　『金春禅竹の研究』(赤尾照文堂)

一九七一(昭和四十六)十　森末義彰　『中世芸能史論考』(東京堂出版)
*「呪師と丹波猿楽」「猿楽の能成立の基盤」「薪能と大和猿楽」「翁の大事」他を収録。

一九七二(昭和四十七)六　本田安次　『毛越寺の延年の舞』(萩原秀三郎写真、毛越寺)

一九七三(昭和四十八)四　後藤淑　翁の「とうとうたらり」(『演劇研究』六号)
五　岩崎武夫　『さんせう太夫考――中世の説経語り』(平凡社)
七　服部幸雄　後戸の神――芸能神信仰に関する一考察(『文学』四十一巻七号)
*一九八一・二『日本文学研究資料叢書　謡曲・狂言』(有精堂出版)に再録。

一九七四(昭和四十九)二　宮田登　家の祭り(『講座家族二　家族の構造と機能』弘文堂)
*一九八三・八『女の霊力と家の神――日本の民俗宗教』(人文書院)に収録。
四　表章　『世阿弥　禅竹』(日本思想大系二十四、岩波書店)
*『風姿花伝』『明宿集』その他の本文と詳細な注釈を収める。
九　岩崎武夫　天王寺西門考(『文学』四十二巻九号)
*一九七八・四『続さんせう太夫考――説経浄瑠璃の世界』(平凡社)に収録。
十　表章　多武峰の猿楽(『能楽研究』創刊号)

十　服部幸雄　宿神論──芸能神信仰の根源に在るもの　上(『文学』四十二巻十号)
＊二〇〇五・三『大和猿楽史参究』(岩波書店)に収録。
十二　榊　泰純　摩多羅神と歌謡──修正会の延年(『仏教と民俗』十一号)
＊一九八〇・二『日本仏教芸能史研究』(風間書房)に収録。
十二　芸能史研究会　『日本庶民文化史料集成二　田楽・猿楽』(三一書房)
＊「日光山延年史料」「毛越寺延年資料」「播州上鴨川の翁舞」他の資料を翻刻所収。

一九七五(昭和五十)一　服部幸雄　宿神論──芸能神信仰の根源に在るもの　中(『文学』四十三巻一号)
一　中村保雄　翁の呪文(『銕仙』二二九号)
一　徳江元正　貴種流離譚以後──折口学の展開(『国文学──解釈と教材の研究』二十巻一号)
二　服部幸雄　宿神論──芸能神信仰の根源に在るもの　下(『文学』四十三巻二号)
二　山路興造　常行堂修正会と芸能(『観世』四十二巻二号)
三　山路興造　続常行堂修正会と芸能(『観世』四十二巻三号)
＊正、続ともに一九九〇・三『翁の座──芸能民たちの中世』(平凡社)に収録。
六　服部幸雄　宿神論〔補訂〕──「更級日記」の「すくう神」をめぐって(『文学』四十三巻六号)
七　景山春樹　摩多羅神信仰とその遺宝(『山岳宗教史研究叢書　二』名著出版への再録)
九　後藤　淑　『能楽の起源』(木耳社)
＊「猿楽と翁舞」「上鴨川住吉神社の翁舞と丹波猿楽」の章がある。
十　中村保雄　神像から仮面へ──翁面と男女の面を中心に(『芸能史研究』五十一号)

一九七六(昭和五十一)三　後藤　淑　翁と神(本田博士古稀記念会編『芸能論纂』錦正社)
＊一九八一・九『続　能楽の起源』(木耳社)に収録。
四　五来　重　正月のオコナイ(『仏教と民俗──仏教民俗学入門』角川書店)
五　喜田貞吉編　『福神』(山田野理夫補編、宝文館出版)
十　山路興造　翁猿楽異考(『芸能史研究』五十五号)

一九七七(昭和五十二)二　久野寿彦　長滝の修正延年について(『岐阜大学教育学部研究報告(人文科学)』二十五巻)
＊一九九〇・三『翁の座――芸能民たちの中世』(平凡社)に「「翁」と群小猿楽座」と改題して収録。
三　小松和彦　根元神としての翁(『伝統と現代』四十四号)
＊一九七八・五『神々の精神史』(伝統と現代社)に収録。
九　喜多慶治　『兵庫県民俗芸能誌』(錦正社)
十　小苅米晛　『葡萄と稲――ギリシア悲劇と能の文化史』(白水社)
十一　阿部泰郎　播磨中世天台寺院と修正会(『古代研究』十二号、元興寺文化財研究所)
一九七八(昭和五十三)四　岩崎武夫　『続さんせう太夫考――説経浄瑠璃の世界』(平凡社)
四　服部幸雄　逆髪の宮　上(『文学』四十六巻四号)
＊以下一九七九・八まで、中(四十六巻五号)、下一(四十六巻十二号)、下二(四十七巻八号)を『文学』に掲載。
五　水谷勇夫　埋葬される司宮神――尾張国府宮(『どるめん』十七号)
五　高取正男　神霊示現の音と演出
＊この文章は上記年次に研究会の場で報告されたものという断り書を付けて一九八七年刊『祭りは神々のパフォーマンス』(力富書房)に収録してある。出版は高取氏没後であった。
六　佐藤道子　呪術から芸能へ――能・狂言の母胎(『国文学――解釈と教材の研究』二十三巻七号)
七　中村保雄　続 神像から仮面へ――尉の面を中心に(『芸能史研究』六十二号)
九　山木ユリ　「翁」と麻多羅神――「翁」成立の根源に対する一考察(『日本文学』二十七巻九号)
十　山路興造　古猿楽の伝承――翁猿楽の系譜(『歴史公論』四巻十号、雄山閣出版)
一九七九(昭和五十四)九　萩原いづみ　能に至る鼓の変遷 下(『観世』四十六巻九号)
十　久下隆史　修正会の芸能――龍天・毘沙門・鬼について(『御影史学論集』五号)

十一　志羅山頼玄　平泉毛越寺延年と仏教（『講座日本の民俗宗教六　宗教民俗芸能』弘文堂）
＊一九八九・七『村落祭祀と芸能』（名著出版）に収録。
十一　五来　重　修正会・修二会と呪師（『講座日本の民俗宗教六　宗教民俗芸能』弘文堂）
十二　高取正男　後戸の護法神（大谷大学国史学会五〇周年記念論集『日本人の生活と信仰』）
＊一九八二・一『民間信仰史の研究』（法蔵館）に収録。

一九八〇（昭和五十五）一　本田安次　『能及狂言考』（再版。初版は一九四三年刊。能楽書林）
二　榊　泰純　『日本仏教芸能史研究』（風間書房）
四　五来　重　修正会修二会と民俗（『講座日本の民俗宗教二　仏教民俗学』弘文堂）
四　笠松宏至　仏物・僧物・人物（『思想』六七〇号）
六　酒井信彦　修正会の起源と「修正月」の出現（『風俗』十九巻一号）
七　井上　正　翁系面の成立について（『仏教芸術』一六一号）
十　岩田　勝　鎮魂の神楽と神楽歌（『芸能史研究』七十一号）

一九八一（昭和五十六）二　『日本文学研究資料叢書　謡曲・狂言』（八嶌正治解説、有精堂出版）
四　中村保雄　芸能史と美術史——中世仮面の場合（『芸能史研究』七十三号）
六　高取正男　民俗と芸能——芸能未発の部分（芸能史研究会編『日本芸能史　一』法政大学出版局）
六　牧野和夫　無明・法性のこと——覚書（『東横学園女子短期大学創立二十五周年記念論文集』）
＊一九九一・十一『中世の説話と学問』に収録。
九　後藤　淑　『続　能楽の起源』（木耳社）

一九八二（昭和五十七）一　高取正男　『民間信仰史の研究』（法蔵館）
二　西脇哲夫　「第六天」——素盞嗚尊のこと（『観世』四十九巻二号）
六　鈴木正崇　東大寺修二会の儀礼空間（『民族学研究』四十七巻一号）
七　阿部泰郎　中世太子伝の伎楽伝来説話（『芸能史研究』七十八号）

七 黒田龍二 日吉七社本殿の構成――床下祭場をめぐって(『日本建築学会論文報告集』三一七号)
＊一九九九・八『中世寺社信仰の場』(思文閣出版)に収録。
一九八三(昭和五十八)七 天野文雄 翁猿楽の成立――常行堂修正会との関連(『文学』五十一巻七号)
＊一九九五・二『翁猿楽研究』(和泉書院)に「翁猿楽の成立をめぐる諸問題」と改題・改稿して収録。
七 表章 観阿弥清次と結崎座(『文学』五十一巻七号)
＊二〇〇五・三『大和猿楽史参究』(岩波書店)に収録。
八 福多久 後戸の空間から――仮面考二(『能楽評論』五十八号)
十 戸井田道三 能、仮面史の中で(『国文学――解釈と教材の研究』二十八巻十三号)
十 金井清光 『風姿花伝詳解』(明治書院)
十二 岩田勝 『神楽源流考』(名著出版)
一九八四(昭和五十九)六 川村知行 東大寺二月堂小観音の儀礼と図像(『南都仏教』五十二号)
六 佐藤道子 小観音のまつり(『南都仏教』五十二号)
六 丹生谷哲一 散所非人小考(大阪教育大学『歴史研究』二十二号)
＊一九八六・十二『検非違使――中世のけがれと権力』(平凡社)に収録。
六 山岸常人 悔過から修正修二会へ――平安時代前期悔過会の変容(『南都仏教』五十二号)
＊一九九〇・二『中世寺院社会と仏堂』(塙書房)に「悔過会の変容」と改題して収録。
十 中野千鶴 護法童子と堂童子(『仏教史学研究』二十七巻一号)
十一 岡村安久 『雨引観音――坂東二十四番の霊場』(筑波書林)
十一 山路興造 洛中洛外の神事猿楽(『国学院雑誌』八十五巻十一号)
＊一九九〇・三『翁の座――芸能民たちの中世』(平凡社)に収録。
一九八五(昭和六十)一 桜井好朗 芸能の起源伝承(『日本文学』三十四巻一号)

二　山路興造　翁猿楽再考　上（『芸能』二十七巻二号）
三　山路興造　翁猿楽再考　下（『芸能』二十七巻三号）
＊上・下ともに一九九〇・三『翁の座——芸能民たちの中世』（平凡社）に「「翁猿楽」考」と改題して収録。
三　酒井信彦　法成寺ならびに六勝寺の修正会（『風俗』二十四巻一号）
三　小田雄三　後戸考　上——中世寺院における空間と人間（『名古屋大学教養部紀要A（人文科学・社会科学）』二十九輯）
五　小田雄三　中世の猿楽について——国家と芸能の一考察（『年報中世史研究』十号）
五　新川哲雄　『「生きたるもの」の思想——日本の美論とその基調』（ぺりかん社）
五　天野文雄　翁猿楽の成立と方堅——呪師芸の継承（『中世文学』三十号）
＊一九九五・二『翁猿楽研究』（和泉書院）に収録。
七　黒田龍二　八坂神社の夏堂及び神子通夜所（『日本建築学会計画系論文報告集』三五三号）
＊一九九九・八『中世寺社信仰の場』（思文閣出版）に収録。
十　三村昌義　芸能神河勝——その侏儒的要素（『三田国文』四号）

一九八六（昭和六十一）

一　中村保雄　仮面曼荼羅——『明宿集』を中心に（『芸能史研究』九十二号）
二　小田雄三　後戸考　下——中世寺院における空間と人間（『名古屋大学教養部紀要A（人文科学・社会科学）』三十輯）
三　大河直躬　住居におけるオモテとウラ（連載「《住居人類学》の試み」のうち。『月刊百科』二八一号）
三　丹生谷哲一　修正会と検非違使（『ヒストリア』一一〇号）
＊一九八六・十二『検非違使——中世のけがれと権力』（平凡社）に収録。
三　飯島吉晴　『竈神と厠神——異界と此の世の境』（人文書院）
七　山岸常人　「中世仏堂」における後戸（『仏教芸術』一六七号）

*一九九〇・二『中世寺院社会と仏堂』(塙書房)に「後戸の実態」と改題して収録。

九　渡辺衆介　「後戸」と「後の方」(『日本文学』三十五巻九号)

九　大河直躬　『住まいの人類学——日本庶民住居再考』(平凡社)

十一　小田雄三　古代・中世の出挙(『日本の社会史四　負担と贈与』岩波書店)

十二　丹生谷哲一　『検非違使——中世のけがれと権力』(平凡社)

十二　保立道久　『中世の愛と従属』(平凡社)

*「塗籠と女の領域——『松崎天神縁起』の後妻と「まま子」」を収録。「密室の神——守宮神と福神」の見出しにより、納戸神との関連を示唆する。

一九八七(昭和六十二)一　山本ひろ子　中世叡山と摩多羅神(『遊行』二号)

*一九九八・三『異神——中世日本の秘教的世界』(平凡社)に収録。

二　黒田龍二　後戸の信仰(『月刊百科』二九二号)

*一九九九・八『中世寺社信仰の場』(思文閣出版)に収録。

二　後藤　淑　『中世仮面の歴史的・民俗学的研究』(多賀出版)

五　高取正男　神霊示現の音と演出(『祭りは神々のパフォーマンス』力富書房)

九　本田安次　『多武峯延年——その臺本』(錦正社)

十　多木浩二・中沢新一　〔対談〕立ち上がる近世(『美術手帖』五八六号)

十　鈴木正崇　祭祀空間の中の性——後戸の神をめぐって(『文化人類学』四号)

十二　桜井好朗　中世の神話と芸能(『日本学』十号)

一九八八(昭和六十三)一　黒田龍二　床下参籠・床下祭儀(『月刊百科』三〇三号)

*一九九九・八『中世寺社信仰の場』(思文閣出版)に収録。

二　天野文雄　鎌倉期《翁》の絵画資料——『鶴岡放生会職人歌合』と『源誓上人絵伝』(『観世』五十五巻二号)

*一九九五・二『翁猿楽研究』(和泉書院)に「鎌倉南北朝期の《翁》の絵画資料」と改題して

収録。

三　三崎義泉　翁猿楽と摩多羅神をめぐる本覚思想について(『池坊短期大学紀要』十八号)
＊一九九九・二『止観的美意識の展開』(ぺりかん社)に収録。

三　徳田和夫　床下神の物語(『国語国文論集』十七号、学習院女子短期大学)
＊改稿の上、一九九〇・八『絵語りと物語り』(平凡社)に収録。

九　鈴木正崇　神楽と鎮魂――荒神祭祀にみる神と人(『大系仏教と日本人七　芸能と鎮魂』春秋社)

九　山路興造　修正会の変容と地方伝播(『大系仏教と日本人七　芸能と鎮魂』春秋社)

十　三崎義泉　『法華五部九巻書』と翁猿楽について(『天台学報』三十号)

十一　山崎一司　霜月神楽に残る猿楽芸の一例――御神楽祭りの後戸の神(『民俗芸能研究』八号)

一九八九(平成一)

二　鈴木正崇　修正会(『岩波講座東洋思想十五　日本思想一』岩波書店)

三　天野文雄　呪師座と猿楽座――法勝寺参勤三座をめぐる猿楽座形成試論(『フィロカリア』六号、大阪大学文学部美学科)
＊一九九五・二『翁猿楽研究』(和泉書院)に収録。

三　三崎義泉　伝忠尋〝翁猿楽口伝〟の「正叚」と世阿弥の「天台妙釈」(『池坊短期大学紀要』十九号)
＊一九九九・二『止観的美意識の展開』(ぺりかん社)に収録。

七　久下隆史　『村落祭祀と芸能』(名著出版)

九　吉村　均　演能の思想的基盤――世阿弥『風姿花伝』「第四神儀」篇を中心に(『日本思想史学』二十一号)

九　内藤正敏　夢幻王権論(『民俗宗教』二集)

十　天野文雄　〔書評〕中村保雄著『古面の美――中世仮面の美術史的研究』(『芸能史研究』一〇七号)

十　牧野和夫　摩多羅神と無明・法性のこと(『能楽タイムズ』四五一号)

十一　山本ひろ子　宇賀神王――その中世的様態（『神語り研究』三号）
＊一九九八・三『異神――中世日本の秘教的世界』（平凡社）に収録。

一九九〇（平成二）一　牧野和夫　落穂拾い、二題（『能楽タイムズ』四五四号）
二　山岸常人　『中世寺院社会と仏堂』（塙書房）
三　曽根原理　玄旨帰命壇と本覚思想――摩多羅神を手がかりに（『日本思想史研究』二十二号）
三　諏訪春雄　日中韓の仮面劇――能の成立への試論（『学習院大学東洋文化研究所調査研究報告三一　アジア宗教儀礼の比較研究』）
三　山路興造　『翁の座――芸能民たちの中世』（平凡社）
四　山路興造　翁猿楽成立期の研究をめぐって（『芸能史研究』一〇九号「特集　翁猿楽の現況」のうち）
四　中村保雄　翁面研究をめぐって（『芸能史研究』一〇九号「特集　翁猿楽の現況」のうち）
四　翁猿楽研究文献目録（『芸能史研究』一〇九号「特集　翁猿楽の現況」のうち）
四　落合博志　〔資料紹介〕『法華五部九巻書』（『芸能史研究』一〇九号「特集　翁猿楽の現況」のうち）
六　天野文雄　神としての翁（『大系日本歴史と芸能七　宮座と村』平凡社）
八　牧野和夫　摩多羅神と東国（『春秋』三二一号）
八　徳田和夫　『絵語りと物語り』（平凡社）
九　曽根原理　霊空光謙の玄旨帰命壇批判――幕府の宗教政策との関連で（『歴史』七十五号）
十一　松尾恒一　六勝寺、修正会儀礼の構造――饗宴・呪師・天皇（『日本民俗学』一八四号）

一九九一（平成三）二　山本ひろ子　摩多羅神の姿態変換《メタモルフォーゼ》――修行・芸能・秘儀（『大系日本歴史と芸能三　西方の春――修正会・修二会』平凡社）
＊再構成の上、一九九八・三『異神――中世日本の秘教的世界』（平凡社）に収録。
三　浅田正博　玄旨帰命壇の本質と愛色の思想（『大倉山論集』二十九輯）

五　皆川博子　木蓮寺(『小説新潮』五月号)
＊「後戸」の空間を題材に扱った小説で、一九九八・十二『朱紋様』(朝日新聞社)に収録された。
五　丹生谷哲一　中世的芸能の環境(『大系日本歴史と芸能四　中世の祭礼』平凡社)
十　野本覚成　玄旨灌頂の成立と流伝(『天台学報』三十三号)
十　黒田龍二　図像解釈の位相――北野社参詣曼荼羅をめぐって(『月刊百科』三四八号)
＊一九九九・八『中世寺社信仰の場』(思文閣出版)に収録。

一九九二(平成四)三　曽根原理　禁じられた信仰――近世前半期の摩多羅神(『国家と宗教』思文閣出版)
七　山田雄司　摩多羅神の系譜(『芸能史研究』一一八号)
十一　小田雄三　後戸の神(『仏教民俗学大系八　俗信と仏教』名著出版)
十一　西瀬英紀　吉祥悔過と毘沙門天(『仏教民俗学大系八　俗信と仏教』名著出版)
十二　小松和彦　中世の芸能神(『国文学――解釈と教材の研究』三十七巻十四号)

一九九三(平成五)三　鎌倉惠子　毛越寺の祝詞(『芸能の科学』二十一号)
九　新井恒易　『恍惚と笑いの芸術「猿楽」』(新読書社)
十　福原敏男　常行堂修正会の後戸――コク部屋をめぐって(『課題としての民俗芸能研究』ひつじ書房)
＊一九九五・三『祭礼文化史の研究』(法政大学出版局)に収録。

一九九四(平成六)十二　曽根原理　舜慶の研究(『東北大学附属図書館研究年報』二十七)

一九九五(平成七)二　天野文雄　『翁猿楽研究』(和泉書院)
二　後藤淑　『民間仮面史の基礎的研究』(錦正社)
三　福原敏男　『祭礼文化史の研究』(法政大学出版局)
＊「修正会と延年」の章(新稿を含む)。「常行三昧堂儀式」「常行三昧堂万覚書」「常行三昧堂五和尚手文」「神所十二月往来」「摩多羅神伝授」「常行堂修正導師次第」「常行三昧堂庭

立作法」(いずれも談山神社蔵)の翻刻を収める。

一九九六(平成　八)三　高桑いづみ　「乱声」の系譜 ── 雅楽・修正会から鬼狂言へ(『芸能の科学』二十四号)

一九九七(平成　九)二　松尾恒一　『延年の芸能史的研究』(岩田書院)

一九九八(平成　十)二　小野瀬順一　『日本のかたち縁起　そのデザインに隠された意味』(彰国社)

三　山本ひろ子　『異神 ── 中世日本の秘教的世界』(平凡社)

*のちに二〇〇三・六―七月に、上・下二冊に分け「ちくま学芸文庫」として出版された。「摩多羅神の姿態変換 ── 修行・芸能・秘儀」は上巻に収録。

九　山岸常人編　『朝日百科　日本の国宝』八〇号

*山岸常人「中世仏堂はいかに使われたか」他を収める。

一九九九(平成　十一)二　三崎義泉　『止観的美意識の展開』(ぺりかん社)

三　中村茂子　三信遠地域修正会の芸能構成と伝播(『芸能の科学』二十七号)

四　乾　武俊　『黒い翁 ── 民間仮面のフォークロア』(解放出版社)

八　黒田龍二　『中世寺社信仰の場』(思文閣出版)

十　山岸常人他　『朝日百科　国宝と歴史の旅二　仏堂の空間と儀式』

*山岸常人の執筆による「古代仏堂の空間と中世的変容」「伝説の地に建つ中世仏堂」「住宅風の空間をもつ真宗本堂」を収める。啓蒙的な出版物であるが、内容の質は高い。

二〇〇〇(平成　十二)二　黒田龍二他　『朝日百科　国宝と歴史の旅四　神社　建築と祭り』

*黒田龍二の執筆による「神仏の深き淵　山王権現」「宮座が護る中世の時空」「山陽道に聳える破格のやしろ」「神社と神社建築をどうみるか」「本地垂迹」他を収める。啓蒙的な出版物であるが、内容の質は高い。

二〇〇一(平成　十三)二　鈴木正崇　『神と仏の民俗』(吉川弘文館)

二〇〇二(平成　十四)一　中沢新一　連載　哲学の後戸(『群像』五十七巻一号〜)

*以下、五十八巻三号まで断続的に十二回連載。二〇〇三・十一『精霊の王』(講談社)として出版。

二〇〇三(平成十五)三　源健一郎〈提婆〉と〈後戸〉――源平盛衰記の重衡・続(『日本語日本文化論叢 埴生野』二号、四天王寺国際仏教大学人文社会学部)
十一　中沢新一『精霊の王』(講談社)
二〇〇五(平成十七)三　表章『大和猿楽史参究』(岩波書店)
十　中沢新一・松岡心平〔対談〕金春禅竹と中世文化の深層(『ZEAMI』三号、森話社)
二〇〇六(平成十八)一　山本ひろ子　毛越寺の摩多羅神と芸能――「唐拍子」をめぐって(『別冊太陽 祭礼――神と人との饗宴』平凡社)
三　山﨑一司　花祭りと鬼――山見鬼と榊鬼の成立をめぐって(『民俗と風俗』十六号)

参考図版

京都・真如堂の常行三昧供で本堂脇に祀られる摩多羅神像

比叡山・西塔常行堂の内陣．後ろに摩多羅神の祠が見える
(撮影・荒川健一)

同前　摩多羅神像(撮影・荒川健一)

京都・妙法院の摩多羅神画像

『塩尻』巻之三十五に掲載の摩多羅神図

赤穂市・大避神社の舞楽面

『都名所図会』巻之四に掲載の太秦牛祭図

部分図

般若院(伊豆山神社の旧別当寺)の伊豆山権現神像

「雷神不動北山桜」の初演の絵尽し表紙(「毛抜」の場面を描く)

初出一覧（本書収録にあたっての各章題は、著者服部氏が記した構成メモに基づく）

第一章　後戸の神
「後戸の神――芸能神信仰に関する一考察――」『文学』一九七三年七月号。
＊『日本文学研究資料叢書　謡曲・狂言』（有精堂出版、一九八一）に再録。本書ではこの再録の本文を用いた。

第二章　宿神論
「宿神論（上）――芸能神信仰の根源に在るもの――」『文学』一九七四年十月号。
「宿神論（中）――芸能神信仰の根源に在るもの――」『文学』一九七五年一月号。
「宿神論（下）――芸能神信仰の根源に在るもの――」『文学』一九七五年二月号。

第三章　『更級日記』の「すくう神」
「宿神論〔補訂〕――「更級日記」の「すくう神」をめぐって――」『文学』一九七五年六月号。

第四章　逆髪の宮
「逆髪の宮（上）――放浪芸能民の芸能神信仰について――」『文学』一九七八年四月号。
「逆髪の宮（中）――放浪芸能民の芸能神信仰について――」『文学』一九七八年五月号。
「逆髪の宮（下・一）――放浪芸能民の芸能神信仰について――」『文学』一九七八年十二月号。
「逆髪の宮（下・二）――放浪芸能民の芸能神信仰について――」『文学』一九七九年八月号。

付章　後戸の神をめぐる研究の諸領域――研究史の整理と展望
書き下ろし

後記

川添　裕

本書の著者である服部幸雄先生は、平成十九年(二〇〇七)十二月二十八日に帰幽された。つまり、当『宿神論』は遺著として刊行されるものである。

入院中に覚悟を極めた先生から、『宿神論』を出版できなかったことは心残りであり、その後事を託したいとのご連絡をいただいたのが、同年の十二月十一日。その四日後にお目にかかって二つ返事でお引き受けしたものの、あまりにも早い長逝に際会し、具体的にどうしたものかと一時は途方に暮れた。

じつは、かつて平凡社で編集者をしていた私は先生と顔を合わせる度毎に、「先生、早く『宿神論』をまとめましょうよ」と、平凡社の用向きに加えるかたちで話をしていた。『宿神論』は大分以前から岩波書店での刊行が決定していた企画であり、おせっかい以外の何物でもないのだが、私の催促回数は、おそらく岩波書店の編集者に匹敵したのではないかと思う。それはどこの出版社から出るかではなく、仕事の大きな意味を考えれば考えるほど、本のかたちになってほしいと強く念じたがゆえであり、敬愛する先生への私なりの応援歌であったのである。

これも宿縁なのであろうか、人智の及ばぬところで因果の小車がめぐったのかもしれない。ただ私としては、先生がお元気で、力足らずながら自分がお手伝いすることを考えはしても、こんな事態は埒の外側であったのである。

だが、冬が過ぎて、具体的にどうするかを考えはじめてみると、数十冊の著書を旺盛に刊行された先生をして未刊となったお仕事に、私が何か付け加えられることがあろうはずもない。よって、ともかく虚心坦懐、残された材料を客観的に把握し、理解し、最期のご意向を踏まえてなるべく早くまとめること、その単純なやり方を基本の考えとした。

実際の作業としては、私が毎週往復する伊勢の大学と横浜自宅の車中の時間を使いながら、残された材料の吟味と腑分けをはじめたのが本年(二〇〇八)四月初旬であったが、以前から抱えてきた別の仕事のために途中遅滞し、結局、刊行が一年祭に間に合わなくなってしまったのは申し訳ないかぎりであった。伏してお詫びする次第である。以下、私の役割は、服部先生をして長年出版することができなかった経緯、その逡巡について少しく記し、それと深く連関する最終的な編集方針を、読者の前に明らかにしておくことである。私がこうした役割を担うのは右の事情によるものであり、どうか僭越をお許しいただきたい。

＊

本書に収録した論文は「初出一覧」(三〇一頁)に見るように、新たに書き下ろした付章を別にすると、最も早いものが昭和四十八年(一九七三)、最も遅いものでも昭和五十四年(一九七九)のそれぞれ初出であり、つまり、三十年前後さかのぼる時期に発表されたものである。そして私の知る範囲でいえば、服部先生は一九八〇年代半ば頃から、何度も一書にまとめることを試みられていた。実際、昭和六十三年(一九八八)刊行予定の手製の計画メモを、私は先生との会話のなかでお見せいただいたこともある。しかし結局、最後の踏ん切りがつかなかったのである。

そのあたりの事情はご本人のことばが的確なので、昨年(二〇〇七)十二月十三日にいただいた先生のお手紙から、敢えて引かせていただく。

「他に心残りはないのですが、一つだけ、心にかかることがあります。それは、会う度にいつも貴兄もお勧め下さっていた『宿神論』が、とうとう出版できなかったことです。この出版は私自身、二十年来いつも心にかけて、一日も早い完成を期していたのですが、目前の忙しさに追いまわされつづけて、中断をくり返した末、結局、人生の最後まで完成することができませんでした。大きく遅れた理由は、初出から年月が経ち過ぎて、この分野の学問が当初の予想以上の広がりをみせたので、どのような形にして一冊の本にするのが良心的でよいのか、迷いに迷っていたからです。そして著者として、何としても補う部分を、もう一章書き加えたいと考えるようになったからです」。確かに先生は「迷いに迷っていた」のである。はじめは各論考を全面的に書き換えることを当然考えていて、部分的に仕上げた改訂稿「新・後戸の神」もじつは存在する。しかしながら問題は、そうやって仕事を進めるあいだにも、「この分野の学問が当初の予想以上の広がりをみせ」、まさに次から次へと関連する新しい成果、展開、知見があらわれつづけたことである。福原敏男氏のいい方を借りれば、先生の後戸論は「芸能史・国文学・歴史学・宗教学・思想史・民俗学・建築史等の脱領域的分野で展開した後戸論・摩多羅神論の導火線となった」のである(『祭礼文化史の研究』法政大学出版局、平成七年)。それは私にとっても同時代的な目撃体験であり、かつて自分が属した内山直三氏(故人)を長とする編集部の同僚たちのあいだでも、本テーマが共有の関心となり、現に平凡社から刊行された関連の論考や出版物は一時期非常に多いのである。

こうした研究の大きな展開に関しては、今回付加された主要参考文献目録をご参照いただきたいが、その状況が一九九〇年代までずっとつづいたことがすぐにおわかりいただけるだろう。

長い逡巡の末、服部先生がはっきり決断をしたのは、残された素稿やメモ類の日付から推すと平成十一年(一九九九)秋のことである。その決断とは、初出の論考本文は原則として書き換えずに、補注と追記によってその後の研究の展開やその後に気づいた点、考えを改めた点など、各種の補訂をほどこすという方針であり、さらには、「何としても補う部分を、もう一章書き加え」、それをもって一書を完成させることであった。

初出から二十年以上の時間がすでに経過し、その間に関連する成果や付加される議論、修正説等があらわれ、また自身の論文の書き方にもまったく変化がなかったわけではないことを考えれば、改稿は難しく、また補訂すべき点を、結果的に最初からわかっていたかのごとく記すことになりかねないのは賢しらで、研究史の展開を考えれば非良心的でもある、そんな風にお考えになっていたのである。

そしてさらに、この状況をむしろ積極的に転じ、それなら研究史の展開そのものを自身の手でまとめようと考えたのであり、こうして執筆をはじめたのが、付章として収めた「「後戸の神」をめぐる研究の諸領域――研究史の整理と展望」であった。これは当初、表題の通り第一章「後戸の神」の内容を基本の対象とする予定であったが、残された素稿とメモ類では、最終的にほぼすべての章を対象とする構想に変わっており、完成すれば、じつに巨大な「研究史の整理と展望」になったはずである。

しかし、痛恨の極みであるが、病魔によってそれは結局未完となり、次に記すように八十枚ほど(四百字詰)の部分を掲載することとなった。

さて、ここで全体として編集方針を整理しておくと、初出の論考本文には原則として手を入れず、初出の注も基本的にそのままとし、補注と追記によって必要な補訂をほどこすという本書の最終方針は、いま記した決断後の考え方に基づくものであり、それが明確に先生のご遺志であった。各章の補注等はほぼできあがった状態で存在し、原則としてそのままのかたちで本書に収載している。書き下ろしの付章に関しては、やや幅のあるご指示をいただき判断を一任されたが、約百三十枚(四百字詰)存在した素稿のなかで、最終的には一定の完成度をもった同章第二節(より正確には第二節最終見出し「コク部屋への注目」の途上)までの、約八十枚の部分を掲載した(二三七―二七一頁)。また、付章に続く「「後戸の神」「宿神論」関係主要参考文献目録」は、付章の執筆と併行して先生が作成されたものであり、「研究史の整理と展望」の明細に当たるものである。近年まで順次付け加えられており、最終的には平成十八年(二〇〇六)三月までの主要な文献が収録されている(二七五―二八八頁)。

最後の闘病のなか、先生のご指示は図版にまでは至らなかったが、心中を忖度し、重要と思われる図版を何点か付け加えた。ただし、本文中への挿入は初出にあった三点のみとし、これも新たに補うという意味合いから、やはり巻末に参考図版として一括して掲げた(二八九―二九九頁)。いくつかの図版は、大分以前に先生が関係者とやりとりをした記録が残っており、そうしたものはすべて収載した。

このほか私の判断で、必要な箇所には明記のうえで編注を付した。あきらかな誤記・誤植等の間違いは訂正し、また一書にまとめるに当たっての、一般通例の表記の整理統一もさせていただいた。

今回が初出となる付章および主要参考文献目録は、原稿整理・校正・データ照合にとくに注意をはらったが、何といっても先生ご自身が校正に一度も目を通さないのは苦しいところであり、あるいは見落としがあることを恐れる。何かあれば私の力不足であり、私の責任である。なお、主要参考文献目録に関しては、家内の横山泰子の手も借りて、可能なかぎりのデータチェックをおこなった。その労に感謝したい。

実際に本書の仕事にとりかかろうとする頃、いくつかの事柄について相談にのっていただいた福原敏男氏には、心より御礼を申し上げる。また、古くからの約束を長い時間待っていてくれた岩波書店と、困難な仕事に取り組んでくれた編集部の吉田裕氏、緻密な作業を進めてくれた校正者、製作担当者にも感謝申し上げる。

最後に、本書の書名副題としては、大分以前より私も目にしていた「日本芸能神信仰の研究」と、もう一つ別に「日本芸能民信仰の研究」の二つの題が残されていた。新しい原稿やメモ類は一致して「芸能民信仰」であり、服部先生が両者を天秤に掛けたすえに、この数年は「芸能民信仰」を副題に考えていたことが明瞭に確認できる。また付随的には私も、特定の「何か」(神)を芸能神と一律に性格づけるニュアンスを含む「芸能神信仰」の語より、その業にたずさわる者が「何か」を拠り所とし希求して表象・体現するという「芸能民信仰」の方が、本書の総体にふさわしく視点の広がりと複相性をもった語と判断するので、最終的に「日本芸能民信仰の研究」を副題としたことを記しておく。これは芸能神を一つの核としながら、その背景の信仰水脈や文化水脈、芸能にかかわる人びとの心性、心の歴史を意識させるものといってよく、一見細かいようで、本書のテーマを理解していくうえでの重要なポイントと思っている。

*

ぼくに墓石は必要ないが
ぼくのかわりに一つ
それがきみらに必要ならば
それにこう記してくれ
——提案したるは彼にして
採用したるは我らなり——
かく記すことにより

名誉をうけるは
きみらとぼくの全員であろう

右の引用は、ベルトルト・ブレヒトの「ぼくに墓石は必要ないが」という詩篇である(『ブレヒト詩集』みすず書房、昭和五十三年、長谷川四郎訳より)。

『宿神論』の仕事をすすめるあいだ、私の脳裏にはずっと、若き日に親しんだこの詩が浮かんでいた。「提案したるは彼にして／採用したるは我らなり」。「後戸の神」をはじめとする服部先生の一連の論考は、この状況を次代に生んでいったのだと私は思う。名誉をうけるのは主要参考文献目録の全員であり、そこには学問というものの深化、発展のしかるべき姿も垣間見える。

しかし、そうした深化と広がりのなかで、多くの論が言挙げされ、視点の整理もある程度進んだものの、例えば最終的に後戸の神秘性をどう考えるのか、摩多羅神なる神をどう位置づけるのか、翁の芸能(や翁猿楽)の成立をどのように理解するのか、あるいは宿神の名のもとに何をどこまでとらえ得るのかといった大きな問題は、決着したわけではなく、それはいわゆる「実体論」のみによって決着する問題とも思われない。逆にいえば、これらは予想以上に奥の深い、日本人の文化創造の根源的な「場」にふれる精神史的問題群なのだと思う。

自らの生が拠って立つ基盤(時空間)をどう編成し位置づけるかは、あらゆる人間にとって重大事だが、とくにわが芸能者や技芸者たちは、いわば宗教以前の信仰源泉を直観しながら、その生成、編成のありようを形象化したのであり、しばしばそれが自らの身体をもって体現される点で、書記文化にはない独特の力をもち得てきたのである。芸能者はこの意味においてまさしく影向するのであり、ゆえに人を魅することができるのだろう。

最良の歌舞伎研究者にして、しかしたんなる歌舞伎研究者にとどまらなかった服部先生は、自身を魅きつけてやまない芸能の本性とは何かという根底的な問いから、さらに心性史、精神史の深みへと足を踏み入れていったのであり、その深奥において、脱領域的な多分野で議論を沸き起こすキャタリスト(触媒)ともなったのである。

本書に含まれる「提案」は幅広く、きわめて根源的なものである。われわれはそれをなおも「採用」し、展開させ、あるいは修正や訂正をほどこし、誤解を恐れずにいえば踏み台として活用する必要があり、この文化創造の奥義に近づいていくという学の悦びに、まだまだ挑みつづけなければならないのだと思う。

平成二十年(二〇〇八)十二月二日記

(かわぞえゆう　皇學館大学教授／芸能史・日本文化史)

■岩波オンデマンドブックス■

宿神論——日本芸能民信仰の研究

2009年1月27日　第1刷発行
2009年4月6日　第2刷発行
2017年6月13日　オンデマンド版発行

著　者　服部幸雄《はっとりゆきお》

発行者　岡本　厚

発行所　株式会社　岩波書店
〒101-8002　東京都千代田区一ツ橋2-5-5
電話案内　03-5210-4000
http://www.iwanami.co.jp/

印刷／製本・法令印刷

ISBN 978-4-00-730614-3　　Printed in Japan